Rebecca Michéle

Das Geheimnis des blauen Skarabäus

REBECCA MICHÉLE

Das Geheimnis des blauen Skarabäus

Roman

dtv

MIX
Papier aus verantwortungsvollen Quellen
FSC® C019821
FSC
www.fsc.org

Originalausgabe 2021

Umschlaggestaltung: Alexandra Dohse
Umschlagmotive: Joanna Czogala/Trevillion Images und
Andrea De la Parra/shutterstock.com
Satz: C.H.Beck.Media.Solutions, Nördlingen
Gesetzt aus der Adobe Garamond
Druck und Bindung: Druckerei C.H.Beck, Nördlingen
Printed in Germany · ISBN 978-3-423-21974-7

Für meine Mutter,
die diesen Roman mit Freude gelesen hätte.

PROLOG

Luxor, Ägypten 1913

Die Stadt lag unter einer Glocke aus Staub. Seit zwei Tagen blies der Westwind den Wüstensand nach Luxor, legte sich auf die Straßen, überzog Eselskarren, Automobile und auch die Menschen mit einer feinen, gelben Schicht.

Das Taschentuch fest vor Mund und Nase gepresst, eilte Alexander Vanson durch die von Menschen überfüllten Straßen. Der Sand setzte sich in jede Pore seines Körpers, kroch unter die Kleidung und knirschte zwischen den Zähnen. Selbst sein schütteres Haar war hellgelb, obwohl er einen Hut trug.

Er nahm sein Taschentuch und tupfte sich den Schweiß von der Stirn. Die ägyptische Sonne brannte erbarmungslos. Über einhundert Grad Fahrenheit zeigte das Thermometer, dabei war es noch nicht einmal Mittagszeit und erst Anfang des Jahres. Im Sommer würden die Temperaturen deutlich ansteigen und machten einen Aufenthalt im Tal der Könige nahezu unmöglich.

Die vielfältigen Gerüche eines nahe gelegenen Basars drangen in seine Nase. Der Duft von erlesenen Gewürzen, kandierten Nüssen und in Honig gerösteten Mandeln ließ ihm das Wasser im Mund zusammenlaufen. Vanson verzichtete jedoch auf eine der süßen Leckereien, denn er war sehr durstig.

In der Vorfreude auf ein kühles Bier trat Vanson in die Lobby des *Queen's Hotels*, in dem er ein Zimmer bewohnte. Das Haus war Ende des letzten Jahrhunderts im britischen Kolonialstil erbaut worden und bot den Gästen allerlei Annehmlichkeiten. An der Bar bestellte er sich ein Pint Lager und trank das Glas bis zur Neige.

»Ober, noch eines!«, rief er und wischte sich mit dem Ärmel über die Lippen.

»Darf ich Sie auf einen Drink einladen, Mr Vanson?«

Vanson drehte sich um. Vor ihm stand ein jüngerer Mann, einen Kopf größer als er, mit hellen Augen und einem markanten Kinn. Er trug einen altmodischen Backenbart, der nicht seiner Jugend entsprach, sein dreiteiliger Anzug hingegen war nach der aktuellen Mode geschneidert. Den leichten Strohhut trug er lässig auf seinem gewellten, blonden Haar.

Durch und durch ein Gentleman, dachte Vanson und fragte: »Kennen wir uns?«

»Wir sind uns bisher noch nicht begegnet, Mr Vanson«, sagte der Fremde mit einer angenehmen dunklen Stimme. »Ich bin erst vor wenigen Tagen in Luxor eingetroffen und wollte unbedingt Ihre Bekanntschaft machen.«

»Aus welchem Grund?« Auch wenn der Fremde einen guten Eindruck machte, blieb Vanson skeptisch. In seinen Kreisen wurde man einander vorgestellt oder von einem gemeinsamen Bekannten eingeführt.

Der Mann lächelte gewinnend. »Mr Vanson, Ihr Ruf als Archäologe und Kenner von Land und Leuten eilt Ihnen voraus. An der Arbeit von Howard Carter bin ich sehr interessiert, da mich das Alte Ägypten seit vielen Jahren fasziniert. In England hatte ich das Vergnügen, Lord Carnarvon vorgestellt zu werden. Wir verplauderten einige interessante und vergnügliche Stunden. Er erzählte mir von der großen Sache, die er finanziert und die Mr Carter für ihn ausführen soll.«

Er brach ab, da der Barmann zwei Gläser vor die Herren stellte, nahm einen langen Schluck und stieß ein erleichtertes »Ah!« aus. »Welche Wohltat an diesem heißen Tag!«

»Sie sind zum ersten Mal in Ägypten?«, fragte Vanson. Sein Gegenüber nickte, und Vanson fuhr fort: »Es dauert einige Zeit, bis man sich an die Hitze, den Staub und den Sand gewöhnt hat. Sie können mir glauben, die Temperaturen werden noch weiter ansteigen.«

»Größer könnte der Gegensatz zu meiner Heimat Surrey nicht sein«, erwiderte der Fremde und setzte sich auf den Barhocker neben Vanson, ohne von diesem dazu aufgefordert worden zu sein. »Trotzdem ist Ägypten das faszinierendste Land, das ich jemals bereist habe. Das quirlige Leben, die karge Schönheit der Wüste, im Gegensatz dazu das üppige Grün der Ufer des Nils, die rege Betriebsamkeit der Menschen … Ach, ich habe mich schon jetzt in all das verliebt!«

Die Bemerkung entlockte Vanson ein Lächeln. Es waren die Worte eines Jünglings, der leicht von etwas zu begeistern war und die Schattenseiten des Landes noch nicht kennengelernt hatte.

»Wollen Sie mir nicht sagen, wer Sie sind?«, fragte Vanson ungeduldig. Auf seinem Schreibtisch wartete jede Menge Arbeit.

Der Mann nahm seinen Hut ab und deutete eine Verbeugung an. »Sam Miller aus London.«

»Sagten Sie nicht, Ihre Heimat sei Surrey?«

»Dort wurde ich geboren, genau genommen in Redhill, ich lebe aber schon seit mehreren Jahren in der Hauptstadt.«

»Sie wollen mit mir sprechen?«, fragte Vanson zurückhaltend. »In welcher Angelegenheit?«

Miller beugte sich vor. »In einer sehr brisanten, Mr Vanson.« Er flüsterte, obwohl ihnen der Barmann keine Beachtung schenkte und auch sonst niemand in der Nähe war, der ihr Gespräch mitanhören konnte. »Ich habe von einer Grabstätte erfahren, die bisher in keiner Aufzeichnung genannt worden ist. Es soll sich um keine große Persönlichkeit aus der Vergangenheit handeln, allerdings um einen einst äußerst vermögenden Mann. Ergo ist zu vermuten, dass dieses Grab noch nicht geplündert wurde und voller Schätze ist.«

»Wer ist Ihre Quelle?«

Miller schüttelte den Kopf. »Sie werden verstehen, dass ich diese nicht preisgeben kann, bevor wir uns nicht einig geworden sind, Mr Vanson.«

Alexander Vanson runzelte die Stirn und fragte: »Warum kommen Sie zu mir, Mr Miller? Wenn Sie tatsächlich mit Lord Carnarvon bekannt sind, kann dieser Sie unterstützen, sich an die Behörden wenden und die notwendigen Schritte einleiten. Wenn Sie allerdings auf eigene Faust das Grab finden, es öffnen und die Beigaben für sich behalten wollen: Warum weihen Sie mich, einen Fremden, ein?«

»Tatsächlich möchte ich Lord Carnarvon aus der Angelegenheit heraushalten. Ich selbst verfüge über keine Beziehungen, um eine Grabungslizenz zu erhalten. Sie wissen, dass die offiziellen Stellen nur Gelder für Grabungen bereitstellen, wenn Aussicht auf Erfolg besteht oder es sich zumindest um einen großen König handelt. Sie jedoch, Mr Vanson, haben alle Genehmigungen und das Wissen, wie am besten vorzugehen ist. Wenn wir erfolgreich sind, werde ich Sie zu einem reichen Mann machen.«

»Schlagen Sie vor, wir sollen uns, bei einem eventuellen Erfolg, den Gewinn teilen?«, fragte Vanson skeptisch, auch wenn Millers Argumentation schlüssig war. »Wenn Sie sich über mich erkundigt haben, werden Sie wissen, dass ich stets für einen Auftraggeber arbeite. Ich sehe mich in der Pflicht, die Schätze der Vergangenheit einer breiten Öffentlichkeit zugänglich zu machen und nicht sie meistbietend zu verhökern und mich persönlich an ihnen zu bereichern.«

»Das ist mir bekannt.« Aus der Innentasche seiner Jacke nahm er ein silbernes Etui, bot Vanson eine Zigarette an, die dieser ablehnte, zündete sie sich dann in aller Ruhe selbst an und inhalierte tief, bevor er sagte: »Sollte unsere Mission zum Erfolg führen, teilen wir den Ertrag. Es steht Ihnen frei, mit Ihrem Anteil zu machen, was Sie für richtig halten, und ihn den Behörden oder Museen zu übergeben. Wie ich eingangs erklärte: Ich halte mich zum ersten Mal in diesem Land auf, bin mit den Einheimischen und ihren Gepflogenheiten nicht vertraut, nicht mit der Situation in der Wüste, und es fehlt mir zugegebenermaßen auch an Geld. Wenn Sie allerdings kein Interesse zeigen ...« Miller zuckte mit den Schultern und drückte die Kippe im Aschenbecher aus. »Ich glaube, es wird sich ein anderer britischer Gentleman finden lassen.« Er rutschte vom Barhocker.

»Warten Sie, Mr Miller!«, sagte Vanson schnell. »Geben Sie mir ein paar Tage Zeit, um über Ihren Vorschlag nachzudenken. Ich bin aber nicht bereit, etwas Illegales zu tun!«

»Mr Vanson, ich versichere, dass alles nach Recht und Gesetz ist.«

»Wo kann ich Sie erreichen, Mr Miller?«

Sam Miller lächelte und wirkte auf Vanson wie ein verwöhnter, reicher Jüngling, der gewohnt war, immer zu erreichen, was er sich in den Kopf gesetzt hatte. »Ich gebe Ihnen eine Woche, dann werde ich Sie wieder aufsuchen. Glauben Sie mir, Mr Vanson, Sie werden es nicht bereuen, wenn Sie auf mein Angebot eingehen.«

Er setzte sich den Hut auf, tippte an die Krempe und wandte sich ab. Plötzlich zögerte er und drehte sich noch einmal zu Vanson um. »Ich hätte da noch etwas für Sie.« Aus der Innentasche seines hellen Jacketts zog er einen in ein Taschentuch gewickelten Gegenstand. Bevor er diesen Vanson reichte, sah sich Miller um. Immer noch wurden die Männer von niemandem beachtet, trotzdem senkte Miller die Stimme. »Vielleicht möchten Sie mir dieses Kleinod abkaufen?«

In dem Tuch befand sich ein silberfarbener Armreif, etwa drei Finger breit, mit einem blauen Skarabäus, gefasst von roten und grünen Steinchen. Auf den ersten Blick konnte Vanson nicht einschätzen, ob es sich um Silber und echte Steine handelte. Er drehte ihn zwischen seinen Fingern und fragte skeptisch: »Woher haben Sie das Stück?«

»Das spielt keine Rolle«, erwiderte Miller. »Für hundert Pfund gehört er Ihnen.« Erneut sah er über seine Schulter und wirkte auf Vanson, als würde er sich vor etwas fürchten. Von Millers vorheriger Selbstsicherheit war plötzlich nichts mehr zu bemerken.

Vanson legte den Armreif auf den Tresen und sagte: »Der Reif könnte aus Silber und der Skarabäus aus Lapislazuli gefertigt sein, der Preis ist jedoch völlig übertrieben! Solche Schmuckstücke bekomme ich auf den Basaren für ein paar Schillinge.«

»Der Armreif ist alt«, sagte Miller. »Sehen Sie nur die Gravierungen.«

Vanson kniff die Augen zusammen. Tatsächlich waren auf der

Innenseite eine Anzahl von Hieroglyphen und zwei kleine Symbole eingeritzt.

»Können Sie die Inschrift entziffern?«

Vanson schüttelte den Kopf. »Die Zeichen sind zerschlagen und zerkratzt.« Er sah Miller offen an. »Vielleicht ist der Reif wirklich Tausende von Jahren alt, vielleicht ist er aber auch nur eine Replik aus jüngerer Zeit. Womöglich ein Geschenk eines Mannes an eine Frau, seine Schwester oder Mutter. Ohne eine eingehende Untersuchung lassen sich weder die Materialien noch das genaue Alter feststellen, daher habe ich kein Interesse an Ihrem Angebot, Mr Miller.«

»Fünfzig Pfund?« Millers Blick wurde flehend. Als er merkte, dass Vanson auch darauf nicht reagierte, stieß er geräuschvoll die Luft aus und sagte: »Also gut, für dreißig englische Pfund gehört er Ihnen. Ich gebe zu, ich benötige das Geld.«

Für Vanson wurde das Verhalten seines Gegenübers immer suspekter. Miller konnte durchaus recht haben, und der Armreif stammte aus dem alten Ägypten. Schmuckstücke mit dem Abbild des einst heiligen Pillendrehers, wie der Skarabäus auch genannt wurde, gab es im Land jedoch zu Tausenden. Sie galten als Glücksbringer, die besonders bei den englischen Damen beliebt waren. Vanson bezweifelte, dass der Reif aus einem Königsgrab stammte, dafür war er zu unauffällig gearbeitet.

Er wollte erneut ablehnen, als ihm das Bild seiner Tochter in Erinnerung kam. In drei Wochen würde sie zwölf Jahre alt werden. Für Alexander Vanson war es ausgeschlossen, nach England zu reisen, worüber das Kind bestimmt enttäuscht sein würde. Da käme ein kleines Geschenk gerade richtig. Der Reif war zwar breit, in der Spange aber schmal gearbeitet, gerade passend für ein schlankes Handgelenk.

»Zehn Pfund, und keinen Schilling mehr«, sagte er bestimmt. »Das ist immer noch eine Menge Geld für ein Stück Blech mit einem blauen Käfer.«

Miller zögerte nicht. Schnell steckte er das Geld, das Vanson ihm zuschob, in die Innentasche seines Jacketts. »Sie hören wieder von mir, Mr Vanson«, sagte er und eilte dann so hastig davon, dass Vanson den Eindruck hatte, Miller würde vor etwas flüchten. Vielleicht enthielten Millers Worte etwas Wahres, vielleicht war er auch nur ein junges Großmaul.

Alexander Vanson entschied, sich weitere Informationen von Miller zumindest anzuhören. Sofern sich der Gentleman überhaupt wieder bei ihm melden würde.

In seinem Zimmer klemmte sich Vanson das Vergrößerungsglas ins rechte Auge, trat ans Fenster und begutachtete den Armreif kritisch. Die Hieroglyphen konnte er nicht vollständig entziffern. Auch eine Silberpunze war nicht zu erkennen, bei einem alten Stück war das ohnehin nicht zu erwarten. Vanson war sich allerdings sicher, dass der Reif aus Silber und der Körper des Skarabäus aus Lapislazuli gearbeitet war. Bei dem schmückenden Beiwerk vermutete Vanson einfache Glassteine. Keinesfalls war das Schmuckstück eine Grabbeigabe eines Pharaos oder einer anderen hochgestellten Persönlichkeit. Selbst wenn es mehrere Tausend Jahre alt war, war sein Wert gering. Die zehn Pfund waren entschieden zu viel gewesen. Er hätte das Geld lieber für etwas anderes ausgeben sollen.

Vanson setzte sich und verfasste einen Brief an seine Tochter. In knappen Sätzen erklärte er, warum er nicht reisen konnte, und schrieb, er vermisse sie und würde an sie denken. Zum Armreif erfand Vanson eine Geschichte: Der Reif sei einst ein Geschenk eines Mannes an seine Geliebte gewesen, das Paar hatte aber nie zusammenkommen können. Er wusste, seiner Tochter würde diese Erklärung gefallen.

Eine Woche später kehrte Alexander Vanson von der Grabungsstätte vor den Toren Luxors zurück. Mit Staub und Schmutz bedeckt, klebten Hemd und Hose an seinem schweißnassen Körper. Als er die Lobby betrat, erhoben sich zwei Männer aus den Sesseln und kamen ihm entgegen. Sie waren Engländer, schlicht gekleidet, die Mienen ernst.

»Mr Vanson?«, fragte der Jüngere. »Mr Alexander Vanson?«

»Das bin ich.« Vanson wusste sofort, dass es sich um Polizeibeamte handelte, dafür brauchten sie sich nicht vorzustellen. »Gibt es Probleme mit der Grabungslizenz? Ich versichere Ihnen, alles ist amtlich fixiert, die entsprechenden Unterlagen befinden sich in meinem Zimmer, und ich …«

»Wir kommen nicht wegen Ihrer Lizenz, Mr Vanson.« Der Ältere zog eine Fotografie aus der Innentasche seiner Jacke und hielt sie Vanson hin. »Kennen Sie diesen Mann?«

Vanson erkannte ihn sofort wieder, ebenfalls dass der Mann tot war.

»Sam Miller«, murmelte er.

»Diesen Namen hat er Ihnen genannt?«, fragte der Polizist.

Vanson nickte. »Was ist passiert? Hatte er einen Unfall?«

»Heute Morgen wurde seine Leiche zwischen den Säulen des Karnak-Tempels gefunden«, antwortete der jüngere Polizist. »In der Brust eine Pistolenkugel.«

Vanson erbleichte und schluckte. »Ich habe den Mann einmal getroffen und nur wenige Worte mit ihm gewechselt. Warum kommen Sie zu mir?«

»In seiner Jackentasche fanden wir eine handschriftliche Notiz mit Ihrem Namen und der Anschrift dieses Hotels«, erklärte der ältere Beamte. »Der Tote führte keine Ausweisdokumente und keinen Hinweis bei sich, wo er in Luxor wohnte, ob er überhaupt in der Stadt logierte und woher er kam, daher sind Sie unser einziger Informant. Sie sagten, er nannte Ihnen den Namen Sam Miller?«

Vanson erzählte den Beamten, was Miller ihm über sich gesagt hatte, und verschwieg auch nicht, dass der junge Engländer an der Ausgrabung eines angeblich geheimen Pharaonengrabes interessiert gewesen sei und ihn um seine Unterstützung gebeten hatte.

»Das klingt sehr mysteriös«, sagte der Polizist mit gerunzelter Stirn. »Haben Sie Miller Ihre Hilfe zugesagt, Mr Vanson?«

»Ich sagte ihm, dass ich nichts tun werde, das gegen das Gesetz verstößt«, antwortete Vanson wahrheitsgemäß. »Miller wollte sich wieder bei mir melden, was er seitdem nicht mehr getan hat.«

Der ältere Beamte forderte Vanson auf, die Stadt nicht zu verlassen und sich der Polizei zur Verfügung zu halten. »Vielleicht sind Sie, Mr Vanson, der Letzte, der Miller lebend gesehen hat.«

»Sie irren sich, der Letzte war der, der Miller erschossen hat.« Eine Hand legte sich schwer auf Vansons Schulter. »Mr Vanson war es sicher nicht, ich verbürge mich für diesen Mann.«

Erleichtert atmete Vanson auf. Er hatte nicht bemerkt, dass sich Lord Cherringham ihnen genähert und zumindest den letzten Teil des Gesprächs mitangehört hatte.

»Selbstverständlich, Mylord.« Die beiden Polizisten zeigten sich sofort freundlicher, denn es war allgemein bekannt, dass Cherringham ein einflussreicher Mann war und mit seinem

Geld zahlreiche Grabungen finanzierte. »Sie werden verstehen, dass wir die Identität des Toten klären müssen.«

»Dann tun Sie das, meine Herren«, brummte Cherringham. »Wenn Sie neue Erkenntnisse haben, stehen wir Ihnen selbstverständlich zur Verfügung. Ich denke, im Moment ist das alles, nicht wahr?«

Er nahm Vanson am Arm, gemeinsam kehrten sie den Beamten den Rücken zu und verließen die Lobby.

»Danke, Mylord«, sagte Vanson erleichtert, als sie auf der rückwärtigen Terrasse standen. »Es war so, wie ich gesagt habe. Über Sam Miller weiß ich wirklich nicht mehr, auch nicht wo sich das angebliche Grab, das er zu finden hoffte, befindet.«

»Daran zweifle ich nicht«, antwortete Cherringham. »Trotzdem ist es ungünstig, mit einem Mordfall in Verbindung gebracht zu werden.«

»Ich versichere Ihnen, Sir …«

Cherringham winkte ab. »Dieser Miller wird ein junger Abenteurer gewesen sein, sich nicht bewusst, wie vorsichtig wir in diesem Land agieren müssen. Vielleicht ist er mit einem Einheimischen in Streit geraten. Sie wissen, Vanson, wie aufbrausend diese sein können, besonders wenn es sich um die Schätze der Pharaonen handelt. Machen Sie sich frisch, ich erwarte Sie in einer halben Stunde beim Dinner, danach besprechen wir die morgigen Pläne.«

Vanson nickte und sah Cherringham nach, als dieser davonging. Ihm fiel der in den Armreif eingefasste Skarabäus ein. Gegenüber den Polizeibeamten hatte er ihn nicht erwähnt. Nicht absichtlich, er hatte einfach nicht mehr daran gedacht. Vanson erinnerte sich an seinen Eindruck, dass Miller das Schmuckstück unbedingt hatte loswerden wollen. Er überlegte, ob er den

Beamten nachgehen und es ihnen erzählen sollte. Allerdings befand sich der Reif seit fünf Tagen auf dem Postschiff in Richtung England. Er war von geringem Wert, und es war kaum anzunehmen, dass er mit Millers Ermordung in Zusammenhang stand.

1

Penzance, Cornwall 1913

Sie saß auf der niedrigen Mauer, die den Vorgarten des Cottages umschloss, ihre Beine baumelten in der Luft. Erwartungsvoll sah sie zur Ecke am Ende der Gasse, als könne sie so das Erscheinen der Person, die sie ungeduldig erwartete, heraufbeschwören.

»Cleo, zieh deinen Mantel an!« Sie hörte den Ruf aus dem geöffneten Fenster, reagierte aber nicht. Sogleich folgte ein weiterer, diesmal lauter und schärfer: »Cleopatra Vanson, wenn du dich nicht sofort zum Aufbruch bereit machst, gehe ich ohne dich. Dann nehme ich dich aber nie wieder mit!«

Diese Worte erreichten das Mädchen, und sie rutschte von der Mauer. Wenn Tante Elsie sie bei ihrem Taufnamen rief, war es besser, unverzüglich zu gehorchen. Seit sie wusste, welche Persönlichkeit die Königin Cleopatra gewesen war, war sie auf diesen Namen sehr stolz, obwohl sie in der Regel Cleo genannt wurde. Sie war sicher, ihr Vater hatte diesen klangvollen Namen für sie gewählt, denn er war Archäologe und Ägyptologe. Ein großer Bewunderer der Königin Cleopatra, deren Schönheit legendär und der sogar ein römischer Kaiser verfallen war. Angeblich soll Cleopatra in Eselsmilch gebadet und dieser ihre einzigartige zarte Haut zu verdanken haben.

»Cleo, beeile dich! Wir sind spät dran.« Die Hände in die

Seiten gestemmt, stand Tante Elsie vor ihr und musterte sie kritisch. »Warum sitzt du mit deinem guten Kleid auf der schmutzigen Mauer? Dreh dich um, damit ich dich säubern kann.«

Cleo musste es sich gefallen lassen, dass die Tante mit kräftigen Hieben auf ihr Hinterteil den Staub von ihrem blauen Rock klopfte.

»Der Briefzusteller war heute noch nicht da.«

Tante Elsie erwiderte: »Er wird auch nicht früher kommen, wenn du auf ihn wartest. Wenn dein Vater geschrieben hat, wirst du seinen Brief noch früh genug erhalten.«

»Es sind vier Monate seit seiner letzten Nachricht vergangen. Warum schreibt er nicht?«

»Er hat zu arbeiten, und der Weg eines Briefes von Ägypten nach Cornwall ist weit.« Tante Elsie kniff ihre grauen Augen zusammen. »Holst du jetzt endlich deinen Mantel? Ich gebe dir so lange Zeit, bis ich bis zwanzig gezählt habe, dann gehe ich los, du bleibst hier und kümmerst dich um die schmutzige Wäsche.«

Zwei Stufen auf einmal nehmend rannte Cleo in die Dachkammer hinauf, schlüpfte in ihren staubgrauen Mantel und setzte sich den Strohhut auf ihr schulterlanges, glattes Haar. Bereits wieder an der Tür, zögerte sie, kehrte noch einmal zurück, nahm aus einer Schublade einen Reif und streifte ihn über ihr linkes Handgelenk. Der Ärmel ihres Kleides verdeckte ihn. Tante Elsie meinte, es zieme sich nicht für ein junges Mädchen, Schmuck zu tragen. Im Frühjahr hatte Cleos Vater ihr den Armreif mit dem auffallenden, blauen Skarabäus zum Geburtstag geschenkt, schon deswegen hatte er für sie eine besondere Bedeutung. Heute würde sie zum ersten Mal ein wahrhaft herrschaftliches Haus betreten, da war eine kleine Zierde durchaus angebracht.

Pünktlich, als die Tante »neunzehn« sagte, war Cleo wieder an ihrer Seite.

»Warum kommt Lady Tredennick nicht wie deine anderen Kundinnen zu dir ins Haus?«, fragte Cleo, während sie neben ihrer Tante durch die Straßen der Stadt Penzance eilte.

»Weil sie die Lady von Tredennick Manor ist«, antwortete die Tante mit einem Gesichtsausdruck, als erkläre dies alles.

Nun kribbelte es in Cleos Bauch. Zum ersten Mal durfte sie Tante Elsie nach Tredennick Manor begleiten. Das Herrenhaus aus dem 17. Jahrhundert lag auf einem Hügel über der Stadt und war die Heimat von Generationen der Tredennicks, eine der vermögendsten und einflussreichsten Familien im Westen Cornwalls. Ihr Geld hatte die Familie zunächst mit dem Handel nach Übersee, dann mit dem Zinn- und Kupferbergbau gemacht. Die Vorfahren hatten das Haus immer wieder um- und angebaut und dabei seinen ursprünglichen Charakter bewahrt. Personen, die Tredennick Manor besuchten, schwärmten von seiner interessanten Architektur, der eleganten Ausstattung und nicht zuletzt von den prächtigen Gartenanlagen mit Pflanzen aus der ganzen Welt.

Tante Elsie verdiente ihren und Cleos Lebensunterhalt mit Näharbeiten, Lady Tredennick war ihre beste Kundin. Bisher hatte Cleo zu Hause bleiben müssen, wenn die Tante ins Herrenhaus bestellt wurde. Jetzt war sie zwölf Jahre alt. Auch wenn sie noch zwei Jahre zur Schule gehen würde, hielt es die Tante für angebracht, Cleo in ihre Arbeit einzuführen.

»Die Schneiderei ist kein aussterbendes Gewerbe«, erklärte Tante Elsie. »Die Menschen werden immer schöne Kleider wollen. Sorgfältige Näharbeiten können nicht durch Maschinen ersetzt werden. Wenn du eine gute Schneiderin bist, Cleo, wirst du niemals Hunger leiden müssen.«

»Ich möchte aber Archäologin werden«, hatte Cleo gesagt, woraufhin die Tante gelacht hatte, und es schwang eine Spur von Bitterkeit in ihrer Stimme, als sie antwortete:

»Dafür müsstest du einen höheren Schulabschluss ablegen, danach an einer Universität studieren. Dafür haben wir kein Geld. Das wenige, das dein Vater schickt, wenn er sich mal wieder daran erinnert, dass er eine Tochter hat, und der Lohn, den ich erhalte, reichen gerade aus, um ein bescheidenes Leben zu führen. Wir können von Glück sagen, dass das Haus ihm gehört und keine Miete anfällt. Ich habe Sophia gewarnt, diesen Mann zu heiraten, aber meine kleine Schwester hat wie üblich nicht auf mich gehört. Nun liegt sie auf dem Friedhof …«

Immer wenn von Cleos Mutter die Rede war, schniefte die Tante und tupfte sich mit einem Taschentuch die Augenwinkel. Sophia Martyn war vierzehn Jahre jünger als ihre Schwester Elsie gewesen. Die Mutter der Mädchen war nach Sophias Geburt im Kindbett gestorben. Der Vater hatte in den nahe gelegenen Zinnminen geschuftet, um die Schwestern ernähren zu können. Für Sophia war Elsie mehr eine Mutter als eine Schwester gewesen. Auch äußerlich hatte wenig Ähnlichkeit zwischen den Mädchen bestanden. Elsie war groß, mit einem knochigen Körperbau, einer langen, schmalen Nase, und ihr Haar war von einem undefinierbaren Braun. Sophia hingegen hatte früh eine frauliche Figur bekommen, das Haar und die Augen waren goldbraun gewesen. Eitelkeit war Sophia indes fremd gewesen. Mit ihrer Schönheit hatte sie nie kokettiert. Elsie hatte nicht verhindern können, dass Sophia mit zwanzig Jahren den älteren

Alexander Vanson heiratete. Vanson war kein schöner Mann, aber ein Mensch, der mit beiden Beinen im Leben stand, der wusste, was er wollte, und ganz besonders, was er nicht wollte. Seit er ein kleiner Junge gewesen war, war er von den Pharaonen und dem Land im fernen Afrika fasziniert gewesen und hatte Archäologie studiert. Das Schicksal von Sophias und Elsies Mutter wiederholte sich. Kaum hatte Sophia ihrer Tochter Cleopatra das Leben geschenkt, schloss sie für immer die Augen.

»Da dein Vater im Aufbruch nach Ägypten war, kam ich zu euch ins Haus.« Cleo konnte nicht mehr zählen, wie oft Tante Elsie diese Geschichte schon erzählt hatte. »Was hätte Alexander mit dir, armes, kleines Würmchen, sonst tun sollen? Hier gab es für ihn keine Arbeit, und einen Säugling konnte er auf seine Reisen nicht mitnehmen. Im Herzen deines Vaters stand Ägypten immer an erster Stelle, womit ich keineswegs sagen will, dass er dich nicht liebt. Oh, er vergöttert dich, Cleo, ebenso wie er eine dreitausend Jahre alte Mumie vergöttert. Ich bin deine einzige Verwandte, mein Kind, und es war meine christliche Pflicht, mich deiner anzunehmen. Ob ich in Truro, wo ich zuvor gelebt hatte, für die Damen Kleider nähe oder in Penzance, spielte keine Rolle.«

Cleo war dankbar, dass sich Tante Elsie um sie kümmerte, sonst wäre für sie wohl nur das Waisenhaus geblieben. Dementsprechend gespalten waren Cleos Gefühle für ihren Vater. Er hatte sein eigenes Fleisch und Blut verlassen, um seiner Leidenschaft nachzugehen. Einerseits wollte sie ihm nacheifern, auch damit er stolz auf sie war, allerdings war ihm Ägypten immer wichtiger als sein einziges Kind gewesen. Daran hatte sich bis heute nichts geändert.

Einmal hatte Cleo gefragt, warum die Tante nie geheiratet

und eigene Kinder bekommen hatte. Elsie hatte sie ernst angesehen und leise gesagt: »Du bist meine Familie, das ist mir mehr als genug.«

Bei einem seiner seltenen Besuche hatte Cleo ihren Vater gebeten, er möge sie in das Land der Pyramiden, der Wüste und des großen Flusses mitnehmen. Alexander Vanson hatte ihr mit dem Finger einen zärtlichen Stups an die Nase gegeben und gemeint: »Wenn du erwachsen bist, begleitest du mich als meine Assistentin. Bis dahin musst du fleißig lernen und immer das tun, was Tante Elsie dir sagt. Nach Ägypten können nämlich nur gebildete Frauen reisen.«

Damals hatte Cleo nicht gewusst, dass es so lange dauerte, bis man erwachsen wurde. Immer wieder vergingen viele Monate, oft auch Jahre, bis Alexander Vanson wieder nach Cornwall kam. Auch seine Briefe waren unregelmäßig und mit knappem Wortlaut. Cleo hingegen schrieb häufig und ausführlich. Seit dem letzten Jahr fragte sie sich, ob es den Vater überhaupt interessierte, wenn der Sommer in einen milden Herbst überging, oder dass die geschwätzige Bäckerin vorne an der Ecke zum vierten Mal Großmutter geworden war. Auf solche Ereignisse ging er in seinen Antworten nie ein, allerdings betonte er, er würde sie, Cleo, vermissen und oft an sie denken. Sein Brief und der Armreif mit dem Skarabäus hatten Cleo damit versöhnt, dass er sie an ihrem Geburtstag allein gelassen hatte. Je älter sie wurde, desto mehr begann sie zu verstehen, was es für einen Menschen bedeutete, jahrtausendealte Relikte zu finden, in den Händen zu halten und sich vorzustellen, welchem Zweck sie gedient und wem sie einst gehört hatten.

Den Wunsch, an der Seite des Vaters nach uralten Artefakten zu suchen, hegte Cleo nach wie vor. Gleichzeitig fügte sie sich

Tante Elsies Anweisung, sich von ihr im Schneiderhandwerk unterweisen zu lassen. Cleo war keine Träumerin, wie ihr Vater sah sie das Leben realistisch. Nicht nur charakterlich war Cleo ein Abbild von ihm. Von der Schönheit ihrer Mutter hatte sie nur die Augenfarbe geerbt, ansonsten war sie zwar nicht dick, aber von einem stämmigen Körperbau. Ihr Haar war mausbraun, ihr Kinn zu kantig und ihre Nase zu spitz, um dem gängigen Schönheitsideal zu entsprechen. Sie war aber noch jung und machte sich keine Gedanken über ihr Äußeres.

Der große Erfolg war Alexander Vanson bisher verwehrt geblieben. Derzeit war er Teil einer Expedition unter der Leitung eines englischen Gentlemans, Howard Carter, der im Auftrag von Lord Carnarvon, einem Mitglied der englischen Hocharistokratie, verschiedene Grabungen leitete. Über die näheren Umstände hatte sich Cleos Vater im letzten Brief nicht ausgelassen. Zwischen den Zeilen hatte Cleo jedoch gelesen, dass es sich um eine wichtige Angelegenheit handelte.

»Wir sind da.« Tante Elsie stupste Cleo in den Rücken und riss sie aus ihren Gedanken. »Zeig mir deine Hände. Sind deine Fingernägel sauber? Binde deine Hutbänder neu, sie sind unordentlich.« Sicherheitshalber klopfte die Tante Cleos Mantel ab. »Denk daran, was ich dir gesagt habe: Du hältst den Kopf gesenkt, siehst niemandem in die Augen, sprichst nur, wenn eine Frage an dich gerichtet wird, was aber kaum der Fall sein wird, und fasst nichts an. Hast du das verstanden?«

»Natürlich, Tante Elsie, du hast es mir ja bestimmt schon zehnmal gesagt«, antwortete Cleo. »Warum müssen wir uns vor den Leuten von Tredennick so verhalten? Das sind doch ganz normale Menschen wie wir auch …«

»Also wirklich!« Tante Elsie keuchte, ihr Gesicht wurde krebsrot. »Die Tredennicks sind eine sehr alte Familie. Es heißt, deren Vorfahren wären mit Wilhelm dem Eroberer aus der Normandie nach England gekommen. Sie beherrschen die ganze Gegend, die halbe Stadt Penzance ist von ihrem Wohlwollen abhängig. Ebenso wie wir. Ohne die regelmäßigen Aufträge von Lady Tredennick und ihrer Tochter Miss Miranda wüsste ich oft nicht, wovon ich das nächste Essen auf den Tisch bringen und dein Schulgeld bezahlen sollte.«

»So schlimm ist es?« Cleo starrte ihre Tante fassungslos an. »Ich weiß, dass Vater wenig Geld schickt, du hast aber noch andere Kunden …«

»Die meistens nicht mit Bargeld bezahlen«, schnitt die Tante Cleo das Wort ab. »Oft besteht mein Lohn aus einem frisch gefangenen Fisch aus Newlyn, auch mal aus einem Suppenhuhn oder etwas Gemüse. Die Frau des Schusters bezahlt grundsätzlich damit, dass wir unsere Schuhe bei ihrem Mann neu besohlen lassen können. Jetzt genug geredet, Kind, und vergiss nicht, was ich dir gesagt habe.«

Das Herrenhaus war ein dreistöckiger, rechteckiger Bau aus dem grauen Stein der Gegend. Das Eingangsportal wurde von zwei zinnenbewehrten Erkervorbauten mit bodentiefen Fenstern flankiert. Tante Elsie ging nicht auf den Haupteingang zu. Sie umrundete das Haus auf der östlichen Seite, dort zog sie bei einer eisernen Tür an der Klingelschnur. Es wurde sogleich geöffnet. Eine ganz in schwarze Seide gekleidete, grauhaarige Frau sagte anstelle einer Begrüßung: »Sie sind zu spät, Ms Martyn. Mylady ist es nicht gewöhnt, zu warten.«

»Es tut mir leid, Mrs Ross«, erwiderte Elsie. »Heute begleitet mich meine Nichte.«

Cleo streifte ein kurzer, desinteressierter Blick. Wie von der

Tante angewiesen, hielt sie den Kopf gesenkt, sah sich aus den Augenwinkeln aber verstohlen um, während sie der Haushälterin durch den geräumigen Dienstbotentrakt folgten. Sie stiegen eine Steintreppe in das erste Stockwerk hinauf, traten in einen Korridor mit holzgetäfelten Wänden und einem dunkelblauen Teppich. Mrs Ross klopfte an eine Tür, öffnete diese und sagte: »Die Schneiderin ist jetzt da, Mylady.«

»Das wurde auch Zeit«, hörte Cleo eine raue Stimme sagen. »Sie soll hereinkommen.«

Cleo blieb dicht hinter ihrer Tante, als sie in einen kleinen Salon traten, den Blick fest auf den rostbraunen Teppich gerichtet, bemerkte aber, dass Tante Elsie knickste.

»Verzeihen Sie meine Verspätung, Mylady.«

Lady Tredennick runzelte die Stirn, ging auf Elsies Entschuldigung nicht ein, deutete auf Cleo und fragte: »Wer ist das?«

»Meine Nichte Cleopatra«, erklärte Tante Elsie. »Sie wird das Schneiderhandwerk erlernen. Deswegen habe ich sie mitgebracht, sie wird mir beim Ausmessen behilflich sein.«

»Cleopatra?« Die Lady kräuselte die Nase. »Was für ein absonderlicher Name.«

»Mein Vater gab ihn mir. Er ist ein berühmter Archäologe und leitet wichtige Grabungen in Ägypten, aber alle nennen mich Cleo.« Die Worte waren Cleo entschlüpft, bevor sie nachgedacht hatte. Tante Elsie warf ihr einen ärgerlichen Blick zu.

»Da ich noch nie von diesem Mann gehört habe, kann er wohl nicht bedeutend sein«, erwiderte Lady Tredennick mit einem abfälligen Unterton. »Können wir uns jetzt endlich dem Zweck Ihres Kommens zuwenden, Ms Martyn?«

Elsie nickte, nervöse rote Flecken auf den Wangen. Ein Mädchen, das Cleo bisher nicht bemerkt hatte, sprang aus einem

Sessel auf, musterte Cleo von oben bis unten und sagte: »Cleo passt viel besser zu dir. Wie die ägyptische Königin siehst du nicht aus. Die soll nämlich unglaublich schön gewesen sein.«

Obwohl Cleo wusste, dass sie die Augen niederschlagen sollte, klebte ihr Blick an dem Mädchen. Nie zuvor hatte sie eine so hübsche junge Frau gesehen. Das schwarze, lockige Haar schmiegte sich um ein herzförmiges Gesicht mit einer schmalen, wohlgeformten Nase und vollen Lippen. Am schönsten waren jedoch ihre veilchenblauen Augen. Das musste Miranda Tredennick sein, dachte Cleo, die Tochter der Familie.

»Was starrst du mich so an?«, fragte das Mädchen. »Habe ich grüne Flecken im Gesicht, oder was?«

Cleo errötete und neigte den Kopf.

»Miranda, bitte!« Lady Tredennick runzelte unwillig die Stirn. »Lass das Kind in Frieden, es kümmert uns nicht. Stell dich ruhig hin, damit wir endlich anfangen können. Du willst doch ein neues Sonntagskleid haben, nicht wahr?«

»Ja, Mama, natürlich.«

Routiniert nahm Elsie die Maße des Mädchens und diktierte sie Cleo, die sie mit einem Bleistift in ihrer steilen, eckigen Schrift in das Auftragsbuch eintrug. Auf einem Beistelltisch lag ein aufgeschlagenes Buch mit Stoffmustern. Mirandas neues Kleid wurde aus roséfarbener Seide und zartem Chiffon gefertigt. Tante Elsie hatte den Stoff bei einem Händler in Plymouth bestellt und zusammen mit Lady Tredennick das Modell skizziert: Über der Brust gerafft, der Rock ab der Taille glockenförmig ausgestellt, zweilagig aus Chiffon, darüber Seide, einen mit heller Spitze gesäumten, dezenten Ausschnitt und halblange Ärmel, die ab den Ellenbogen wie eine Wasserkaskade aufsprangen. Lady Tredennick hatte von einem »Sonntagskleid« für ihre

Tochter gesprochen, und Cleo fragte sich, wie dann wohl ein Ballkleid für Miranda aussehen würde und aus welchen edlen Stoffen es gearbeitet sein müsste. Sie selbst besaß zwei gute Kleider, die sie nur für den sonntäglichen Kirchgang trug. Für den Winter eines aus dunkelgrauem Tweed, für wärmere Tage das schlichte, schmucklose blaue Baumwollkleid, das sie heute trug. Lediglich der Kragen und die Manschetten waren mit einer schmalen, elfenbeinfarbenen Spitze verziert.

Als Mirandas Maße ausgemessen waren und Cleo das Notizbuch neben den Stoffmustern auf dem Beistelltisch ablegte, rutschte der Ärmel ihres Mantels nach oben.

Blitzschnell packte Miranda Cleo am Handgelenk und rief: »Was ist das? So einen seltsamen Armreif habe ich noch nie gesehen.«

»Ein Geschenk meines Vaters aus Ägypten«, murmelte Cleo mit hochrotem Kopf. Sie wagte nicht, zu ihrer Tante zu sehen.

»Ich habe dir wohl ein Dutzend Mal gesagt, du sollst das Ding nicht tragen!«, brauste Tante Elsie auf, und an Lady Charlotte gewandt: »Verzeihen Sie vielmals, Mylady! Meine Nichte weiß, dass ich solchen Tand nicht schätze.«

»Was das Kind trägt und was es tut, ist mir gleichgültig«, erwiderte Lady Charlotte. »Allerdings finde ich es äußerst unangebracht, sich an einem Werktag derart zu schmücken.«

»Ich finde den Reif hübsch«, sagte Miranda und streckte fordernd die Hand aus. »Gib ihn mir!« Cleo blieb nichts anderes übrig, als der Aufforderung nachzukommen. Miranda betrachtete den Schmuck aufmerksam und fragte: »Was sind das für seltsame Einritzungen?«

»Man nennt sie Hieroglyphen«, erklärte Cleo. »Das ist die Schrift der alten Ägypter. Mein Vater sagt, es sei die Botschaft von einem Mann an eine Frau, die er nicht habe heiraten dürfen.«

»Dann ist der Reif alt?« Wie selbstverständlich streifte sich Miranda das Schmuckstück über ihr Handgelenk. »Er steht mir gut, nicht wahr? Der blaue Käfer hat die gleiche Farbe wie meine Augen.«

Cleo schluckte. Sie befürchtete, Miranda würde ihr den Armreif nicht mehr zurückgeben.

»Deine Augen sind viel leuchtender als der billige Stein, Tochter«, sagte Lady Charlotte mit einem stolzen Blick auf Miranda. »Gib dem Mädchen das Ding zurück«, fügte sie zu Cleos Erleichterung an. »Du hast eine ganze Schatulle mit schönem und wertvollem Schmuck.«

»Ich muss ihn Angwin zeigen«, rief Miranda, ohne den Reif abzulegen. »Vielleicht kann er diese Hürodingsbums entziffern.«

Zu Cleos Überraschung nickte Lady Tredennick wohlwollend. »Tu das, mein Kind. Deine Maße sind abgenommen, du kannst uns jetzt allein lassen.«

»Komm mit!«

Miranda zog Cleo am Ärmel hinter sich her. Am Gesichtsausdruck ihrer Tante erkannte Cleo, wie sehr sie es missbilligte, dass Cleo Miranda begleiten sollte. Elsie wagte aber keinen Widerspruch. Cleo folgte Miranda erst durch einen langen Korridor, dann eine mit dunkelrotem, weichem Teppich ausgelegte Treppe hinauf. Oben angekommen, passierten die Mädchen einen weiteren Korridor, an dessen Ende Miranda schließlich an eine Tür klopfte. Sie wartete die Aufforderung, einzutreten, nicht ab, sondern öffnete die Tür und rief: »Angwin, du musst dir unbedingt was ansehen!«

»Miranda? Hast du jetzt nicht Anprobe für ein neues Kleid?«, fragte eine tiefe männliche Stimme aus dem hinteren Bereich des Raums.

»Ich bin schon fertig.«

Miranda trat in ein quadratisches Zimmer. Die Wände waren holzgetäfelt, ein dunkelgrüner Teppich und gleichfarbige Gardinen schmückten den Raum. Abwartend blieb Cleo unter dem Türsturz stehen. Der Anblick des Raumes nahm sie gefangen. Ehrfürchtig schweifte ihr Blick über die deckenhohen Regale aus dunklem Holz. In ihnen standen mehr Bücher, als Cleo je zuvor gesehen hatte. Die meisten in Leder gebunden, dazwischen auch modernere Literatur mit Rücken aus Stoff. In der Luft lag der unverwechselbare Geruch nach Pergament und Druckerschwärze, wie sie nur Büchern anhaftete.

Ob die Bücher alle gelesen worden sind?, fragte sich Cleo und wünschte sich, ein paar Stunden, ach nein, am liebsten tagelang in diesem Zimmer eingeschlossen zu werden, in den Schätzen stöbern und lesen zu können.

»Was gibt es denn so Dringendes, Miranda?«

Cleos Aufmerksamkeit wurde jetzt auf den hochgewachsenen jungen Mann gelenkt. Die Beine lässig übereinandergeschlagen, in den Händen ein aufgeschlagenes Buch, saß er in einem der zwei Sessel vor dem Kamin. Sein kurzes, glattes Haar war noch eine Spur dunkler als das seiner Schwester.

Miranda trat zu ihm, streifte sich den Armreif ab und reichte ihn ihrem Bruder.

»Sieh mal, Angwin. Kann das Schmuckstück aus Ägypten stammen?«

Er legte das Buch zur Seite, nahm den Armreif und betrachtete ihn interessiert. »Das kann durchaus sein, auf jeden Fall ist es eine sehr hübsche Arbeit. Woher hast du den Reif?«

»Ist doch egal«, wiegelte Miranda ab. »Kannst du lesen, was eingraviert ist? Vielleicht ein Liebesschwur?«

Angwin schüttelte den Kopf. »Mit dem Studium der Ägyptologie habe ich erst begonnen. Meine Kenntnisse reichen noch nicht aus, um Hieroglyphen entziffern zu können.«

»Wie schade.« Enttäuschung schwang in Mirandas Stimme. Sie nahm den Armreif wieder entgegen. »Ich habe gehofft, dass wenigstens eine interessante Geschichte eingraviert worden ist, wenn schon so ein ekliger Käfer darauf prangt.«

Schmunzelnd erwiderte Angwin: »Der Skarabäus gilt in Ägypten auch heute noch als Heiligtum. Er stellt ein Symbol der Schöpferkraft dar, da die Käfer das kommende Nilhochwasser vorzeitig spüren, vom Ufer fort in die Wohnhäuser wandern und den Menschen so das Zeichen geben, dass der Fluss über seine Ufer treten wird.«

»Sehr interessant«, sagte Miranda langgezogen und verdrehte die Augen. Die Geschichte langweilte sie offensichtlich, während Cleo jedes Wort interessiert verfolgt hatte. Sie wusste um die Bedeutung des heiligen Pillendrehers, war jedoch überrascht, diese Kenntnisse bei Mirandas Bruder vorzufinden.

»Ausgesprochen wertvoll scheint der Reif nicht zu sein«, fuhr Angwin fort, der das Desinteresse seiner Schwester nicht zu bemerken schien. »Relikte dieser Art gibt es zuhauf, selbst aus den alten Zeiten. Jede Grabstätte, nicht nur die der Pharaonen, sondern auch von niedrig gestellten Personen, wurde mit zahlreichen Artefakten und Glücksbringern ausgestattet, um den Toten bei der Widerauferstehung das gleiche Leben wie zuvor zu sichern.«

»Sie sind doch nicht wirklich wieder auferstanden?«

Cleo hörte einen bangen Unterton in Mirandas Stimme. Angwin lachte schallend.

»Natürlich nicht! In jeder Religion gibt es den Glauben an ein Leben nach dem Tod. Wir Christen glauben an den Einzug ins Himmelreich, wo wir unsterblich sein werden.«

»Ich nicht! Wenn man tot ist, ist man tot. So wie Vater.«

»Vater lebt in unseren Herzen weiter. Solange wir ihn und seine Güte nicht vergessen, hat er uns nicht verlassen.« Sanft strich Angwin seiner Schwester übers Haar. »Der Totenkult im alten Ägypten ist faszinierend! Ich lese gerade eine interessante wissenschaftliche Studie über die Konservierung von Mumien. Das Verfahren änderte sich im Laufe der Jahrhunderte. Als der Brauch der Einbalsamierung aufkam, verblieben die Innereien des Toten in seinem Körper. Erst später begann man, die Gehirne und inneren Organe zu verflüssigen und zu entfernen. Dann wurden die Körper wieder zugenäht, sodass keine Spuren der Entnahme zu sehen waren. Ist es nicht beeindruckend, über welche Kenntnisse die Ägypter verfügten?«

»Hör auf, Angwin!« Miranda presste sich die Hände auf die Ohren. »Deine Faszination an solch ekelhaften Dingen kann ich nicht verstehen. Wir gehen jetzt wieder, bevor mir übel wird.«

Sie wandte sich ab. Zum ersten Mal sah Angwin zur Tür. Eine seiner buschigen, schwarzen Augenbrauen hob sich, seine Augen musterten Cleo von oben bis unten.

»Wer ist denn dieses hässliche Kind?«

Cleo zuckte zusammen, als hätte sie einen Schlag in die Magengrube erhalten.

»Nur die Tochter der Schneiderin«, erklärte Miranda beiläufig und ließ unerwähnt, dass der Armreif Cleos Eigentum war.

Sie packte Cleo am Arm, zog sie mit sich und warf die Tür lauter als nötig hinter sich ins Schloss. »Gehirne verflüssigen«, murmelte sie immer noch fassungslos. »Die alten Ägypter waren Barbaren!«

»Es geschah aus religiösen Gründen«, erwiderte Cleo. »Mein Vater hat mir davon erzählt. Übrigens: Elsie Martyn ist meine Tante, die Schwester meiner Mutter, und die ist tot.«

»Was?«

»Du hast gesagt, ich sei die Tochter der Schneiderin«, versuchte Cleo zu erklären, aber Miranda winkte ab.

»Meinen Bruder interessiert es nicht, wer du bist«, sagte sie. »In Oxford studiert er Ägyptologie. Er wird ein berühmter Archäologe werden und Gräber finden, randvoll mit Gold und Juwelen, die ihn reich und berühmt machen werden.«

Cleo dachte, dass die Familie Tredennick bereits jetzt unermesslich reich war, auf jeden Fall hatten sie mehr Geld als sonst jemand, den sie kannte. Sie sagte Miranda nicht, dass ihr Vater der Meinung war, in Ägypten gäbe es keine Grabkammer, die nicht schon geplündert worden war. Nicht nur in jüngerer Zeit, schon früher machten sich Grabräuber bereits kurz nach der Beisetzung über die Schätze her.

»Bekomme ich meinen Armreif wieder?«, fragte Cleo.

»Ach so, ja, natürlich.« Miranda streifte den Reif ab und reichte ihn Cleo. »Du hast es ja gehört: Er ist nichts wert, und ob wirklich was Interessantes draufsteht, bezweifelt Angwin sehr. Ich verstehe nicht, wie man einen ekligen Käfer mit sich herumtragen kann.« Sie schüttelte sich wie ein junger Hund.

So hatte es Mirandas Bruder zwar nicht ausgedrückt, Cleo wollte aber nicht länger darüber sprechen, sondern so schnell wie möglich das Haus verlassen. Hoffentlich forderte Tante

Elsie sie nie wieder auf, sie in das Herrenhaus zu begleiten. Mit diesen Leuten wollte Cleo nichts zu tun haben. Noch nie hatte jemand gesagt, sie sei hässlich!

Als Cleo in der Halle auf ihre Tante traf, unterdrückte sie ihre Tränen. Tante Elsie durfte nicht merken, wie verletzt sie war.

»Da bist du ja endlich«, rief die Tante. »Ich hoffe, du bist niemandem zur Last gefallen.«

»Keine Sorge, Ms Martyn«, antwortete Miranda. »Cleo ist zwar ein seltsames Mädchen, aber ich hoffe, sie wiederzusehen. Cleo könnte durchaus interessant sein.«

Cleo fragte nicht, was Miranda damit ausdrücken wollte. Sie war froh, als sie und Tante Elsie Tredennick Manor verließen und den Weg nach Hause antraten, ebenso dass die Tante ihr keine Vorwürfe machte, den Armreif angelegt zu haben.

Als sie im Causeway Head, der Einkaufsstraße von Penzance, ein Geschäft mit einem bodentiefen Schaufenster passierten, blieb Cleo stehen und betrachtete sich in der Scheibe.

»Bin ich sehr hässlich, Tante?«

»Was sagst du da?« Elsie Martyn sah Cleo verständnislos an.

»Ich weiß, dass ich nicht so hübsch bin wie Miranda Tredennick. Bin ich aber wirklich hässlich?«

Elsie schüttelte verwundert den Kopf. »Mit solchen Leuten darfst du dich nicht vergleichen, Cleo. Hässlich bist du nicht gerade, aber …« Sie seufzte. »Du kommst eben mehr nach deinem Vater als nach meiner Schwester. Aber du bist gut so, wie du bist. Vor Gottes Angesicht sind alle Menschen gleich, egal wie sie aussehen. Schlussendlich zählt nicht ein hübsches Gesicht, sondern ein reiner, ehrenhafter Geist.«

Die Worte trösteten Cleo nicht, im Gegenteil. Die Tante hatte Angwins Äußerung nicht widersprochen oder ihr etwas Nettes gesagt. Obwohl es Cleo gleichgültig sein konnte, ob der junge Lord Tredennick sie hübsch oder hässlich fand, steckten seine Worte wie ein Widerhaken in ihrem Herz. Wie Miranda war auch Angwin einer der schönsten Menschen, denen Cleo je begegnet war. Nein, mit diesen Leuten konnte sie sich wahrlich nicht messen.

Sie nahmen den Weg durch die Anlage des Morab Gardens. Der botanische Garten war eine Perle der Stadt und für die Öffentlichkeit zugänglich. Hier wuchsen Pflanzen aus nahezu der ganzen Welt und jede Menge Palmen. Aufgrund der geschützten Lage in der Mount's Bay und dem Golfstrom herrschte in Penzance ein mildes Klima. Während des Winters waren Schnee oder Frost selten und die Sommer nicht zu heiß, aber regenreich. Das war ein perfektes Klima für Palmen, Rhododendren, Hortensien und eine Vielzahl an exotischen Gewächsen. Cleo hielt sich gern im Morab Garden auf, der nur einen Steinwurf von ihrem Cottage entfernt war. Sie saß dann auf einer der grün lackierten Bänke, Insekten schwirrten um ihren Kopf, Vögel zwitscherten im Geäst, und sie träumte sich in die fernen Welten, aus denen die Pflanzen nach Cornwall gekommen waren. Vielleicht kamen einige sogar aus Ägypten? Ihr Vater sagte jedoch, dass das Land in Afrika fast nur aus Wüste bestand, lediglich an den Ufern des Nils gab es Vegetation. Ach, wäre sie doch endlich erwachsen und könnte zu ihrem Vater reisen!

»Was seufzt du, als läge der Kummer der ganzen Welt auf deinen Schultern?«, riss Tante Elsie Cleo aus ihren Gedanken. »Ich gebe dir einen guten Rat: Vergiss Miranda Tredennick ganz schnell wieder! Das Mädchen wird dich nicht zur Freundin nehmen, dafür wird schon ihre Mutter sorgen. Für Ms Miranda bist du vielleicht interessant, weil du anders als sie bist. Aber mit uns Bürgerlichen verkehrt eine Familie wie die Tredennicks nicht.«

»Ich dachte nicht an Miranda, sondern an Vater«, murmelte Cleo.

Die Tante hörte ihr nicht länger zu, sondern beschleunigte ihre Schritte, da urplötzlich eine schwarze Wolke aufgezogen war und ein Regenschauer vom Himmel prasselte.

Sie bogen in die South Folly Lane ein, Cleo konnte ihr Cottage bereits sehen. Unter dem schmalen Vordach stand ein Mann, den Rücken an die Fassade gepresst, um sich vor dem Regen zu schützen. Als er die Frauen sah, kam er ihnen mit weit ausholenden Schritten entgegen. Cleo glaubte, ihren Augen nicht zu trauen.

»Vater!« Sie rannte los und stürzte sich in seine ausgebreiteten Arme. Fest schmiegte Cleo ihr Gesicht an den rauen Stoff seines Mantels.

»So, so, Alexander Vanson, du lässt dich also auch mal wieder blicken«, sagte Elsie kühl. »Du hast deinen Besuch nicht angekündigt.«

»Muss ich ein Telegramm schicken, wenn ich nach Hause komme?«, fragte Alexander. »Ich hatte Sehnsucht nach meiner Tochter, und auch dich, Schwägerin, wollte ich wiedersehen.«

Elsie Martyn runzelte die Stirn. Ihre Freude, den Schwager wiederzusehen, hielt sich in Grenzen. »Lasst uns hineingehen, sonst werden wir bis auf die Knochen durchnässt.«

Während Elsie eine Kanne Tee und Sandwiches zubereitete, begleitete Cleo ihren Vater in sein Zimmer in den ersten Stock hinauf. Der lange, schmale Raum verfügte über ein Fenster zum Garten hinaus, diente Alexander Vanson gleichzeitig als Arbeits- und Schlafzimmer und war voller kleinerer Artefakte, die er von seinen Reisen mit nach Cornwall gebracht hatte. Kleine Steinbüsten, Fragmente von Tempel- und Grabanlagen, Werkzeuge und angestoßene Amphoren und Teller. Nichts Wertvolles, aber lieb gewonnene Erinnerungsstücke an seine zahlreichen Grabungen, die er außer Landes hatte bringen dürfen. Wenn der Vater nicht zu Hause war, hielt sich Cleo oft in dem Zimmer auf, blätterte durch die Bücher und betrachtete und befühlte die Gegenstände. Oft schloss sie die Augen, fühlte sich ihrem Vater nah und stellte sich vor, unter welchen Bedingungen er die Vase oder den Teller gefunden hatte.

Er hatte nur eine kleine Reisetasche bei sich, seine Sachen waren schnell ausgepackt und in der Kommode neben dem schmalen Bett an der linken Wand verstaut.

»Wie lange wirst du bleiben?«, fragte Cleo bang.

»Den restlichen Sommer über«, antwortete ihr Vater. »Vor Oktober ist es im Tal der Könige viel zu heiß, um die Grabungen fortzusetzen. Lord Cherringham ist nach Hause gefahren, um die Finanzierung für die nächste Saison zu sichern. Das wird nicht einfach sein, da wir kaum etwas vorzuweisen haben. Der Gönner von Cherringham möchte bald Ergebnisse sehen.« Alexander stockte, sah Cleo an. »Das verstehst du aber alles nicht.«

»Ich würde es gern verstehen, Vater«, erwiderte Cleo ernst. »Ich möchte alles über deine Arbeit, die Pharaonen und über die Gräber wissen.«

Lachend strich er über ihr Haar. »Du bist groß geworden, Kind, und siehst gesund und kräftig aus. Es mangelt dir doch an nichts?«

»Es geht mir sehr gut, Vater.« Cleo wollte ihm nicht sagen,

dass der einzige Mangel, den sie litt, seine Abwesenheit war. Dass das Geld oft knapp war, ließ sie ebenfalls unerwähnt. Darüber würde Tante Elsie mit Vater sprechen, und irgendwie kamen sie immer über die Runden.

»Tante Elsie will, dass ich Schneiderin werde.«

»Ein guter, aussichtsreicher Beruf für ein Mädchen.« Alexander nickte wohlwollend. »Du kannst von Elsie viel lernen. Ein solides Handwerk ist das Beste für eine Frau, die sich ihren Lebensunterhalt verdienen muss.«

»Ich will nicht nähen, sondern studieren und an deiner Seite arbeiten!« Ihre Enttäuschung über seine Worte konnte Cleo nicht verbergen. »Du hast gesagt, dass die Universitäten auch Frauen zulassen!«

Alexander schluckte trocken. Ausweichend antwortete er: »Erst musst du die Schule beenden. Die Zukunft wird zeigen, wohin dein Weg dich führen wird, Cleopatra Vanson.«

Dass er sie mit ihrem Taufnamen ansprach, sagte Cleo, sie solle das Thema jetzt besser ruhen lassen. Eines war jedoch sicher: Alexander Vanson war nicht nach Cornwall gekommen, um sie nach Ägypten mitzunehmen. Sein Blick fiel auf den Armreif, den Cleo immer noch am Handgelenk trug. Er lächelte.

»Hat dir mein Geschenk gefallen?«

»Nie zuvor habe ich etwas Schöneres besessen!«, rief Cleo. »Auch wenn alle sagen, es wären nur Blech und Glassteine – mir ist der Reif mehr wert als alles Gold der Welt.«

»Wer sagt denn so was?«, fragte Alexander. »Der Skarabäus ist aus echtem Lapislazuli gearbeitet. Seit Jahrtausenden wird der Stein in Zentralasien abgebaut und zu Schmuck verarbeitet. Du glaubst mir doch, dass der Reif viele Tausende von Jahren alt ist und aus einem Grab stammt?«

»Natürlich, Vater. Ich halte ihn in Ehren, und der Skarabäus wird mir immer Glück bringen.«

»Deswegen habe ich ihn dir geschenkt. Wer weiß – vielleicht hilft er dir dabei, dass deine Träume eines Tages Realität werden und du zu mir nach Ägypten kommen kannst.«

Nichts mehr wünsche ich mir, dachte Cleo.

Alexander zog seine Taschenuhr hervor und ließ den Deckel aufspringen. Die Uhr war ein Geschenk von Cleos Mutter gewesen. Das Gehäuse war zwar nur vergoldet, sie hatte aber ihre beiden Namen und das Datum ihrer Eheschließung eingravieren lassen.

»Es ist Zeit für den Tee«, sagte er. »Lass uns hinuntergehen. Deine Tante legt großen Wert auf Pünktlichkeit.«

Elsie Martyn bot ihrem Schwager ein Glas von ihrem selbst angesetzten Holunderblütenwein an. Sie saßen sich im Wohnzimmer gegenüber, im Kamin brannte das Feuer, denn der Sommerabend war kühl. Cleo war ins Bett geschickt worden. Sie war nur unwillig gefolgt, sagte sich dann aber, dass der Vater einige Wochen zu Hause sein und sie viel Zeit miteinander verbringen würden.

»Ich nehme nicht an, dass du Geld mitgebracht hast?«

»Im Moment bin ich etwas klamm«, musste Alexander zugeben und unterbrach das Stopfen seiner Pfeife.

»Im Moment?«, fragte Elsie spöttisch.

Er ging auf ihre Bemerkung nicht ein und fuhr fort: »Du weißt, Elsie, dass ich nicht in meine eigene Tasche wirtschafte, so wie einige meiner Kollegen. Mein Auftraggeber ist Lord Cherringham, bei ihm stehe ich in Lohn und Brot. Zusätzlich finanziert er mir einen durchaus vornehmen Aufenthalt in einem Hotel in Luxor. Würde ich versuchen, mich an Fundstücken zu bereichern, wäre das mein Ende in Ägypten.« Alexander lachte bitter. »Unter den hohen Herrschaften ist das jedoch üblich, obwohl niemand offen darüber spricht. Sie sind der Meinung, wenn sie ihr Geld in die Projekte stecken, haben sie auch Anspruch auf die Ergebnisse. Dass die Kulturgüter für die Museen bestimmt sind, wo sie einer breiten Öffentlichkeit zugänglich gemacht werden, vergessen die Lords und Earls leider nur zu gern.«

Ein Funken Bewunderung glomm in Elsies Augen. So hatte sie ihren Schwager noch nie sprechen hören. Er war eine ehrliche Haut, sein Herz schlug für das Alte Ägypten. Nichts würde ihn abhalten, wieder in das heiße, trockene Land zurückzukehren.

»Cleo ist in einem Alter, in dem sie ihren Vater braucht«, sagte Elsie leise. »Sie lässt sich von dem aufrührerischen Gedankengut, das sich unter den Frauen in den Großstädten wie ein Flächenbrand verbreitet, anstecken. Nicht nur Cleos Wunsch, zu studieren und sich ihren Lebensunterhalt als Archäologin zu verdienen, anstatt zu heiraten und eine Familie zu gründen, wie es jeder normalen Frau ansteht, bereitet mir Sorgen. Deine Tochter stellt die Autorität der Menschen infrage, von denen wir abhängig sind.«

»Ich verstehe nicht, Elsie …«

»Heute sagte Cleo, sie fände es nicht richtig, dass ich zu Lady Tredennick ins Herrenhaus gehe. Die Dame solle zu mir kommen, wenn sie etwas von mir wolle.«

»Das ist meine Tochter!« Alexander lächelte stolz. »Es stellt sich wirklich die Frage, was den Reichen das Recht gibt, uns derart herumzukommandieren.«

»Die seit Jahrhunderten bestehende Ordnung«, erwiderte Elsie mit einem kräftigen Nicken. »In Frankreich hat man gesehen, wohin es führt, wenn sich das einfache Volk anmaßt, ein Land besser regieren zu können als ein von Gott eingesetzter Herrscher.«

»Ich glaube, ich bin heute zu müde, um über Politik zu diskutieren.« Alexanders Nase kräuselte sich. Es gab vieles, was er seiner Schwägerin hätte antworten können, er schwieg jedoch. Nicht nur weil er sich nach seinem Bett sehnte, in erster Linie weil er Elsie Martyns fest verwurzelte royalistische Einstellung kannte. Rigoros lehnte sie Veränderungen und Abweichungen von der bestehenden Ordnung ab.

»Auch du bist von Lord Cherringham abhängig.« Elsie war nicht gewillt, das Thema fallenzulassen. »Es ist *sein* Einfluss und *sein* Geld, das dir ermöglicht, im Dreck nach Gräbern zu wühlen und die Ruhe der Verstorbenen zu stören.«

»Ich bin wirklich erschöpft, Elsie.« Alexander erhob sich aus dem Sessel.

»Du bist also nicht gewillt, deiner Tochter zuliebe für längere Zeit in Cornwall zu bleiben«, sagte Elsie mit versteinerter Miene. »Eine Frage noch, Alexander: Stammt der Armreif, den du Cleo geschenkt hast, wirklich aus einem Grab, oder hast du ihn auf einem Basar gekauft?«

»Das Schmuckstück könnte alt sein.« Alexander setzte sich wieder. So schnell würde Elsie ihn nicht gehen lassen. »Ich habe ihn nicht selbst gefunden, sondern erwarb ihn auf legalem Weg und wollte Cleo eine kleine Freude bereiten.«

Alexander verschwieg, dass der frühere Besitzer des Schmuckstückes ermordet worden war, ebenso, wie vehement Miller den Armreif hatte loswerden wollen. Inzwischen waren Monate vergangen und der Mordfall Sam Miller längst ungeklärt zu den Akten gelegt worden.

»Wenn Lord Cherringham die nächste Grabungssaison finanziert bekommt«, wechselte Alexander das Thema, »dann werden wir fündig werden, dessen bin ich sicher. Wir sind ganz nah dran ...«

»Erspar mir deine Fantastereien«, schnitt Elsie ihm das Wort ab. »Seit Jahren höre ich nichts anderes, als dass du kurz vor einer bahnbrechenden Entdeckung bist, die dich zum berühmten Mann machen wird. Alles nur heiße Luft. Warum konnte Sophia nicht einem normalen Mann begegnen?«

»Du wirst mir nie verzeihen, dass ich deine Schwester geheiratet habe«, sagte Alexander bitter. »Und dass Sophia heute noch leben könnte, hätte sie Cleo nicht bekommen. Lässt du das Kind deine Abneigung spüren?«

»Ich liebe Cleo wie eine eigene Tochter«, empörte sich Elsie. »Allerdings bin ich nicht gewillt, ihre unrealistischen Wunschträume zu unterstützen. Das Mädchen ist alt genug, um einzusehen, dass sie weder studieren noch jemals nach Ägypten reisen wird.«

»Warum eigentlich nicht, Elsie?«, fragte Alexander nachdenklich. »Immer mehr Frauen interessieren sich für die Archäologie. An der Universität in Oxford sind Frauen für den Studiengang der Ägyptologie zugelassen.«

»Wovon soll ich das bezahlen?«, rief Elsie aufgebracht. »Ich nähe mir jetzt schon die Finger wund, um deiner Tochter ein anständiges Leben zu ermöglichen. Sie hat ein dichtes Dach über dem Kopf, immer gefüllte Teller und ordentliche Kleidung. Darüber hinaus darf sie noch zwei Jahre zur Schule gehen. Ein Großteil ihrer Altersgenossinnen ist gezwungen, sich eine Stellung zu suchen, oft als schlecht bezahlte Küchenmädchen in einem herrschaftlichen Haushalt.« Elsie beugte sich vor, ihr Blick bohrte sich in Alexanders Augen. »Hat sich Cleo bei dir beschwert? Hat sie gesagt, dass sie mir nicht beim Schneidern helfen will?«

»Cleo hat kein einziges schlechtes Wort gesagt, im Gegenteil«, versicherte Alexander. »Was ein Studium angeht: Auch Frauen erhalten Stipendien. In den nächsten Wochen werde ich mit Cleo Zeit verbringen und ihr viel von meinem Wissen vermitteln. Ich hoffe auf deine Unterstützung, dem Mädchen die Chance zu geben, so viel wie möglich lernen zu können. Wir haben jede Menge unterschiedliche Ansichten, Elsie, dass Cleo aber die Möglichkeit erhalten sollte, die Zukunft nach ihren Vorstellungen gestalten zu können – darüber sind wir uns doch einig, nicht wahr?«

Elsie nickte zögerlich. Es war ihr anzusehen, wie wenig es ihr passte, auf Cleos Hilfe in der Schneiderei zu verzichten. Alexander war aber Cleos Vater, und er liebte das Kind ebenso wie das Mädchen ihn. Elsie glaubte jedoch nicht daran, dass Cleos Träume jemals Wirklichkeit werden würden. Auch wenn Alexanders Ansatz vielleicht wohlwollend gemeint war, in ein paar Wochen reiste er dennoch wieder ab. Dann würde sie, Elsie, ausreichend damit zu tun haben, das Mädchen zu trösten und die Flausen, die Alexander in den Kopf seiner Tochter gesetzt hatte, wieder auszutreiben. Wie so häufig zuvor.

2

Penzance, Cornwall 1915

Cleo stach die Nähnadel mit so viel Kraft durch den dicken Stoff, dass die Nadel in der Mitte entzweibrach, sich die Spitze in Cleos Fingerkuppe bohrte und stecken blieb.

»Aua!«

Mit zwei Fingern der anderen Hand zog Cleo die Nadel aus ihrem Fleisch, presste ein sauberes Taschentuch auf die kleine Wunde und wartete, bis die Blutung aufhörte. Sie seufzte und blinzelte mehrmals hintereinander. Seit fünf Stunden saß sie nun schon an der Näharbeit, und ihre trockenen Augen brannten. Obwohl es erst früher Nachmittag war, hatte sie die Lampen bereits anzünden müssen. Kaum ein Tag in den letzten drei Wochen, an dem es richtig hell geworden war. Auch heute lag der Nebel dicht und schwer über der Stadt.

Cleo stand auf, streckte ihre Glieder und öffnete das Fenster. Feuchte Kälte strömte herein. Sie beklagte sich nicht über die viele Arbeit, die ihr seit Monaten kaum Freizeit bescherte. Es war selbstverständlich, dass sie Tante Elsie half. Aber sie wünschte sich, ans Meer gehen zu können, raschen Schrittes bis nach Newlyn, vielleicht sogar weiter bis nach Mousehole. Die Bewegung würde ihre Kopfschmerzen, die sie seit Tagen begleiteten, vertreiben. Nebel, Nieselregen und kalter Westwind schreckten Cleo nicht ab. Der November in Cornwall war meistens trüb, neblig und regnerisch, in der Regel besserte sich das Wetter erst im Dezember. Cleo erinnerte sich an Weihnachtsfeste, an denen es wärmer und sonniger gewesen war als im Sommer. Auch die Träume ihrer Kindheit von dem heißen Land am Nil hatte Cleo nicht vergessen. Vor einem Jahr war die Welt jedoch in ein Chaos aus Hass und Blut gestürzt worden. Die Menschen lebten nun in einer Zeit, in der kaum noch Raum für Fantasien blieb.

»Die Regierung zahlt gut für diese Arbeit«, hatte Tante Elsie gesagt. »Mit dem Ausbessern der Uniformen verdienen wir mehr als mit Kleidern, Blusen und Röcken. Den meisten Frauen steht nicht der Sinn nach eleganter Kleidung, wenn ihre Männer, Väter und Söhne in den Schützengräben sterben.«

Auch wenn Cornwall von den Kriegshandlungen nicht direkt betroffen war, gab es in der Stadt kaum eine Familie, die keinen Verlust eines geliebten Mannes zu beklagen hatte. Seit dem Eintritt Englands in einen Krieg, der in Europa schrecklicher und grausamer als jemals einer zuvor tobte, hatte sich Penzance verändert. Auf der Promenade, wo einst die Leute flanierten und sich zu einem Plausch getroffen hatten, standen nun schwere Geschütze. Tag und Nacht wimmelte es von Soldaten, für Zivilisten war die Promenade zum Sperrgebiet erklärt worden. Das städtische Hospital war überfüllt, viele Privathäuser nahmen zusätzlich verwundete Soldaten auf.

Auch Tredennick Manor war zu einem Lazarett geworden. Lady Charlotte hatte einen Flügel des Herrenhauses zur Verfügung gestellt, in dem sich die Soldaten, bei denen keine akute Lebensgefahr bestand, erholen konnten – bis sie als neues Kanonenfutter wieder an die Fronten geschickt wurden. Die Lady selbst kümmerte sich um die an Leib und Seele traumatisierten

Männer. Dafür wurde ihr großer Respekt von Seiten der Bevölkerung gezollt. Miranda hingegen …

Cleo schmunzelte, als sie an das Mädchen dachte. Seit ihrer ersten Begegnung im Sommer vor zwei Jahren hatten sich Cleo und Miranda häufig getroffen. Es Freundschaft zu nennen, wäre übertrieben, aber trotz des Standesunterschiedes war Miranda nicht davon abzubringen, Cleos Gesellschaft zu suchen. Regelmäßig kam sie in das Cottage in der Stadt. Dann brühte Cleo Tee auf, manchmal hatte sie auch einen Kuchen gebacken, und sie saßen wie zwei ebenbürtige Mädchen beisammen. Miranda wollte von Cleo alles wissen: über deren Vergangenheit, deren Gegenwart, wie es war, in einem Cottage ohne Dienstboten zu leben, sich das Essen selbst kochen und die Wäsche waschen zu müssen. Im Gegenzug erzählte Miranda von ihrem Leben, den Erzieherinnen und Gouvernanten, die sie unterrichtet hatten. Eine öffentliche Schule hatte Miranda nie besucht. Sie konnte weder kochen noch nähen, in der Anfertigung von feinen Stickarbeiten hatte man sie jedoch unterrichtet, ebenso in Gesang und Tanz. Miranda spielte auch leidlich Klavier, fand am Musizieren aber nur wenig Gefallen.

»Meine Mutter legt Wert darauf, dass ich mich in Gesellschaft zu bewegen weiß«, hatte Miranda erklärt. »Keine Namen verwechsle, weiß, wer mit wem nicht zurechtkommt und mit wem ich eine leichte, in der Regel seichte Unterhaltung führen kann.«

Cleo gewann den Eindruck, dass Mirandas Leben zwar von Luxus, feinen Kleidern und gutem Essen geprägt, deswegen aber nicht glücklicher als das ihrige war. Tante Elsie schrieb Cleo auch vor, was sie zu tun hatte, ihre eigene Meinung durfte Cleo trotzdem äußern. Miranda hingegen wurde dahingehend geprägt, in der Öffentlichkeit schön, elegant und kultiviert zu sein und nur das zu sagen, was für eine Frau ihrer Gesellschaftsschicht als angemessen galt.

Überrascht hatte Cleo festgestellt, dass Miranda an der Arbeit von Alexander Vanson Interesse zeigte. Wenn Tante Elsie außer Haus war, führte Cleo Miranda ins Arbeitszimmer ihres Vaters und zeigte ihr die Gegenstände, die er von seinen Reisen nach Ägypten mitgebracht hatte, die zahlreichen Landkarten und Bücher über die Pharaonen und die Historie des Landes. Der Raum war ein Sammelsurium, voll von Artefakten aus der ägyptischen und orientalischen Kultur, und kam einem kleinen Museum gleich. Jedes Mal fühlte sich Cleo, als würde sie in die längst untergegangene Zivilisation eintauchen.

Als hätte Cleo mit ihren Gedanken Miranda heraufbeschworen, schälte sich die Gestalt der jungen Frau aus dem Nebel. Sie öffnete das Gartentor und sah Cleo am Fenster stehen.

»Eine scheußliche Suppe heute«, rief Miranda. »Hast du einen heißen Tee für mich?«

»Natürlich«, erwiderte Cleo. »Ich denke, ich habe mir auch eine Pause verdient.«

Sie ging, um Miranda hereinzulassen, dann bereitete sie in der Küche den Tee zu. Gestern hatte Tante Elsie einen Sandkuchen gebacken, von dem Cleo jetzt zwei Stücke abschnitt, dann trug sie das Tablett in das Nähzimmer.

Miranda sah sich um, wie immer abschätzend. Sie deutete auf die Uniformen. »Wo man hinsieht – nur dieses hässliche, gefärbte Khaki! Ich möchte endlich mal wieder bunte Farben sehen.«

»Dein Kostüm ist doch sehr hübsch«, erwiderte Cleo mit einem Lächeln. »Es unterstreicht das Blau deiner Augen.«

Miranda winkte ab. »Für wen sollte ich schön aussehen? Alle jungen Männer sind entweder an den Fronten oder schwer verletzt. Keiner schenkt mir Beachtung.«

Cleo schmunzelte und schenkte den Tee ein.

»Du bist allein?«, fragte Miranda.

»Tante Elsie bringt fertige Uniformjacken zur Kommandantur«, erklärte Cleo, »und kehrt mit weiteren zurück, die ausgebessert und umgeändert werden müssen. An Nachschub mangelt es uns nicht.«

»Das wäre nichts für mich. Zu Hause ist es aber auch nicht besser. Wie es Mutter erträgt, sich um diese Männer zu kümmern, ist mir unverständlich.«

»Es sind unsere tapferen Soldaten, die ihr Leben einsetzen, um Großbritanniens Freiheit zu erhalten.« Cleos Stimme hatte einen mahnenden Unterton.

»Das sagt Mutter auch.« Miranda seufzte erneut. »Wenn wenigstens hin und wieder ein hübscher Mann darunter wäre, mit dem es sich lohnt, ein bisschen zu flirten. Vielen fehlen Arme oder Beine, manchen ein Auge oder ein Ohr. Einige haben schreckliche Brandnarben im Gesicht, sodass man gar nicht mehr erkennen kann, dass sie Menschen sind. Wenn dieser Krieg noch lange dauert, fürchte ich, wird es in ganz England keinen jungen, gut aussehenden Mann mehr geben. Was soll dann aus mir werden? Soll ich etwa einen hässlichen, alten Kerl heiraten? Einen Hagestolz, der keine andere Frau abbekommen hat? Nun ja, wenn er aus der Oberklasse stammt und reich ist, werde ich mich wohl fügen.«

Den letzten Satz hatte Miranda mit einem Augenzwinkern gesagt, und Cleo wusste nicht, ob die Freundin Vermögen und Ansehen wirklich über Liebe, zumindest Sympathie, stellen würde. Miranda richtig einzuschätzen oder gar zu durchschauen, gelang Cleo nicht. Miranda war launisch und sprunghaft, mal eine herzliche Freundin, dann wieder arrogant und herablassend. Cleo wunderte sich, dass Miranda nicht den Wunsch hatte, ihr Leben selbst in die Hand zu nehmen, sondern sich in eine standesgemäße Heirat fügen wollte.

»Weiß deine Mutter immer noch nicht, dass du mich besuchst?«, fragte Cleo.

Mit einem Lachen warf Miranda ihr dunkles Haar, das sie heute offen trug, über die Schultern und erwiderte: »Mütter müssen nicht alles wissen. Ich bin froh, dass ich die humorlose Gouvernante los bin, und genieße die Zeit der Freiheit. Im nächsten Jahr muss ich ja dann in ein Pensionat.« Miranda zog die Mundwinkel herunter. »Vorgesehen war eine exklusive Einrichtung in der Schweiz, in der auch Prinzessinnen europäischer Königshäuser ausgebildet werden. Wegen des Krieges ist eine Reise jetzt zu gefährlich, und Mutter schickt mich nach Schottland. Sie meint, dort wäre ich in Sicherheit, sollte es den Deutschen gelingen, einen Fuß auf unsere Insel zu setzen. Kannst du dir das vorstellen, Cleo? Ich irgendwo in der Wildnis, wo sich Fuchs und Hase gute Nacht sagen und es im Winter immer dunkel ist? Im Sommer regnet es dort ohne Unterlass, und die Männer sind allesamt hässlich, ohne Eleganz und Manieren!«

Cleo unterdrückte ein Schmunzeln. Die Vorstellung von der lebensfrohen Miranda in einem ländlichen Pensionat fiel ihr tatsächlich schwer.

»Du wirst viele Mädchen kennenlernen und neue Freundschaften schließen.«

»Pah!« Miranda winkte ab. »Wir wissen doch alle, wie es in solchen Einrichtungen zugeht. Tagein, tagaus nur lernen, Freizeit gibt es keine, wahrscheinlich werde ich das Haus gar nicht verlassen dürfen. Zumindest nicht allein. Und dann die Reise im Januar in den Norden! Mitten im Winter! Im Zug werde ich mir eine Lungenentzündung holen und sterben, bevor ich überhaupt in dem Gefängnis angekommen bin.«

Nun prustete Cleo laut los. »Ich habe gehört, dass Züge über gut funktionierende Heizungen verfügen, besonders in der ersten Klasse. Außerdem bist du eine der widerstandsfähigsten Personen, die ich kenne, Miranda.«

»Wir werden sehen, was kommt«, erwiderte Miranda vage. »Vielleicht ist der Krieg in ein paar Wochen auch vorbei, dann kann ich doch in die Schweiz.« Sie brach ein Stück Kuchen ab und steckte es sich in den Mund. »Einfach, aber gut«, sagte Miranda, nachdem sie geschluckt hatte.

»Wie geht es deinem Bruder?«, fragte Cleo. Auch nach über zwei Jahren hatte sie einen Kloß im Hals, wenn sie an Angwin Tredennick und seine verletzenden Worte dachte.

Ein Schatten fiel über Mirandas Gesicht. »Er ist irgendwo auf dem Festland. Die letzte Nachricht erhielten wir vor vier Monaten.«

»Keine Nachrichten sind wenigstens keine schlechten Nachrichten«, murmelte Cleo. »Das sagt zumindest meine Tante. Seit fast einem Jahr haben wir von meinem Vater nichts mehr gehört. Wegen des Krieges ist der Postverkehr zwischen Ägypten und England schwierig geworden. Die Beförderung der Feldpost ist wichtiger als private Briefe.«

»Es geht ihm sicher gut.« Miranda stand auf und schlüpfte in ihren Mantel. »Ich muss jetzt gehen, sonst wird meine Mutter misstrauisch.«

Cleo begleitete sie zur Tür. Kaum hatte Miranda das Gartentor hinter sich geschlossen, wurde sie auch schon wieder vom Nebel verschluckt. Cleo kehrte an ihre Arbeit zurück. Die unerwartete Unterbrechung hatte ihr gutgetan. Vor ihr lag ein Stapel Uniformjacken, bis heute Abend musste sie an allen die Knöpfe angenäht haben. Sie nahm eine neue Nadel, fädelte ein, und während sie Stich für Stich arbeitete, schweiften ihre Gedanken zu dem Sommer, der einer der schönsten in ihrem Leben gewesen war.

Alexander Vanson war bis Ende Oktober in Cornwall geblieben. Täglich hatte er mit Cleo über seine Arbeit gesprochen, zusammen mit ihr Bücher und Karten studiert und ihr gezeigt, wie man filigrane Artefakte vorsichtig reinigte, um sie nicht zu zerstören. Cleo war nie müde geworden, ihrem Vater zu lauschen, und hatte ihn mit Fragen gelöchert. Sie spürte, all das, was sie jetzt von ihm lernen konnte, würde ihr von Nutzen sein, wenn sie erst zur Universität ging.

Als der Tag des Abschieds gekommen war, hatte Alexander Vanson darauf bestanden, allein zur Bahnstation zu gehen.

»Ich hasse Abschiede auf dem Bahnsteig«, hatte er gesagt. »Sobald ich in Luxor angekommen bin, schreibe ich dir, und im nächsten Sommer komme ich wieder nach Cornwall.«

Cleo war im Vorgarten gestanden und hatte dem Vater nachgesehen. Das war das letzte Mal, dass sie ihn gesehen hatte. Im folgenden Sommer war er nicht gekommen. *Wichtige Arbeiten* – seine Erklärung, wie häufig zuvor. Dann war der Krieg ausgebrochen und das Reisen zu gefährlich geworden. Mit dem Ausbleiben von Alexanders Briefen kam auch kein Geld mehr. Auch wenn es nie viel gewesen war, die finanzielle Lücke war jetzt deutlich zu spüren. Nachdem Cleo im Frühjahr die Schule beendet hatte, arbeitete sie an der Seite der Tante als Näherin.

Cleos Noten waren zwar bestens, eine weiterführende Ausbildung und ein Abschluss, der für eine Bewerbung an einer Universität notwendig war, kosteten aber zu viel Geld. Cleo hatte mit dem Gedanken gespielt, nach London oder in eine der Großstädte in Mittelengland zu gehen. Seit Kriegsbeginn arbeiteten in den dortigen Rüstungsbetrieben Tausende von Frauen, deren Männer, Brüder und Väter im Kampf waren. Vielleicht könnte sie dort so viel verdienen, um das Geld für das Studium zusammenzubekommen? Als Cleo den Vorschlag ihrer Tante unterbreitete, hatte Elsie sie derart fassungslos angesehen, als hätte Cleo vorgeschlagen, zum Mond fliegen zu wollen.

»Auf keinen Fall lasse ich ein Kind in die Großstadt ziehen!«

»Ich bin kein Kind mehr, Tante Elsie. Ich bin vierzehn, und die meisten meiner Schulkameradinnen haben eine Arbeit.«

»Ja, in einem Haushalt, als Verkäuferin oder in den Fischhallen von Newlyn«, hatte die Tante geantwortet. »Wenn du mit etwas anderem als dem Schneiderhandwerk deinen Lebensunterhalt verdienen möchtest, werde ich dir nicht im Weg stehen. Penzance und dieses Haus hier wirst du allerdings nicht verlassen. Da sich dein Vater der Verantwortung entzogen hat, trage ich sie. Das wäre im Sinn deiner Mutter gewesen. Ich werde dafür sorgen, dass Sophias Kind einen gottgefälligen Weg beschreitet.«

»Was ist an einem Studium nicht gottgefällig, Tante Elsie?«

»Solange du unmündig bist, tust du, was ich dir sage, Cleopatra Vanson. Und jetzt Schluss mit dem Gerede. Wolltest du heute nicht die Wäsche bügeln? Ich an deiner Stelle würde jetzt damit anfangen, oder willst du die halbe Nacht arbeiten?«

Cleo hatte nichts mehr erwidert. Ob sie als Küchenmagd, Fischverkäuferin oder Näherin arbeitete – was spielte das für eine Rolle? Es wäre ihr in letzter Konsequenz auch angst und bange gewesen, in eine Großstadt zu gehen. Allein und fernab von Cornwall.

So hatte sich Cleo gefügt, erlernte von Tante Elsie das Schneiderhandwerk und unterstützte sie bei der Arbeit.

Am ersten Dezember schmückten Cleo und Tante Elsie das Cottage mit Stechpalmenzweigen und Misteln. Im Haus roch es nach Bratäpfeln, und trotz der ständigen Ebbe in der Börse besorgte die Tante einen Tannenbaum. Er wurde mit Strohsternen und kleinen Holzfiguren geschmückt, die noch aus der Kinderzeit von Elsie stammten und von ihr und Cleos Mutter selbst angefertigt worden waren. Die immer beliebter werdenden gläsernen, bunten Kugeln lehnte Elsie ab.

»Einen solchen neumodischen Kram brauchen wir nicht. Außerdem sind die Kugeln viel zu teuer. Wie leicht fällt eine herab und zerbricht. Das Geld investiere ich lieber in echte Bienenwachskerzen. Keine anderen Kerzen verströmen einen so köstlichen Duft.«

Dem musste Cleo zustimmen. Sie wusste, auch in diesem Jahr würde sie vor den angezündeten Kerzen sitzen, in die Flammen sehen und versuchen, sich vorzustellen, wie ihr Vater das Weihnachtsfest verbrachte.. Auch wenn es in Cornwall nur selten Schnee gab – ein Weihnachtsfest unter brütender Sonne war für Cleo nur schwer vorstellbar.

In der Eingangshalle von Tredennick Manor stand ein glitzernder, meterhoher Christbaum. Diesen Baum schmückten dutzende Glaskugeln. Lady Charlotte hatte Elsie mit dem Schneidern einer Abendrobe beauftragt, die sie zu dem alljährlichen

Weihnachtsball der Familie St. Aubyn auf dem St. Michael's Mount tragen wollte. Miranda schmollte, weil sie kein neues Kleid bekam. Lady Charlotte wies Elsie an, das weinrote Samtkleid ihrer Tochter vom Vorjahr auszubessern, in der Taille zu weiten und eine neue Borte am Saum anzusetzen.

»Das Mädchen wächst einfach zu schnell«, hatte Mirandas Mutter gesagt. »Ein neues Kleid würde sie nur in diesem Winter tragen können, und im Krieg müssen wir alle den Gürtel enger schnallen.«

Cleo dachte, dass die Worte zwar gut gemeint waren, auf die Lady selbst aber nicht zutrafen. Der bestellte Stoff für ihr Abendkleid war aus weichem, rostbraunem Samt, handgeklöppelte Spitzen aus Brüssel würden den Ausschnitt und die Ärmelaufschläge verzieren.

»Mutter sagt, ich solle froh sein, überhaupt auf den Mount mitkommen zu dürfen«, raunte Miranda Cleo zu, als diese ihre Maße nahm. »In die Gesellschaft soll ich erst nach dem Pensionatsaufenthalt eingeführt werden, dann ist der Krieg hoffentlich vorbei. Mutter will nämlich eine richtig große Saison in London mit allem Drum und Dran.«

Cleo, die Stecknadeln noch zwischen den Lippen, nickte. Den St. Michael's Mount hatte sie täglich vor Augen. Die Gezeiteninsel mit dem einstigen Benediktinerkloster war seit dem 15. Jahrhundert durch wechselnde Hände gegangen. Seit vielen Jahren residierte auf dem Berg nun die Familie St. Aubyn, die Baronets von St. Levan. Auch wenn Charlotte Tredennick so tat, als wäre ihre Familie die einflussreichste in Westcornwall – das Sagen hatten die Eigentümer vom Mount, wie die Felseninsel allgemein genannt wurde. Lebhaft konnte sich Cleo einen Ball in dem burgartigen Schloss vorstellen. Hunderte von Kerzen, Dutzende von elegant gekleideten Frauen und Männern, Champagner und essbare Köstlichkeiten in Hülle in Fülle …

»Aua! Pass doch auf!« Der Schrei von Miranda riss Cleo aus ihren Träumen. »Du hast mich gestochen!«

»Es tut mir leid«, murmelte Cleo. Sie hatte Miranda lediglich mit einer Nadel leicht am Handgelenk gepikst, als sie die Ärmelverlängerung anheftete. Aus der kleinen Wunde trat nicht einmal ein Blutstropfen aus.

»Dürfen wir gehen, Mutter?«, fragte Miranda.

»Wo willst du hin?«

»Ich möchte Cleo unsere Krippe im Salon zeigen«, antwortete Miranda, scheinbar demütig, Cleo sah aber ein Funkeln in ihren Augen. »Ich bin sicher, sie hat noch nie so etwas Schönes gesehen.«

»Von mir aus, wir benötigen euch nicht länger. Nicht wahr, Ms Martyn? Miranda, pass auf, dass das Kind nichts anfasst oder umwirft. Die Krippe ist seit Generationen in der Familie.«

Cleo schnaubte innerlich, selbst Tante Elsie, die nie etwas infrage stellte, was die Lady sagte, verzog unwillig die Mundwinkel. Cleo folgte Miranda, die sie allerdings nicht zum Salon, sondern aus dem Haus führte.

»Wolltest du mir nicht die Krippe zeigen?«, fragte Cleo.

»Ach was, so eine dumme Krippe.« Miranda winkte ab. »Die ist nichts Besonderes, im Stall jedoch …« Sie zwinkerte Cleo zu und lief so schnell zu den Stallungen, dass Cleo Mühe hatte, mit ihr Schritt zu halten.

Hier war Cleo zuvor noch nie gewesen. Warme, nach Pferden riechende Luft schlug ihr entgegen. Die Wände waren hell getüncht, alles war sehr sauber. Cleo zählte sechs Boxen. Miranda öffnete die Tür der letzten.

»Das ist White Flake. Sie wurde gestern Abend geboren.«

Vorsichtig spähte Cleo in die Box. Neben einer Fuchsstute stand ein Fohlen auf staksigen Beinen, seine dunklen Augen, die für das schmale Gesicht viel zu groß erschienen, sahen Cleo entgegen.

»Sie ist wunderschön!« Unwillkürlich flüsterte Cleo. »Darf ich sie streicheln?«

»Lieber nicht. Das Muttertier kennt dich nicht, sie könnte aggressiv reagieren.«

Miranda schloss die Box wieder. Die Mädchen verließen den Stall just in dem Moment, als Elsie Martyn um die Ecke kam und sich suchend umsah.

»Seit wann befindet sich eine Krippe im Pferdestall?«, fuhr sie Cleo an.

»Wo sonst sollte eine Krippe sein?«, antwortete Miranda schlagfertig und überheblich. »Jesus Christus wurde doch in einem Stall geboren, Ms Martyn.«

Elsies Lippen wurden schmal. Ohne Miranda zu beachten, packte sie Cleo am Handgelenk und zog sie mit sich. Erst als sie in die Gasse zu ihrem Haus einbogen, sprach Elsie wieder: »Ich weiß, dass du nicht auf mich hören willst, Cleo, und ich kann dir nicht verbieten, dich mit Miranda zu treffen. Eine aufrichtige, wahre Freundin wirst du in ihr aber nie finden.«

»Warum nicht?« Cleo sah die Tante trotzig an. »Ich dränge mich ihr nicht auf. Es ist Miranda, die meine Nähe sucht und die mir das Fohlen zeigen wollte. Unser Leben ist zwar unterschiedlich, aber ich neide Miranda nichts.«

»Das Mädchen hat keinen guten Charakter. Ich frage mich, was sie von dir will.« Elsie murmelte so leise, dass Cleo Mühe hatte, sie zu verstehen. Es war, als spräche die Tante zu sich selbst. »Solche Worte dürfte ich nicht sagen. Wenn Lady Charlotte davon erfahren würde …«

»Von mir nicht«, rief Cleo, »und Miranda wird ihrer Mutter auch nichts sagen. Tante, was ist denn so schlimm daran, dass Miranda und ich befreundet sind?«

Elsie sah sie ernst an. »Miranda setzt dir nur Flausen in den Kopf. Ihr Lebensweg ist vorbestimmt, er wird leicht und ohne Stolpersteine sein. Deine Zukunft hingegen ist ungewiss. Ich bin erleichtert, dass du den unseligen Gedanken an ein Studium und eine Reise nach Ägypten inzwischen aufgegeben hast.«

Das habe ich keineswegs, dachte Cleo. Sie hatte aber eingesehen, dass durch das fehlende Geld ihres Vaters und der Kriegssituation ihr großer Traum nicht zu verwirklichen war. Jedenfalls nicht im Moment.

Cleo erwachte von einem Knistern, einem beißenden Geruch und einem Kratzen im Hals. Als sie die Augen aufschlug, sah sie dichten, dunklen Qualm unter dem Türspalt ins Zimmer quellen. Sie sprang aus dem Bett. Als sie eine Hand auf den Türknauf legte, schrie sie auf. Das Metall war glühend heiß. Sie nahm ein Tuch und öffnete die Tür. Aus dem Untergeschoss quoll dichter Rauch, die Flammen züngelten bereits auf der schmalen Holztreppe.

»Tante Elsie!«, schrie Cleo. »Wo bist du?«

Barfüßig tappte sie zur Treppe. Sie musste zu ihrer Tante und so schnell wie möglich aus dem Haus! Der Rauch kratzte in Cleos Hals, sie hustete, atmete dadurch aber nur noch mehr Qualm ein. Auch die Hitze wurde unerträglich. Cleo war auf der Hälfte der Stufen, als plötzlich die Flammen hochschlugen und den Saum ihres Nachthemdes erfassten. Schreiend schlug sie auf den Stoff, dann knackte es bedrohlich unter ihren Füßen. Mit zwei beherzten Sprüngen nach oben konnte sich Cleo gerade noch retten, bevor die Treppe nachgab und in sich zusammenstürzte. Der Weg nach unten zu ihrer Tante war Cleo versperrt. Erneut rief sie deren Namen, ihre Worte gingen im Prasseln des Feuers unter. Sie rannte in ihre Kammer zurück und öffnete das Fenster. Der Luftzug wirkte auf das Feuer wie bei einem Kamin. Die Flammen schlugen in die Kammer, züngelten über den Teppich und griffen auf das Bett über.

Cleo kletterte auf den Fenstersims und schwang die Beine nach draußen. Hier konnte sie zwar leichter atmen, nun brannten aber auch schon die Vorhänge.

Der Brand hatte auch die Nachbarn geweckt. Schemenhaft erkannte Cleo zwei Stockwerke unter ihr vom Feuerschein erhellte Gesichter.

»Du musst springen!«, rief ein Mann, ein anderer trat vor.

»Spring, Cleo! Wir fangen dich auf!«

Cleos fühlte die brennende Hitze auf ihrem Rücken. Trotzdem kehrte sie noch einmal in das Zimmer zurück, riss die Schublade der nahe am Fenster stehenden Kommode auf und streifte sich den ägyptischen Armreif über. Es war das einzige Erinnerungsstück an ihren Vater. Dann kletterte Cleo durch das Fenster, holte tief Luft, schloss die Augen und ließ sich fallen. Starke Arme fingen sie auf. Zusammen mit zwei Männern stürzte sie zu Boden.

Schnell rappelte sich Cleo hoch, ihr war nichts geschehen, Tante Elsie konnte sie aber nirgendwo entdecken.

»Wo ist meine Tante?«

Cleo erntete betretenes Schweigen, die Männer, die sie aufgefangen hatten, sahen sich verlegen an. Mrs Cooksen, die Nachbarin von gegenüber, legte ihr Umschlagtuch um Cleos bibbernde Schultern.

»Es tut mir leid, Kind«, flüsterte sie. »Deine Tante scheint es nicht geschafft zu haben. Als wir das Feuer bemerkten, standen das Erdgeschoss und der erste Stock bereits in Flammen. Niemand konnte es wagen, das Haus zu betreten, ohne sein eigenes Leben aufs Spiel zu setzen. Es grenzt an ein Wunder, dass du nahezu unverletzt bist, Cleo.«

Die Schmerzen in ihren Händen und am Unterschenkel spürte Cleo ebenso wenig, wie sie merkte, dass sie schwer Luft bekam und immer wieder hustete. Sie starrte auf ihr Heim, das rasend schnell in Schutt und Asche versank. Wie durch dichten Nebel hörte sie die Glocke des Feuerwehrwagens. Hier konnte allerdings nichts mehr gerettet werden. Cleo hatte keine Ahnung, warum das Feuer ausgebrochen war, eines wusste sie aber mit Bestimmtheit: Tante Elsie war tot. Nun hatte sie niemanden mehr auf dieser Welt, außer ihrem Vater. Aber von ihm hatte sie seit Ausbruch des Krieges keine Nachricht mehr bekommen und wusste nicht, wie sie ihn über den Tod der Tante informieren sollte. Was sollte jetzt nur aus ihr werden?

3

Schottland, Mai 1917

Um diese Jahreszeit waren die Tage lang und die Nächte hell. Die sanften Hügel der nördlichen Ausläufer der Grampian Mountains waren von sattem Grün überzogen, das Tausenden von Schafen frische, saftige Nahrung bot.

Cleo setzte sich auf die Gartenbank und hielt ihr Gesicht in die wärmenden Sonnenstrahlen. Sie schloss die Augen und fühlte sich zufrieden und glücklich.

Mademoiselle Roux, die Lehrerin für Französisch, Musik und Tanz, hatte ihr eben die Bestnote für die letzte Arbeit gegeben und sie vor der ganzen Klasse gelobt. Auch in den anderen Fächern stand Cleo an der Spitze ihrer Altersgenossinnen. Das Lernen fiel ihr leicht, wissbegierig sog sie alles Neue auf wie ein Schwamm. Manchmal erschien es Cleo unfassbar, dass bereits über ein Jahr vergangen war, seit sie und Miranda im Pensionat angekommen waren. Der Schmerz über Tante Elsies Tod war nicht verklungen, inzwischen konnte Cleo aber an sie denken, ohne in Tränen auszubrechen. Von ihrem Vater gab es immer noch keine Nachricht und keinen Hinweis auf seinen Verbleib. Unvermindert tobte der Krieg auf der ganzen Welt, aber hier in den schottischen Highlands war davon kaum etwas zu spüren.

Cleos Gedanken drifteten in die Vergangenheit. Experten

hatten schnell herausgefunden, dass das Feuer durch eine defekte Stromleitung im Erdgeschoss entstanden war. Cleo war es erspart geblieben, die Überreste von Elsie Martyn identifizieren zu müssen. An den letzten Gang ihrer Tante konnte sich Cleo kaum erinnern. Es dauerte ein paar Tage, bis ihr bewusst geworden war, dass sie nicht nur Elsie und das Haus, sondern auch all ihre Sachen und ihre Kleidung verloren hatte. Das Baumwollnachthemd, in dem sie aus dem Fenster gesprungen war, und der Armreif waren ihre einzige Habe. Tante Elsie hatte keine Versicherung abgeschlossen, und Cleo drohte auch noch die Begleichung der Kosten für den Abriss der Brandruine. Da Cleo das Geld nicht hatte, stand ihr zudem der Weg ins Arbeitshaus von Penzance bevor.

Entgegen Tante Elsies negativer Meinung von Miranda bewies diese nun wahre Freundschaft. Miranda überredete ihre Mutter, Cleo in Tredennick Manor aufzunehmen. Für Cleo überraschend stimmte Lady Charlotte zu, vielleicht auch aus dem Grund, weil ihr Ansehen in der Gegend durch die selbstlose Geste noch gesteigert wurde.

»Du bekommst meine alten Kleider, und im nächsten Jahr gehen wir zusammen nach Schottland ins Pensionat. Es tut mir so leid, was passiert ist.« Miranda hatte Cleo an sich gezogen, im Blick aufrichtige Anteilnahme. »Jetzt werden wir richtige Freundinnen, die niemand mehr trennen kann.«

Das Weihnachtsfest und der Jahreswechsel waren für Cleo ruhig verstrichen. Die Familie empfing zwar Gäste und ging selbst aus, man ließ Cleo aber in Ruhe. Angwin Tredennick kam über die Feiertage nach Hause und hatte sie ignoriert. Seine Bemerkung, sie wäre ein hässliches Kind, konnte Cleo nicht vergessen, und sie vermutete, dass ihn ihre Anwesenheit im Haus störte. Dann brach das Jahr 1916 an, und sie und Miranda waren nach Schottland gereist. Während sich für Miranda alles so darstellte wie von ihr befürchtet – Schnee, Regen, Kälte, kurze Tage, an denen es nicht richtig hell wurde –, fand sich Cleo in einer anderen Welt wieder und wurde von ihrem Schmerz abgelenkt.

»Hier bist du! Ich suche dich schon überall.«

»Miranda!« Cleo kehrte aus der Vergangenheit ins Jetzt zurück. Sie bat die Freundin, sich zu ihr zu setzen. »Ist es nicht ein wundervoller Frühlingstag?«

»Wie man es sieht.« Unwillig verzog Miranda die Lippen. »Die Bonnet hat mich zu sich zitiert und gemeint, sie würde einen Brief an meine Mutter schreiben, weil meine Noten so schlecht sind. Diese Hexe!«

Mrs Bonnet war die Schulleiterin. Cleo mochte die grauhaarige, strenge, aber gerechte Frau gern, während Miranda die Rektorin seit ihrem ersten Tag im Pensionat nicht leiden konnte und meinte, Mrs Bonnet suche ständig nach Gründen, um sie zu schikanieren.

Cleo griff nach Mirandas Hand und drückte sie. »Du weißt, ich will dir keine Vorschriften machen, aber ich rate dir schon länger, dich mehr anzustrengen. Das verlangte Pensum ist nicht schwer, und ich helfe dir gern beim Lernen.«

»Danke, nein!« Miranda entzog Cleo ihre Hand und schüttelte den Kopf. »Ich habe keine Lust, mein Leben hinter staubigen Büchern zu verbringen. Mama wollte, dass ich dieses Pensionat besuche, aber ich schlage drei Kreuze, wenn wir zum Jahresende endlich wieder nach Cornwall heimkehren.«

»Und ich wünschte, ich könnte hierbleiben«, murmelte Cleo.

Miranda ging darauf nicht ein und plapperte weiter: »In zwei

Monaten werde ich achtzehn, meine Jugend ist damit fast schon vorbei. Mama und Angwin werden einen Mann für mich suchen, wahrscheinlich bin ich in einem Jahr schon verheiratet. Bis dahin will ich mein Leben genießen. Meinem zukünftigen Gatten wird es gleichgültig sein, ob ich mathematische Formeln berechnen, alle Hauptstädte der Erde aufzählen kann oder Französisch spreche.«

»Es gibt viele Männer, die gebildete Frauen zu schätzen wissen«, sagte Cleo.

Miranda legte den Kopf schief, kniff ein Auge zu und sah Cleo abschätzend an. »Wenn man äußerlich nicht besonders ansprechend ist, mag Bildung vielleicht nötig sein, um sich einen Mann zu angeln. Ich werde aber nicht geheiratet, weil ich den Inhalt von Büchern kenne, sondern weil ein Mann sich mit mir schmücken will. Zu meiner nicht unerheblichen Mitgift wird er natürlich auch nicht Nein sagen.«

Längst zuckte Cleo bei Seitenhieben auf ihre äußere Erscheinung nicht mehr zusammen oder nahm sie jemandem übel. Sie erinnerte sich dann immer daran, dass sich die wahre Schönheit eines Menschen in dessen Inneren befand.

Seit dem Feuer war sie in die Höhe geschossen und überragte die ältere Miranda bereits um einen halben Kopf. Während die Freundin weibliche Rundungen hatte, war Cleos Körper hager und eckig, gleichgültig, wie viel sie aß, und ihr Haar war immer noch mausbraun, dünn und glatt. Nur ihre Augen fand sie ansprechend: dunkelbraun, bei Lichteinfall mit einem leichten rötlichen Schimmer.

»Heute Abend muss ich wieder weg«, flüsterte Miranda und sah sich um. Es war niemand in der Nähe, der sie hätte belauschen können.

»Schon wieder? Das ist das zweite Mal in dieser Woche! Irgendwann werden wir erwischt und nach Hause geschickt.«

»Na und?« Mirandas Nase kräuselte sich. »Die Abende sind lang und hell, warum sollte ich im Bett liegen und so tun, als würde ich schlafen? Du weißt Bescheid: Wenn meine Abwesenheit entdeckt werden sollte, sagst du, mir sei übel und ich sei in den Waschräumen. Du musst nur darauf achten, dass das Fenster in der Putzkammer offen steht. So wie in den letzten Wochen.«

Den Mädchen im Pensionat war es streng verboten, das Gelände nach sechs Uhr am Abend zu verlassen. Um acht wurde das Licht gelöscht, und es herrschte strikte Nachtruhe. Seit ein paar Wochen schlich sich Miranda regelmäßig davon, manchmal kehrte sie erst gegen Mitternacht zurück. Die Türen waren zwar abgeschlossen, die Fenster im Erdgeschoss aber nicht vergittert.

Cleo wand sich unbehaglich. »Ich möchte nicht lügen, Miranda ...«

»Muss ich dich daran erinnern, wer die Kosten für den Abriss eures Hauses übernommen und wem du es zu verdanken hast, nicht im Arbeitshaus gelandet zu sein?« Miranda drückte sich eng gegen Cleo. »Stattdessen genießt du eine kostspielige Ausbildung in einem exklusiven Pensionat.«

Cleo senkte betroffen den Kopf. Alles, was Miranda sagte, stimmte. So gab sie auch jetzt wieder nach.

»Also gut, ich werde darauf achten, dass das Fenster nicht geschlossen wird. Willst du mir nicht wenigstens sagen, wohin du gehst, wenn du dich aus dem Haus schleichst?«

Miranda gab Cleo einen Stups in die Seite und lachte unbeschwert. »Du musst nicht alles wissen, außerdem bist du noch viel zu jung, um es zu verstehen.«

Schwungvoll warf sie ihr lockiges, offenes Haar nach hinten, drehte sich um und lief davon. Mit einem unangenehmen Druck im Magen blieb Cleo zurück. Der sonnige Tag hatte seinen Glanz verloren.

In den folgenden Wochen schlich sich Miranda jeden zweiten Abend davon. Ob die anderen vier Mädchen, mit denen sie sich den Schlafsaal teilten, es bemerkten, wusste Cleo nicht. Zwischen ihnen, alle aus vermögenden englischen und schottischen Familien, und Cleo bestand kaum Kontakt. Miranda hatte dafür gesorgt, dass die anderen wussten, dass Cleo nicht ihren Kreisen entstammte und den Aufenthalt im Pensionat nur der Großzügigkeit von Lady Charlotte verdankte. Zwar war kein Mädchen unfreundlich zu ihr, in ihren Kreis aufgenommen wurde Cleo aber nicht. Sie störte das nicht. Sie verbrachte ihre Freizeit ohnehin lieber in der Bibliothek, in der es zu Cleos Freude auch Bücher über das Alte Ägypten und die Pharaonen gab.

Eines Nachts kehrte Miranda nicht wie üblich vor Mitternacht zurück. Cleo tat kein Auge zu. Immer wieder sah sie zur Uhr. Es wurde zwei, dann drei, schließlich vier Uhr, und die Sonne erhob sich langsam schon wieder hell am Firmament. Cleo stand auf, schlüpfte in ihre Pantoffeln und den Morgenmantel und schlich sich aus dem Schlafsaal, ohne die anderen Mädchen zu wecken. In der Putzkammer war das Fenster nur angelehnt, so wie mit Miranda vereinbart. Cleos Herz klopfte schneller. War der Freundin etwas passiert? Wenn sie doch nur wüsste, wohin Miranda gegangen war! Die Umgebung war nicht gefährlich, und das Wasser des kleinen Flusses in unmittelbarer Nähe selbst bei Regenfällen nur hüfthoch. Außerdem konnte Miranda schwimmen. Sie konnte aber gestürzt sein und sich ein Bein gebrochen haben. Oder sie war überfallen worden …

Cleo atmete heftig, das Herz klopfte in ihrem Hals. Sie durfte nicht das Schlimmste annehmen! In weniger als zwei Stunden kam die Hausmutter, um die Mädchen zu wecken. Dann würde Mirandas Abwesenheit nicht länger unbemerkt bleiben. Cleo ging in den Schlafsaal zurück und kleidete sich an, jedes unnötige Geräusch vermeidend. Sie musste Miranda suchen! Auf demselben Weg wie die Freundin kletterte Cleo aus dem schmalen Fenster im Erdgeschoss. Inzwischen war es hell. Unschlüssig, in welche Richtung sie sich wenden sollte, sah Cleo zu den Fenstern hinauf, hinter denen sich die Schlafräume des Lehrkörpers befanden. Hoffentlich war von ihnen noch niemand wach und kam auf den Gedanken hinauszusehen. Cleo lief zu einer Baumgruppe, etwa vierhundert Yards vom Hauptgebäude entfernt. Hier befand sich ein altes Eishaus aus der Zeit, als die Schule der Wohnsitz einer herrschaftlichen Familie gewesen war. Heute wurde es nicht mehr genutzt und verfiel nach und nach. Die alte, noch massive Holztür stand einen Spaltbreit offen.

»Ich muss zurück, sonst wird mein Fehlen bemerkt.«

Vor Erleichterung, Mirandas Stimme zu hören, hätte Cleo beinahe laut aufgeschrien und schlug sich eine Hand vor den Mund. Miranda kam aus dem Eishaus, jedoch nicht allein. Hinter ihr trat ein großer, muskulös gebauter Mann ins Freie. Cleo schätze ihn auf ein paar Jahre älter als Miranda.

»Kommst du heute Abend wieder?«, fragte er.

»Ich denke, ich sollte ein paar Tage aussetzen. Meine Freundin wird sonst misstrauisch. Wenn sie mitbekommt, dass ich erst jetzt zurückkomme, wird sie mich sicher kräftig ausschimpfen.«

»Als ob dich das kümmert, meine Liebe.« Er lachte, dann senkten sich seine Lippen auf Mirandas Mund. Eine Hand wanderte über ihren Rücken und legte sich auf ihren Po.

Cleo hielt die Luft an, als sie sah, wie Miranda seinen Kuss erwiderte und seine Liebkosungen genoss. Sie fühlte sich plötzlich schrecklich dumm. Hatte sie wirklich geglaubt, Miranda verbrachte die Abende außerhalb des Pensionats, um sich den Sternenhimmel anzusehen? Cleo verbarg sich hinter dem dicken Stamm einer Eiche und wartete, bis der Mann in die entgegengesetzte Richtung verschwunden war. Dann trat sie vor.

Nur für einen Augenblick erschrak Miranda, dann grinste sie. »Cleo! Du hast mich erschreckt! Ich dachte, es wäre eine der Lehrerinnen. Was machst du hier?«

»Das möchte ich dich fragen, Miranda«, erwiderte Cleo ernst und entschlossen, sich nicht länger mit Ausreden abspeisen zu lassen. »Ich habe gesehen, dass du mit einem Mann im alten Eishaus gewesen bist. Wer ist er? Woher kennst du ihn? Triffst du dich schon die ganze Zeit über mit ihm?«

»Jetzt halte mal die Luft an, Cleo.« Miranda hob unterbrechend die Hand. »Gut, jetzt weißt du, warum ich immer mal wieder fortgehe, mehr musst du nicht erfahren.«

»Ich denke, ich habe das Recht auf die Wahrheit. Immerhin zittere ich seit Wochen jede Nacht, dass dein Fehlen entdeckt wird.«

Miranda musterte Cleo von oben bis unten. »Du hast nicht etwa vor, mich bei Mrs Bonnet anzuschwärzen?«

»Ich sollte es tun«, murmelte Cleo. »Ja, ich bin noch jung,

weltfremd bin ich allerdings nicht. Ich weiß genau, was der Mann von dir will.«

»Nichts, das ich nicht auch will.«

»Bist du von allen guten Geistern verlassen?«

»Im Gegenteil, ich war mir noch nie so sicher.« Miranda runzelte die Stirn. »Und du, liebe Freundin, wirst deinen Mund halten! Wenn mein Verhalten auffliegt, dann müssen wir beide das Pensionat verlassen. Mich stört das nicht, im Gegenteil, ich kehre liebend gern nach Cornwall zurück. Aber was willst du dann anfangen? Ganz allein, ohne Geld, kein Heim, eine abgebrochene Ausbildung …« Miranda seufzte und wirkte, als sei sie aufrichtig in Sorge um Cleos Zukunft.

Cleo schluckte trocken. Die Drohung Mirandas schwebte wie das besagte Damoklesschwert über ihr. Leise sagte sie: »Ich möchte nicht, dass du verletzt wirst, Miranda.«

»Colin meint es erst«, erwiderte Miranda, »und ich ebenfalls. Meine Mutter würde eine Verbindung zu dem Sohn eines Wildhüters jedoch niemals akzeptieren. Darum werden wir fortgehen.«

»Fortgehen?« Cleo glaubte, sich verhört zu haben. »Du willst mit diesem … Colin durchbrennen?«

»Wenn du es so nennen willst.« Miranda lächelte, einen träumerischen Ausdruck in den Augen. »Nach schottischem Recht bin ich mündig und heiratsfähig. Wenn Colin und ich erst Mann und Frau sind und ein Kind haben, werden Mama und Angwin unsere Ehe akzeptieren müssen.«

»Wann willst du gehen?«

»Das werde ich dir nicht auf die Nase binden, Cleo. Ich habe dir schon viel zu viel erzählt.« Miranda packte Cleo an den Schultern und schüttelte die Freundin. »Du wirst mich nicht verraten! Du bist doch keine gemeine Petze! Jetzt müssen wir uns aber beeilen, ins Haus zu kommen, bevor wir erwischt werden.«

Wie eine Marionette stakste Cleo der Freundin nach. Sie wusste nicht, was sie sagen sollte und was sie tun konnte. Wenn sich Miranda etwas in den Kopf gesetzt hatte, würde sie nicht ruhen, bis sie ihren Plan auch umgesetzt hatte. Sie war keine Petze, aber sie konnte Miranda auch nicht sehenden Auges in ihr Unglück laufen lassen.

Während ein außergewöhnlich sonniger und warmer Sommer begann, der alle Mädchen in eine frohe Stimmung versetzte, wurde Cleo immer in sich gekehrter. Nach wie vor schlich sich Miranda in den Abendstunden fort, und jede Nacht befürchtete Cleo, die Freundin würde nicht zurückkommen. Wenn Miranda mit diesem Colin wirklich durchbrannte, konnte sie, Cleo, dann Lady Charlotte und Angwin Tredennick gegenüber so tun, als hätte sie nichts gewusst? Derart kaltblütig war sie nicht. Cleo wollte Miranda aber auch nicht verraten. Nicht weil sie dann nach Cornwall zurückkehren musste. Irgendwie würde sie sich schon durchschlagen und eine Arbeit finden. Für Cleo hatte ihre Freundschaft Bedeutung, ihre Worte, sie wolle Miranda vor einer Enttäuschung bewahren, waren aufrichtig gewesen. Die Freundin musste selbst einsehen, dass sie einen falschen Weg einschlug. Miranda wich allen weiteren Gesprächsversuchen aus. Sie lächelte nur wissend. So wälzte sich Cleo nahezu jede Nacht ruhelos im Bett, auch dann, wenn Miranda neben ihr tief und fest schlief.

Ende Juni wurde Miranda nach dem sonntäglichen Kirchgang zu der Schulleiterin bestellt. Als eine Mitschülerin ihr die

Nachricht überbrachte, wurde Miranda blass. Sie warf Cleo einen fragenden Blick zu, diese schüttelte den Kopf und flüsterte: »Ich habe kein Wort gesagt!«

Es dauerte nur wenige Minuten, dann kehrte Miranda in den Aufenthaltsraum zurück. Ihre Augen leuchteten. Sie hing am Arm ihres Bruders Angwin Tredennick.

»Cleo, sieh, wer uns besucht! Mit jedem hätte ich gerechnet, aber nicht mit meinem Bruder!«

Cleo lächelte gezwungen. Das unangenehme Gefühl, das sie immer überfiel, wenn sie Angwin gegenüberstand, breitete sich in ihr aus.

Angwins Blick glitt flüchtig zu Cleo, er murmelte: »Ach, das Waisenkind, dessen sich Mutter angenommen hat«, dann sah er wieder seine Schwester an. »Ich habe leider nur diesen Nachmittag Zeit. Mein Zug geht morgen früh.«

»Was machst du in Schottland?«, fragte Miranda. »Musst du an die Front zurück? Wie ist es da? Hast du viele Feinde getötet? Wann werden wir endlich siegen? England wird doch siegen, oder?«

Angwin legte eine Hand auf Mirandas Mund, er lachte schallend. »So viele Fragen in deinem kleinen Kopf, Schwester! Ich werde dir nur auf eine antworten: An die Front muss ich vorerst nicht zurück. Ich habe eine kriegswichtige Aufgabe in London zu erledigen, über die ich aber nicht sprechen darf, ebenso nicht darüber, was mich nach Schottland geführt hat. Machen wir einen Spaziergang, Miranda. Dabei erzählst du mir, was du in der Schule gelernt hast.«

»Das ist langweilig.« Miranda zog einen Schmollmund. »Warum muss eine Frau Mathematik, Geografie und Fremdsprachen lernen? Mama weiß davon auch nichts.«

»Die Zeiten ändern sich, Miranda. Immer mehr Männer möchten eine gebildete Frau an ihrer Seite haben, nicht nur ein hübsches Gesicht.«

»Du auch? Hast du schon jemanden in Aussicht?«

»Ich denke nicht daran, mich zu vermählen. Jedenfalls nicht in den nächsten Jahren. Ich habe andere Pläne.« Angwin zwinkerte seiner Schwester zu und bot ihr den Arm an. »Lass uns gehen, solange die Sonne noch scheint, im Westen ballen sich erste dunkle Wolken.«

Weder Miranda noch Angwin forderten Cleo auf, sie zu begleiten. Als sie die Tür hinter sich geschlossen hatten, hörte Cleo Miranda sagen: »Du warst eben sehr unfreundlich zu Cleo. Sie ist mir eine liebe Freundin geworden.«

Angwins Antwort konnte Cleo nicht vernehmen, Mirandas Worte machten sein ablehnendes Verhalten aber wieder gut. Seine Meinung über sie kannte Cleo seit Jahren, warum sollte sich etwas geändert haben? Die Welten, in denen sie und Angwin lebten, waren zu unterschiedlich. Ihre und Mirandas Freundschaft änderte daran nichts. *Aber ist es wirklich Freundschaft?*, fragte sich Cleo. Oder eher eine Zweckgemeinschaft? Sobald Cleo etwas tun würde, das Miranda missfiel, würde sie sie ohnehin fallenlassen. Diesbezüglich machte sich Cleo keine Illusionen, und für Angwin würde sie immer unbedeutend und unansehnlich bleiben.

Eine Stunde später hatte es sich Cleo auf einer Bank unter einem Apfelbaum bequem gemacht und las in einem Buch. Mit großen Schritten kam Angwin plötzlich auf sie zu. Er war allein.

»Ich soll dir ausrichten, dass es gleich Mittagsessen gibt«, sagte er. »Miranda macht sich frisch und zieht sich um.«

»Ist es schon so spät?« Cleo sprang auf, dabei fiel das Buch von ihrem Schoß. Bevor sie sich bücken konnte, hatte Angwin es schon aufgehoben.

»Tutanchamun – Mythos und Wahrheit«, las Angwin und zog eine Augenbraue hoch. »Du interessierst dich für die Pharaonen?«

»Mein Vater ist Ägyptologe«, antwortete Cleo. Es war nicht nur das erste Mal, dass sie und Angwin allein waren, sondern auch dass er eine Frage an sie gerichtet hatte. »Alles, was mit Ägypten zu tun hat, interessiert mich sehr.«

Er nickte. »Ach ja, jetzt ich erinnere mich. Hast du nicht mal ein Schmuckstück besessen, das Miranda mir gezeigt hat?«

»Einen Armreif mit eingeritzten Hieroglyphen«, erwiderte Cleo. »Ein Geschenk meines Vaters, ich habe ihn heute noch. In der Schule dürfen wir aber keinen Schmuck tragen.«

»Von deinem Vater hast du immer noch nichts gehört?«, fragte Angwin, und Cleo meinte, echtes Interesse in seinem Blick zu erkennen.

»Leider nein. Wenn ich aber über Ägypten lese, fühle ich mich ihm nah.«

»Ich wünschte, meine Schwester würde etwas mehr Lerneifer zeigen.« Angwin seufzte. »Miranda hat nicht völlig unrecht, wenn sie die Schule als Zeitverschwendung betrachtet. Ihr weiterer Lebensweg ist vorbestimmt, während eine Frau aus deiner Klasse zusehen muss, wie sie ihren Lebensunterhalt verdienen kann. Eine gewisse Bildung ist dabei von Vorteil. Meine Mutter kann nicht ewig für dein Auskommen sorgen, das verstehst du doch?«

»Selbstverständlich, Sir. Ich bin Lady Charlotte aus ganzem Herzen dankbar, dass sie mir ermöglicht, diese Schule zu besuchen. Meine Tante wollte, dass ich das Schneiderhandwerk erlerne. Wenn der Krieg vorbei ist, werde ich aber nach Ägypten reisen und an der Seite meines Vaters arbeiten.« Beinahe trotzig sah Cleo Angwin an, in der Erwartung, wegen ihres Wunsches von ihm ausgelacht zu werden.

Seine Reaktion überraschte Cleo allerdings. Zum ersten Mal sah er sie mit echtem Interesse an, keine Spur von Spott in seinem Blick. »Miranda sagte mir, seit Jahren gäbe es keine Nachricht von deinem Vater. Das liegt sicherlich am Krieg. Ich hoffe, dass du und dein Vater eines Tages wieder vereint sein werdet und du wirklich zu ihm reisen kannst.«

»Danke, Mylord Tredennick.« Cleo senkte den Kopf, damit er ihre Verwirrung über seine Worte nicht von ihrem Gesicht ablesen konnte. »Meinen Vater werde ich bestimmt bald wiedersehen.«

»Wie ist dein Eindruck von Miranda?«, fragte er. »Ich habe meine Schwester lange nicht mehr gesehen, und sie erscheint mir verändert.«

»Sie ist älter geworden, Sir. Das Leben im Pensionat verändert uns alle.«

»Das meine ich nicht.« Angwin runzelte die Stirn. »Miranda trägt ihr Herz auf der Zunge. Schon als Kind konnte sie vor Mutter und mir nur schwer etwas verbergen. Vorhin gewann ich jedoch den Eindruck, dass mir Miranda etwas verheimlicht.«

Cleo schluckte trocken. Sie widerstand dem Impuls, unbehaglich von einem Fuß auf den anderen zu treten.

»Ihre Schwester freut sich auf die Heimkehr nach Cornwall, Sir«, antwortete sie vage. »Wie Sie richtig sagten: Miranda mag die Schule nicht besonders.«

»Das ist es nicht.« Er trat einen Schritt vor, und Cleo roch den herben Duft seines Rasierwassers. »Du magst zwar Mirandas Freundin und ihr gegenüber loyal sein, ich aber bin ihr Bruder. Seit dem frühen Tod unseres Vaters bin ich für sie verantwortlich. Ich kenne meine Schwester gut genug, um zu wissen, dass etwas nicht stimmt. Und das hat mit dem Unterrichtspensum nichts zu tun.«

»Ich weiß nicht, wovon Sie sprechen, Sir.« Cleo merkte, wie die Röte in ihre Wangen stieg. Er stand so dicht vor ihr, dass sie seinen Atem auf ihrer Haut spürte.

Angwin ließ nicht locker. »Cleo, was versucht meine Schwester vor mir zu verbergen?«

Seine Aufmerksamkeit und körperliche Nähe verwirrten Cleo. Am liebsten hätte sie auf dem Absatz kehrtgemacht und wäre davongelaufen. Sie wollte Miranda nicht verraten. Seit Wochen waren ihre Nerven aber angespannt, und sie sorgte sich um Miranda.

»Sir, bitte, ich muss zum Essen gehen. Wer sich verspätet, bekommt einen Tadel.«

»Du weißt also, was los ist. Hat es etwas mit einem Mann zu tun?«

Scharf sog Cleo die Luft ein. Sie war nicht so gewieft, ihr Erschrecken zu verbergen.

»Cleo, bitte, sag die Wahrheit!«

Sie nickte wie unter Zwang. »Miranda hat einen Mann kennengelernt«, flüsterte sie. »Ich fürchte, sie wollen durchbrennen und heiraten.« Angwins Lippen wurden zu einem schmalen Strich. Rasch fuhr Cleo fort: »Ich habe alles versucht, ihr das auszureden, Sir, das müssen Sie mir glauben! Miranda hört aber nicht auf mich.«

»Das kann ich mir vorstellen.« Angwin lachte bitter. »Ich ahnte, dass etwas im Gange ist, dafür kenne ich meine Schwester zu gut, auch wenn wir uns monatelang nicht gesehen haben.«

»Miranda wird mir nie verzeihen, dass ich sie verraten habe, aber ich kann sie doch nicht in ihr Unglück rennen lassen!«

»Wahre Freundschaft zeigt sich dadurch, dass man auch etwas tun muss, um den anderen zu schützen«, erwiderte Angwin ernst. »Ich danke dir für deine Aufrichtigkeit, Cleo, und keine Sorge: Von mir wird Miranda nichts erfahren.«

Cleo sah ihn fragend und zugleich ängstlich an. »Was haben Sie jetzt vor, Sir?«

»Es bleibt nur eine Möglichkeit: Ihr werdet so schnell wie möglich nach Tredennick zurückkehren, wo unsere Mutter ein Auge auf Miranda hat, bis ich aus dem Krieg zurück bin. Ich denke, ihr werdet in den nächsten Tagen abreisen.«

Angwin drehte sich um und ging ohne einen Abschiedsgruß davon. Seine Worte waren wie ein Faustschlag in Cleos Bauch gewesen. Es kam nun so, wie Miranda gedroht hatte: Für Cleo war die Zeit des Lernens vorbei. Miranda würde ihr sicher schrecklich zürnen, das spielte aber nicht länger eine Rolle. Cleo fühlte sich nicht als Verräterin, im Gegenteil. Für sie wäre es Verrat an ihrer Freundschaft, wenn sie Miranda in ihr Unglück hätte laufen lassen. Allerdings musste Cleo sich jetzt überlegen, wie sie ihren Lebensunterhalt bestreiten konnte.

4

Cornwall, Dezember 1918

Miranda zupfte am Stoff des Dekolletés des gerade geschnittenen lilafarbenen Kleides, rümpfte die Nase und murrte: »Du musst den Ausschnitt tiefer machen. Ich sehe aus wie eine alte, vertrocknete Gouvernante! Niemand wird mit mir tanzen wollen!«

»Du bist wunderschön, Miranda«, sagte Cleo, »und die Männer werden für einen Tanz mit dir Schlange stehen. Es ist nur ein kleiner Weihnachtsball im Kreis der engsten Verwandten und Bekannten. So kurz nach dem Krieg ist ein großes Fest unangemessen, hat doch nahezu jede Familie der Gegend geliebte Menschen verloren.«

Miranda rollte mit den Augen. »Du redest wie meine Mutter, Cleopatra Vanson. Allerdings – warum sollte ich mich anziehend kleiden, wenn es kaum passable Männer gibt, die meine Schönheit bewundern könnten? Die meisten sind ohnehin Krüppel, oder da oben«, Miranda tippte an ihre Stirn, »nicht mehr richtig.«

»Wir müssen dankbar sein, dass die Feinde besiegt sind und das Töten ein Ende hat. Möge Gott verhüten, dass die Welt noch einmal einen so schrecklichen Krieg erleben muss!«

»Das ist nicht Gottes Wille, sondern der weniger Machthaber, die den Hals nicht vollbekommen«, erwiderte Miranda. »Die Menschen wollen immer mehr. Mehr Macht, mehr Land, mehr Geld. Ich fürchte, das wird niemals enden.« Miranda lachte nun wieder unbeschwert und kehrte zu ihrem ursprünglichen Thema zurück. »Angwin hat einen Kameraden, mit dem er in Frankreich gekämpft hat, über die Feiertage nach Tredennick eingeladen. Ein gewisser Mr Millian. Er ist kein Aristokrat, aber Angwin sagt, er sei jung und unversehrt. Wenn ja, werde ich den ganzen Abend nicht von seiner Seite weichen und keinen Tanz auslassen.«

»Sofern Mr Millian tanzen kann. Vielleicht liegen seine Interessen auf anderen Gebieten?«

»Papperlapapp!« Miranda machte eine wegwerfende Handbewegung. »Ich werde dafür sorgen, dass er mir die gebührende Aufmerksamkeit schenkt. Oder zweifelst du daran, Cleo?«

»Auf keinen Fall, Miranda.« Cleo schmunzelte.

Miranda straffte die Schultern. »Jetzt wirst du den Ausschnitt etwas tiefer ansetzen. Nur so viel, dass Mama es nicht bemerkt.« Vertraulich zwinkerte sie Cleo zu. »Schlimm genug, dass ich immer noch das grässliche Korsett tragen muss. In Amerika ist es längst außer Mode, und auch die einfachen Frauen schnüren sich kaum noch ein. Sie können sich viel freier bewegen und müssen nicht bei jedem Bissen fürchten, keine Luft mehr zu bekommen.«

Cleo nickte zustimmend. »Der Krieg hat auch die Mode verändert. Wie hätten die Frauen in den Munitions- und Uniformfabriken arbeiten können, wenn sie Korsetts getragen hätten? Du hast es wahrlich auch nicht nötig, deinen Körper einzuschnüren. Ich aber muss mich den Wünschen deiner Mutter fügen.«

»Die es nicht merken wird, wenn der Ausschnitt zwei, drei Zentimeter tiefer sitzt«, erwiderte Miranda.

Seufzend gab Cleo nach. »Also gut, zieh das Kleid aus, ich werde mich gleich an die Arbeit machen. Der Ball ist ja schon in zwei Tagen.«

»Du bist ein Schatz!« Miranda drückte Cleos Arm. »Du hast gut daran getan, unser Angebot anzunehmen, in Tredennick zu bleiben und hier zu arbeiten.«

Nach der überstürzten Abreise aus Schottland – Miranda hatte sich zuerst geweigert, sich dann aber der Anordnung ihres Bruders fügen müssen – war auch Cleo nach Tredennick Manor zurückgekehrt und geblieben. Ihr Status war nicht genau definiert, sie selbst würde sich als Gesellschafterin, die auch Näharbeiten verrichtete, bezeichnen. Für Lady Charlotte erledigte sie die Korrespondenz, las ihr vor, manchmal wünschte die Dame auch ihre Begleitung bei Spaziergängen. Cleo hatte außerdem bei der Versorgung der verwundeten Soldaten geholfen. Eine Tätigkeit, von der Miranda nach wie vor Abstand nahm. Cleo bewohnte eine helle und geräumige Dachkammer im Ostflügel, die sogar einen eigenen Kamin hatte. Die Mahlzeiten nahm sie zusammen mit dem Personal ein, manchmal forderte Miranda sie auf, mit ihr Tee zu trinken. Cleo erhielt einen geringen Lohn. Da sie freie Kost und Logis und kaum Ausgaben hatte, konnte sie fast alles zurücklegen. Jetzt, da endlich Frieden herrschte, wollte sie so bald wie möglich nach Ägypten reisen, um ihren Vater zu finden. Lady Charlotte erlaubte Cleo, sich aus der gut sortierten Bibliothek Bücher zu entleihen, und so las Cleo nahezu in jeder freien Minute.

Miranda verspottete sie als Blaustrumpf und meinte, Cleos Augen würden bald eine Brille benötigen – »und dann wird dich bestimmt kein Mann heiraten wollen!« –, Cleo lachte darüber aber nur. Sie war jetzt siebzehn, aber ihr Körper entbehrte nach wie vor der weiblichen Rundungen, die Männer bevorzugten, und ihre Gesichtszüge waren immer noch kantig. Als Ehefrau und Mutter sah sich Cleo ohnehin nicht. Sie wollte frei sein, nicht die Untertanin eines Mannes. Seit dem Februar dieses Jahres hatten bestimmte Gruppen von Frauen zwar das Wahlrecht erhalten, auch gingen immer mehr Frauen einer Vollzeitbeschäftigung in Fabriken nach, im Grunde hatte sich aber kaum etwas geändert. Wenn Cleo heiratete – abgesehen davon, dass für eine Ehe kein Anwärter zur Verfügung stand –, bedeutete das für sie die Aufgabe ihrer Eigenständigkeit und ihrer Träume. Kein Mann würde ihren Wunsch akzeptieren, zu den Grabungsstätten in Ägypten zu reisen und selbst mit Spitzhacke und Schaufel in die Wüste zu ziehen.

Miranda hatte nie erfahren, dass Cleo mit Angwin über ihr Vorhaben, mit einem Wildhüter durchzubrennen, gesprochen hatte. Angwin hatte viel Diplomatie bewiesen, um Cleo und die wahren Gründe der überstürzten Heimreise unerwähnt zu lassen. Er sagte Miranda, dass ihre Mutter unter der Einsamkeit in dem großen Haus leide, weil er, Angwin, nur noch selten nach Cornwall kommen konnte. Jedes Gegenargument hatte Angwin zur Seite gewischt, und schließlich musste Miranda nachgeben. Ihr Bruder war das Familienoberhaupt, und sie war dazu erzogen worden, seine Anordnungen nicht infrage zu stellen. Zunächst hatte Cleo ein schlechtes Gewissen gehabt, zumal sich Miranda die Augen ausgeweint hatte, weil sie die erste Liebe ihres Lebens verloren hatte. Trotz allem schmerzte es Cleo, die Freundin unglücklich zu sehen. Mirandas Kummer hatte aber nur wenige Wochen angedauert, dann hatte sie zu ihrer Unbekümmertheit und Lebenslust zurückgefunden. Mit neunzehn

Jahren war Miranda im heiratsfähigen Alter, im kommenden Frühjahr würde sie in die Gesellschaft eingeführt werden. Miranda konnte es kaum erwarten, ihre erste Saison in London zu verbringen.

Angwin Tredennick war unversehrt aus dem Krieg heimgekehrt. George Jenner, der zuverlässige Verwalter, hatte den Besitz gut durch die Krise gebracht. Durch eine Erkrankung im Kindesalter war Jenners linkes Bein ein paar Zentimeter verkürzt, was ihn von dem Dienst an der Front befreit hatte. Es behinderte ihn aber nicht bei der Arbeit auf Tredennick Manor. Auch jetzt verließ sich Angwin auf den älteren Mann, bescherte es ihm doch die Zeit, sich wieder intensiv der Archäologie zu widmen. Das Studium in Oxford nahm Angwin jedoch nicht wieder auf. Tägliche Begegnungen zwischen ihm und Cleo waren unvermeidbar. Angwin hatte sich jedoch verändert. Er war ernster und stiller geworden, über seine Erlebnisse an der Front sprach er nicht. Bei den drängenden Fragen Mirandas, die über die Kriegserlebnisse ihres Bruders alles wissen wollte, wurde er sehr ernst und erwiderte lediglich: »Es ist vorbei, Schwester. Seien wir dankbar, dass unserer Familie von keinem schweren Leid getroffen worden ist.«

Cleo gegenüber verhielt sich Angwin freundlich, äußerte keine abfälligen Bemerkungen, mehr als ab und zu ein paar belanglose Worte wechselten sie jedoch nicht miteinander. Ihre Unterhaltung in Schottland wurde nicht wieder angesprochen. Seitdem empfand Cleo aber eine Art von Verbundenheit zu Mirandas Bruder.

»Cleopatra Vanson, schlag dir diesen Mann aus dem Kopf!«, sagte sie zu ihrem Spiegelbild und zog eine Grimasse. Trotz ihrer Einsicht konnte Cleo nicht verhindern, dass ihr Herz in

Angwins Anwesenheit schneller schlug, sie ihn verstohlen betrachtete und beim Klang seiner angenehmen, sonoren Stimme ein warmes Gefühl empfand. Cleo achtete streng darauf, ihre schwärmerischen Jungmädchengefühle zu verbergen, besonders vor Miranda. Bei aller Vertrautheit würde Miranda sie auslachen, wenn nicht gar aus dem Haus weisen, sollte sie erfahren, dass Cleo für ihren Bruder schwärmte.

Am Weihnachtstag nahm Cleo am Dinner und dem abendlichen Tanzvergnügen nicht teil. Am folgenden Tag würden die Dienstboten eine eigene kleine Feier bekommen. Die Familie versorgte sich dann selbst, besuchte Nachbarn, oder man ritt zur Jagd. Den Angestellten wurden kleine, nützliche Geschenke in Boxen überreicht. Aus dieser Tradition heraus hatte der zweite Weihnachtsfeiertag die Bezeichnung *Boxing Day* erhalten.

Heute stand Cleo hinter einer der zwei massiven Säulen, die die Balustrade über der großen Halle säumten, und beobachtete die Ankunft der Gäste. Angwins Kriegskamerad Victor Millian war mit Anfang dreißig zwar älter als von Miranda erhofft, unter den drei Dutzend Gästen aber doch der Jüngste. Bei den anderen Gästen handelte es sich um Bekannte der Tredennicks aus der Gegend, ältere Ehepaare, von denen vier in Begleitung ihrer Töchter gekommen waren. In ihrem Versteck schmunzelte Cleo. Drei der Mädchen waren durchaus ansehnlich und von einer gewissen Anmut, keine konnte sich aber mit der strahlenden Schönheit Mirandas messen. Cleo fragte sich, ob Lady Charlotte eine der jungen Damen als potenzielle Heiratskandidatin für ihren Sohn in Betracht zog. Mit dreiundzwanzig war Angwin in dem Alter, um an eine Ehe und die Fortführung des Namens Tredennick zu denken. Wer schlussendlich die Auserwählte sein würde, lag in der Hand von Lady Charlotte. Angwin ehrte und respektierte seine Mutter und würde sich ihrem Wunsch sicher beugen. Er war erzogen worden, die Traditionen zu bewahren und eine standesgemäße Ehe einzugehen, die ihm auch finanzielle Vorteile einbrachte. Die Vorstellung, Angwins Ehefrau würde im Herrenhaus einziehen, zog Cleos Herz zusammen. Schnell lenkte sie ihre Aufmerksamkeit auf Victor Millian. Er war mittelgroß, von schlanker, kräftiger Statur, hatte hellblondes, kurz geschnittenes Haar und wasserblaue Augen, ein längliches, schmales Gesicht und ein eckiges Kinn. Dem Anlass angemessen trug er eine dunkle Hose, eine Weste und einen Gehrock, um den steifen weißen Kragen einen lockeren Binder. Auch aus der Ferne erkannte Cleo, dass der Stoff zwar von guter Qualität war, Millians ganze Erscheinung zeigte jedoch, dass er nicht von Adel war. Jetzt neigte Millian seinen Kopf vor Lady Charlotte, beugte sich dann über Mirandas Hand und deutete einen Kuss an. Cleo konnte nicht hören, was er sagte, Mirandas Augen leuchteten aber auf. Bereitwillig hakte sie sich an seinem dargebotenen Arm unter und ließ sich von ihm zum Lunch führen. Seine Manieren waren tadellos, für Cleo ein Beweis, dass gutes Benehmen kein Privileg der Aristokratie war.

Den Nachmittag verbrachte Cleo mit einem Buch über die Historie des Tals der Könige. Angwin hatte es erst vor wenigen Tagen gekauft und selbst darin gelesen. Da er es aber in die Bibliothek gestellt hatte, hatte Cleo keine Bedenken, sich das Buch auszuleihen. Um fünf Uhr nahm das Personal den Tee ein, zu dem es heute herzhafte Sandwiches und Kuchen gab. Sie würden erst zu Abend essen, wenn für die Gäste das Tanzvergnügen begonnen hatte. Cleo wusste, dass Miranda ihre Mutter überredet hatte, anstelle der sonst üblichen Kapellen die Musik von einem Grammophon abspielen zu lassen. Das sparte nicht nur Platz, sondern auch Geld, was Lady Charlotte schlussendlich überzeugte, obwohl sie dieser Neuerung grundsätzlich skeptisch gegenüberstand.

Als aus der Halle die Klänge eines flotten Two-Steps kamen, stieg Cleo über die Hintertreppe in ihr Zimmer hinauf, schlüpfte in ihren Mantel und verließ über die rückwärtige Dienstbotentreppe nach unten und durch die Wirtschaftsräume das Haus. Ob es Miranda gelang, Victor Millian in Beschlag zu nehmen? Cleo würde es heute Nacht noch erfahren. Miranda würde nicht eher zu Bett gehen, bevor sie Cleo nicht alle Einzelheiten des Abends erzählt hatte.

Die Abendluft war mild, durch die aufgerissene Wolkendecke funkelten die Sterne, und der Schein des Vollmonds reichte aus, um die Pfade zu erkennen. Cleo schlug den Zick-Zack-Weg ein, der vom Haus in den Palmengarten mit dem normannischen Taubenhaus führte. Neben vielfältigen heimischen Arten machten auch subtropische und fernöstliche Gewächse die Gartenanlagen zu einer Oase der Exotik und zugleich Ruhe. Vor Kriegsausbruch hatte sich eine Schar von Gärtnern um die Pflanzungen und den Park gekümmert. Von ihnen war nur noch eine Handvoll übrig. Die in den Krieg gezogenen Männer waren entweder gefallen oder in die Fabriken der Großstädte gegangen, in denen höhere Löhne bezahlt wurden.

Cleo sah in den Himmel. Ob ihr Vater jetzt auch zu den Sternen blickte und ebenso an sie dachte wie sie an ihn? Den Gedanken, er könne nicht mehr am Leben sein, ließ Cleo nicht zu. Lady Charlotte hatte es zwar niemals ausgesprochen, aus diversen Andeutungen hatte Cleo aber herausgehört, dass Mirandas

Mutter der Ansicht war, Alexander Vanson hätte im fernen Ägypten sein Grab gefunden. Cleo hingegen klammerte sich an die Hoffnung, dass sich der Postverkehr zwischen Ägypten und England erst wieder normalisieren musste. Im neuen Jahr würde sie ganz bestimmt eine Nachricht von ihrem Vater erhalten.

Es raschelte im Gebüsch. Ein Eichhörnchen huschte vor Cleos Füße und kletterte dann flink den Stamm einer Rotbuche empor.

»Schöne Weihnachten!«, rief Cleo dem Tierchen nach.

»Ihnen ebenfalls ein frohes Fest.« Mit einem spitzen Aufschrei fuhr Cleo herum. Vor ihr stand Victor Millian, im Mundwinkel lässig eine Zigarette. »Entschuldigen Sie, ich wollte Sie nicht erschrecken.«

»Ich wähnte mich allein«, murmelte Cleo.

Er lächelte charmant. »Im Haus ist es warm und stickig, ich hatte das Bedürfnis nach frischer Luft. Sie sind nicht beim Tanzvergnügen? Ich glaube, wir sind uns noch nicht vorgestellt worden, Miss.«

»Als Gesellschafterin und Näherin ist es nicht angebracht, an den Vergnügungen der Herrschaften teilzunehmen.«

Überrascht hob Millian eine Augenbraue. »Sie sprechen nicht wie eine Angestellte. Lassen Sie mich raten, Miss: Sie sind eine verarmte Verwandte, auf das Wohlwollen Ihrer Ladyschaft angewiesen, und fristen in Tredennick ihr Dasein.«

Cleo konnte sich nicht zurückhalten, sie prustete laut heraus: »Sie lesen wohl viele Liebesromane, Mr Millian.«

»Sie kennen meinen Namen?«

Cleo nickte. »Sir Angwin erwähnte ihn. Sie waren zusammen im Krieg?«

»Das ist richtig. In meinem Herzen bin ich allerdings kein

Soldat, musste aber meine Pflicht für unser Vaterland tun.« Er sah Cleo fragend an. »Darf ich den Namen meiner reizenden Gesprächspartnerin erfahren, nachdem Sie mir gegenüber im Vorteil sind, was meine Person betrifft?«

Cleo sah keinen Grund, Victor Millian ihren Namen zu verschweigen, und antwortete: »Cleo Vanson.«

»Cleo Vanson?«, wiederholte er erstaunt. »Nicht etwa Cleopatra Vanson, die Tochter des Ägyptologen Alexander Vanson?«

»Sie kennen meinen Vater?«

»Kennen ist zu viel gesagt«, antwortete Millian. »Wir sind uns nur einmal begegnet. Ich bin ein Bewunderer seiner Schriften und seines Eifers. Mr Vanson denkt nicht an eine persönliche Bereicherung. Sein Fokus liegt darauf, die wunderbaren Schätze der untergegangenen ägyptischen Kultur der Allgemeinheit zugänglich zu machen.«

»Wo haben Sie meinen Vater getroffen? Und wann?«

»Das war kurz vor Kriegsausbruch«, erklärte Millian. »Ich interessiere mich sehr für Archäologie und hatte die Gelegenheit, nach Luxor zu reisen und all die geschichtsträchtigen Stätten mit eigenen Augen zu sehen. Bei einer Gesellschaft war Mr Vanson anwesend. Man stellte uns einander vor, wir wechselten ein paar Worte miteinander, dann wandte sich die Aufmerksamkeit Ihres Vaters anderen Gästen zu. Ich hoffe, es geht ihm gut. Hält er sich noch in Ägypten auf?«

»Seit Jahren habe ich keine Nachricht von ihm erhalten«, sagte Cleo mit belegter Stimme. »Ich weiß nicht, ob er überhaupt noch am Leben ist.«

»Ich verstehe.« Millian sah Cleo offen an und sagte überzeugend: »Sie dürfen die Hoffnung nicht aufgeben, Miss Vanson.«

»Ach, hier sind Sie!« Durch die Palmen trat Miranda auf sie

zu. Verständnislos sah sie von Cleo zu Victor Millian. »Sie haben mir den nächsten Tanz versprochen, Mr Millian! Stattdessen machen Sie sich von dannen und plaudern mit einer Angestellten.«

»Verzeihen Sie, Miss Miranda.« Millian verbeugte sich. »Ich hatte das Bedürfnis nach frischer Luft. Wussten Sie, dass Miss Vanson die Tochter des von mir verehrten Alexander Vanson ist?«

Miranda runzelte die Stirn und fragte: »Cleo, findest du es angemessen, unsere Gäste der Gesellschaft fernzuhalten und sie mit deinen Geschichten zu langweilen?«

»Es tut mir leid, Miranda«, erwiderte Cleo mit gesenktem Blick. »Es lag nicht in meiner Absicht, deinen Tanzpartner aufzuhalten.«

Aus Mirandas Augen sprühten Funken. Mit einer besitzergreifenden Geste legte sie eine Hand auf Millians Arm. »Begleiten Sie mich ins Haus zurück? In der Dunkelheit könnte ich über eine Wurzel stolpern und mich verletzen.«

Ganz Gentleman nickte Victor Millian. »Gern, Miss Miranda«, sagte er, und zu Cleo gewandt: »Ich werde ein paar Tage in Tredennick bleiben und freue mich, wenn wir bei Gelegenheit unser Gespräch fortsetzen können.«

Cleo senkte den Kopf und schwieg. Miranda und Victor Millian kehrten zum Haus zurück. Cleo war überzeugt, dass Miranda kein ernsthaftes Interesse an ihm hatte. Er war nicht nur zu alt, sondern auch keine passende Partie. Miranda missfiel es jedoch, nicht im Mittelpunkt zu stehen. Cleo hoffte, sich noch einmal mit ihm unterhalten zu können. Millian hatte zwar gemeint, er habe ihren Vater nur einmal getroffen, trotzdem wollte Cleo alles hören, was er über Luxor, das Tal der Könige und von den Grabungsstätten zu erzählen hatte.

Zwei Tage später machten Lady Charlotte und Miranda Besuche in der Gegend. Unmittelbar nachdem die Kutsche die lange Einfahrt hinter sich gelassen hatte, kam eines der Hausmädchen in Cleos Zimmer und richtete ihr aus, Sir Angwin erwarte sie in der Bibliothek. Schnell strich sich Cleo ihren Rock glatt und zupfte die Manschetten der Ärmel zurecht. Sie hatte keine Ahnung, warum Mirandas Bruder sie sprechen wollte. Hatte sich Miranda beschwert, weil sie sich mit Victor Millian unterhalten hatte? Er hatte sie doch angesprochen! Es wäre unhöflich gewesen, ihn einfach stehen zu lassen.

Mit klopfendem Herzen trat Cleo in die Bibliothek. In der Sitzgruppe vor dem Kamin, in dem ein wärmendes Feuer brannte, saßen Angwin Tredennick und Victor Millian.

»Sir, Mr Millian …« Cleo blieb abwartend unter dem Türsturz stehen.

»Cleo, bitte, nimm Platz.« Angwin deutete auf den freien Sessel. Cleo zögerte. Sie war von Lord Tredennick noch nie aufgefordert worden, sich in seiner Anwesenheit zu setzen. Zaghaft setzte sie sich auf die äußere Kante des Sessels, faltete die Hände im Schoß und sah Angwin abwartend an. Er fuhr fort: »Victor sagt, er kennt deinen Vater.«

»Ich hoffe, ich durfte mit meinem Freund darüber sprechen, Miss Vanson«, bemerkte Millian. »Angwin und ich wollen versuchen, Nachforschungen über den Verbleib von Alexander Vanson anzustellen.«

»Das würden Sie wirklich tun?«, rief Cleo. Sofort schlug sie sich die Hand vor den Mund. »Verzeihung, ich wollte nicht vorlaut sein.«

»Ich verstehe deine Überraschung«, erwiderte Angwin milde. »Nach dem tragischen Tod deiner Tante haben wir dir ein Heim, die Gelegenheit einer guten Ausbildung und Arbeit in unserem Haus gegeben. Mr Millian machte mich jedoch darauf aufmerksam, dass wir es vernachlässigt haben, Erkundigungen über den Verbleib deines Vaters einzuholen.«

Leise erwiderte Cleo: »Was hätten Sie damals ausrichten können? Außerdem waren Sie im Feld, Sir.«

»Es ist ehrenhaft, dass du es so siehst und keine Vorwürfe erhebst, Cleo«, sagte Angwin, und Millian ergänzte: »Der Krieg ist vorbei, und ich bin der Ansicht, wir sollten versuchen, Ihren Vater ausfindig zu machen, Miss Vanson. Oder zumindest klären, was geschehen ist, weil Sie keine Nachricht erhalten.«

»Nichts ist schlimmer als die Ungewissheit«, entgegnete Cleo. »Wenn ich weiß, dass etwas Schreckliches passiert und mein Vater nicht mehr am Leben ist, werde ich zwar trauern, muss mich aber nicht länger fragen, wo er ist.«

»Keine andere Antwort habe ich erwartet, Miss Vanson.« Millian grinste und schlug Angwin freundschaftlich auf die Schulter. »Du warst der Meinung, eurem Schützling eine vielleicht negative Nachricht nicht zumuten zu können. Miss Vansons Einstellung beweist dir das Gegenteil.«

»Sie ist noch ein Kind …«

»Mitnichten, mein Freund!« Millian lachte laut und fragte Cleo: »Wenn es nicht zu uncharmant ist, Miss Vanson: Verraten Sie mir Ihr Alter?«

»Im kommenden Frühjahr werde ich achtzehn, Mr Millian.«

Er nickte und wirkte zufrieden. »Wenn nur die Hälfte der Stärke Ihres Vaters in Ihnen steckt, sind Sie härter im Nehmen, als mein Freund Angwin vermutet. Wie sollen wir jetzt vorgehen?«

»Ich habe Kontakt zu Personen, die eine weitere Expedition

ins Tal der Könige planen und entsprechende finanzielle Mittel zur Verfügung stellen«, erklärte Angwin. »Ich werde sie bitten, vor Ort Nachforschungen über Alexander Vanson anzustellen.« Er sah Cleo ernst an. »Bis wir Nachrichten erhalten, können allerdings Monate vergehen, Mädchen.«

»Ich werde warten, solange es dauert«, antwortete Cleo schlicht.

»Ich kann mehr tun«, warf Millian ein, »denn ich werde selbst nach Ägypten reisen.«

»Was willst du?« Angwin sah den Freund überrascht an. »Davon hast du bisher nichts erwähnt.«

»Diese Entscheidung habe ich auch eben erst getroffen«, erwiderte Millian schmunzelnd. »Angwin, die neue Expedition wird eine groß angelegte Suche nach dem Grab des Königs mit dem Namen Tutanchamun sein. Lord Carnarvon von Highclere Castle hat ein persönliches Interesse an dieser Entdeckung. Das Grab soll mit unermesslichen Schätzen ausgestattet sein.«

Zweifelnd sagte Angwin: »Es heißt aber auch, dass dieser Pharao nicht im Tal der Könige ruhen soll, sonst wäre sein Grab längst gefunden worden, zudem dass es – sollte es überhaupt existieren – bereits von Grabräubern geplündert worden ist.«

»Lord Carnarvon ist anderer Meinung, Angwin«, erwiderte Millian. »Ist dir ein Mann mit dem Namen Howard Carter bekannt?« Angwin überlegte, dann schüttelte er den Kopf. Millian erklärte: »Carter gilt als *der* Experte von unentdeckten Gräbern. Er ist überzeugt, der letzten Ruhestätte von Tutanchamun auf der Spur zu sein. Es könnte sein, dass Carter mit Alexander Vanson in Kontakt gestanden hatte, wenngleich Carter der Ruf vorauseilt, ein Einzelgänger zu sein. Ich werde Howard Carter aufsuchen und ihn um Hilfe bitten.«

»Das würden Sie wirklich tun?« Cleo sah Millian hoffnungsvoll an. »Kann ich Sie nach Ägypten begleiten?«

Millian und Angwin wechselten einen erstaunten Blick, dann lachte Angwin schallend. »Was du für Ideen hast, Mädchen! Das ist völlig ausgeschlossen! Jetzt lass uns allein. Mr Millian und ich haben viel zu besprechen.«

Nachdem Cleo Miranda von Millians Plan, nach Ägypten zu reisen, erzählt hatte, leuchteten deren Augen, und sie rief: »Wie aufregend! Wir könnten alle zusammen nach Ägypten fahren!«

»Deine Mutter würde das niemals erlauben, Miranda, noch weniger dein Bruder.«

»Das fürchte ich auch.« Miranda seufzte, dann nahm sie Cleos Hand und sagte überraschend mitfühlend: »Du musst Millian vertrauen, Cleo. Er ist ein aufrichtiger Mann und wird alles tun, um deinen Vater zu finden.«

»Bist du in ihn verliebt?«, fragte Cleo direkt.

»In Victor Millian?« Mirandas Augen weiteten sich überrascht. Sie lachte. »Gott im Himmel, wie kommst du auf einen solchen Gedanken? Er ist zu alt, zu unbedeutend und nahezu mittellos. Er ist der Sohn eines Krämers aus Norfolk.«

»Dafür hat er eine gute Ausbildung genossen.« Ein unterschwelliger Tadel klang in Cleos Stimme. »Hat er nicht in Cambridge studiert und an mehreren Expeditionen in den Orient und nach Ägypten teilgenommen? Ein aufrechter, ehrlicher Charakter sollte mehr zählen als Geld und Ansehen.«

»Du bist wirklich noch ein Kind.« Verächtlich zogen sich Mirandas Mundwinkel herunter. »Nach all der Zeit in unserem Haus hast du noch immer keine Vorstellung, was wir unserem Namen schuldig sind, Cleopatra Vanson! Mag der Krieg auch einiges zum Schlechteren verändert haben: Ich werde nicht so weit sinken, unter meinem Stand zu heiraten. Ich habe überhaupt noch nicht vor, zu heiraten, jedes Jahr ein Kind zu bekommen, fett zu werden und wie eine alte Matrone am Rand zu sitzen.«

»Aber die Saison in London dient doch dazu, einen Ehemann für dich zu finden!«

»Pah! Ein Aufenthalt in London bedeutet in erster Linie, Spaß zu haben, auf Musikabenden oder eleganten Bällen, unterhaltsame Menschen kennenzulernen und von attraktiven Gentlemen umgarnt zu werden. Ich muss auf die Männer interessant wirken, in ihnen Hoffnungen wecken, ohne mich jedoch festzulegen. Cleo, da du dich für Geschichte interessierst, wirst du wissen, wie die große Königin Elisabeth alle Heiratskandidaten an der Nase herumgeführt hat und einer Ehe erfolgreich aus dem Weg gegangen ist, ohne sich den Zorn eines Mannes zuzuziehen. Ich vergleiche mich zwar nicht mit Elisabeth, denn irgendwann werde ich heiraten und Mutter werden müssen. Den Zeitpunkt will ich aber so lange wie möglich hinauszögern.«

In Cleo stritten Verständnislosigkeit und Bewunderung für Miranda miteinander. Ihre eigene Einstellung zur Ehe unterschied sich sehr von derjenigen der Freundin, und Cleo wünschte sich, ein wenig von der sprühenden Lebensfreude Mirandas zu haben. Sie verzichtete auf den Hinweis, dass Miranda durchaus bereit gewesen war, mit dem mittellosen Schotten durchzubrennen und ihn zu heiraten. Das war nur ein Strohfeuer gewesen. Heute war Cleo froh, Angwin in das Geheimnis seiner Schwester eingeweiht zu haben. Miranda wäre mit dem Mann niemals glücklich geworden.

5

Cornwall, April 1921

Verborgen hinter der Gardine stand Cleo am Fenster und spähte in den Hof hinunter. Knatternd fuhr ein schwarzes Automobil vor, das Victor Millian persönlich steuerte. Der Wagen hielt, Millian stieg aus und wurde von Angwin Tredennick mit einem kameradschaftlichen Schlag auf die Schulter begrüßt. Cleo konnte nicht hören, was die Männer sprachen, Millian lachte jetzt aber laut auf. Dann folgte er Angwin ins Haus.

Nur schwer konnte Cleo ihre Ungeduld zügeln. Vor einer Woche hatte Victor Millian mit einem Brief sein Kommen angekündigt, für Cleo war eine kurze Nachricht beigefügt gewesen:

Miss Vanson, ich habe mit Ihrem Vater gesprochen. Er hat mir einen Brief für Sie mitgegeben, in dem er alles erklärt …

Ihr Vater war am Leben! Eine schwere Last war von Cleos Schultern abgefallen. Viele Monate hatte sie sich in Geduld üben müssen. Ein Funken Hoffnung war jedoch nie verloschen. Am liebsten wäre sie sofort zu Millian gelaufen, um alles zu erfahren. Sie musste aber abwarten, bis man nach ihr schickte. Der Archäologe würde zuerst mit Lady Charlotte, Miranda und Angwin Tee trinken. Ruhelos ging Cleo in ihrem Zimmer auf und ab und dachte an Miranda, um sich abzulenken. Die Freundin hatte ihren Vorsatz, die Zeit in London zu genießen, verwirklicht. Bereits im ersten Jahr nach ihrem Debüt hatte Miranda vier ernsthafte Heiratsanträge erhalten. Alles ehrenwerte und vermögende Männer, die auch den Gefallen von Lady Charlotte gefunden hatten. Sie hatte Miranda aber zu keiner Verlobung gedrängt. Auch in der vergangenen Saison hatte Miranda erneut einige Herzen gebrochen, so hatte sie es Cleo zumindest erzählt. Ebenfalls hatte Miranda angedeutet, auf ihre Kosten gekommen zu sein, ohne in einen Skandal verwickelt zu werden. Auf Cleos drängende Fragen antwortete Miranda mit einem verhaltenen Lächeln und ließ Cleo spüren, dass sie diese nach wie vor für ein dummes Kind hielt. Tatsächlich trennten die jungen Frauen mehr als die zwei Jahre Altersunterschied. Miranda war inzwischen mündig, Cleo vor drei Wochen zwanzig Jahre alt geworden. Ihr Geburtstag war nahezu unbemerkt vergangen, nur Miranda hatte sie auf die Wange geküsst und ihr alles Gute gewünscht. Ihr Leben in Tredennick Manor hatte sich nur dahingehend verändert, dass Cleo in den Zeiten, wenn sich Lady Charlotte und Miranda in London aufhielten, mehr Freizeit hatte, als ihr lieb war. Angwin war mit der Verwaltung des Besitzes und den Studien über die altägyptische Kunst und Kultur derart ausgelastet, dass Cleo ihn nur selten zu Gesicht bekam. Neben den anfallenden Näharbeiten – Cleo kümmerte sich auch um die Kleidung des Personals – hatte sie sich weitergebildet und viel gelesen. Besonders der geheimnisvolle Tutanchamun, der bereits im Kindesalter zum König geworden war, faszinierte Cleo. Die Zeitungsberichte über die Suche nach dem Pharaonengrab verfolgte sie aufmerksam. Auch Lord Tredennick interessierte sich zunehmend für das geheimnisvolle Totenreich der Pharaonen. Manchmal wünschte sich Cleo einen Austausch mit Angwin, wagte aber nicht, ihn anzusprechen. Zu groß war ihre Angst, von ihm zurückgewiesen, wenn nicht gar ausgelacht zu werden. Im Laufe der letzten Monate hatte Cleos schwärmerische Verehrung für den jungen Lord zugenommen. So manche Nacht schlich sich Angwin in ihre Träume. Cleo wusste nicht, ob ihre Empfindungen die viel gerühmte Liebe waren, über die in Romanen geschrieben wurde. Sie liebte ihren Vater, hatte auch Tante Elsie geliebt, aber die Gefühle für Angwin waren anderer Natur. Gab es für die Liebe überhaupt eine Definition, wie sich diese zeigte? So eine Art Gebrauchsanleitung? Cleo vermutete, dass jeder Mensch die Liebe unterschiedlich empfand. Für Miranda war sie nur ein Spiel, das Spaß machte, ihr Herz aber nicht berührte.

Endlich erschien eines der Hausmädchen und richtete Cleo aus, Lady Charlotte erwarte sie in der Bibliothek. Als Cleo den Raum betrat, erhob sich Victor Millian aus dem Sessel und kam ihr mit ausgetreckten Händen entgegen.

»Miss Vanson, wie schön, Sie wiederzusehen!«

»Mr Millian.« Cleo lächelte verhalten, ihre Nerven waren bis zum Zerreißen gespannt. »Sie schreiben, Sie haben mit meinem Vater gesprochen?«

Millian nickte, bevor er aber etwas antworten konnte, warf Angwin ein: »Cleo, seit Mr Millians Nachricht haben sich gravierende Änderungen ergeben. Du musst mit dem Schlimmsten rechnen.«

»Angwin, musst du so unsensibel sein?«, rief Miranda, sprang auf und schloss Cleo in die Arme. »Ach, meine Liebe, ich fürchte …«

Überrascht erkannte Cleo, dass Mirandas Augen feucht wurden.

»Was ist mit meinem Vater?« Cleo sah in die Runde. »Mr Millian, es geht ihm doch gut, nicht wahr? Er hat Ihnen einen Brief für mich mitgegeben.«

Aus den Blicken, die Millian und Angwin tauschten, las Cleo Unsicherheit und zugleich Mitleid. Sie empfand eine zunehmende Beklemmung.

»Sagen Sie es Ihr, Mr Millian.« Zum ersten Mal sprach Lady Charlotte. »Das Mädchen muss sich mit den Tatsachen abfinden.«

Er ist tot, dachte Cleo. *Du hast es seit Jahren geahnt und selbst gesagt: Nichts ist schlimmer als die Ungewissheit.*

»Bitte, setzen Sie sich, Miss Vanson«, sagte Victor Millian leise.

Ein weiteres Mal sank Cleo auf die Kante des Stuhls, der Angwin am nächsten stand.

Lady Charlotte sah Cleo scharf an und sagte mit einem verächtlichen Unterton: »Offenbar hat dein Vater den Verstand verloren und ist dann spurlos verschwunden.«

Verständnislos sah sie zu Victor Millian. »Bitte, erzählen Sie mir alles. Es gibt keinen Grund, mich zu schonen. Ich habe das Recht, die Wahrheit zu erfahren.«

»Das sehe ich ebenso.« Victor Millian lächelte ihr aufmunternd zu. »Durch gewisse politische Ereignisse, die im Moment von unbedeutender Rolle sind, hing die Expedition, der ich mich angeschlossen hatte, wochenlang in Alexandria fest, bevor uns die Weiterreise nach Kairo erlaubt wurde. Dort angekommen, erkrankten drei Männer an einem Fieber. Wir wurden unter eine mehrwöchige Quarantäne gestellt. Zwei der Männer starben, der dritte erholte sich nur langsam. So konnten wir erst verspätet nach Luxor weiterreisen. Gemäß Ihren Angaben, Miss

Vanson, wollte ich Ihren Vater im Queen's Hotel aufsuchen. Dort erfuhr ich, dass er bereits vor Monaten ausgezogen war.« Millian zögerte, dann fuhr er leise fort: »Man sagte mir, Mr Vanson hätte seine Anstellung verloren, seine Rechnungen nicht bezahlen können, auch hätte sich niemand gefunden, der ihm aushelfen konnte. Lord Cherringham hatte sich ebenfalls von ihm abgewandt. So wusste niemand, wohin Mr Vanson gegangen war. Zwei Wochen später traf ich auf einen Mann, der berichtete, Alexander Vanson hätte behauptet, einer ganz großen Entdeckung auf der Spur zu sein, wofür er seine Arbeit vernachlässigt habe. Der Mann war jedoch der Ansicht, an dieser Sache sei nichts dran, Vanson jage einem Hirngespinst nach.«

»Sie haben meinen Vater dennoch gefunden«, bemerkte Cleo. Ihr Gaumen war staubtrocken, sie wagte aber nicht, um ein Glas Wasser zu bitten. »Warum haben Sie mich nicht sofort benachrichtigt? Sie hätten telegrafieren können, Mr Millian.«

»Cleo, zügle deine Zunge!«, herrschte Lady Charlotte sie an. »Du bist nicht in der Position, um Forderungen zu stellen. Von Mr Millian war es sehr großherzig, überhaupt Erkundigungen einzuholen und dabei seine eigenen Belange in den Hintergrund zu stellen.«

»Verzeihen Sie, Mr Millian«, murmelte Cleo, ballte hinter dem Rücken aber ihre Hände zu Fäusten.

Millian wirkte verlegen, als er sagte: »Ich wollte Sie nicht unnötig beunruhigen, Miss Vanson, da es nur Gerüchte über Ihren Vater waren. Mitte November hörte ich von einem Mann, der in einer kleinen Ansiedlung unter Einheimischen leben und …«, Millian schluckte schwer, »etwas sonderlich sein sollte. Es war nur eine vage Ahnung, die mich dorthin fahren ließ. Ja, Miss Vanson, ich habe Ihren Vater gefunden.«

»Was meinen Sie mit sonderlich?«, fragte Cleo.

»Dass er verrückt geworden ist!«, rief Lady Charlotte ungeduldig. »Mr Millian, erzählen Sie zu Ende, damit wir das unerfreuliche Thema ein für alle Mal beenden können.«

»Also wirklich, Mutter!« Angwin sah seine Mutter tadelnd an. »Es geht hier schließlich um den einzigen Angehörigen, den Cleo noch hatte.«

Bei dem Wort *hatte* zuckte Cleo unmerklich zusammen und versuchte, sich gegen das Kommende zu wappnen.

Millian räusperte sich und erklärte: »Ihr Vater, Miss Vanson, befand sich in einer Art Wahn. Er sprach von einer bahnbrechenden Entdeckung, unvorstellbaren Reichtümern und immerwährendem Ruhm, sobald er ein bestimmtes Grab gefunden hätte. Er sagte, dieser Pharao sei nie namentlich erwähnt worden, folglich wisse niemand außer ihm von seiner Existenz. Woher er Kenntnis davon habe, erklärte Mr Vanson nicht, im Gegenteil. Er hielt mich für einen Spion, von der britischen Regierung geschickt, um ihm sein Geheimnis zu entreißen. Er forderte mich auf, sofort zu verschwinden, sonst würde er Gewalt anwenden. Seine Worte hat er mit einem Stock unterstrichen, den er über seinen Kopf geschwungen hat. Es tut mir sehr leid, Miss Vanson, Ihr Vater war nicht nur in einer schlechten körperlichen Verfassung, auch geistig war er nicht mehr der Mann, den ich früher kennengelernt hatte.« Millian griff in seine Brusttasche und zog einen braunen Umschlag hervor. »Schließlich gelang es mir doch noch, zu Mr Vanson durchzudringen und die Erinnerung an Sie, seine Tochter, in ihm wachzurufen. Ich sagte ihm, dass Sie in großer Sorge seien und auf ein Lebenszeichen warten. Er zog sich zurück, eine Stunde später gab er mir diesen Brief.«

»Haben Sie ihn gelesen?«, fragte Cleo.

»Natürlich nicht, Miss Vanson. Es sind persönliche Worte von Ihrem Vater an Sie. Ich zögerte allerdings, den Brief nach England abzuschicken, da ich fürchtete, der Inhalte könnte Sie aufregen, wenn nicht gar verstören. Zuerst wollte ich von Angesicht zu Angesicht mit Ihnen sprechen und Ihnen die Umstände erläutern.«

»Das ist sehr freundlich, Mr Millian«, sagte Cleo mit belegter Stimme. »Haben Sie meinen Vater noch einmal aufgesucht?«

»Das war nicht mehr möglich«, antwortete Millian. »Zwei Wochen nach unserer Begegnung verschwand Mr Vanson. Er hinterließ keine Nachricht, niemand wusste, wohin er gegangen war.« Millian trat vor Cleo und nahm ihre Hände. »Es tut mir aufrichtig leid, Miss Vanson. Es ist zu befürchten, dass sich Ihr Vater auf die Suche nach dem angeblichen Grab begeben hat, das wohl nur in seiner Fantasie existiert hat. Allein in die Wüste …«

Millian musste nicht weitersprechen, Cleo hatte verstanden. Sie schluckte trocken. »Ich danke Ihnen, Mr Millian. Darf ich mich zurückziehen, um den Brief meines Vaters zu lesen?«

Mit einer Handbewegung gab Lady Charlotte ihr zu verstehen, dass sie gehen konnte, und Miranda fragte: »Soll ich mitkommen? Vielleicht brauchst du Trost?«

Bei der überraschenden Anteilnahme Mirandas gelang Cleo ein verzerrtes Lächeln. Sie schüttelte den Kopf. »Ich möchte jetzt lieber allein sein.«

Meine liebe Tochter, heute kam ein Mann zu mir, der behauptete, Du hättest lange nichts mehr von mir gehört. Ich habe Dir und Deiner Tante aber jeden Monat geschrieben. Der

Fremde weiß wohl nicht, dass Krieg ist und die Post nur unzulänglich zugestellt werden kann, außerdem war ich erst vor ein paar Monaten in Cornwall. Sobald der Krieg vorbei ist, werde ich Euch besuchen kommen …

Cleo brach ab und wischte sich über die Stirn. Ihr Vater schien tatsächlich in einer eigenen Zeit gelebt zu haben, wie Victor Millian es geschildert hatte.

Ich stehe kurz vor einer großen Entdeckung, las Cleo weiter. *Sie alle sind hinter meinen Informationen her, sie schicken sogar Spione zu mir. Ich erkenne aber die Männer, die mir die Hinweise stehlen wollen, um das Grab zu entdecken. Sie wollen den Reichtum und den Ruhm für sich beanspruchen. Sie versuchen, mir einzureden, ich sei nicht mehr richtig im Kopf, und wollen mich sogar einsperren. Ich bin aber durchaus noch Herr meiner Sinne! Die Hinweise werden immer konkreter, mir fehlt nur noch das letzte, entscheidende Stück. Schon bald werde ich allen beweisen, dass ich nicht verrückt bin. Dann brechen glorreiche Zeiten für uns an. Noch bist Du ein Kind, sobald Du aber älter bist, werde ich Dich zu mir holen, denn nur mit Deiner Hilfe werde ich das letzte Stück des großen Geheimnisses lüften können. Bis dahin musst Du in der Schule weiterhin recht fleißig sein. Ich denke, wir können Millian vertrauen, darum gebe ich ihm diesen Brief an Dich mit, mein Kind. Spreche aber sonst mit niemanden darüber, das musst Du mir versprechen.*
Dein Vater

Den Rest des Tages verbrachte Cleo allein und in Gedanken versunken. Die Zeilen ihres Vaters untermauerten Millians Behauptung, sein Geist hatte sich verwirrt. Allerdings hatte er bereits vor Jahren von einer Spur geschrieben, die zu einer wichtigen Entdeckung führen könnte. Aus allem, was Cleo von ihrem Vater und durch Bücher gelernt hatte, wusste sie, dass es oft kleine, auf den ersten Blick unbedeutende Hinweise waren, die zu einem unentdeckten Grab führten. War ihr Vater vielleicht auf der Spur der letzten Ruhestätte des Pharaos Tutanchamun gewesen? Der legendäre König, nach dessen Mumie hochrangige und einflussreiche Briten seit Jahren suchten. Hätte er sich dann nicht an Howard Carter gewandt? Aus allem, was Cleo über den Archäologen wusste, schloss sie, dass Carter alles bis ins kleinste Detail prüfte und nichts als Hirngespinst abtat. Sie würde es nie erfahren. Die Wahrscheinlichkeit, dass der Vater nicht mehr am Leben war, konnte sie nicht von der Hand weisen. Wenn Cleo zurückblickte, konnte sie sich an jede einzelne Begegnung mit ihm erinnern, so selten waren diese gewesen. Die wenige gemeinsame Zeit, die ihnen vergönnt gewesen war, war intensiv und glücklich gewesen. Tante Elsie war der Ansicht gewesen, Alexander Vanson liebe die Grabungen unter sengender Sonne mehr als sein eigenes Fleisch und Blut. Cleo wusste, dass dem nicht so war. Auf seine Art hatte Alexander Vanson sie geliebt, auf jeden Fall hatte er immer das Beste für sie gewollt.

Nach einer Woche verließ Victor Millian Cornwall, um einige Dinge zu regeln, wie er es ausdrückte, kehrte im Juni aber wieder zurück und verbrachte den Sommer als Gast auf Tredennick Manor. Regelmäßig ritten er und Miranda aus, oder sie unternahmen Ausflüge mit Millians Automobil. Manchmal schloss sich Lady Charlotte an. Nach einer anfänglichen Skepsis fand sie Gefallen an dem *stinkenden Gefährt*, wie sie das Automobil bezeichnete. Sie schlug Angwin sogar vor, für Tredennick Manor ein solches Fahrzeug anzuschaffen.

»Die St. Aubyns haben auch einen Wagen«, hatte Lady Charlotte gesagt. »Natürlich mit Chauffeur!«

Angwin hatte versprochen, darüber nachzudenken, und ließ sich von Victor Millian die Funktion des Automobils erklären.

Nach dem Dinner saßen die beiden Männer häufig bis spät in die Nacht hinein zusammen, rauchten Zigaretten, tranken Wein und Brandy, und Millian erzählte von seinen Erlebnissen in Ägypten. Zur Verwunderung aller schloss sich Miranda ihnen an, und auf Victor Millians ausdrücklichen Wunsch durfte auch Cleo als stumme Zuhörerin am Rand sitzen. Lady Charlotte war es anzumerken, wie unpassend sie das fand. Da Angwin Cleo mehr und mehr miteinbezog, musste sie sich auf ein tadelndes Stirnrunzeln beschränken.

Victor Millian erzählte so anschaulich von dem Land am Nil, wie es auch ihr Vater gekonnt hatte. Vor ihren Augen sah Cleo die weiten Ebenen, das Grün an den Ufern des Nils, die Pyramiden vor den Toren Kairos und die prachtvollen Tempel- und Grabanlagen im Tal der Könige, die auch nach Tausenden von Jahren nichts von ihrer beeindruckenden Wirkung verloren hatten. Millian hatte auch Fotografien mitgebracht. Sie zeigten staubbedeckte Männer mit von der Sonne gebräunten Gesichtern, Werkzeuge in den Händen, einheimische Arbeiter, Sarkophage, Mumien und die Wände der Grabkammern. Diese waren mit bunten Bildern und Hieroglyphen verziert, erklärte Millian. Cleo bedauerte, dass die Farben auf den Fotografien nicht zu erkennen waren.

»Kaum zu glauben, dass diese Kunstwerke vor Tausenden von Jahren entstanden sind.« Unwillkürlich flüsterte Cleo.

»Mir läuft immer ein Schauer über den Rücken, wenn ich in einer Grabkammer stehe«, gab Millian zu.

»Haben Sie etwa Angst vor einem Fluch?« Cleo schmunzelte. »Heißt es denn nicht: Wer die Ruhe der Toten stört, wird elendig umkommen?«

»Diese Flüche wurden erfunden, um die Totenstätten vor Grabräubern zu schützen. Die Menschen in Ägypten waren sehr abergläubisch. Viele sind es heute noch, auch wenn sie nicht mehr zu den alten Göttern beten. Die Banditen hat es dennoch nicht abgehalten, die Königsgräber zu plündern.«

»Viele Gräber sind noch nicht entdeckt worden«, meinte Angwin. »Vielleicht war dein Vater wirklich auf einer interessanten Spur.« Er sah Cleo ernst an. »Es tut mir aufrichtig leid.«

Cleo wurde es warm, ihr Herzschlag beschleunigte sich. Angwins abfällige Worte bei ihrer ersten Begegnung hatte sie ihm längst verziehen. Er war kein Snob wie seine Mutter. Trotzdem war die Kluft zwischen ihnen unüberwindbar, zumal Angwin nicht zeigte, dass Cleo mehr für ihn sein könnte als eine Angestellte und Mirandas Gefährtin.

Victor Millian wollte bei Anbruch des Herbstes wieder nach Ägypten reisen.

»Ich werde ihn begleiten.«

Angwins Entschluss kam für alle überraschend. Lady Charlotte wurde blass. »Seit Jahren faszinieren mich das Land und seine uralte Kultur«, fuhr Angwin entschlossen fort. »Wir werden so schnell wie möglich abreisen. In den letzten Jahren sind viele neue Tempel und Grabanlagen im Tal der Könige freigelegt und für die Öffentlichkeit zugänglich gemacht worden. Ich möchte alles mit eigenen Augen sehen und plane, ein paar Stücke für unser Haus zu erwerben.«

»Du bringst keine Mumie in unser Haus!«, empörte sich Lady Charlotte. »Auch keinen Sarkophag oder irgendwelche unchristlichen Statuetten, auf denen ein Fluch liegt. Das dulde ich nicht!«

»Keine Sorge, Mutter, ich denke daran, Kunstgegenstände zu erwerben.« Angwin lächelte verständnisvoll, in den Augen aber ein Funkeln, das Cleo sagte, dass ihn der Glaube seiner Mutter an Flüche belustigte. »Ägypten, seine alte Kultur und Kunst, wird in England immer beliebter. Ich sehe es als Investition und denke, in ein paar Jahren werde ich das ein oder andere mit Gewinn verkaufen können.«

»Keine Mumie!«

»Warum nicht, Mutter?«, fragte Miranda, ihre Augen glänzten. »Wir könnten sie in der Eingangshalle aufstellen, sozusagen als stumme Begrüßung für unsere Gäste.«

Scharf sog Lady Charlotte die Luft ein und sah von Miranda zu Angwin. Cleo, die schweigend in der Ecke saß und ein Schmunzeln unterdrückte, ignorierte sie wie gehabt.

»Ich kann dir die verrückte Idee wohl nicht ausreden, mein Sohn.« Ihre Stimme war so dumpf, als käme sie direkt aus einem Grab. »Wenn es dein Wunsch ist, dann fahre. Wie lange willst du fortbleiben?«

»Drei, vier Monate.« Angwin zuckte mit den Schultern. »Für Tredennick ist gesorgt, auf den Verwalter kann ich mich verlassen. Miranda, ich bitte dich, ihm zur Seite zu stehen. Du bist alt genug, um dich um den Familienbesitz zu kümmern, daher schlage ich vor …«

»Ich werde mitkommen!«, unterbrach Miranda ihren Bruder.

»Wie bitte?«, fragten Angwin und Lady Charlotte unisono. Angwin fügte an: »Du bist viel zu jung für eine solche Reise!«

»Eben hast du gesagt, ich wäre alt genug, um mich um den Besitz zu kümmern«, konterte Miranda. »Somit bin ich auch alt genug, um mit euch nach Ägypten zu fahren. Außerdem bin ich mündig. Du und Mutter – ihr könnt es mir nicht verbieten.«

»Du meinst das wirklich ernst?« Verblüfft sah Angwin Miranda an, dann lachte er laut. »Ich glaube, du stellst dir die Reise und den Aufenthalt in Ägypten als Vergnügungsfahrt vor. Dem ist nicht so, kleine Schwester. Selbst im Herbst gleicht das Tal der Könige einem glühenden Backofen, mit jeder Menge Dreck, Staub und Sand. Binnen weniger Tage würdest du dir deinen Teint verbrennen.«

»Du hältst mich wohl für ein verzärteltes Püppchen, Bruder!« Trotzig verschränkte Miranda die Arme vor der Brust. »So schlimm kann es in Ägypten nicht sein, sonst würden nicht jährlich Hunderte von Engländern dorthin reisen, um die Grabstätten und Schätze zu sehen. Ich habe mich informiert. Es gibt ein großes Angebot guter Hotels, ausschließlich für britische Staatsbürger, einen erstklassigen Service, Nilfahrten auf exklusiven Schiffen und organisierte Gruppenreisen zu den Grabungsanlagen im Tal der Könige.«

Angwin pfiff durch die Zähne und grinste. »Vielleicht habe ich dich wirklich unterschätzt, Schwester. Wir reisen allerdings schon nächste Woche ab. Ich denke nicht, dass du so schnell gepackt haben wirst.«

»Du willst es Miranda doch nicht etwa erlauben!«, rief Lady Charlotte. Theatralisch rang sie die Hände. »Meine Tochter, mein Sonnenschein unter diesen Wilden! Und nicht nur die

Menschen – es gibt auch gefährliche Tiere! Schlangen, Skorpione, furchterregende Spinnen!«

»Du übertreibst maßlos, Mutter«, sagte Angwin. »Miranda hat nicht unrecht. In den letzten Jahren sind Reisen nach Ägypten für die englische Oberschicht äußerst beliebt geworden. Auch für die Damen wird gut gesorgt. Möchtest du uns nicht ebenfalls begleiten, Mutter? Du könntest ein Auge auf deine Kinder haben. Kein Einheimischer, ob Mensch oder Tier, würde es wagen, uns auch nur ein Härchen zu krümmen, weil er es sonst mit dir zu tun bekommen würde.«

Lady Charlotte schnappte nach Luft, die Ironie in Angwins Worten war ihr entgangen. Cleo hingegen biss sich auf die Unterlippe, um nicht zu lachen.

»Ich treffe sofort meine Vorkehrungen«, sagte Miranda und wollte zur Tür gehen.

»Moment!« Angwin hielt sie am Arm fest. »Ich habe nicht gesagt, dass du uns begleiten darfst.«

»Ich werde es tun, ob mit oder ohne deine Erlaubnis.«

Für einen Moment dachte Cleo, Miranda würde wie ein Kind mit dem Fuß aufstampfen. Die Freundin besann sich jedoch, lächelte erwartungsvoll in die Runde und verließ die Bibliothek.

Cleo versuchte ebenfalls, Miranda die Reise auszureden.

»Du hast keine Ahnung, auf was du dich einlässt«, sagte sie. »Mein Vater schrieb und erzählte ausführlich, wie beschwerlich der Aufenthalt in Ägypten sei. Dein Bruder und Mr Millian wollen keine Vergnügungsreise machen, sondern sich zu den Grabungsstellen begeben. Ich denke nicht, dass das der richtige Aufenthaltsort für dich sein wird.«

»Jetzt sprichst du wie Angwin.« Unwillig runzelte Miranda die Stirn. »Mein Entschluss steht fest, niemand wird mich umstimmen. Und du kommst ebenfalls mit!«

»Ich?«, rief Cleo verblüfft. »Selbst wenn ich wollte: Du weißt genau, dass ich die finanziellen Mittel für eine solche Reise nicht habe.« Miranda öffnete den Mund, und Cleo sprach schnell weiter, denn sie ahnte, was Miranda vorschlagen wollte. »Denk nicht einmal daran, deinen Bruder oder gar Lady Charlotte zu fragen, ob sie meine Kosten tragen. Das werden sie nicht tun, und ich würde es auch nicht wollen.«

»Ich stelle dich als meine Zofe an.« So leicht wollte Miranda nicht aufgeben. »Eine Dame in meiner Position reist niemals ohne Zofe. Du kannst mir Gesellschaft leisten und dich um meine Kleider kümmern.«

Für einen Moment glomm ein Funken Hoffnung in Cleo auf. Wie gern würde sie Angwin, Miranda und Victor in das Land ihrer Träume begleiten! Vielleicht konnte sie sogar etwas über den Verbleib ihres Vaters herausfinden?

»Ich habe keine Familienangehörigen, die mir die Erlaubnis einer Reise erteilen können. Auch als deine Zofe benötige ich einen Pass und ein Visum, und diese Papiere werden nur volljährigen Personen ausgestellt.«

»Wenn meine Mutter bestätigt …«

»Was sie nicht tun wird«, schnitt Cleo der Freundin das Wort ab.

»Es war immer dein Wunsch, nach Ägypten zu reisen.«

»Um dort an der Seite meines Vaters zu arbeiten.« Cleo seufzte. »Es war ein schöner Traum, die Realität ist eine andere. Vielleicht wird es mir später, in ein paar Jahren, möglich sein. Wenn du fort bist, Miranda, ist es ungewiss, ob Lady Charlotte mich noch länger hier wohnen lässt. Sie benötigt nicht zwingend eine Gesellschafterin. Wir beide wissen genau, dass ich es nur dir zu verdanken habe, nicht mittellos auf der Straße zu stehen.«

Zu Cleos Überraschung schloss Miranda sie in die Arme. »Ich will, dass du uns begleitest, und werde einen Weg finden.«

Gedankenverloren schlenderte Cleo über die Gartenwege. Sie genoss eine Stunde Freizeit, bevor sie Lady Charlotte aus einem neu erworbenen Gedichtband von Robert Burns vorlesen sollte. Lady Charlotte hatte sich mit den Plänen ihrer Kinder zwar abgefunden, setzte aber eine regelrechte Leidensmiene auf und sprach nur das Notwendigste. In drei Tagen würden Miranda, Angwin und Victor Millian Tredennick verlassen, mit Millians Automobil nach Southampton fahren und ein Schiff nach Marseille besteigen. Von dort ging die Reise mit dem nächsten Schiff über das Mittelmeer nach Port Said an der Nordküste Ägyptens.

»Hast du keine Angst, seekrank zu werden?«, hatte Cleo Miranda gefragt. »Du hast noch nie eine Seereise gemacht, nicht einmal über den Kanal.«

Miranda lachte. »Wir Menschen aus Cornwall sind seefest«, erklärte sie. »Stammen wir denn nicht alle irgendwie von Seefahrern ab? Außerdem sagt Victor, die Seekrankheit sei eine Sache der Psyche. Man darf sich nicht einreden, krank zu werden, sondern muss sich auf das freuen, was einen am Ende der Reise erwartet.«

Cleo bezweifelte das zwar, sagte aber: »Da Mr Millian die Reise schon unternommen hat, wird er es wohl wissen.«

Dass Cleo die Reisegruppe begleiten sollte, hatte Miranda

nicht mehr angesprochen. Über ihre weitere Tätigkeit war Cleo im Unklaren. Nach der Abreise würde es still auf Tredennick werden und für Cleo weniger zu tun geben. Sie hoffte, Lady Charlotte schickte sie nicht fort.

Es war Zeit für die Vorlesestunde. Cleo drehte sich um und eilte in Richtung des Hauses. Plötzlich trat Victor Millian in Cleos Weg. »Ich würde gern mit Ihnen sprechen, Miss Vanson.«

»Verzeihen Sie, Mr Millian, aber Lady Charlotte erwartet mich. Sie duldet keine Unpünktlichkeit«, entgegnete Cleo.

»Warten Sie!« Millian hielt sie am Arm fest. Cleo sah ihn scharf an, und er nahm seine Hand wieder fort. »Es ist sehr wichtig, Miss Vanson! Für Sie und auch für mich.«

»Also gut, eine Minute.«

»Miss Miranda sagte mir, Sie würden uns gern nach Ägypten begleiten.«

»Was unmöglich ist. Ich bin nicht nur unmündig, sondern auch nahezu mittellos.«

»Es würde Sie aber durchaus reizen, das Land zu sehen, das Ihrem Vater eine zweite Heimat geworden ist? Die Pyramiden, die Tempel- und Grabanlagen?«

»Wie können Sie diese Fragen stellen?«, rief Cleo aufgebracht. »Sie kennen doch die Antwort! Seit ich denken kann, möchte ich in das Land am Nil, möchte alles mit eigenen Augen sehen, was mein Vater beschrieben hat. Ich möchte den Duft nach exotischen Gewürzen riechen und den Sand der Wüste zwischen meinen Zähnen spüren. Einmal nur möchte ich ein Exponat, das Tausende von Jahren unter Gestein verborgen war, mit meinen Händen berühren. Oder in einer Grabkammer stehen und das Flair einer uralten Tradition auf mich wirken lassen.« Cleo brach ab, schlug sich eine Hand vor den Mund und flüsterte: »Verzeihen Sie meinen Ausbruch. Ich weiß nicht, was in mich gefahren ist.«

»Ich weiß es, Miss Vanson.« Millian lächelte aufmunternd. »Sie gehören nach Ägypten, und ich kann Ihnen die Möglichkeit bieten, Ihren Traum Realität werden zu lassen.«

»Sie?« Skeptisch sah Cleo ihn an. »Wie sollte das möglich sein?«

Er nickte. »Ganz einfach, Miss Vanson, Sie begleiten mich. Und zwar als meine Frau!«

»Wie bitte?« Cleo meinte, sich verhört zu haben. »Sie machen mir einen Heiratsantrag? Wir kennen uns kaum …«

»Wir kennen uns länger als manches Paar, das vor den Altar tritt.« Millian zwinkerte Cleo zu. »Diese Zeit war für mich ausreichend, um Ihre Persönlichkeit kennen und schätzen zu lernen. Daher werde ich nicht auf die Knie fallen und Sie mit romantischen Liebesschwüren belästigen. Sie und ich – wir sind uns ähnlich. Außerdem denke ich, dass Sie mich nicht völlig abstoßend finden.«

»Natürlich nicht, Mr Millian! In den letzten Wochen sind Sie mir ein Freund geworden.«

»Victor«, berichtigte er sie. »Ich denke, wir sollten uns jetzt bei den Vornamen nennen, Cleo.«

»Ich habe Ihren Antrag noch nicht angenommen, Mr Millian!«

Er nahm Cleos Hände. Sie ließ es geschehen. Ernst sagte er: »Sehe es als Möglichkeit, nach Ägypten reisen zu können, Cleo. Unsere Ehe soll vorerst auf einer Freundschaft basieren. Deine Wünsche werde ich stets respektieren.«

»Die Verbindung wäre also so etwas wie ein Geschäft?«, hakte Cleo nach. Sie begann zu verstehen. »Wir werden heiraten, aber nicht wie ein Ehepaar zusammenleben. Ich meine … Wir werden nicht …« Ihre Wangen wurden heiß, und sie wich seinem Blick aus.

»Wie du es wünschst, Cleo«, antwortete er ruhig. »Wir lassen uns treiben und sehen, was die Zukunft bringen wird. Wenn wir wieder nach England zurückkehren und du dich scheiden lassen willst, werde ich dir nicht im Weg stehen und alle Schuld auf mich nehmen.«

Cleo fühlte sich wie in einem unwirklichen Traum. Ihr Verstand sagte ihr, dass sie Millians Vorschlag vehement ablehnen sollte, kein weiteres Wort mehr mit ihm wechseln und zu Lady Charlotte eilen sollte. Sie war sowieso zu spät, Lady Charlotte würde sie ausschelten. Es keimte aber ein Gefühl von Hoffnung in Cleo auf, das sie nicht ignorieren konnte.

»Stammt der Vorschlag von Miranda?«, fragte sie und las die Antwort in seinen Augen. »Ich danke Ihnen für Ihre Ehrlichkeit, Mr Millian … Victor. Ja, Worte von Liebe wären unangebracht. So wissen wir beide, woran wir sind.«

»Das heißt, du heiratest mich?«

»Wäre eine Trauung überhaupt so schnell möglich? Das Aufgebot muss ausgehängt werden, und dann die ganzen Papiere.«

»Du vergisst den Einfluss, den Angwin in dieser Gegend hat«, erwiderte Victor. »Ein paar Worte und auch ein paar Scheine, und alle Formalitäten werden beschleunigt. Allerdings wird sich unsere Abreise um ein paar Wochen verschieben. Angwin und ich werden eine neue Route planen müssen.«

Es ist ja nur für ein paar Wochen, dachte Cleo mit gemischten Gefühlen. *Nach unserer Rückkehr trennen wir uns wieder*. Victors Angebot würde alle Widrigkeiten mit einem Schlag beseitigen. Sie würde Ägypten sehen und konnte versuchen, das Verschwinden ihres Vaters aufzuklären. Cleo dachte an den Armreif, der sicher verwahrt unter ihrer Leibwäsche lag. In den letzten Jahren hatte sie ihn nicht mehr getragen. Manchmal nahm sie den Reif hervor und strich sanft über die blaue, glatte Oberfläche des Skarabäus. Dann war sie ihrem Vater ganz nahe und erinnerte sich seiner Worte, dass der heilige Käfer einen Traum Realität werden lassen konnte.

Cleo holte tief Luft, sah Millian an und sagte: »Ja, Victor, ich will dich heiraten, und zwar so schnell wie möglich.«

6

Die folgenden zwei Wochen rauschten an Cleo vorbei, als sei sie eine unbeteiligte Zuschauerin und nicht die Hauptbeteiligte. Lady Tredennick schnappte nach Luft und wurde dunkelrot, als sie erfuhr, dass *ihre* Schneiderin heiraten und nach Ägypten reisen wollte.

»Eine derartige Durchtriebenheit habe ich von dir nicht erwartet, Cleopatra Vanson! Hinter meinem Rücken bandelst du mit einem Mann an. Nun ja, wenigstens ist er so anständig, dich zu heiraten und nicht mit einem Balg sitzen zu lassen.«

Nun errötete Cleo. Lady Charlotte ging davon aus, dass sie und Victor sich sehr nahegekommen waren. Auch Angwin war erstaunt, ließ die Neuigkeit aber unkommentiert, und in Mirandas Augen leuchtete es triumphierend. Die Trauung fand in der Kirche von Madron statt, einem Dorf nördlich von Penzance. Cleo erhob keine Einwände, sie stimmte allem zu. Erst als Miranda darauf bestand, ihr eines ihrer abgelegten Kleider zu geben, lehnte sie ab.

»Das kann ich nicht annehmen, Miranda.«

»Du willst nicht etwa in deinem schmucklosen Sonntagskleid vor den Altar treten?«

»Was ist an dem Kleid nicht gut? Es ist nicht geflickt, sauber und angemessen.«

Miranda drückte ihr ein blassblaues Seidenkleid in die Arme. Es war wadenlang, schmal geschnitten, mit einer tief angesetzten Taille und an den Schultern gerüschten Ärmelansätzen. Inzwischen waren Korsetts auch in England aus der Modewelt verschwunden, dementsprechend hatte Miranda im letzten Jahr eine komplett neue Garderobe bekommen. Einige der Kleider hatte Cleo genäht, die meisten waren jedoch in London oder gar in Paris bestellt worden. Das blaue Seidenkleid hatte Miranda zwei, höchstens drei Mal getragen und es dann zur Seite gelegt. Cleo zögerte nicht länger und nahm das Geschenk an. Mit ein paar Stichen nähte sie das Kleid über der Brust enger und steckte den Saum auf ihre Körpergröße ab.

Am Tag der Hochzeit ließ es sich Miranda nicht nehmen, Cleos Haar selbst hochzustecken und die Frisur mit ein paar herbstlichen Blüten zu schmücken. Auf einen Hut verzichtete Cleo, um den Blumenschmuck nicht zu zerdrücken. Einen Moment lang dachte sie daran, den Armreif anzulegen, entschied sich aber dagegen. Der auffällige Skarabäus harmonierte zwar perfekt mit der Farbe des Kleides, in dem sie Victors Frau werden würde, einen Talisman aus altägyptischer Zeit in einer christlichen Kirche hielt Cleo aber nicht für angebracht. Sie wickelte den Reif in ein Taschentuch und legte ihn zwischen ihre Kleidung in die Tasche, die sie für die Reise bereits gepackt hatte. Sie nahm nicht viel mit. Zwei schlichte Baumwollkleider, einen Tweedrock, zwei helle Blusen, einen leichten Mantel, einen Strohhut, Unterwäsche und ein paar feste, knöchelhohe Lederstiefel. Ein zweites Paar Schnürschuhe würde sie während der Reise tragen. In der Ecke der Tasche verstaute Cleo einen Beutel mit Nähutensilien, um gegebenenfalls ihre Kleidung selbst ausbessern zu können.

Die Zeremonie dauerte nur wenige Minuten, danach hatte es Lady Charlotte als ihre Pflicht gesehen, einen Imbiss im Herrenhaus auszurichten. Niemand sollte sagen, sie sei ihrer Verantwortung für ihre unmündige Angestellte nicht nachgekommen! Sie waren unter sich: Lady Charlotte, Angwin, Miranda und das glückliche Brautpaar. Am Abend suchten Cleo und Victor allerdings getrennte Zimmer auf. Obwohl jetzt vor Gott getraut, hielt es Lady Charlotte für ungebührlich, Cleo und Victor zusammen in einem Raum schlafen zu lassen. Cleo war es recht, sie und ihr Ehemann hatten schließlich ein Abkommen.

Früh am kommenden Morgen brachen sie zu der Reise auf, die Cleo in das Land ihrer Träume bringen sollte. Das Gepäck wurde in Victors Automobil geladen. Während sich die Männer und Cleo mit je einer Tasche begnügten, hatte Miranda den Überseekoffer packen lassen, dazu kamen drei Hutschachteln und vier prall gefüllte Reisetaschen.

Angwin seufzte. »Meine Güte, Schwester, du fährst nicht zur Ballsaison nach London! Ich habe dir immer gesagt, es ist eine dumme Idee, uns zu begleiten.«

»In Ägypten gibt es ein reges gesellschaftliches Leben«, konterte Miranda. Schnippisch setzte sie hinzu: »Auch im Ausland sind wir unserem Namen und unserer Stellung verpflichtet. Vielleicht treffen wir auf jemanden, den wir kennen? Es wäre doch zu peinlich, dann nicht passend gekleidet zu sein.«

Cleo senkte den Kopf, damit die Freundin ihr Schmunzeln nicht bemerkte. Nur schwer konnte sie sich die kapriziöse Miranda in Afrika vorstellen, wobei sie recht hatte, dass sich dort viele Briten aufhielten. Am Tag vor der Hochzeit hatte sie Miranda beim Packen geholfen und versucht, die Freundin zu überzeugen, dass elegante Ballkleider und aufwendig verzierte Kopfbedeckungen dort auch in der besseren Gesellschaft unangebracht waren.

»In Ägypten kleidet man sich praktisch und den heißen Temperaturen angemessen. Gegen die Leinenkleider und Baumwollblusen ist nichts einzuwenden, Miranda, aber die drei Samtkleider solltest du besser zu Hause lassen, und warum brauchst du *vier* Sonnenschirme?«

»Es sind meine Lieblingskleider«, beharrte Miranda. »Victor hat gesagt, dass die Nächte durchaus kühl werden können und die Schirme meine Haut vor der Sonne schützen.«

»Das tut ein Strohhut auch.«

»Ich trage doch keinen billigen Strohhut!«, sagte Miranda verächtlich. »Ich will ja nicht wie eine Bäuerin aussehen.«

Weiter wanderten ein Dutzend Schals und Tücher in die Koffer, die große Schmuckschatulle und jede Menge Strümpfe und spitzenbesetzte Unterwäsche. Miranda hatte Bedenken, dass die Möglichkeiten, ihre Wäsche waschen zu lassen, eingeschränkt sein könnten. Für Cleo war die Vorstellung, Miranda würde ihre Wäsche selbst waschen, so wie sie es bereits ihr ganzes Leben lang tat, absurd.

»Ich hoffe, das Schiff, das uns von Kairo nach Luxor bringen wird, sinkt nicht wegen deines Gepäcks«, sagte Angwin sarkastisch, nachdem Mirandas Koffer auf dem Dach des Automobils festgezurrt worden war. »Der Nil wimmelt nämlich von gefräßigen Krokodilen. Ich habe gehört, sie sind besonders heißhungrig auf englisches Frischfleisch.«

Miranda erschrak, dann merkte sie, dass ihr Bruder gescherzt hatte. Sie knuffte ihn in die Seite und rief: »Gib es auf, Angwin! Nichts und niemand wird mich von dem größten Abenteuer meines Lebens abbringen.«

Ab Penzance fuhren sie mit der Eisenbahn nach Portsmouth, gingen dort an Bord einer Fähre, überquerten den Kanal und setzten ab der bretonischen Stadt Roscoff die Fahrt per Nachtzug quer durch Frankreich bis nach Marseille fort. Hier kam es für Cleo zu einer peinlichen Situation. Während Angwin und Miranda jeweils Einzelabteile in der ersten Klasse gebucht hatten, mussten sich sie und Victor ein Abteil in der zweiten Klasse teilen. Es war eng, mit zwei schmalen Stockbetten und keiner eigenen Waschgelegenheit. Nachdem sie im Speisewagen zu Abend gegessen hatten, blieb Victor sitzen und wartete, bis Cleo sich ausgezogen und ins untere Bett gelegt hatte. Als er kam, machte er kein Licht, entkleidete sich im Dunklen und raunte Cleo »Gute Nacht!« zu. Victors Atemgeräusche verrieten ihr, dass er binnen Minuten eingeschlafen war. Sie selbst lag noch lange wach, starrte in die Dunkelheit und lauschte dem Rattern der Räder auf den Schienen. Manchmal schwankte der Zug von einer Seite auf die andere. Es war wie eine sanfte Wiege, die Cleo schließlich ins Reiche der Träume gleiten ließ.

Am nächsten Morgen hatte Victor das Abteil bereits verlassen, als Cleo erwachte. Sie traf ihn und die Geschwister im Speisesaal, wo sie ein reichhaltiges Frühstück zu sich nahmen.

Über Wochen hinweg hatten Angwin und Victor die Reise bis ins kleinste Detail geplant, um keine unnötige Zeit zu verschwenden. Da alle Fahrpläne eingehalten wurden, war eine Übernachtung in Marseille nicht notwendig. Direkt vom Bahnhof brachte sie ein Automobil zum Hafen, und sie stiegen auf die *Sea Star*, ein englisches Schiff, das rund vier Dutzend Passagiere übers Mittelmeer nach Alexandria bringen sollte. Auch hier logierten die Geschwister Tredennick in einer geräumigen Suite der ersten Klasse. Cleo und Victor hatten zwei kleinere Kabinen in der zweiten Klasse, die mit einer Tür miteinander verbunden waren.

Cleo fragte sich, ob Angwin wohl über den Grund ihrer Ehe von Miranda oder gar von Victor selbst aufgeklärt war. Dann sagte sie sich, dass Mirandas Bruder die Distanz gar nicht bemerkte, weil sie, Cleo, für ihn unwichtig war. Angwin hatte wohl akzeptiert, dass sie nach Ägypten reiste, im Prinzip spielte es für ihn aber keine Rolle. Cleo dachte, dass jeder, der sie und Victor genau beobachtete, merken musste, wie es um ihre Ehe bestellt war. Manchmal küsste Victor sie freundschaftlich auf die Wange, legte aber nie einen Arm um sie, hielt ihre Hand oder sprach sie zärtlich an. Sein Verhalten war herzlich und aufmerksam, aber von Kameradschaft geprägt.

Die Reise über das Meer würde Cleo immer in aufregender Erinnerung bleiben, auch weil Miranda bereits nach wenigen Stunden auf See mit Übelkeit und Erbrechen zu kämpfen hatte.

»Hast du nicht gesagt, Seekrankheit sei lediglich Einbildung?«

»Das habe nicht ich, sondern Victor behauptet«, krächzte Miranda mit fahlen Wangen und presste ein spitzenbesetztes Taschentuch an die Lippen.

Cleo nahm sie in die Arme. »Es tut mir leid, dass es dir schlecht geht. Dabei ist das Meer spiegelglatt, und es weht kaum Wind. Gestern Abend habe ich jemanden sagen hören, dass es in der Straße von Sizilien, der Meerenge zwischen Malta und der italienischen Insel, schaukelig werden kann. Dort trifft das westliche Mittelmeer auf die Adria, und durch die Gegenströmungen …«

»Sag es nicht, Cleo, oder du bist die längste Zeit meine Freundin gewesen! Nie wieder besteige ich ein Schiff!«

Miranda würgte, und Cleo konnte ihr gerade noch den Spucknapf reichen. Sie hatte aufrichtiges Mitleid und erinnerte

Miranda besser nicht daran, dass sie noch eine mehrtägige Schiffsreise auf dem Nil vor sich hatten. Von der Rückreise nach England ganz zu schweigen.

Für Angwin war Mirandas Seekrankheit die Bestätigung, dass die Schwester besser im heimischen Cornwall geblieben wäre. Er zeigte zwar Anteilnahme, konnte sich aber ein »Ich habe es gleich gewusst« nicht verkneifen.

Cleo genoss jeden Tag an Bord. Für ihre Verhältnisse war die *Sea Star* ein sehr luxuriöses Schiff. Auch die Passagiere der zweiten Klasse kamen in den Genuss eines Promenadendecks, eines Wintergartens, und die Mahlzeiten waren ausgezeichnet. Angwin, der keine Lust hatte, allein in der ersten Klasse zu essen, gesellte sich zu ihr und Victor in den Speisesaal der zweiten Klasse. Jeden Abend saßen die Männer bis spät in die Nacht im Rauchsalon zusammen, die Köpfe über Landkarten gebeugt. Von anderen Passagieren wurde Cleo zwar mit missbilligenden Blicken bedacht, wenn sie sich den Männern anschloss, denn eine Frau hatte im Rauchsalon nichts verloren. Ihr hingegen war es gleichgültig, solange sich Victor und Angwin an ihrer Anwesenheit nicht störten. Zwar waren unter den Passagieren ebenfalls Frauen, nach dem Abendessen ließen sie jedoch die Männer allein und zogen sich in den Damensalon zurück. Cleo wurde zwar hin und wieder aufgefordert, sich ihnen anzuschließen, lehnte aber ab. Sie verspürte keine Lust auf zwangloses Geplauder, lieber lauschte sie Victors Eindrücken von seiner letzten Reise nach Ägypten und schmiedete Pläne mit den Männern, was sie im Land der Pharaonen zuerst besichtigen sollten.

»Ich schlage vor, wir verbringen eine oder zwei Wochen in Kairo, um uns an das Klima zu gewöhnen«, sagte Victor einen Tag bevor sie die Küste Afrikas erreichen sollten. »Dort erkundigen wir uns nach einer Gruppe und schließen uns ihr an, um weiter nach Luxor zu reisen. Wir können auch einen Führer engagieren, der Land und Leute kennt und alles organisiert. Meine Kenntnisse in der arabischen Sprache sind nur rudimentär, und in den einzelnen Landesteilen werden verschiedene Dialekte gesprochen.«

Angwin nickte zustimmend. »Es ist besser, die Fahrt über den Nil im Kreis von Landsleuten oder an der Seite eines Ortskundigen zu machen. Ich habe Berichte von Reisenden gelesen, dass die Boote kaum Komfort bieten und sich Einheimische und Besucher zwanglos miteinander vermischen.« Schmunzelnd ergänzte er: »Nicht dass mich das stören würde, Miranda hingegen …«

Wenngleich Cleo auf die Pyramiden gespannt war, wäre es ihr am liebsten, keine unnötige Zeit in Kairo zu verschwenden. Sie wollte so schnell wie möglich ins Tal der Könige. Dafür hätte sie auch ein Floß bestiegen. In der Nähe von Luxor hatte Victor ihren Vater getroffen, dort hatte es das letzte Lebenszeichen von Alexander Vanson gegeben. Cleo war überzeugt: Wenn es eine Spur von ihrem Vater gab, dann bei den großen Grabungsstätten im Süden.

Cleo umklammerte so fest die Reling, dass die Knöchel ihrer Hände weiß hervortraten. Mit klopfendem Herzen starrte sie auf die goldgelb schimmernden Mauern, die zinnenbewehrten Befestigungsanlagen und die hoch aufragenden Minarette. Kleine Fischerboote glitten an der *Sea Star* vorbei, auf dem Kai herrschte eine hektische Betriebsamkeit von Menschen, Tieren und Karren.

Sanft legte Victor einen Arm um ihre Schultern.

»Alexandria«, flüsterte er heiser. »In weniger als einer Stunde wirst du deinen Fuß auf Ägyptens Boden setzen.«

»Irgendwie kann ich es noch nicht glauben.« Sie drehte den Kopf und sah zu ihrem Mann auf. »Kneif mich, Victor, damit ich weiß, dass es kein Traum ist und ich wirklich hier bin.«

Lachend zwickte er ihr leicht in die Wange und wiederholte den Rat, den er Cleo bereits gegeben hatte: »Trage stets deinen Hut und bedecke Hals und Arme. Die Sonneneinstrahlung ist für englische Haut ungewohnt und ein Sonnenbrand wenig angenehm.«

»Ich werde es berücksichtigen und danke dir für alles, was du für mich getan hast, Victor.«

Er winkte ab. »Auch ich profitiere von unserem Arrangement, Cleo. Beschert es mir doch eine angenehme Reisebegleitung. Nichts gegen meinen Freund Angwin, aber ich schätze weibliche Gesellschaft durchaus. Besonders wenn sie so intelligent und abenteuerlustig ist wie du.«

Für einen Moment war Cleo verunsichert. In Victors Augen lag ein Ausdruck, den sie nicht deuten konnte. Er war zärtlich, fast schon liebevoll. Hoffte er darauf, dass sie, Cleo, sich doch als eine *richtige* Ehefrau erwies? Sie mochte und schätzte Victor, mehr konnte sich Cleo aber nicht vorstellen. Wobei viele Leute, besonders Lady Charlotte und wahrscheinlich auch Miranda, ihr sagen würden, dass sie sich aufgrund ihrer Herkunft und gesellschaftlichen Stellung überglücklich schätzen sollte, einen solchen Ehemann abbekommen zu haben. Victor war zwar nicht reich, hatte aber sein Auskommen. Er sah gut aus, war gebildet und – vor allen Dingen – respektierte er ihren Wissensdurst und stellte sie als Frau nicht in die zweite Reihe.

Zwei junge Stewarts eilten über die Decks und forderten die

Passagiere auf, sich für das Verlassen des Schiffes bereit zu machen.

Angwin besorgte ein von einem Esel gezogenes Fuhrwerk. Zwei Männer mit tiefbraunen Gesichtern und schwarzen Vollbärten luden das Gepäck auf. Cleo, Miranda, Angwin und Victor mussten sich eng zusammenquetschen, um auch noch auf dem Karren Platz zu finden. Cleo versuchte, auf der kurzen Fahrt vom Hafen zum Bahnhof so viel wie möglich in sich aufzunehmen. Fremdländische Stimmen surrten an ihren Ohren vorbei. Männer liefen umher, jeder schien genau zu wissen, was er zu tun hatte. Fast alle hatten helle Tücher um die Köpfe geschlungen und trugen Bärte oder zumindest buschige Schnurrbärte. Ältere Männer saßen im Schneidersitz auf dem Boden, tranken Tee aus kleinen, metallenen Bechern, zogen an Wasserpfeifen, einige spielten auf Holzbrettern Domino. In dem Gewusel sah Cleo nur selten eine Frau. Wenn, dann hielten sie die Köpfe gesenkt. Ihre Gewänder bedeckten alle Körperteile, manche hatten sogar ihr Gesicht verschleiert. Auffällig war hingegen, dass ihre Kopftücher in leuchtenden Farben gearbeitet waren.

Miranda hustete. Sie presste ein Taschentuch vor den Mund und murmelte: »Was für ein furchtbarer Staub, ich kann kaum atmen!«

»Hier an der Küste ist die Luft noch frisch und klar«, sagte Angwin trocken. »Warte, bis wir die Wüste erreicht haben. Ist dir noch übel?«

»Seit ich das furchtbare Schiff verlassen habe, geht es mir bestens.«

Victor nickte zustimmend. »Ich verspreche Ihnen, Miss Miranda, dass die Fahrt auf dem Nil angenehmer sein wird. Der große Strom dümpelt ruhig in seinem Bett dahin. Sie werden gar nicht merken, dass Sie auf einem Schiff sind.«

Skeptisch sah Miranda Victor an, es war offensichtlich, dass sie seinen Worten nicht traute. Schließlich hatte er auch behauptet, die Seekrankheit sei eine Sache der Einstellung.

In dem Zug, der Alexandria mit Kairo verband, gab es keine Klassenunterteilungen. Sitzen konnte man nur auf harten Holzbänken. Obwohl alle Fenster offen standen, war die Luft zum Schneiden dick und roch nicht gerade angenehm. Die vier Freunde und weitere Europäer drängten sich zwischen einer Vielzahl von Einheimischen, die laut durcheinandersprachen. Einige transportierten Hühner in Käfigen, ein Mann zog sogar ein lebendes Schwein hinter sich her.

In dem Waggon, in den Victor sie führte, sah sich Miranda fassungslos um. »Es gibt doch sicher eine andere Möglichkeit, um nach Kairo zu gelangen!«

»Bitte, wenn du die einhundertfünfzig Meilen zu Fuß gehen möchtest«, erwiderte Angwin. »Oder ist dir ein Eselskarren angenehmer, liebe Schwester?«

»Warum mieten wir kein Automobil?«, fragte Miranda. »Am Hafen habe ich welche gesehen, und das wäre …«

»Eine unnötige Geldverschwendung«, fiel ihr Angwin ins Wort.

»Die Zugfahrt führt durch das Nildelta, die größte Oase der Welt. Sie ist ein Erlebnis«, erklärte Victor. »Den Ausblick dürfen Sie nicht versäumen, Miss Miranda.«

»Es ist empörend, dass der Zug keine Klassentrennung hat«, beharrte Miranda. »Schließlich reisen viele Engländer hierher. Ich bin davon ausgegangen, dass sich das Land der Zivilisation angeschlossen hat.«

Angwins ärgerlicher Blick verhieß nichts Gutes. Scharf sagte er: »Ich habe dich gewarnt, Miranda Tredennick! Wenn es dir nicht passt, setze ich dich auf das nächste Schiff zurück nach England!«

»Das kannst du gar nicht«, konterte Miranda. »Eine Lady reist nicht allein, nur in Begleitung eines Herren oder in einer Gruppe integrer Landsleute.«

Brüsk drehte Angwin seiner Schwester den Rücken zu.

Cleo nahm Miranda am Arm und zog sie mit sich. »Komm, dahinten ist noch was frei. Die Männer werden sich andere Plätze suchen.«

Angewidert sank Miranda auf die schmuddelige Holzbank. Auf Angwins Rat trug sie ein für ihre Verhältnisse schlichtes Kleid aus einem dunkelgrauen Baumwollstoff, lediglich die Ärmelaufschläge waren mit blassroten Stickereien verziert.

Cleo beugte sich dicht zu ihr und flüsterte: »Mach nicht so ein Gesicht, Miranda. Du wirst nicht wollen, dass sich dein Bruder in seiner Meinung bestätigt fühlt, weil er dich nicht mitnehmen wollte. Ich bin sicher, in Kairo wird es bequemer und angenehmer sein.«

Miranda seufzte laut, straffte die Schultern und reckte das Kinn vor. »Du hast recht, Cleo! Ich habe mich für das Abenteuer entschieden und werde es auch genießen.« In diesem Moment grunzte das Schwein und ließ etwas unter sich fallen. Angeekelt schüttelte sich Miranda. »Zumindest wenn ich mir nicht vorher die Pest oder die Cholera hole. Ich muss zugeben, *so* habe ich mir Ägypten nicht vorgestellt.« Sie zwinkerte Cleo zu. »Sag das bloß nicht Angwin!« Trotz der drückenden Hitze zog Miranda ihren dunklen Umhang fest um sich, als könne er sie vor der Ansteckung mit einer schrecklichen Krankheit schützen.

Cleo biss sich auf die Unterlippe, um nicht laut zu lachen. Sie fühlte sich herrlich! Victor hatte ihr geraten, ein Kostüm aus einem leichten Leinenstoff zu tragen, trotzdem war auch ihr warm, auch in ihre Nase stiegen die wenig angenehmen Gerüche der menschlichen und tierischen Ausdünstungen, aber sie sog jede Einzelheit in sich auf. Jedes Wort der Sprache, die sie nicht verstand, jedes Gackern eines Huhns klangen in ihren Ohren wie eine melodische Sinfonie.

Victor hatte nicht übertrieben. Die Mitte des vergangenen Jahrhunderts erbaute Eisenbahntrasse führte durch dichtes Grün, saftige Wiesen und fruchtbares Land. Das Delta, in dem sich der Nil in fünf verschiedene Flüsse spaltete, bevor er ins Mittelmeer mündete, hatte nichts gemein mit der allgemeinen Ansicht, Ägypten sei karg, felsig, trocken und staubig.

Nach sechs Stunden erreichten sie die Hauptstadt. Victor eilte davon, um ein Automobil für ihren Aufenthalt in Kairo anzumieten. Angwin blieb bei den Frauen in der Bahnhofshalle.

»Es ist besser, wenn eine Frau nicht allein unterwegs ist«, ermahnte er Cleo und Miranda. »Auch wenn das Land seit vielen Jahren unter britischer Herrschaft steht, sind die Einheimischen in ihren Traditionen fest verwurzelt.«

»Und Frauen sind Freiwild«, ergänzte Cleo.

Miranda sah sie entsetzt an. »Wie kannst du das sagen! Wir sind hier doch sicher?«

»Deine Freundin hat recht«, bemerkte Angwin. »Ich verbiete dir, allein oder nur in Begleitung einer Frau auszugehen. Kairo ist ein Moloch, der einem schnell zum Verhängnis werden kann.«

Ganz so dramatisch sah Cleo die Lage nicht. Da es in der Bahnhofshalle aber von uniformiertem britischem Militär wimmelte, widersprach sie Angwin nicht. Es dämmerte Cleo, dass ihr Vater wohl nicht alles über Land und Leute erzählt hatte. Für Alexander Vanson war die Archäologie das Leben gewesen, was um ihn herum geschah, hatte er kaum wahrgenommen.

Cleo erschrak, denn sie hatte an ihren Vater in der Vergangenheitsform gedacht. Ihr rationaler Verstand sagte ihr, dass es nach den langen Jahren und dem, was Victor von seiner Begegnung mit ihm berichtet hatte, keinen Grund zu der Annahme gab, er könne noch am Leben sein. Wenn es ihr nur gelingen könnte, aufzuklären, was geschehen war! Dann wäre sie bereit, endgültig Abschied zu nehmen.

Im Foyer des *Royal Doncaster* fühlte sich Cleo, als hätte sie binnen einer Sekunde die ägyptische Welt hinter sich gelassen und wäre wieder in England angekommen. Ein ausladender Deckenventilator ratterte unermüdlich, so war es in der ganz im viktorianischen Stil eingerichteten Hotelhalle angenehm kühl. Abgesehen vom Personal sah sie nur europäische Gäste und hörte Englisch sprechende Stimmen. Neben ihr atmete Miranda erleichtert auf. Ein einheimischer Mann verbeugte sich vor den Damen, hieß sie willkommen und schnippte mit den Fingern, woraufhin ein dunkelhäutiger Junge herbeieilte und in einem gut verständlichen Englisch sagte, er würde sich um das Gepäck kümmern.

Cleo und Victor bezogen eine geräumige Suite mit zwei Schlafzimmern im ersten Stock, Miranda und Angwin hatten ihre Zimmer auf der anderen Seite des Korridors. Da bis zum Dinner noch Zeit war, entschloss sich Cleo, ein Bad zu nehmen.

»Ich sehe, ob sich Gäste im Hotel befinden, die in naher Zukunft nach Luxor reisen wollen«, sagte Victor und ließ sie allein.

Cleo wollte sich gerade entkleiden und in das Schaumbad gleiten lassen, als es klopfte. Ohne eine Aufforderung abzuwarten, trat Miranda ins Zimmer. Sie trug immer noch ihr Reisekleid.

»Ist das nicht herrlich hier?«, schwärmte die Freundin. »Hast du im Bad auch Seifen in Form von kleinen Schwänen?«

»Die ich gerade benutzen wollte«, antwortete Cleo. »Willst du nicht auch ein Bad nehmen, Miranda?«

»Das hat Zeit. Ich hoffe, wir bleiben lange in Kairo, denn ich glaube, es gibt vieles in der Stadt, das sich zu erkunden lohnt.«

»Die Pyramiden werden wir sicher besuchen«, erwiderte Cleo. »Victor meint, es könne einige Zeit dauern, bis wir jemanden finden, der uns ins Tal der Könige begleitet.«

»Ach, die Pyramiden.« Miranda winkte desinteressiert ab. »Das sind nur ein Haufen alter Steine. Hast du bei der Fahrt vom Bahnhof ins Hotel die vielen Goldschmiedeläden gesehen? Ich habe gehört, dass man hier für wenig Geld die kostbarsten Geschmeide kaufen kann. Und ich brauche unbedingt ein rotes, mit Goldfäden durchwirktes Kopftuch, wie es die hiesigen Frauen tragen. Vielleicht bringe ich meiner Mutter auch eines mit. Die Vorstellung, dass Mutter damit durch die Straßen von Penzance spaziert, ist allerdings etwas grotesk.«

Cleo stimmte in Mirandas Lachen ein und sagte: »Ich denke darüber nach, meinen Armreif einem Juwelier zu zeigen. Vielleicht kann er die Inschrift entziffern?«

»Du hast das Ding mit nach Ägypten genommen?«, fragte Miranda überrascht.

»Es ist das letzte Geschenk meines Vaters«, erinnerte Cleo die Freundin, »zudem das einzige Stück, das mir nach dem Brand geblieben ist. Niemals würde ich mich von dem Skarabäus trennen!«

Miranda nickte verständnisvoll. »Wenn jemand die Zeichen lesen kann, dann hier. Allerdings denke ich, dass der Reif nachgemacht ist.«

»Ich ebenfalls, trotzdem würde es mich interessieren, ob die Hieroglyphen eine sinnvolle Aussage ergeben.«

»Frage am besten Victor, ob er jemanden kennt«, schlug Miranda vor. »Er war ja schon mehrmals in Kairo.«

»Das werde ich tun.« Cleo deutete auf die Badezimmertür. Sie fürchtete, das Wasser sei bereits wieder abgekühlt. »Ich würde jetzt gern ein Bad nehmen, um rechtzeitig fertig zu sein.«

Nun sah auch Miranda ein, dass sie sich frischmachen und umziehen sollte, um das Dinner nicht zu versäumen.

Das Essen war reichhaltig und äußerst schmackhaft. Wobei es Cleo bedauerte, Lammkeule in Pfefferminzsoße, kleine, in der Schale geröstete Kartoffeln und Erbsenpüree serviert zu bekommen. Gern hätte sie von einheimischen Speisen gekostet, allein deren Namen klangen verheißungsvoll: Koshari, Falafel, Mahshi oder Tirmis. Als sie Victor zuraunte, dass sie gern etwas Traditionelles essen würde, schmunzelte er und sagte: »Ist dir bekannt, dass die Ägypter mit Vorliebe Kamelfleisch essen?«

Scheppernd fiel Miranda die Gabel auf den Teller. »Sie scherzen, Victor Millian!«

»Keineswegs, Schwester«, sagte Angwin ruhig. »In diesem Land dienen Trampeltiere nicht nur als Transportmittel, sie geben auch Nahrung in Form ihrer Milch, und das Fleisch soll eine besondere Delikatesse sein.«

Während Cleo durchaus Kamelmilch probieren würde, wenngleich lieber nicht das Fleisch, schüttelte sich Miranda vor Ekel. Skeptisch betrachtete sie den Braten auf dem Teller, als würde sie sichergehen wollen, dass es sich tatsächlich um Lamm handelte.

»Vergesst nicht, dass es in Indien nicht nur verpönt, sondern sogar verboten ist, Rindfleisch zu essen«, sagte Victor.

»Ist Roastbeef nicht eine deiner Leibspeisen, Miranda?«, schlug Angwin in die Kerbe. »Nun, dann solltest du davon absehen, jemals auf den subindischen Kontinent zu reisen.«

»Das habe ich auch nicht vor«, erwiderte Miranda. »Du hältst mich vielleicht für dumm, Angwin, ich weiß aber genau, dass Indien ein Teil des britischen Weltreiches ist und Tausende von Engländern dort leben. Dass die alle kein Rindfleisch essen, kann ich mir nicht vorstellen.«

Das konnte Angwin nicht widerlegen und murmelte etwas Unverständliches. Bereits während der Reise nach Afrika hatte Cleo Mirandas Bruder von einer anderen Seite kennengelernt. Angwin war schlagfertig und Scherzen gegenüber nicht abgeneigt. Früher hatte Cleo ihn für einen fantasielosen Bücherwurm gehalten, überheblich, arrogant und snobistisch. In den vergangenen Jahren hatte Angwin das Letztere widerlegt, auch weil er sich Cleo gegenüber stets freundlich verhalten hatte. Er erkannte ihr Wissen und ihre Abenteuerlust an, die seiner gleichkam. Und Victor, der Sohn eines einfachen Kaufmanns, war sein Freund, mit dem er auf Augenhöhe verkehrte.

Verstohlen musterte Cleo sein aristokratisches Profil mit der langen, schmalen Nase und dem markanten Kinn. Unwillkürlich zog sie den Vergleich zu einem Pharao, denn Angwins Gesichtszüge waren ebenso perfekt wie die Totenmasken der antiken Könige. Wenn ihm nicht schon seit Jahren ein Teil ihres Herzens gehörte, würde es ihm in diesem Moment zufliegen. Schnell wandte Cleo den Blick ab und widmete sich ihrem Essen. Es gehörte sich nicht, dass sie als Ehefrau einen anderen Mann derart musterte. Wenngleich ihre Ehe aus rein zweckmäßigen Gründen geschlossen worden war, hatte Victor ihre Loyalität verdient. Sie verdankte ihm viel und würde ihren Mann ehren und schätzen, wie sie es vor dem Altar versprochen hatte. Nur lieben …

Miranda stupste Cleo in die Seite und fragte: »Warum seufzt du, als läge alle Last der Welt auf deinen Schultern? Schmeckt es dir nicht?«

»Der Braten ist ausgezeichnet«, versicherte Cleo hastig. »Ich dachte nur daran, ob ich es wagen soll, Kamelfleisch zu probieren. Man kann ja nichts ablehnen, das man nicht probiert hat.«

Miranda schüttelte sich und schob ihren Teller zurück. »Können wir bitte ein anderes Thema wählen? Eines, bei dem sich mein Magen nicht umdreht.«

»Ich fürchte, Miss Miranda«, sagte Victor nachdenklich, »in Luxor werden wir auf vieles, das uns Engländern lieb und teuer ist, verzichten und uns nach den Einheimischen richten müssen.«

»Aber in Luxor leben doch auch Briten!«, begehrte Miranda auf. »Die essen doch nicht etwa alle Kamelfleisch?«

Von Miranda unbemerkt zwinkerten sich Victor und Angwin zu, und Victor sagte: »Die Einheimischen haben sich mit den Ausländern arrangiert, bringen diese nicht zuletzt Geld und damit Wohlstand in das Land. Der Regierung in London ist an einem harmonischen Miteinander gelegen, so werden die Traditionen und die Lebensart respektiert.«

»Nun ja, die Engländer wollen keinen Ärger, wenn sie sich an den Grabschätzen bereichern und den Ägyptern die Kulturschätze entreißen«, entschlüpfte Cleo die Bemerkung. Da Angwin nach Luft schnappte, fügte sie hinzu: »Damit meine ich natürlich nicht Sie, Sir, und auch nicht dich, Victor. Euer Interesse zielt einzig auf die Erhaltung der Schätze, ihrer Bewahrung und dass sie vielen Leuten zugänglich gemacht werden.«

Victor legte seine Hand auf Cleos. »Genau wie bei deinem Vater«, sagte er leise. »Vielleicht war das sein Verderben.« Sein Blick war so mitfühlend, dass sich in Cleos Hals ein Kloß bildete. »Es tut mir leid, meine Liebe.«

Cleo schluckte. »Es ist gut, Victor. Ich bin auf das Schlimmste gefasst. Etwas anderes zu hoffen, würde bedeuten, die Augen vor der Wahrheit zu verschließen.«

Angwin räusperte sich vernehmlich und sagte: »Victor, konntest du wegen unserer Weiterreise in den Süden schon etwas erreichen?«

»Man nannte mir den Namen eines Mannes, der als besonderer Kenner von Land und Leuten gilt«, erklärte Victor, über den Themenwechsel dankbar. »Es heißt, er plane, demnächst eine Gruppe von Männern ins Tal der Könige zu begleiten. Ich versuche, so bald wie möglich mit ihm zu sprechen.«

Die Teller wurden abgeräumt, Miranda hatte ihr Fleisch kaum angerührt, und schwarzer, starker Kaffee, der Cleo ausgesprochen gut schmeckte, wurde serviert.

Später vor ihrer Zimmertür küsste Victor sie sanft auf die Stirn.

»Schlaf gut, meine Liebe, und mach dir nicht so viele Sorgen. Alles wird gut werden.«

Sein Kuss und seine Worte beruhigten Cleo. Die Aussicht, in den nächsten Tagen Kairo zu erkunden, die Pyramiden und die Basare zu besuchen, vertrieb ihre trüben Gedanken.

7

Es war eine Seite, Fotografien und Berichte über die Pyramiden zu sehen und zu lesen, jedoch eine völlig andere, selbst vor den majestätischen Monumenten der Pharaonen zu stehen. So gewaltig, so mächtig und beeindruckend hatte sich Cleo die Cheops-Pyramide nicht vorgestellt. Nicht weit davon entfernt kauerte die Große Sphinx von Gizeh im heißen Wüstensand und musterte kritisch jeden Besucher dieser heiligen Stätte aus ihren menschlichen Augen. Wenige Meilen dahinter begann die endlose Wüste, die Todeszone, in die sich nur wenige Menschen wagten.

Sie hatten den Ausflug nach Gizeh mit dem Automobil gemacht, das Victor selbst steuerte. Das Verdeck war geschlossen, trotzdem drang der Sand, aufgewirbelt von der staubigen Piste, durch jede Ritze ins Fahrzeuginnere, und es war heiß wie in einem Backofen. Miranda presste die ganze Zeit über ein Taschentuch vor Mund und Nase, und ihr mitternachtsblaues Kleid war mit einer feinen, gelben Staubschicht bedeckt. Cleos Aufregung hatte sie Hitze und Staub vergessen lassen. Ehrfurchtsvoll legte Cleo jetzt eine Hand auf den Sockel aus Kalkstein der Sphinx. Sie wusste, dass ihr Vater auch hier gestanden hatte. Vielleicht hatte er ebenso den liegenden Löwen mit Menschenkopf berührt, vielleicht sogar an derselben Stelle.

Rund um die Cheops-Pyramide befanden sich zahlreiche Stände, in denen allerlei Krimskrams für die Besucher angeboten wurde. Andere Buden verkauften Wasser und Limonaden. Einige einheimische Männer, alle gekleidet in die Dschallabija, ein traditionelles Gewand, und mit um die Köpfe geschlungenen hellen Tüchern, priesen ihre Dienste als Führer durch die Pyramide an.

»Können wir hineingehen?«, fragte Cleo aufgeregt.

Victor zögerte. »Es ist wichtig, den richtigen Führer zu wählen. Einige verlangen eine Menge Geld, bringen einen aber nur in die äußeren Kammern, in denen es kaum etwas zu sehen gibt.«

»Ich weiß nicht …« Miranda zögerte. »Vielleicht ist es besser, die Totenruhe nicht zu stören.«

Grinsend sagte Angwin: »Die Pyramide ist längst ausgeräumt. Du hast doch nicht etwa Angst vor dem Fluch der Pharaonen?«

»Angwin, über die Bedenken deiner Schwester solltest du nicht spotten«, bemerkte Victor. Er sah zu Cleo. »Was ist mit dir?«

»Die Flüche sind doch Unsinn! Erfunden, um die Gräber vor Plünderungen zu bewahren.«

»Warum hat man mit den Toten das ganze Gold und die Juwelen begraben?«, fragte Miranda. »Es ist eine Schande, all diese Schätze einfach so verschwinden zu lassen.«

Während Angwin erneut schmunzelte, sah Victor Cleo an und fragte: »Möchtest du es Miss Miranda erklären?«

»Gern, wenn es dich wirklich interessiert, Miranda. Bisher war dir der uralte Totenkult der Ägypter gleichgültig.«

»Natürlich will ich wissen, warum man einen Haufen Gold sinnlos in der Erde verbuddelte oder hinter Steinen einmauerte. Für mich ergibt eine solche Verschwendung keinen Sinn.«

Ruhig wiederholte Cleo die Worte, die sie ihren Vater hatte

sagen hören, als sie ihn als Kind einmal das Gleiche gefragt hatte: »Wenn einem Mensch sein Leben ausgehaucht wird, verlässt seine Seele in Gestalt eines Vogels seinen Körper. Ba nennen die Ägypter diesen Gott. Der Tod markiert nur ein Übergangsstadium, denn Nut, die Himmelsgöttin, die den täglichen Auf- und Untergang der Sonne regelt, garantiert ein neues Leben im Jenseits. In den Nächten kehrt Ba in die Hülle des Menschen zurück und reist mit ihm auf der himmlischen Barke durch die Unterwelt, jedoch nur, wenn der Körper unversehrt geblieben ist. Deswegen wurden die Toten einbalsamiert und mumifiziert. Da sie sich auf ihrer Reise aber ebenso prachtvoll wie im irdischen Leben geben sollten, wurde den Toten all das mitgegeben, was sie zu Lebzeiten besaßen, und vieles darüber hinaus. Sie sollten in ihrem neuen Leben keinen Mangel erleiden und auf nichts verzichten müssen. Für die Angehörigen war es eine quälende Vorstellung, wenn ihre Lieben im Jenseits nicht dieselbe Anerkennung erhielten und mit demselben Respekt behandelt würden. Gleichzeitig fürchteten sie, einst, wenn sie selbst sterben würden, hoffnungslos verloren zu sein und von den Hunden, Wölfen und Schakalen zerfleischt zu werden, weil sie die Ehre ihrer verstorbenen Angehörigen verraten hatten.«

Miranda hatte aufmerksam zugehört. Nachdem Cleo geendet hatte, klatsche Angwin in die Hände.

»Bravo, Cleo! Besser hätte ich es nicht erklären können. Es ist zu bedauern, dass Mädchen nicht studieren dürfen.«

»Sie irren sich, Sir«, widersprach Cleo. »Bereits seit Jahren sind Frauen auch an den englischen Universitäten zugelassen, Sir Angwin, und durchaus keine Seltenheit. Da Ihnen meine Lebensumstände bekannt sind, werden Sie verstehen, warum mir der Weg eines Studiums verwehrt ist.«

»Was nicht ist, kann ja noch werden«, sagte Victor mit einem aufmunternden Lächeln.

»Wie, Victor?«, rief Miranda. »Sie wollen doch nicht etwa erlauben, dass Ihre *Ehefrau* studiert? Ich denke, wenn wir wieder in England sind, werden Cleo andere Aufgaben erwarten und ihr keine Zeit lassen, ihre Nase in Bücher zu stecken.«

»In diesem Fall teile ich die Meinung meiner Schwester«, sagte Angwin. »Cleo, du wirst bestimmt bald Mutter werden und deinem Mann den Haushalt führen. Es spricht allerdings nichts dagegen, wenn du in freien Stunden weiterhin fleißig lernst. Für ein Mädchen wie dich ist das eine außerordentlich gute Perspektive. Du musst dankbar sein und solltest nicht versuchen, nach den Sternen zu greifen.«

Cleo schoss das Blut in die Wangen. Schon lange nicht mehr hatte ihr Angwin ihre Stellung in der Gesellschaft derart schonungslos klargemacht. Seine Worte bestätigten, dass er in die Hintergründe ihrer Ehe nicht eingeweiht war. Cleo revidierte ihre gefasste Meinung, Angwin Tredennick sei kein Snob. *Für ein Mädchen wie dich …* Für Angwin war sie immer noch das kleine, hässliche Kind, das einst in der Tür gestanden und kaum gewagt hatte, ihn anzublicken.

Victor sagte einlenkend: »Wir werden sehen, was die Zukunft bringt. In den nächsten Wochen ist es ohnehin kein Thema.« Er sah in die Runde. »Sollen wir jetzt einen der Führer engagieren, damit er uns ins Innere der Pyramide bringt?«

»Von mir aus«, stimmte auch Miranda zu. Keinesfalls wollte sie hinter Cleo zurückstehen.

»Ihr bleibt hier und rührt euch nicht von der Stelle«, befahl Angwin, dann gingen er und Victor zu den Fremdenführern hinüber.

Miranda nahm einen kleinen, seidenen Fächer aus ihrer Rocktasche. Sie fächelte sich aber keine Kühlung zu, sondern wirbelte nur die warme, staubige Luft auf. »Wenigstens wird es in dem alten Steinding kühler sein«, murmelte sie. »Ich hätte mir nicht träumen lassen, dass es in diesem Land *so* heiß und trocken ist.«

»Dabei haben wir November«, sagte Cleo. »Verstehst du jetzt, warum kaum jemand während der Sommermonate nach Ägypten reist? Selbst die Einheimischen weigern sich, bei der dann herrschenden Gluthitze im Tal der Könige auch nur eine Spitzhacke oder Schaufel in die Hand zu nehmen.«

»Hoffentlich dauert es nicht so lange, die Pyramide anzusehen«, murrte Miranda. »Ich will noch Einkäufe in der Stadt machen.«

»Da wir noch ein paar Tage in Kairo sein werden, wirst du genügend Gelegenheit haben, die Läden und Basare zu plündern.«

Miranda seufzte. »Aber nur, wenn Angwin mich begleitet. Ich fürchte allerdings, dass er an dem bunten Treiben kein Interesse hat. Meinen Bruder interessieren nur alte Steine, schaurige Mumien und die Geheimnisse der Vergangenheit. Er nimmt das Leben viel zu ernst.«

Diesen Eindruck hatte Cleo nicht gewonnen, sie widersprach Miranda aber nicht, da es auch ihr in der prallen Sonne heiß wurde. Mit dem Rücken immer noch gegen den Sockel der Sphinx gelehnt, beobachtete sie, wie Victor mit einem der Fremdenführer verhandelte. Offenbar wurde kein zufriedenstellendes Angebot erzielt, denn Victor schüttelte den Kopf, gab Angwin ein Zeichen, und die Männer gingen zum nächsten Mann, der ihnen erwartungsvoll entgegensah und sogleich gestenreich auf sie einredete. Bisher hatte sie Victor nicht gefragt, ob er sie zu einem Schmuckhändler begleiten würde, der den Armreif mit dem Skarabäus begutachten sollte. Das Schmuckstück lag immer noch in ein Tuch eingewickelt zwischen ihrer Kleidung. Cleo fiel ein, dass sie den Reif Victor gegenüber noch nie erwähnt und ihn in seiner Gegenwart auch nicht getragen hatte. In den letzten Wochen waren die Ereignisse wie eine große Woge über ihr zusammengeschlagen und hatten Cleo kaum Raum zum Nachdenken gegeben. Im Prinzip war es ihr auch egal, ob die Spange aus Silber und der Käfer aus echtem Lapislazuli war. Allein dass das Schmuckstück das letzte Geschenk ihres Vaters war, machte ihn für Cleo wertvoller als alles Gold und Geschmeide.

Sie wandte den Blick von den Männern ab und drehte sich um.

»Miranda, wo bist du?« Die Freundin war nicht mehr neben ihr. »Miranda!«, rief Cleo laut, dann sah sie das blaue Kleid der Freundin zwischen den Säulen der Ruine eines Tempels verschwinden, etwa zweihundert Yards entfernt. Cleo überlegte. Die Distanz zu Angwin und Victor war zu groß, um nach den Männern zu rufen. Schnell lief sie Miranda nach und hielt sie am Arm fest.

»Wir sollten doch warten!«

»Weiß der Himmel, wie lange die Männer verhandeln werden«, entgegnete Miranda. »Derweil werde ich zu Dörrfleisch. Hier ist wenigstens Schatten.«

Cleo sah sich um. Sie befanden sich zwischen den Überresten eines kleinen Tempels. Drei wuchtige Säulen, dahinter eine kleine Vorhalle, von der ein schmaler Gang nach links abführte. Der Boden unter ihren Füßen war sandbedeckt.

»Ich denke, wir gehen besser zurück.«

Miranda machte sich aus Cleos Griff los und lachte spöttisch. »Fürchtest du dich jetzt doch vor den Geistern, die es angeblich gar nicht gibt?«

»Natürlich nicht«, antwortete Cleo. »Mir gefällt aber nicht, dass wir hier völlig allein sind.«

»Aus gutem Grund, Ladys!« Cleo und Miranda zuckten zusammen. Aus dem Schatten des Ganges trat ein Mann. Er hob langsam eine Hand und sagte leise und eindringlich: »Keine hastige Bewegung! Rühren Sie sich nicht von der Stelle.«

»Oh, Gott!«.

Auch Cleo sah, was die Freundin derart in Aufregung versetzte. Keine zwei Meter weiter, zwischen ihnen und dem Fremden, lag eine braun-schwarze Schlange, den Vorderleib aufgerichtet, das Nackenschild ausgebreitet. Aus schwarzen Punktaugen starrte sie die Frauen an. Kobras hatte Cleo bisher nur auf Abbildungen gesehen, und dieses lebende Objekt wirkte, als wollte es sich jeden Moment auf die Frauen stürzen.

Der Mann hielt einen armlangen Stab in einer Hand. Langsam, kein Geräusch erzeugend, näherte er sich von hinten dem Reptil, schob mit einer blitzschnellen Bewegung den Stab unter ihren Leib, hob die Schlange hoch in die Luft und schleuderte sie zur Seite.

»Raus hier!«

Cleo und Miranda rannten los, Miranda hinter sich blickend, ob die Schlange ihnen folgte. Im Freien rang sie nach Luft, und Cleo sah ihren Retter genauer an. Er war in etwa so groß wie Angwin, seine Statur allerdings kräftiger. Unter einem Hut mit ausladender Krempe ragte rotblondes Haar hervor. Sein Gesicht war tief gebräunt. Man hätte ihn für einen Einheimischen halten können, wären nicht seine auffälligen grünen Augen gewesen. Als Cleos Blick weiter nach unten glitt, sah sie den Patronengürtel um seine Hüfte, im Halfter einen Revolver.

»Warum haben Sie die Kobra nicht erschossen?«, fragte sie.

»Das war keine Kobra, sondern eine Uräusschlange«, antwortete er mit einem verächtlichen Unterton. »Die sind heilig, es ist verboten, sie zu töten. Woher sollten ein paar dumme Weiber, die in der Wüste herumtrampeln und sakrale Stätten entweihen, das auch wissen?«

Er sprach zwar Englisch, seine Stimmfarbe war aber von einem Akzent geprägt, wie ihn Cleo nie zuvor gehört hatte. Er rollte das R, aber anders als die Schotten, und er verschluckte die Wortenden.

»Also wirklich, Mister! Es besteht kein Grund, derart unfreundlich zu sein«, sagte Miranda, die sich schnell von ihrem Schock erholt hatte. »Wir waren lediglich auf der Suche nach Schatten. Das wird wohl nicht verboten sein, oder sind Sie etwa der Wächter des Tempels?«

»Wir danken Ihnen sehr«, warf Cleo rasch ein. »Ohne Ihre Hilfe hätte die Schlange uns bestimmt gebissen.«

»Vielleicht, vielleicht auch nicht«, brummte er und kniff die Augen zusammen. »Die Uräusschlange ist eher scheu, wenn sie sich allerdings bedroht fühlt, weiß sie sich zu wehren. Es heißt, Kleopatra habe sich von ihr beißen lassen, um ihr Leben zu beenden.«

Cleo überraschte das Wissen des Fremden.

»Kleopatra!«, sagte Miranda. »Cleo, wie passend, aber ich habe dich doch lieber lebend an meiner Seite.«

»Wir sind keineswegs allein«, erklärte Cleo. »Unsere Begleiter sind dort drüben.« Sie deutete zur Cheops-Pyramide. »Mein Mann und der Bruder meiner Freundin möchten Ihnen gewiss ebenfalls danken, Mr ?« Sie sah ihn auffordernd an.

»Verschwinden Sie von hier, das ist mir Dank genug.« Er drehte sich um und stapfte breitbeinig davon. Cleo hörte ihn noch »Blöde Weiber! Haben in der Wüste nichts verloren« schimpfen.

»Was für ein schmutziger, unhöflicher Widerling!«, sagte Miranda so laut, dass er es durchaus noch hören konnte.

»Wahrlich kein Gentleman«, stimmte Cleo zu. »Er hat uns allerdings das Leben gerettet oder zumindest vor einem schmerzhaften Biss bewahrt.«

»Er ist Ausländer. Was soll man von denen anderes erwarten?«

»Miranda, auch wir sind in diesem Land Ausländer!«

»Ach, Cleo, du weißt genau, wie ich es meine«, sagte Miranda unwirsch. »Hast du gehört, wie er gesprochen hat? Unkultiviert und kaum verständlich.« Sie hakte sich bei Cleo unter. »Angwin und Victor müssen von dem kleinen Zwischenfall nichts erfahren. Es ist nichts passiert, und dem Rüpel werden wir hoffentlich nie wieder begegnen. So einer verkehrt glücklicherweise nicht in unseren Kreisen.«

Cleo war der gleichen Meinung. Angwin würde seine Schwester mit Vorwürfen überschütten und Victor sich nachträglich sorgen. Miranda hatte recht: Durch das überlegte Eingreifen des Fremden war ihnen nichts geschehen. Trotzdem saß der Schock über die Begegnung mit der Schlange tief. Während sie zu den Männern gingen, achtete Cleo vorsichtshalber auf den Sand unter ihren Füßen.

Cleo fühlte sich von der Besichtigung des Inneren der Cheops-Pyramide enttäuscht. Als sie hörte, dass Angwin zwölf Pfund bezahlt hatte, schnappte sie nach Luft. Das war viel zu viel für ein paar kahle, enge und schlecht belüftete Gänge mit einem Haufen Schutt und Dreck. Der wortkarge Führer gab keine Erklärungen und lief so wendig und schnell voraus, dass die Freunde Mühe hatten, ihm zu folgen. Dass er als Lichtquelle eine brennende Fackel anstelle einer elektrischen Taschenlampe oder zumindest einer Petroleumlampe mit sich führte, machte die Luft noch stickiger. Bis auf ein paar unspektakuläre Hieroglyphen waren die Wände kahl. In diesem Bauwerk fanden sich keine bunten Malereien, wie Cleo sie von den Fotografien aus den Gräbern im Tal der Könige kannte. In den Kammern standen lediglich ein paar schmucklose und leere steinerne Sarkophage.

Sie drückten sich durch einen langen, engen Gang, der steil nach oben in die Königskammer führte. Auch diese war leer, die Wände schmucklos.

»Die Kostbarkeiten, die dieses Grabmal einst beherbergte, sind längst ausgeräumt und in alle Winde verstreut«, erklärte Victor.

»Warum bezahlen die Leute dann eine Menge Geld, um durch finstere und schmutzige Gänge zu kriechen?«, fragte Miranda verständnislos.

»Die Cheops-Pyramide ist die größte ihrer Art und die höchste der Welt«, erwiderte Angwin. »Eine Reise nach Ägypten wäre nicht komplett, wenn man das historische Bauwerk nicht mit eigenen Augen gesehen hat.«

Im flackernden Lichtschein sah sich Cleo um. Obwohl es nicht viel zu entdecken gab, war sie tief bewegt. Sie sagte leise:

»Vor wenigen Minuten stand ich noch draußen in der sengenden Sonne, und jetzt befinde ich mich in der dunklen, dumpf hallenden Kammer der Großen Pyramide, dem Mittelpunkt des alten Reiches.«

Victor legte einen Arm um Cleos Schultern. Im Gegensatz zu Miranda verstand Victor ihre Empfindungen. Die Freundin klopfte sich Schmutz und Spinnweben vom Rock und murrte: »Mir hätte der Anblick von außen genügt. Können wir jetzt ins Hotel zurückfahren?«

Obwohl sich Cleo von dem Besuch der Pyramide mehr versprochen hatte, würde sie niemals in ihrem Leben diesen erhabenen Moment vergessen.

Während des Abendessens sprachen Angwin und Victor über jede Einzelheit, die sie in der Pyramide gesehen hatten. Jeder einzelne Stein, jeder steinerne Sarkophag und die Anordnung der Gänge und Kammern wurde analysiert. Bei beiden Männern sprach aus jedem Wort die Ehrfurcht vor den alten Relikten, mochten sie noch so schmucklos sein. Cleo konnte nur mit einem Ohr lauschen, da Miranda über den *Haufen Steine* nichts mehr hören wollte und Cleo in eine banale Unterhaltung verwickelte.

»Ich hoffe, zu Weihnachten wieder in Cornwall zu sein«, sagte Miranda. »Ein Christfest unter brütender Sonne kann ich mir nicht vorstellen. Außerdem habe ich keine passende Garderobe für die Weihnachtsfeierlichkeiten mitgenommen. Ob es in Kairo wohl Geschäfte gibt, in denen eine Lady angemessen einkaufen kann?«

»Dein Bruder hat nicht gesagt, wie lange er seinen Aufenthalt in Ägypten ausdehnen möchte«, erinnerte sie Cleo.

»Hm …« Mirandas Blick schweifte gelangweilt durch den Speisesaal und blieb an einer Dame in mittleren Jahren drei Tische weiter hängen. Sie war in Begleitung zweier junger Frauen. Die Ältere führte immer wieder ein Lorgnon mit einem goldenen Stiel an ihr Auge und betrachtete das ihr vorgesetzte Essen so eindringlich, als fürchte sie, etwas Ekelhaftes oder gar Giftiges serviert bekommen zu haben.

Miranda beugte sich zu Cleo und flüsterte: »Weißt du, wer das ist?« Cleo verneinte. »Ich habe den Eindruck, die Ältere, wohl die Mutter der zwei Mädchen, zu kennen, kann mich aber nicht erinnern, wo ich ihr begegnet bin.«

Cleo zuckte mit den Schultern. »Am besten fragst du sie.«

Prompt stand Miranda auf und gab Cleo zu verstehen, dass sie ihr folgen solle. Sie trat zu den drei Frauen und sagte: »Verzeihen Sie meine Aufdringlichkeit, könnte es aber sein, dass wir uns aus England kennen?«

Die Dame sah wieder durch das Brillenglas und musterte Miranda. Freundlich antwortete sie: »Es tut mir leid, Miss …«

»Tredennick, Miranda Tredennick von Tredennick Manor in Cornwall.«

»Natürlich, Miss Miranda!« Die Dame nickte. »Sind wir einander nicht in der letzten Saison in London vorgestellt worden? War es nicht bei einer Soiree im Haus von Lord Shelton?«

»Natürlich!« Miranda lachte hell auf. »Sie sind Lady Harriet Dansford. Entschuldigen Sie, dass ich Sie nicht gleich erkannt habe.« Miranda wandte sich der Älteren der Töchter zu. »Und Sie sind Miss Margret, nicht wahr?«

»Ich kann mich noch gut an den Abend erinnern, Miss Miranda«, erwiderte die Angesprochene. »Sie haben die Blicke und das Interesse aller anwesenden Männer auf sich gezogen.«

Miranda senkte zwar den Kopf, lächelte verhalten und schien verlegen, Cleo bemerkte aber, wie sehr ihr die Bemerkung schmeichelte.

»Ich glaube, Sie kennen meine jüngste Tochter noch nicht«, sagte Lady Dansford. »Sarah, sei höflich und begrüße Miss Miranda.«

Sarah Dansford tat wie geheißen, wirkte dabei aber unsicher und mied den direkten Blickkontakt. Beide Mädchen, eigentlich schon junge Frauen, waren von unscheinbarem Äußeren. Aschblonde Haare, nahezu farblose Augenbrauen und Wimpern und lange, schmale Gesichter mit kantigen Kinnen.

»Ich freue mich, Sie wiederzusehen. Was führt Sie nach Kairo, Lady Dansford?«, fragte Miranda. Verstohlen zupfte Cleo an ihrem Ärmel und räusperte sich. »Ach ja«, sagte Miranda, als würde sie sich erst jetzt an Cleos Anwesenheit erinnern. »Das ist Mrs Millian, die Gattin eines Freundes meines Bruders.«

Lady Harriet sah nur kurz und desinteressiert zu Cleo. In diesem Punkt ähnelte sie Mirandas Mutter: Mit einem Blick hatte sie erkannt, dass Cleo nicht ihrer Gesellschaftsschicht angehörte und somit nicht wert war, sich näher mit ihr zu befassen.

Liebenswürdig sagte sie zu Miranda: »Es wäre mir eine Freude, wenn Sie sich zu uns setzen. Das heißt, wenn Sie keine anderen Pläne für den Abend haben.« Etwas unterkühlt fügte sie hinzu: »Das gilt selbstverständlich auch für Ihre Begleiterin.«

»Das ist sehr freundlich«, bemerkte Cleo, »aber ich glaube, mein Mann erwartet mich.«

»Nichts da, du bleibst hier!« Miranda ließ den Einwand nicht gelten. Mit sanfter Gewalt drückte sie Cleo auf einen freien

Stuhl, dann setzte sie sich auf einen anderen. »Nun, Lady Dansford, was führt Sie und Ihre reizenden Töchter nach Kairo? Reisen Sie nach Luxor weiter?«

Lady Harriet hob abwehrend die Hände. »Gott bewahre! Nichts in der Welt bringt mich in die Wüste, und meine Mädchen auch nicht. Schlimm genug, dass mein Mann darauf bestand, ihn in dieses unzivilisierte Land zu begleiten. Gut, in diesem Hotel ist es recht annehmbar, und glücklicherweise gibt es einige englische Familien, mit denen wir in Kontakt stehen, zum Beispiel die Buchanans. Sonst ist alles recht primitiv. Kennen sie Lady Buchanan, Miss Miranda?«

»Bedauere, ich fürchte nicht.«

»Eine ganz reizende und kultivierte Dame«, sagte Lady Dansford. »Ich werde Sie bei Gelegenheit miteinander bekannt machen.«

Miranda senkte dankend den Kopf.

In der nächsten halben Stunde erfuhren Cleo und Miranda, dass Archibald Dansford, Lady Harriets Gatte, mit dem Earl of Carnarvon verwandt war. Sir Archibald war der zweite Neffe des vierten Cousins von George Herbert, dem fünften und derzeitigen Lord Carnarvon von Highclere Castle in der Grafschaft Hampshire. Oder zumindest so ähnlich, dachte Cleo amüsiert. Der genauen Erklärung hatte sie nur halbherzig zugehört. Allein durch diese Information wusste Cleo, warum Harriet Dansford in Ägypten weilte, was die Lady auch sogleich in aller Ausführlichkeit bestätigte. Ihr Ehemann war auf dem Weg ins Tal der Könige, um sich dem Stab von Howard Carter anzuschließen. Lord Dansford glaubte fest an die Existenz des Grabes von Tutanchamun und wollte Carter seine moralische und tatkräftige Unterstützung anbieten. Lady Harriet

Dansford und ihre Töchter verblieben in Kairo und verließen das *Royal Doncaster* nur zu Besuchen bei anderen britischen Familien.

»Am liebsten ist mir allerdings, wenn meine Bekannten zu uns ins Hotel kommen«, schloss Lady Harriet. »Auf den Straßen ist es doch sehr unsicher, dazu der viele Schmutz und die vielen zerlumpten Menschen.«

Cleo zwang sich, den Mund zu halten, sonst hätte sie gesagt, dass sie bisher niemanden gesehen hatte, der in Lumpen gekleidet war, im Gegenteil. Alle Einheimischen trugen saubere, nicht geflickte Gewänder aus guten Stoffen. Und sie trugen diese mit Stolz.

Auch Miranda überraschte Lady Dansfords Einstellung. Sie fragte: »Möchten Sie sich nicht die Basare ansehen? All die schönen Sachen, die es dort gibt? Miss Margret, Miss Sarah, Sie müssen sich unbedingt einen roten Hidschab kaufen!«

»Meine Töchter werden sich nicht wie die Wilden kleiden.« Lady Harriets Mundwinkel zogen sich herunter. »Wenngleich die britische Miliz allgegenwärtig ist, werde ich sie keiner Gefahr aussetzen, die an jeder Straßenecke lauert.«

»Die lauten Männer machen mir Angst.« Zum ersten Mal sprach Miss Sarah. »Andauernd schreien sie von den Türmen herunter.«

»Das gehört zu ihrer Religion.« Cleo konnte nicht länger schweigen. »Fünf Mal am Tag fordert der Muezzin die Gläubigen auf, sich zum Gebet zu begeben. Es ist ein ebensolch religiöser Akt wie das Läuten englischer Kirchenglocken.«

Lady Harriet schnappte nach Luft, sah Cleo missbilligend an und rief: »Meiner Ansicht nach gehört das verboten! Schließlich steht das Land seit Jahren unter britischer Herrschaft, da sollte es unterbunden werden, dass sich die Wilden benehmen, als würden sie noch im Urwald hausen.«

Verdeckt vom Tischtuch ballte Cleo die Hände zu Fäusten. Nur schwer konnte sie verbergen, wie schockiert sie über diese Meinung war.

»Bei allem Respekt, Mylady«, sagte sie mühsam beherrscht. »Zum einen gibt es in Ägypten keinen Urwald, dieser befindet sich in Zentralafrika. Weiter hatten die *Wilden*, wie Sie die Einheimischen bezeichnen, bereits vor viertausend Jahren eine blühende Hochkultur mit unsagbarem Luxus, während sich die Menschen, die sich heute Engländer nennen, noch in Felle kleideten, in Höhlen hausten, ihr Essen in dichten Wäldern jagten, mit Steinkeulen erschlugen, das Fleisch über offenem Feuer brieten und ohne Messer und Gabel herunterschlangen.«

Lady Harriets Unterkiefer klappte nach unten. Sie nahm ihr Lorgnon, hielt es sich vors Auge und musterte Cleo mit unverhohlener Abneigung. Sie war Lady Charlotte derart ähnlich, dass es beinahe schon unheimlich war. Miss Sarah errötete, sagte aber kein Wort. *Wenigstens der jungen Dame sind die Worte ihrer Mutter peinlich*, dachte Cleo.

Miranda sog geräuschvoll die Luft ein und wechselte hastig das Thema: »Warum sind Sie und Ihre Töchter nicht in England geblieben, wo Sie es bequemer haben?«

Lady Dansford seufzte abgrundtief. »Mein Mann bestand auf unserer Begleitung. Er ist der Ansicht, es sei den Kindern von Nutzen, durch eine Reise in eine andere Kultur ihren Horizont zu erweitern, bevor sie in den Stand der Ehe treten.« Der ihr unbekannte Archibald Dansford war Cleo mit einem Schlag sympathisch.

»Dann sind Sie, Miss Margret, Miss Sarah, bereits verlobt?«, fragte Miranda.

Anstelle ihrer Töchter antwortete Lady Dansford: »Noch nicht, aber das wird nicht mehr lange auf sich warten lassen, sobald wir wieder mit anständigen jungen Männern zusammentreffen werden. Nach dem großen Krieg hat sich ja so vieles verändert! Miss Miranda, Sie werden mir zustimmen, dass es schwer geworden ist, arbeitswilliges und loyales Personal zu bekommen. Zudem verlangen sie Löhne, als wären sie Barone! Besonders die Hausmädchen sind unverschämt! Weil ein paar Frauen während des Krieges in Munitionsfabriken gearbeitet haben, glauben sie, einen Anspruch auf die gleichen Löhne wie Männer zu haben. Glücklicherweise steht unser Haus gut da, und meine Mädchen werden mit einer großzügigen Mitgift in die Ehe gehen. Die Männer, die sie zur Frau bekommen, werden sich glücklich schätzen.«

Während des Redeschwalls saßen die Misses Dansford schweigend da, die Köpfe gesenkt, die Hände in den Schößen gefaltet. Cleo hätte sie am liebsten geschüttelt und gefragt, ob an ihnen vorbeigegangen war, dass sich die Zeiten für Frauen zum Positiven geändert hatten. Sie hatten das von den Suffragetten erkämpfte Wahlrecht erhalten, konnten studieren und eigene Geschäfte und Bankkonten eröffnen. Gleichzeitig taten Cleo die Töchter leid. Sie machten nicht den Eindruck, als würde sich eine von ihnen gegen die Wünsche ihrer Mutter stellen.

Als Harriet Dansford verstohlen gähnte, erhob sich Miranda zu Cleos Erleichterung. Die Freundin ging aber nicht, bevor die Dame nicht versprochen hatte, am nächsten Tag zusammen mit ihr, Cleo, Angwin und Victor einen Basar aufzusuchen.

»In Begleitung der Männer sind wir vollkommen sicher und beschützt. Wir treffen uns um elf Uhr in der Hotelhalle.«

Außer Hörweite ermahnte Cleo die Freundin: »Du kannst doch nicht einfach über die Zeit deines Bruders verfügen! Er und Victor werden für morgen bereits andere Pläne haben.«

»Welche denn?«, fragte Miranda verständnislos. »Etwa wieder ein verfallenes, schmutziges Gemäuer ansehen und sich von der Sonne das Gehirn schmoren lassen?«

Unwillkürlich musste Cleo lächeln. Manchmal legte Miranda ein Verhalten an den Tag, bei dem Cleo nicht wusste, ob sie es ernst meinte oder die Freundin nur necken wollte.

»Bis jetzt hast du an allem etwas auszusetzen gehabt«, sagte Cleo ernst. »Warum bist du mitgekommen? Du hättest auf deinen Bruder hören sollen.«

»Ach, was!« Miranda winkte ab und zeigte ihr zauberhaftes Lächeln, bei dem ihr niemand wirklich böse sein konnte. »Lady Dansford scheint eine recht nette Frau zu sein, mit der ich sicher unterhaltsam plaudern kann, und sie wird mich den Buchanans vorstellen. Die Töchter hingegen sind fade und schrecklich langweilig. Vielleicht gelingt es mir, sie ein bisschen aus der Reserve zu locken. So bekommen die nie einen Mann ab. Hast du das Plakat in der Lobby gesehen, dass kommenden Freitagabend ein Tanzvergnügen im Hotel stattfindet?«

»Das habe ich nicht bemerkt«, sagte Cleo. »Ich wusste nicht, dass du Interesse an arabischen Tänzen hast.«

Miranda knuffte Cleo in die Seite. »Du Dummerchen! Es wird natürlich englische Musik gespielt und englische Tänze getanzt. Ich habe mich beim Portier erkundigt. An Männern soll es nicht mangeln. In Kairo leben viele unserer Landsleute, manche haben sogar eigene Häuser, in denen regelmäßig Soireen und Dinnerpartys stattfinden.«

»Für deine Unterhaltung wird also gesorgt sein.« Cleo schmunzelte. »Um Onestepp in den Armen eines englischen Gentlemans zu tanzen, hast du also die weite und beschwerliche Reise auf dich genommen. Nicht zu vergessen dein Unwohlsein an Bord.«

Miranda verzog das Gesicht. »Erinnere mich nur nicht daran! Den Gedanken an die Heimreise verdränge ich, bis dahin ist ja noch Zeit. Zeit, in der ich mich amüsieren werde. Die Exotik das Landes weiß ich durchaus zu schätzen, meine Liebe. Das schließt nicht aus, dass ich mich in kultivierten Kreisen bewege.«

Cleo verzichtete auf eine Fortführung der Unterhaltung. Miranda war launig wie das Wetter in Cornwall. In den letzten Jahren hatte sie sich aber so sehr an sie gewöhnt, dass sie auf ihre Gegenwart trotzdem nicht verzichten wollte.

8

Am folgenden Vormittag waren Lady Dansford und ihre Töchter dann doch nicht bereit, einen der vielzähligen Basare zu besuchen. So brachen Cleo, Victor, Angwin und Miranda allein auf. Sie gingen zu Fuß, denn einer der größten Basare der Stadt lag nur wenige Gehminuten vom Hotel entfernt.

Während es Miranda zu den Stoff-, Leder- und Schmuckhändlern zog, begeisterte sich Cleo an der Fülle von Gewürzen und deren exotischen und aromatischen Gerüchen. In oben offenen Säcken wurden Kardamom, Muskat, Kurkuma, Chili, Ingwer, Anis, Kümmel und so zahlreiche Pfeffersorten, wie Cleo sie nie zuvor gesehen hatte, angeboten. Die Pfefferkörner waren nicht wie zu Hause schwarz oder weiß. Nein, es gab sie auch in verschiedenen Grün-, Rot- und Gelbtönen. Manche Sorten waren so groß und rund wie kleine Kirschen, andere kaum mehr als grobe Sandkörner. Cleo ging zu dem nächsten Bogengang, in dem Körbe voll von frischen Kräutern wie Lorbeer, Mangold, Petersilie, Basilikum und Koriander angeboten wurden. Die Händler, die ihr Interesse bemerkten, redeten in ihrer schnellen, melodischen Sprache auf sie ein und priesen ihre Waren mit weit ausholenden Gesten an. Niemand wurde jedoch aufdringlich, was auch daran lag, dass sich Victor dicht an Cleos Seite hielt.

»Ach, könnte ich doch etwas von allen Kräutern und Gewürzen kaufen und sie mit nach Hause nehmen!«, rief Cleo mit strahlenden Augen. »Dann würde ich jeden Tag etwas kochen, dessen Duft und Geschmack mich an Ägypten erinnert.«

»Warum nicht, meine Liebe?« Victor zwinkerte ihr zu. »Bevor wir nach England zurückreisen, kommen wir wieder her, und du lässt dir die Sachen einpacken. Die Gewürze und eine Vielzahl der Kräuter halten sich durchaus mehrere Wochen, wenn nicht Monate. Ich freue mich darauf, wenn meine Frau mir orientalische Speisen vorsetzt.«

Der betriebsame Basar mochte nicht der richtige Platz sein, aber Cleo nahm Victors Worte zum Anlass, ein Thema anzusprechen, das sie seit Tagen beschäftigte.

»Victor, wo werden wir in England wohnen?« An Victors überraschtem Blick erkannte sie, dass er sich darüber keine Gedanken gemacht hatte. »Ich meine, ich weiß nicht, wo du lebst«, fuhr sie fort.

»Ich besitze ein Haus in Lancashire«, antwortete Victor. »Es ist allerdings sehr klein und nur mit dem Notwendigsten eingerichtet, da ich mehrere Monate im Jahr auf Reisen bin. Wir werden uns nach einer anderen Bleibe umsehen, sobald wir in England sind.«

Lancashire, dachte Cleo enttäuscht. Die Grafschaft lag im Norden und bedeutete für sie, Cornwall zu verlassen. Ihr Platz war jedoch an der Seite ihres Ehemanns. »Ich brauche nicht viel Platz, Victor. Du weißt, dass ich in bescheidenen Verhältnissen aufgewachsen bin.«

»Darf ich aus deiner Frage nach unserem künftigen Heim schließen, dass du unsere Ehe aufrechterhalten willst?« Cleo bildete sich nicht ein, dass er sie bei diesen Worten hoffnungsvoll ansah. »Du weißt, dass ich im Fall einer Scheidung bereit bin, die alleinige Schuld auf mich zu nehmen.«

»Wofür ich dir sehr dankbar bin, Victor«, erwiderte Cleo und drückte seinen Arm. »Ich bezweifle jedoch, dass ich als geschiedene Frau wieder Aufnahme in Tredennick Manor finden würde.«

»Ich könnte mit Angwin sprechen …«

Cleo winkte ab. »Lady Charlotte würde es niemals zulassen.« Sie lachte, es wirkte aber gezwungen. »Lass uns darüber sprechen, wenn die Rückreise ansteht. In den nächsten Wochen müssen wir keine Entscheidung treffen.«

Victor sagte ernst: »Ich würde mich freuen, wenn sich unsere Verbindung zu etwas wandelt, das unser beider Glück bedeuten könnte.«

»Zitierst du etwa aus einem Roman von Jane Austen?« Cleo scherzte, um ihre Anspannung zu verbergen.

Victor lächelte verhalten, und Cleo wollte das Thema nicht hier im Trubel des Basars weiterverfolgen. Ihre Aufmerksamkeit wurde jetzt von einem Stand abseits der Gewürz- und Kräuterhändler angezogen. Auf der groben Holzplatte reihten sich Dutzende von länglichen Phiolen in verschiedenen Größen aneinander. Cleo trat näher und betrachtete die birnenförmigen Gefäße. Die Substanzen erinnerten Cleo an grauen Staub, manche sehr fein, andere grobkörnig.

Als der Händler Cleos Interesse bemerkte, eilte er hinter dem Stand hervor, überschüttete sie mit einem Redeschwall und fuchtelte mit seinen Händen vor ihrem Gesicht herum. Dann griff er nach einer Phiole aus tiefblauem Glas, stöhnte schmerzerfüllt und rieb sich mit der anderen Hand den Bauch. Danach nahm er ein anderes Fläschchen, verdrehte die Augen, seufzte schwer, tippte sich mehrmals gegen den Kopf und redete wieder auf Cleo ein.

Cleo lachte. »Guter Mann, ich verstehe kein einziges Wort!«

Von hinten legte Victor eine Hand auf Cleos Schulter und zog sie ein Stück zur Seite. Zu dem aufgeregten Händler sagte er: »Sayida laysat Muhtama!« Seine Worte lösten Enttäuschung bei dem Mann aus, brachten aber die gewünschte Wirkung. Dienernd zog er sich zurück.

»Ich habe ihm gesagt, dass du kein Interesse an seiner Ware hast«, erklärte Victor.

»Vielleicht doch?«, erwiderte Cleo. »Welche Substanz befindet sich in den Phiolen? Es muss ein sehr exotisches Kraut sein, wobei es wie Dreck aussieht.«

»Es handelt sich um Mumienpulver.«

»Mumienpulver? Du scherzt!«

»Keineswegs, liebe Cleo. Seit Jahrhunderten werden pulverisierte Mumien in der Heilkunde verwendet. Nicht nur in Ägypten, auch in Europa war *Mumia*, wie es genannt wird, sehr beliebt und dadurch teuer. Noch heute sind viele überzeugt, mit *Mumia* nahezu alle Krankheiten heilen zu können. Früher bewahrten die Apotheker im Hinterzimmer Mumien auf, von denen sie bei Bedarf Teile abtrennten und mörserten. Zehen und Finger waren am günstigsten, für zerstoßene Teile von Köpfen und Leibern musste man tiefer in die Tasche greifen. *Mumia* ist nicht nur als Arznei beliebt, auch bei Malern wandert es in die Farbtöpfe. Es verstärkt den Ausdruck der Farben.« Er zwinkerte verschmitzt. »Vielleicht solltest du es mal ausprobieren.«

Cleo schüttelte sich. »Sicherlich nicht, denn ich fühle mich rundherum gesund! Davon hat mir mein Vater nie erzählt.« Sie sah Miranda und Angwin auf sie zukommen und flüsterte: »Gegenüber Miranda erwähnen wir das besser nicht. Sie würde sich nur wieder ekeln.«

»Übrigens, Victor, ich habe eine Bitte«, sagte Cleo. Sie wollte den Skarabäus-Armreif ansprechen. »Ich habe da nämlich ...«

»Cleo, ist es nicht großartig hier?«, wurde sie von der aufgeregten Miranda unterbrochen. Die Freundin war bester Laune. Sie hatte mehrere farbige Tücher erworben, um den Hals trug sie ein breites Collier, aus Silberfäden und bunten Perlen gearbeitet. »Sieh, die hübsche Kette hat mir Angwin gekauft. Habe ich nicht den besten Bruder der Welt?«

Lachend legte Angwin einen Arm um Mirandas Schultern. »Wenn meine Geldbörse locker sitzt, dann bin ich plötzlich dein lieber Bruder. Hast du auch etwas Schönes erstanden, Cleo?«

»Sie würde gern alle Gewürzsäcke kaufen und mit nach England nehmen«, antwortete Victor.

»Gewürze?« Miranda schüttelte verständnislos den Kopf. »Wer braucht schon Gewürze, wenn einen an jeder Ecke so wunderschöne Dinge erwarten?« Sie zog ein karminrotes, mit goldenen Fäden durchzogenes Tuch aus ihren Einkäufen und reichte es Cleo.

»Für dich. Du musst es dir um den Kopf binden.«

»Einen Hidschab!«, rief Cleo erfreut. »Ich danke dir, Miranda.«

Victor half ihr, das Kopftuch auf ihrem Haar zu drapieren.

»Nun ja, du siehst trotzdem noch aus wie eine typische Engländerin«, bemerkte Miranda. »Deine Augen sind einfach zu hell und dein Teint zu blass. Mit steht es viel besser. Mr Millian, Sie müssen zugegeben, dass ich mit den dunklen Haaren und Augen durchaus eine Einheimische sein könnte.«

Victor deutete eine Verbeugung an. »Miss Miranda, keine Ägypterin könnte sich mit Ihrer Schönheit messen«, sagte er galant. »Allenfalls die große Königin Kleopatra.«

»Diese Ausnahme lasse ich gelten.« Miranda drückte Angwin die Tücher in die Arme, hängte sich bei ihm ein und sagte: »Ich habe Durst! Gibt es hier irgendwo ein Lokal, in dem wir eine Erfrischung bekommen können?«

»Am besten geht ihr ins Hotel zurück«, schlug Victor vor. »Angwin, begleite bitte die Damen. Ich möchte noch mal zu der Adresse des Mannes gehen, der mir als Kenner des Landes empfohlen wurde. Vielleicht treffe ich ihn heute an.«

Angwin nickte. »Du kennst meine Konditionen, die du ihm vorschlagen kannst. Hoffen wir, dass der Mann frei und bereit ist, uns zu begleiten.«

Während der nachmittäglichen Teestunde, die sich im *Royal Doncaster* weder im Ablauf noch vom Gebäck von der in England unterschied, kehrte Victor mit der positiven Nachricht zurück, dass er mit dem Mann gesprochen hatte.

»Sein Name ist Jason Dillon«, erklärte Victor. »Seit Jahren hält er sich in Ägypten auf, spricht die Sprache der Einheimischen nahezu perfekt, beherrscht sogar einige der Dialekte des Hinterlandes, und sein Wissen über die alte Kultur ist beeindruckend. Eigentlich eilt Dillon ein guter Ruf voraus. Er soll unter Howard Carter und anderen namhaften Archäologen an Grabungen teilgenommen haben, und regelmäßig führt er Gruppen zu den antiken Tempel- und Grabanlagen.«

»Eigentlich?«, wiederholte Cleo. »Bei all den positiven Attributen habe ich den Eindruck, dass du trotzdem zögerst, Victor.«

»Jason Dillon ist nicht nur ein Abenteurer auf der Suche nach den Schätzen der Königsgräber. Nein, darüber hinaus …«, Victor machte eine bedeutungsvolle Pause und seufzte. »Der Mann ist nicht gerade höflich, seine Umgangsformen lassen zu wünschen übrig, er ist sehr von sich eingenommen und sich des guten Rufes, der ihm vorauseilt, durchaus bewusst. Nun ja, er ist Amerikaner«, schloss Victor, als würde das alles erklären.

Miranda lachte. »Im London bin ich häufig auf Amerikaner gestoßen. Tatsächlich legen die Frauen ein seltsames Benehmen an den Tag, die Herren hingegen fand ich interessant und stets reizend.«

»Du findest alle gut aussehenden Männer reizend«, bemerkte Angwin trocken und fragte Victor: »Du hast ihm die vereinbarte Summe angeboten? Will er mehr Geld rausschlagen?«

»Den Eindruck habe ich nicht«, antwortete Victor. »Ich denke, dass sich der Umgang mit Dillon etwas … schwierig gestalten wird.«

»Nun ja, wir werden jemand anderen finden, der sich kooperativer zeigt«, sagte Angwin. »In Kairo wird es noch mehr Kenner des Landes geben, die sich ein gutes Geschäft nicht entgehen lassen werden.«

»Ich stimme dir zwar zu, Angwin, muss jedoch erwähnen, dass ich gegenüber Dillon den Namen von Cleos Vater erwähnt habe. Der Amerikaner behauptet, Alexander Vanson gekannt zu haben. Offenbar war Dillon von ihm und seiner Arbeit beeindruckt.«

»Er hat meinen Vater gekannt?«, wiederholte Cleo aufgeregt. »Wo finde ich Jason Dillon? Ich muss sofort mit ihm sprechen! Vielleicht hat mein Vater ihm gesagt, welche Spur er verfolgte und wohin er gehen wollte.« Sie sprang auf, bereit, den Amerikaner auf der Stelle aufzusuchen.

»Setz dich bitte, Cleo«, sagte Victor sanft, und zu Angwin gewandt: »Ich habe mir erlaubt, Mr Dillon zum Abendessen einzuladen. Da werdet ihr ihn kennenlernen und könnt euch selbst ein Bild von ihm machen. Ich hoffe nur, dass er angemessen gekleidet sein wird.«

Das war Mirandas Stichwort. »Was ziehe ich nur an?«, murmelte sie nachdenklich. »Das rostbraune Kleid? Nein, das ist zu schlicht für einen Gast, lieber das elfenbeinfarbene mit der tiefsitzenden Taille, das Kleid schmeichelt meiner Figur am besten. Oder besser den grünen Rock und die helle Bluse? Cleo, komm mit auf mein Zimmer! Du musst mir bei der Auswahl helfen.« Angwin und Victor schmunzelten, was Miranda nicht weiter störte. Sie stellte noch eine Frage an Victor: »Wie alt ist Dillon, und sieht er gut aus?«

Cleo lachte laut auf, und Victor antwortete: »Im Alter schätze ich ihn zwischen Angwin und mir ein. Ob er allerdings attraktiv ist, wage ich als Mann nicht zu beurteilen. In weniger als vier Stunden werden Sie es selbst herausfinden, Miss Miranda.«

Cleo machte sich keine Gedanken über das Aussehen des Mannes, der sie zu den alten Grabanlagen ins Tal der Könige führen sollte. Vielmehr empfand sie eine freudige Erwartung, einen Menschen zu treffen, der ihren Vater gekannt hatte. Sie hoffte, Jason Dillon war nicht nur ein haltloser Aufschneider und Wichtigtuer, der log, um den Auftrag zu erhalten.

Als Cleo diesen Gedanken Miranda gegenüber äußerte, während diese ein Kleid nach dem anderen probierte, mit keinem aber zufrieden war, tadelte die Freundin sie.

»Cleopatra Vanson, du solltest nicht grundsätzlich immer so misstrauisch sein.«

»Das bin ich gar nicht!«, protestierte Cleo. »Allerdings werde ich Mr Dillon ein paar Fragen stellen, deren Beantwortung mir sagen wird, ob er meinen Vater wirklich gekannt hat oder seine Behauptung eine Lüge ist.«

Miranda fragte: »Will ihm Victor einen zusätzlichen Lohn für Auskünfte über deinen Vater bezahlen? Dein Mann scheint mehr für dich zu empfinden, als es geplant war.«

»Ach, Miranda …« Cleo wand sich unbehaglich. »Ich an deiner Stelle würde das blassgrüne Kleid anziehen. Es ist weit geschnitten und sitzt locker, so wirst du in dem Kleid wenig schwitzen.«

»Das Grüne?« Miranda verzog missbilligend das Gesicht. »Darin bin ich attraktiv wie eine alte, vertrocknete Gouvernante!«

»Du hast Jason Dillon noch nicht einmal gesehen, trotzdem willst du um seine Aufmerksamkeit buhlen. Er scheint allgemein eine schlechte Meinung von Frauen zu haben. Außerdem, liebe Miranda, kann ich es mir nicht vorstellen, dass es auf Erden einen Mann gibt, unabhängig von seinem Alter und Aussehen, der deinem Charme widerstehen könnte.«

»Das hast du lieb gesagt.« Miranda umarmte Cleo und küsste sie auf die Stirn. »Die Ehe scheint dir gutzutun. Wie steht es denn zwischen euch?« Zu Cleos Bedauern griff Miranda das Thema wieder auf.

»Wie meinst du das?«

»Tu nicht so unschuldig.« Miranda knuffte Cleo in die Seite. »Victor ist ein attraktiver Mann. Ich an deiner Stelle würde ihn nicht wieder vom Haken lassen. Wenn du zum Beispiel ein Kind von ihm bekommen würdest …«

»Miranda!« Cleo ärgerte sich, sodass sie errötete. »Du weißt genau, dass Victor mich nur geheiratet hat, damit ich euch nach Ägypten begleiten kann. Du hast das schließlich eingefädelt.«

»Ihr versteht euch aber prächtig, nicht wahr?«

»Er ist ein aufrichtiger Freund«, antwortete Cleo ernst.

»So, so, ein Freund also.« Miranda lächelte wissend, griff dann in ihre Schmuckschatulle. »Was meinst du: Soll ich heute Abend die Perlen oder lieber die goldene Kette tragen?«

Entweder wusste Jason Dillon nicht, wie man sich für ein Dinner in einem englisch geführten Hotel kleidete, oder es war ihm gleichgültig. Cleo vermutete Zweiteres, noch bevor sie ein Wort mit ihm gewechselt hatte. Das war auch nicht möglich, denn ihr stockte der Atem, als Dillon von einem Ober an ihren Tisch geführt wurde. Miranda sog scharf die Luft ein. Unter dem Tisch tastete sie nach Cleos Hand und zerquetsche ihr beinahe die Finger.

»Wie peinlich!«, flüsterte Miranda.

Cleos Miene zeigte keine Regung, dass sie den Mann wiedererkannte, der sie und Miranda vor der Schlange gerettet hatte.

Victor erhob sich halb aus dem Stuhl. »Mr Dillon, danke, dass Sie meiner Einladung gefolgt sind.«

Der Amerikaner tippte sich an die breite Krempe seines Hutes, den er nicht abgenommen hatte. Er trug eine lederne Hose, ein am Kragen offenstehendes, derbes Hemd, darüber eine ärmellose Weste. Cleo stellte fest, dass er wenigstens den Patronengürtel und die Waffe abgelegt hatte.

»Ich darf Ihnen die Herrschaften vorstellen, Mr Dillon«, fuhr Victor fort. »Das ist mein Freund und unser Gönner Sir Angwin Tredennick und seine Schwester, Miss Miranda, aus Penzance in Cornwall.«

»Was für 'n Korn?«, fragte Dillon.

»Cornwall ist ein Herzogtum in Südengland«, erklärte Miranda spitz. Ihr war es unbegreiflich, dass jemand diesen Landstrich nicht kannte.

In Jason Dillons Augen funkelte es spöttisch. »Verzeihen Sie meine Unwissenheit, Eure Hoheit. Es soll auch Leute geben, die eine Uräusschlange nicht von einer Kobra unterscheiden können.«

Angwin und Victor wechselten einen verständnislosen Blick, und Cleo sagte schnell: »Ich bin Cleo Millian, Mr Millian ist mein Ehemann. Ich habe gehört, Sie, Mr Dillon, kannten meinen Vater Alexander Vanson.«

Dillon piff durch die Zähne. Zwei Tische weiter drehte sich Lady Dansford missbilligend nach ihm um.

»Nur weil Victor gesagt hat, dass ich Sie hier treffen werde, bin ich gekommen. Ihren Vater habe ich als integren Mann kennengelernt. Einer der wenigen Engländer, die kein Interesse hatten, die Kulturschätze des Landes auszubeuten und sich an ihnen zu bereichern. Leider trifft das nicht auf alle zu.« Dillons Blick ging zu Angwin. »Besonders nicht auf die hochwohlgeborenen Aristokraten, die auf den Gefühlen und Gebräuchen der Einheimischen herumtrampeln, weil sie zufällig mit einem goldenen Löffel im Mund geboren worden sind.«

Sichtlich verärgert erwiderte Angwin: »Wenn es nicht unter Ihrer Würde ist, Mr Dillon, mit einem Herrn, der den goldenen Löffel im Mund trägt, an einem Tisch zu sitzen, dann nehmen Sie Platz. Wenn nicht, gehen Sie und stehlen uns nicht länger die Zeit.«

»Angwin, bitte!« Victor sah seinen Freund beschwörend an, sagte dann an Dillon gewandt: »Ich kann Ihnen versichern, dass Sir Angwin zwar der Aristokratie angehört, andere Menschen oder gar ein ganzes Land auszubeuten liegt jedoch absolut nicht in seinem Interesse. Im Vorfeld waren wir uns über die Konditionen doch einig, Mr Dillon, und diese sind, das müssen Sie zugeben, in finanzieller Hinsicht äußerst großzügig.«

»Ich nenne sie angemessen, und Sie brauchen nicht so geschwollen zu reden«, erwiderte Dillon. »Betrachten wir die Lage doch so: Sie kennen niemanden in diesem Land, sprechen nicht die Sprache und könnten leichtgläubig an jemanden geraten, der Ihre Situation schamlos ausnutzt, um einen hohen Profit daraus zu schlagen.«

»Ach, und Sie tun das nicht?«, fragte Angwin. An seiner Schläfe pochte eine Ader, mit zwei Fingern trommelte er auf der Tischplatte.

»Zugegeben, ich verspreche mir einen Anteil, sollte unsere Mission erfolgreich sein«, gab Dillon offen zu. »Wobei mir nicht klar ist, was Sie im Tal der Könige wirklich wollen. Es ist doch recht einfach, über Zwischenhändler altägyptische Artefakte für Ihr englisches Schloss zu kaufen. Selbst gut erhaltene Mumien gibt es nahezu an jeder Straßenecke. Oder soll es doch lieber ein Obelisk für Ihren Landschaftspark sein, Eure Hoheit?«

Jason Dillon amüsierte die Situation sichtlich. Cleo gewann den Eindruck, dass er nur wenig Respekt vor anderen hatte. Wahrscheinlich fürchtete er sich vor nichts und niemandem. Einerseits imponierte es ihr, gleichzeitig fühlte sie sich abgestoßen. Trotzdem sagte sie mit einem bittenden Lächeln: »Ich habe die lange Reise unternommen, um in Erfahrung zu bringen, was mit meinem Vater geschehen ist, Mr Dillon. Die Schätze der Gräber interessieren mich nicht. Mein Mann sagte, dass Sie Alexander Vanson persönlich getroffen haben.«

»Meine Güte, setzen Sie sich endlich, oder lassen Sie uns in Frieden!«, platzte Miranda heraus. »Wie mein Bruder sagt: Wir haben nicht den ganzen Abend Zeit.«

Miranda war sichtlich eingeschnappt, dass der Amerikaner ihr keine Beachtung schenkte. Jason Dillon verfügte über eine gewisse Attraktivität, trotz oder gerade wegen der unpassenden Kleidung und seiner mangelhaften Manieren. Miranda reizte es, Dillons Aufmerksamkeit und Bewunderung zu erringen, wenngleich ihre erste Begegnung wenig erfreulich gewesen war und sie sich abfällig über ihn geäußert hatte.

»Okay. Wenn ich *so* freundlich darum gebeten werde, kann ich schlecht widerstehen.« Dillon setzte sich auf den Stuhl, als würde er sich in einen Pferdesattel schwingen. »Also, hören Sie zu, Sir Hochwohlgeboren. Mit der Summe bin ich einverstanden, allerdings werde ich nur Sie und Ihren Freund nach Süden führen. Die Frauen da«, ungeniert zeigte er mit dem ausgestreckten Zeigefinger erst auf Miranda, dann auf Cleo, »bleiben hier. Kairo bietet viele Zerstreuungen, ihnen wird nicht langweilig werden.«

Angwin öffnete den Mund, bevor er aber eine Antwort geben konnte, sagte Cleo: »Mr Dillon, mein Drang, das Tal der Könige aufzusuchen, zielt einzig und allein darauf, das Schicksal meines Vaters aufzuklären. Wenn Sie ihn gekannt haben, werden Sie wissen, dass er nahezu von einem Tag auf den anderen spurlos verschwunden ist. Mit seinem Tod mag ich mich abgefunden haben, als seine Tochter habe ich jedoch das Recht zu erfahren, was passiert ist.«

Aus dem Augenwinkel sah Cleo, dass Angwin anerkennend nickte. Ihre Worte hatten auch auf Jason Dillon Eindruck gemacht, denn seine Stimme klang nun versöhnlicher. »Bei Ihnen,

Mrs Millian, kann ich mir vorstellen, dass Sie sich den Gegebenheiten anpassen. Sie sind kein verzärteltes Pflänzchen, das bei der kleinsten Spinne in Ohnmacht fällt. Ihre Freundin wird allerdings feststellen, dass kostbare Perlenketten im Glutofen der Wüste nichts zu suchen haben. Der Nildampfer, der in drei Tagen Kairo in Richtung Luxor verlassen wird, verfügt weder über luxuriöse Kabinen, Promenadendecks noch sonstige Annehmlichkeiten. Das Essen ist einfach, aber gut, der Kapitän zuverlässig. Das gesellige Leben beschränkt sich auf abendliche Pokerrunden unter *Männern.*« Er sah Victor an. »Spielen Sie und Ihr Freund Poker?«

Victor nickte, Angwin sagte jedoch: »An Glücksspielen habe ich kein Interesse. Meine Zeit vertreibe ich mir lieber mit wichtigen Dingen.«

Dillon zog eine Augenbraue hoch. »Die Jagd hoch zu Ross, mit einer Meute ausgehungerter Hunde nach einem kleinen, unschuldigen und verängstigten Fuchs – das ist durchaus als *wichtig* anzusehen.«

»Auf Tredennick Manor wird nicht gejagt!«, rief Cleo. »Sir Angwin hat ein abgeschlossenes Studium der Ägyptologie und ein aufrichtiges Interesse an alten Kulturen.«

»Es ist nicht nötig, mich zu verteidigen, Cleo«, sagte Angwin streng. »Ich scheue mich nicht, Mr Dillon in einem Punkt zuzustimmen.« Er sah seine Schwester an. »Miranda, was er über das Schiff gesagt hat, entspricht der Wahrheit. Ich fürchte, die Fahrt mit dem Dampfer wird sehr unbequem werden.«

»Ich habe keineswegs vor, das Schiff zu besteigen«, sagte Miranda zur Überraschung aller. »Allein, um Ihrer Gegenwart zu entgehen, *Mister* Dillon.«

»Aber Miranda, willst du denn nicht die Königsgräber sehen?«, fragte Cleo ungläubig. »Deswegen sind wir doch nach Ägypten gekommen.«

»Was ich bisher von dem Land gesehen habe, reicht mir vollkommen. Ich habe keine Lust auf noch mehr Sand und Schmutz. Fahrt ihr nur, ich werde hier auf euch warten und mir die Zeit so angenehm wie möglich vertreiben.«

Angwin seufzte vernehmlich, verzichtete aber auf die Bemerkung, dass er seine Schwester von Anfang an gewarnt hatte.

»Na, dann sind wir uns ja einig«, sagte Jason Dillon. Über Mirandas Entscheidung wirkte er zufrieden. »Können wir jetzt essen? Ich habe Hunger und könnte ein halbes, mit Linsen und Speck gefülltes Trampeltier vertilgen. Die Portionen in diesem Etablissement sind hoffentlich den Mägen von richtigen Männern angepasst. Ich hasse Speisen, nach denen man auf den Tellern mit der Lupe suchen muss.«

Während Cleo mühsam ein Schmunzeln unterdrückte, warf Miranda die Serviette auf den Tisch und stand auf.

»Angwin, Cleo, Victor – ihr müsst mich entschuldigen. Ich werde auf meinem Zimmer essen. Dort befinde ich mich in einer wesentlich besseren Gesellschaft. Nämlich in meiner!«

Wieder pfiff Dillon, dann rief er: »Passen Sie nur auf, dass Sie sich dann nicht selbst widersprechen, Prinzessin. Ich kann mir vorstellen, dass Sie mit Menschen, die anders denken und handeln als Sie, nicht besonders gut auskommen.«

Kühl sagte Angwin: »Mr Dillon, es wird sinnvoller sein, uns nach einem anderen Führer umzusehen. Ihre Reputation scheint zwar gut zu sein, bei den Menschen, mit denen ich mich umgebe, schätze ich neben Loyalität auch ein gewisses Maß an Höflichkeit. Ich erlaube es nicht, dass meine Schwester beleidigt wird.«

»Wenn Sie sich mit mir duellieren möchten, stehe ich zu Ihrer Verfügung.« Spöttisch neigte Dillon vor Angwin den Kopf. »Das tut man in Ihren Kreisen doch, nicht wahr? Sind Duelle aber nicht selbst in England aus der Mode gekommen? Allerdings muss ich Sie darauf hinweisen, dass ich mit meinem Revolver auf hundert Yards einem Skorpion den Stachel abschieße, wenn's sein muss.«

»Dann sollte ich besser die Säbel wählen«, erwiderte Angwin ungerührt. »*Ich* sollte erwähnen, dass ich in jeweils drei aufeinanderfolgenden Jahren das goldene Band im Säbelfechten der Universität Oxford errungen habe.«

»Bedauerlich, dass ich sitze, Lord, sonst könnten Sie das Schlottern meiner Knie sehen.«

»Ich denke, ich folge meiner Schwester und nehme das Dinner auf meinem Zimmer ein.« Auch Angwin wollte aufstehen.

Victor legte eine Hand auf seine Schultern. »Mr Dillon, Angwin, bitte, lasst uns vernünftig miteinander sprechen!«

Cleo, über Dillons Benehmen gleichermaßen entsetzt, wollte auch nicht, dass er ging, bevor sie mit ihm nicht über ihren Vater gesprochen hatte. Um das Thema zu wechseln, fragte sie: »Aus welchen Teil Amerikas kommen Sie, Mr Dillon?«

»Aus Texas. Kennen Sie es?«

»Bedaure«, antwortete Cleo. »Erst vor wenigen Wochen habe ich zum ersten Mal in meinem Leben England verlassen.«

»Sie sind entschlossen, das durchzuziehen, was?«

»Ja, Mr Dillon, das bin ich«, antwortete Cleo ernst. »Und ich wäre Ihnen dankbar, wenn Sie uns dabei unterstützen.«

Zu Cleos Erleichterung hatte der Amerikaner gute Tischmanieren. Sie hatte erwartet, er würde schmatzen oder mit vollem

Mund sprechen. Dillon führte das Besteck aber sicher zum Mund, schmatzte und rülpste nicht, tupfte sich am Ende die Lippen mit der Stoffserviette ab und zeigte sich mit der Größe der Portionen zufrieden.

»Ich nehme den Job an«, sagte er, als der heiße, schwarze Kaffee serviert wurde.

Er versprach, gleich am nächsten Morgen für Angwin, Victor und Cleo die Kabinen auf dem Nildampfer zu buchen. Cleo merkte Angwin an, wie wenig es ihm behagte, seine Schwester in Kairo zurückzulassen. Cleo wusste, dass Mirandas Entschluss endgültig war. In den letzten Tagen hatte sie mit den Damen Dansford Freundschaft geschlossen und war den Buchanans vorgestellt worden. Das ältere Ehepaar lebte seit drei Jahren in Kairo und hatte einen kleinen, feinen Kreis von Engländern um sich geschart.

»Wenn Sie über ihren Vater sprechen wollen, Mrs Millian«, sagte Jason Dillon, »stehe ich Ihnen jetzt zur Verfügung.«

Da Angwin und Victor Dillon nicht aufforderten, sie in den Rauchsalon zu Brandy und Zigarren zu begleiten, gingen Cleo und der Amerikaner nach draußen und setzten sich auf die Terrasse vor dem Hotel. Die Nachtluft war angenehm warm, der Himmel wolkenlos. Nur eine schmale Sichel des Mondes war zu sehen, in einigen Tagen würde Neumond sein.

»Wann und wo sind Sie meinem Vater begegnet?« Cleo kam gleich zur Sache.

Dillon antwortete, ohne zu zögern: »Das erste Mal vor etwa sechs Jahren. Damals kam ich zum ersten Mal nach Ägypten. Man hat mir gesagt, es seien noch viele Goldschätze in dem Land zu entdecken. Tja, ich hatte gerade nichts anderes zu tun, so dachte ich, ich sehe mich hier mal um.«

»Haben Sie sich seitdem durchgehend in Ägypten aufgehalten?«, fragte Cleo.

Dillon nickte. »Das Land hat mich schnell fasziniert, und ich lernte nach und nach die Sprache der Einheimischen. Der große Goldfund blieb bisher leider aus, was ich jedoch verdiene, reicht zum Leben. Ich stelle keine großen Ansprüche. Zurück zu Alexander Vanson. Er hielt einen Vortrag über die Epoche der 7. Dynastie. Nur wenige Leute waren gekommen, es werden keine zwei Dutzend gewesen sein. Obwohl Vanson kein großer Redner war, fand ich seine Ausführungen interessant. Nach dem Vortrag kamen wir miteinander ins Gespräch, und er bot mir Arbeit an. In dem Team, das Vanson zusammenstellte, wurde ein durchsetzungsfähiger Mann gesucht, der die arabische Sprache spricht, ein Auge auf die Arbeiter hat und weiß, wie mit ihnen umzugehen ist.«

»Ich zweifle nicht, dass Sie für die Aufgabe genau der Richtige waren«, stellte Cleo mit einem Hauch Ironie fest. »Welchen Eindruck machte mein Vater auf Sie? Wenn ich an ihn denke, erinnere ich mich an den sanften Blick aus seinen wasserhellen Augen. Er war stark kurzsichtig und kniff die Lider immer etwas zusammen.«

Dillon runzelte die Stirn. »Sprechen wir von demselben Mann, Mrs Millian? Der Vanson, unter dem ich ein paar Monate gearbeitet habe, hatte braune Augen, und seine Sehkraft glich der eines Adlers.«

Cleo lächelte verhalten. Den ersten Test hatte der Amerikaner bestanden. »Erinnern Sie sich an den Namen des Mannes, der die Grabung damals finanzierte?«

Jason Dillon mochte zwar derbe Umgangsformen haben und es an Höflichkeit mangeln lassen, eines war aber nicht – dumm.

Er grinste und fragte provokant: »Kann es sein, dass Sie mich auf die Probe stellen, um herauszufinden, ob ich Ihren Vater wirklich gekannt habe?« Cleos Erröten sagte ihm, dass er ins Schwarze getroffen hatte. Er lehnte sich zurück, streckte die Beine aus und sagte ruhig: »Mr Vanson arbeitete für Lord Cherringham, dem es mit der Hilfe Ihres Vaters gelang, einige unentdeckte Gräber zu finden und sie zu öffnen. Leider keines eines bedeutenden Pharaos. Dementsprechend gering war die Ausbeute, woraufhin Lord Cherringham das Interesse verlor und die Grabungen nach dem Krieg nicht fortsetzte. Ich hörte, Ihr Vater sei auf eigene Faust einem Hinweis nachgegangen, der zu einem großen Goldschatz führen sollte. Ebenfalls, dass er darüber seinen Verstand verloren habe und in der Wüste schließlich spurlos verschwunden sei.«

»Leider spricht alles dafür«, sagte Cleo leise. »Sie haben mich ertappt, Mr Dillon. Ich wollte sichergehen, dass Ihre Behauptung nicht nur vorgeschoben ist, weil Sie den Auftrag wollen, uns in den Süden zu begleiten.«

»Ich bin auf den Job nicht angewiesen und arbeite grundsätzlich nur für Leute, die mir interessant erscheinen und deren Ziele sich mit meinen decken. Außerdem hatte ich ohnehin vor, in der nächsten Zeit Howard Carter aufzusuchen. Sie kennen Carter, Mrs Millian?«

»Nicht persönlich, aber auch Sir Angwins Bestreben ist es, mit dem größten englischen Ägyptologen in Kontakt zu treten.«

»Glauben Sie, dass Carter das Grab von Tutanchamun wirklich finden wird?«

Die Frage überraschte Cleo. Bisher hatte Dillon den Eindruck erweckt, die Meinung von Frauen sei ihm nicht nur gleichgültig, sondern lästig.

»Ich kann nicht beurteilen, inwieweit Howard Carter eine richtige Spur verfolgt.«

»Für euch Engländer wäre es ein weiterer Meilenstein des Ruhms. Angwin Tredennick hofft auch auf die Entdeckung des Grabes des Kindkönigs und auf einen Anteil des sagenhaften Goldschatzes.«

»Sie etwa nicht?«, fragte Cleo. »Sie machen keinen Hehl daraus, dass Sie ein Abenteurer und Glücksritter sind. Aber Sie verkennen Angwin Tredennick. Er ist keiner der reichen Aristokraten, die aus einer Laune heraus und weil es gerade in Mode ist, ägyptische Kunstschätze ihr Eigen nennen wollen. Seit seiner Jugend interessiert er sich für das Land und die alte Kultur. Er ist nach Ägypten gekommen, um all die großartigen Bauwerke, die Tempel- und Grabanlagen mit eigenen Augen zu sehen und auf den Wegen zu wandeln, die einst von mächtigen Königen beschritten worden sind. Außerdem nimmt Angwin Anteil am Schicksal meines Vaters, da ich nach dem Tod meiner Tante von seiner Familie aufgenommen worden bin.«

»Wie vehement Sie den Lord ein weiteres Mal verteidigen!« Jason Dillon kniff die Augen zusammen, eine steile Falte erschien über seiner Nasenwurzel. »Sie müssen mächtig in ihn verliebt sein.«

Cleo fuhr hoch. »Wie können Sie es wagen! Ich bin verheiratet!«

»Die Ehe schließt nicht aus, dass Ihr Herz einem anderen Mann gehört.« Sachlich, als ginge es um das Wetter, fuhr Dillon fort: »Ich habe bemerkt, wie der Lord Sie ansieht, Mrs Millian. Mag Ihr Verhalten im Moment über jeden Tadel erhaben sein, sollten Sie dennoch aufpassen, denn Sie sind eine sehr leidenschaftliche und sinnliche Frau. Ein Fakt, der mich in der Meinung bestätigt, Frauen hätten in der Wüste nichts zu suchen. Sie werden zu viel von ihren Gefühlen geleitet. Wenn ich Ihnen einen Rat geben darf: Seien Sie auf der Hut, Cleo! Männer wie Angwin nutzen Frauen Ihrer Gesellschaftsschicht nur aus. Sie spielen mit ihnen, wie mit einem schönen Dekorationsgegenstand, verlieren aber schnell das Interesse, wenn sie ihr Ziel erreicht haben.«

Am ganzen Körper bebend und blass vor Zorn brach es aus Cleo heraus: »Ich habe Sie nicht um Ihre Meinung, noch weniger um Ihren Rat gebeten, Mr Dillon! Mein Mann und ich sind sehr glücklich miteinander.«

Er grinste und hatte die Unverschämtheit, Cleo vertraulich zuzuzwinkern. »Dafür, dass Ihre Ehe glücklich ist, verteidigen Sie sich aber außerordentlich. Ihr Liebesleben und das des piekfeinen Lords kann mir egal sein. Allerdings habe ich keine Lust, mich neben Schlangen, Skorpionen und faulen Arbeitern auch noch mit dem Herzschmerz einer Frau herumzuschlagen.«

Cleo sprang hastig auf, der Stuhl fiel polternd um. »Sie sind der impertinenteste Mensch, der mir jemals begegnet ist! Angwin hat recht, wir sollten uns nach einer anderen Begleitung umsehen.«

Dillon winkte ab. Er wirkte amüsiert. »Tun Sie das. Vergessen Sie aber nicht, dass das nächste Schiff nach Luxor bereits in drei Tagen ablegt. Unwahrscheinlich, dass Sie so schnell jemanden finden werden, der auch nur annähernd meine Qualitäten hat.«

Cleos Augen funkelten vor Zorn. Als wäre der Leibhaftige hinter ihr her, rannte sie durch die Hotelhalle und in ihr Zimmer hinauf. Dort angekommen, lehnte sie sich mit dem Rücken gegen die geschlossene Tür. Sie atmete heftig, das Blut rauschte in ihrem Kopf. Waren ihre Empfindungen für Angwin Tredennick so offensichtlich? Wenn ein Fremder wie Dillon sie erkannte: Was mussten Victor, Miranda und vor allen Dingen Angwin denken? Die Schamesröte schoss Cleo ins Gesicht. Eine leise Stimme in ihrem Kopf sagte ihr, dass ihre Gefühle für Angwin keine leidenschaftlichen waren. Sie mochte ihn und war gern in seiner Gegenwart. Allerdings galten ihre letzten Gedanken vor dem Einschlafen nicht ihm, und ihr Herz schlug in seiner Gegenwart nicht schneller. Angwin gegenüber empfand sie nichts anderes als für Victor. Cleo hoffte, der unflätige Amerikaner würde nie die wahren Gründe ihrer Ehe erfahren.

Als Victor gegen Mitternacht die Suite betrat, stellte sich Cleo schlafend. Sie konnte und wollte jetzt nicht über Jason Dillon sprechen. Gegen ihren Willen fand sie ihn allerdings zu gleichen Teilen abstoßend und interessant.

9

Bei Sonnenaufgang, der wie immer binnen weniger Minuten erfolgte, herrschte am Hafen schlagartig eine rege Betriebsamkeit. Unzählige Fischerboote und Lastkähne machten sich für ihre Fahrt über den großen Fluss bereit. Männer riefen sich Befehle zu, manche lachten, und auch hier roch es nach Gewürzen, die in Säcken auf die Boote verladen wurden.

Seit dem Abend vor drei Tagen hatte Cleo den Amerikaner nicht wiedergesehen. Den anderen hatte sie natürlich nichts von der peinlichen Unterhaltung mit Jason Dillon erzählt, sondern nur erwähnt, was er ihr über ihren Vater erzählt hatte. Schlussendlich war sich auch Angwin mit Dillon einig geworden. Er sah ein, dass auf die Schnelle wohl kein Führer mit ähnlich guten Kenntnissen und Erfahrung zu finden sei. Cleo wollte Dillon aus dem Weg gehen, was auf dem kleinen Schiff allerdings schwer möglich sein würde.

Von Miranda hatte sie sich am Vorabend verabschiedet. Die Freundin war ins Haus der Buchanans eingeladen und mit ihren Gedanken bereits im dortigen Tanzsaal. Sie trug ihr blaues Kleid, in ihr aufgestecktes Haar hatte sie eine Schnur mit kleinen, elfenbeinfarbenen Perlen geflochten, die sie auf dem Basar erstanden hatte.

»Viel Erfolg«, hatte Miranda gesagt und Cleo flüchtig auf die Wange geküsst. »Ich wünsche dir, dass du das Rätsel um deinen Vater aufklären kannst.«

»Danke, Miranda. Willst du wirklich nicht mitkommen? Noch ist es nicht zu spät. Ich helfe dir gern beim Packen.«

»Auf keinen Fall steige ich auf einen klapprigen Kahn! In Kairo gibt es so viel Abwechslung und interessante Leute. Ich lasse es mir gut gehen, und in ein paar Wochen seid ihr ja zurück.«

»Mach keine Dummheiten, Miranda!«

»Dummheiten? Ich? Wie kommst du denn auf die Idee?« Miranda wirkte wie ein Unschuldsengel. Sie ging zur Tür, öffnete sie, kehrte dann wieder zu Cleo zurück. »Sag mal, Cleo, hast du eigentlich den Armreif mit dem blauen Käfer mit nach Ägypten genommen?«

»Natürlich. Ohne das Geschenk meines Vaters wäre ich nicht verreist.«

Miranda legte den Kopf schräg und lächelte charmant. An ihrem Blick erkannte Cleo, dass sie etwas wollte. Die Frage kam auch sofort: »Du würdest mir den Reif nicht etwa leihen, solange du weg bist?« Sie hob ihren rechten Arm. »Er passt gut zu meinem Kleid und gäbe meiner Erscheinung etwas Exotisches. Ich glaube nicht, dass du Gelegenheit haben wirst, den Schmuck auf dem Dampfer und bei den Grabungsstätten zu tragen.«

Cleo zögerte nicht lange. Sie nahm den Armreif mit dem auffallenden Skarabäus aus Lapislazuli aus ihrer Reisetasche und reichte ihn Miranda, die ihn sofort um ihr Handgelenk legte.

»Es ist sogar besser, wenn ich ihn bei dir lasse. Ich könnte es mir nie verzeihen, ihn zu verlieren.«

»Du bist ein Schatz!«

Ein weiterer, schneller Kuss von Miranda auf Cleos Stirn, dann war die Freundin zur Tür hinaus. Wieder einmal beneidete Cleo sie um ihre Unbeschwertheit. Für Miranda war das Leben ein einziges Spiel, zum Zweck, sie zu unterhalten.

Das Schiff war ein Schaufelraddampfer mit zwei Decks und umlaufenden Veranden. Es hatte keinen Namen, sah aber stabil und sicher aus. Jason Dillon hatte alles arrangiert. Nicht nur für Cleo, Victor und Angwin, sondern auch für vier Männer, die ihn ebenfalls für die Reise nach Luxor engagiert hatten. Kapitän Brown, ein Engländer aus Bristol, begrüßte sie persönlich und versicherte, dass er und seine Offiziere zu ihrer Verfügung stünden. Cleo merkte sofort, dass der Kapitän Angwins Status erkannte und offenbar auf ein gutes Trinkgeld hoffte. Wobei – war es üblich, einem Kapitän Trinkgeld zu geben? Sie wollte Victor später fragen.

»Wenn Sie Wünsche haben, zögern Sie nicht, sie zu äußern, Sir«, sagte Kapitän Brown. »Der Dampfer ist zwar nur ein kleines Schiff und für Vergnügungsreisen nicht ausgelegt, meine Mannschaft ist aber bemüht, es den Passagieren so angenehm wie möglich zu machen.« Er lachte, in Cleos Ohren klang es unangenehm. »Es bleibt ihnen auch nichts anderes übrig, wenn sie ihre Arbeit behalten und nicht die Knute spüren wollen.«

Angwin nickte, sein Dank klang unterkühlt. Als sich Kapitän Brown den nächsten Passagieren zuwandte, flüsterte er zu Cleo und Victor: »Unser Kapitän scheint jemand zu sein, der gern seine Macht ausspielt. Habt ihr bemerkt, dass er nur mit mir gesprochen und euch gar nicht angesehen hat?«

»Er schlägt die Mannschaft doch nicht wirklich?«

»Leider ist es nicht ausgeschlossen«, sagte Jason Dillon, der unbemerkt an ihre Seite getreten war und Cleos Frage gehört hatte. »Viele Briten sehen in den Einheimischen lediglich Lakaien, mit denen sie nach Belieben umspringen können.«

»Die Sklaverei ist auch in England schon lange abgeschafft«, erwiderte Cleo.

Dillon grinste. »Die Ägypter sind keine Sklaven, sie werden für ihre Arbeit bezahlt. Trotzdem hängen sie an ihren Jobs, denn die meisten von ihnen sind einfache Arbeiter oder Bauern, die ohne das Geld der Engländer kaum ihre Familien ernähren können.«

»Warum heuern sie nicht auf einem anderen Schiff an?«, fragte Angwin.

»Weil alle Schiffe unter britischer Flagge fahren«, antwortete Dillon. Er tippte sich an die Hutkrempe. »Wir sehen uns.«

»Werden die Arbeiter bei den Grabungen auch so schlecht behandelt?«, fragte Cleo ihren Mann. »Mein Vater erwähnte einmal, dass es in den Lagern nicht gerade zimperlich zugeht.«

»Männer wie Kapitän Brown gibt es überall. Solange er das Schiff und uns sicher nach Luxor bringt, soll es uns nicht weiter kümmern. Wir können an den herrschenden Zuständen nichts ändern.«

»Sie aber auch nicht unterstützen«, entgegnete Cleo.

»Dein Gerechtigkeitssinn in allen Ehren, Cleo, was willst du aber tun? Das Schiff wieder verlassen, weil die hiesige Crew schlecht behandelt wird?« Cleo sah ein, dass ihr nichts anderes übrig blieb, als nachzugeben. Victor nahm ihren Arm. »Lasst uns sehen, wie wir untergebracht sind.«

Ihre Kabine lag im Heck des oberen Decks, Angwins direkt daneben, und war geräumiger, als Cleo erwartet hatte. Neben zwei Betten links und rechts an den Seiten gab es einen Kleiderschank, eine Frisierkommode und sogar ein eigenes Badezimmer mit einer Toilette, einem kleinen Waschbecken und fließendem Wasser. Die Beleuchtung der Kabine war elektrisch.

»Mr Dillon vermittelte den Eindruck, der Dampfer wäre nicht mehr als ein besseres Floß«, sagte Cleo. »Wenn Miranda gewusst hätte, dass es gar nicht so unkomfortabel ist, wäre sie vielleicht doch mitgekommen.«

»Tja, dafür ist es nun zu spät«, erwiderte Victor. »Der Dampfer wird in wenigen Minuten ablegen.«

Das Gepäck war von einem Boy bereits in die Kabine gebracht worden. Victor nahm eine Pappschachtel und reichte sie Cleo. »Ich habe mir erlaubt, etwas zu besorgen.«

»Für mich?«, fragte Cleo überrascht. Sie hob den Deckel an. In der Schachtel lag eine Männerhose aus einem erdbraunen, festen Baumwollstoff, eine ähnlich gefertigte Jacke, ein Paar knöchelhohe, feste Lederstiefel und ein Strohhut mit einer ausladenden Krempe.

»Ich hoffe, die Größe stimmt«, sagte Victor. »Deine Röcke und Blusen sind auf dem Schiff und später in der Wüste eher hinderlich. In den Sachen kannst du dich freier bewegen.«

»Ich habe noch nie eine Männerhose getragen. Danke, Victor!«

Sie verschwand im Badezimmer und schlüpfte in die neuen Sachen. Schmunzelnd trat sie wieder in die Kabine. »Irgendwie fühle ich mich jetzt verwegen. Lady Charlotte würde in Ohnmacht fallen, könnte sie mich so sehen.«

Victor stimmte in Cleos Lachen ein und setzte ihr den Hut auf den Kopf. »Es fehlt nur noch ein Patronengurt und ein Revolver, dann könntest du ein Cowboy sein.«

»Wie Jason Dillon«, murmelte Cleo.

»Was hast du gesagt?«

Cleo winkte ab. »Nichts von Bedeutung.«

Es erklang ein scharfer Knall, dann sprangen die Motoren an. Ein Ruck ging durch das Schiff, es legte sich ein Stück zur Seite. Cleo taumelte. Victor fing sie auf. Sie lag an seiner Brust, seine

Arme hielten sie fest. Für einen Moment dachte Cleo, er würde sie küssen, und wusste nicht, ob sie es wollte.

»Ich glaube, wir haben abgelegt«, sagte Victor nur und ließ Cleo los. Jetzt lag der Dampfer wieder waagrecht im Wasser. Das rhythmische Stampfen der Motoren war laut, und der Boden vibrierte.

»Ich hoffe, ich kann bei dem Krach schlafen«, sagte Cleo.

»In ein, zwei Tagen hast du dich daran gewöhnt.« Victor reichte ihr den Arm. »Gehen wir frühstücken?«

»So?« Cleo sah an sich herunter.

Victor nickte. »Du wirst sehen: Auf diesem Schiff bist du perfekt gekleidet.«

Der Speiseraum lag im Bug auf dem unteren Deck. Er war lang, schmal und hatte eine niedrige Decke. Als Angwin Cleo in den Hosen und der Jacke sah, hob er überrascht eine Augenbraue, enthielt sich aber eines Kommentars. Auch er hatte sich umgekleidet und trug einen zweiteiligen beigen Tropenanzug in der Art, wie Cleo ihn von ihrem Vater kannte. Eine Speisenauswahl wurde nicht angeboten. Bereits in Kairo hatte Cleo festgestellt, dass die Ägypter keine klassische Unterteilung der Mahlzeiten in Frühstück, Lunch und Dinner hatten. Zu allen Tageszeiten aß man Fleisch, Brot und Gemüse, begleitet von lauwarmem Pfefferminztee. Zum Nachtisch wurde in der Regel frisches Obst gereicht.

Ein dunkelhäutiger junger Mann stellte Teller mit in einer dunklen Soße gebratenen Fleischstücken und warmes Fladenbrot vor sie. Für einen Moment fragte sich Cleo, von welchem Tier das Fleisch wohl stammen möge. Hoffentlich nicht von einem Kamel, so weit ging ihre Liebe zu diesem Land dann doch nicht. Sie probierte. Es schmeckte scharf und ein wenig nach Minze. Cleo vermutete Lamm, aß mit gutem Appetit und hoffte, dass sie in Luxor dann auch einmal typische einheimische Speisen würde kosten können.

Nach und nach kamen die anderen Passagiere in den Speiseraum. Inmitten von vier Männern befand sich Jason Dillon. Er nickte ihnen nur kurz zu, kam aber nicht an ihren Tisch. Cleo vermutete, dass die Männer ebenfalls Amerikaner waren. Sie waren ähnlich gekleidet, sprachen mit einem harten Akzent und lachten ungebührlich laut. Ihr Blick ging zu zwei Frauen in mittleren Jahren, die soeben den Speisesaal betraten. Sie trugen zwar keine Hosen, waren aber mit derben, wadenlangen Röcken und karierten Blusen, die an Herrenhemden erinnerten, praktisch gekleidet. Da sie direkt an ihrem Tisch vorbeigingen, grüßten sie mit einem freundlichen »Bonjour«.

»Ich bin also nicht die einzige Frau an Bord«, sagte Cleo. »Die Damen scheinen sogar allein zu reisen.«

Victor erwiderte: »Dillons Ansichten darfst du nicht auf die Goldwaage legen, Cleo. Außerdem scheinen die Frauen Französinnen zu sein.«

Cleo schmunzelte. »*Das* erklärt natürlich alles. Kann es sein, dass nicht Sir Angwin, sondern du, Victor, ein Snob bist?«

»Keineswegs, liebe Cleo. Frankreich und die Franzosen waren unserem Land schon immer voraus. Was durchaus positiv gemeint ist.«

Nachdem sie den Tee ausgetrunken hatten, schlug Victor vor, das Schiff zu erkunden. Neben dem Speiseraum befand sich ein kleinerer Raum mit ein paar Tischen und Stühlen. Es roch intensiv nach Tabak. Auf dem Oberdeck hinter der Brücke gab es weitere Tische und Stühle, der Ruhebereich war mit einem Sonnensegel überspannt. Sonst gab es keine Vergnüglichkeiten.

»Miranda hätte sich hier furchtbar gelangweilt«, bemerkte Angwin. »Es ist besser, dass sie in Kairo geblieben ist. Vor unserer Abreise hatte ich ein langes Gespräch mit Lady Dansford und den Buchanans. Es sind integre Leute, die sich gut um meine Schwester kümmern werden.«

»Ich vermisse sie«, gab Cleo zu. »Wobei ich sie nicht verstehe. Zu Hause war Miranda durch kein Argument davon abzubringen, dich und Victor nach Ägypten zu begleiten. Nun zeigt sie kein Interesse an all den gigantischen Bauwerken, der alten Kultur und den Geheimnissen des Landes.«

»Meiner Schwester ging es einzig und allein darum, ihren Willen durchzusetzen«, sagte Angwin und seufzte. »Wenn wir wieder zu Hause sind, wird Miranda überall herumerzählen, welche Abenteuer sie in Afrika erlebt hat. Du kennst doch ihre Art, Sachverhalte grenzenlos auszuschmücken.«

Cleo nickte, hängte sich bei Victor ein, und die drei setzten ihren Rundgang fort, der schnell beendet war. Sie setzten sich in die Liegestühle auf dem Sonnendeck. Angwin lehnte sich zurück und schloss die Augen. Victor nahm aus der Jackentasche ein kleines Buch, in dem er sich Notizen machte, Cleo hingegen konnte ihren Blick nicht von der Landschaft lösen, die an ihr vorbeizog, während der Dampfer gemächlich dahinglitt. Die Minarette von Kairo waren bereits am Horizont verschwunden, jetzt breitete sich freies Land am flachen, palmenbestandenen Ufer aus. Cleo sah weitläufige Pflanzungen, auf denen Menschen arbeiteten, kleine Ansiedlungen und am östlichen Horizont kahle, hohe Berge. Von der Sonne angestrahlt, schienen sie aus purem Gold zu sein. Hinter dem fruchtbaren Land am westlichen Ufer begann die große Wüste. Cleos Vater hatte einmal gesagt: »Gleich einem gewaltigen Raubtier lauert die Sahara hinter dem grünen Ackerland. Jederzeit bereit zum Sprung, um die Menschen mit schrecklichen Sandstürmen zu bezwingen. So manche Ansiedlung wurde schon unter dem Sand begraben. In Ägypten zu leben bedeutet, sich dieser Gefahr jederzeit bewusst zu sein.«

Cleo beugte sich weit über die Reling und blickte ins Wasser. Victor packte sie an der Schulter und riss sie zurück.

»Du musst aufpassen, Cleo, dass du nicht über Bord gehst.«

Über Victors Besorgnis zwar erfreut, scherzte Cleo dennoch: »Ich bin aus Cornwall, schon vergessen? Das Schwimmen lernte ich bereits als Kind im seichten Wasser der Mount's Bay. Der Nil ist nicht tief, kein Ufer weit entfernt.«

»Ich zweifle nicht an deinen Schwimmkünsten«, erwiderte Victor mit einem ernsten Blick. »Allerdings scheinst du unser Gespräch über die Krokodile vergessen zu haben.«

»Entschuldigung, Victor, daran habe ich wirklich nicht mehr gedacht.« Aufmerksam suchte sie den Fluss ab.

»Du kannst sie nicht sehen, sie lauern im Gebüsch an den Ufern«, erklärte Victor. »Dort warten sie auf ihre Beute. Ein Tier kann bis zu vier Meter lang und einen Zentner schwer werden. In der Regel jagen Nilkrokodile bei Dunkelheit, darauf würde ich mich aber nicht verlassen. Es gibt zahlreiche Beobachtungen, dass ein Reptil auch tagsüber mühelos ein ausgewachsenes Zebra, das zum Trinken ans Ufer gekommen war, erlegte und unter Wasser zerrte.«

»Victor, du machst Cleo Angst«, mahnte Angwin. »Ich bin sicher, sie ist so vernünftig, auf ein Bad im Fluss zu verzichten.«

»Ich will nicht, dass meiner Frau etwas passiert«, sagte Victor besorgt. Er führte Cleo zum Liegestuhl zurück. »Versprich mir, dass du aufpasst!«

»Ich verspreche es«, erwiderte Cleo ernst.

Zum Mittagessen aßen sie nur eine scharf gewürzte, lauwarme Gemüsesuppe und ein paar frische Feigen, dann zogen sie sich in ihre Kabinen zurück, weil es im Außenbereich zu warm war. Cleo legte sich aufs Bett, Victor setzte sich an die Kommode und las in einem Buch. Das sanfte Schaukeln bewirkte, dass Cleo binnen weniger Minuten einschlief. Sie erwachte erholt am späten Nachmittag und war allein. Sie machte sich frisch und richtete ihre Kleidung, die ihr immer noch ungewohnt erschien. Als sie nach draußen ging, genoss sie die leichte Brise, die inzwischen aufgekommen war. Der Dampfer steuerte gerade eine kleine Ansiedlung am westlichen Ufer des Nils an. Hier sollten frische Lebensmittel an Bord genommen werden.

Cleo fand Victor im Raucherzimmer. Zu ihrem Bedauern war er in Gesellschaft von Jason Dillon. Der kleine, runde Tisch war mit Landkarten und handschriftlichen Notizen bedeckt. Der Amerikaner beachtete Cleo nicht und sagte zu Victor: »Wenn wir in Luxor eingetroffen sind, werde ich so bald wie möglich ein Treffen mit Howard Carter vereinbaren. Der Mann mag ein Genie sein, der Umgang mit ihm erfordert jedoch Fingerspitzengefühl. Carter ist ein Einzelgänger, halsstarrig, bockig und neigt zur Arroganz. Fremden gegenüber ist er skeptisch und lässt sich nur aus gewichtigen Gründen bei seiner Arbeit stören.«

»Wo genau führt Mr Carter derzeit Grabungen durch?«, fragte Cleo interessiert.

Dillon zog erst an seiner Zigarette und stieß den Rauch aus, bevor er antwortete: »Wie Sie wissen, ist Carter auf der Suche nach dem Grab des Königs Tutanchamun, über den kaum etwas bekannt ist. Bereits im Kindesalter soll er Pharao geworden sein. Gerüchte sagen, er wurde nicht in einer Pyramide im Norden oder in einem großartig angelegten Tempel im Tal der Könige beerdigt. Seine letzte Ruhestätte soll so gut versteckt worden sein, dass sein Grab niemals geplündert worden ist. Wenn das stimmt, erwartet den Entdecker neben Ruhm und Ehre auch ein unbeschreiblicher Gold- und Juwelenschatz.«

»Jetzt verstehe ich, warum Sie interessiert sind, mit Howard Carter zusammenzuarbeiten«, sagte Victor trocken. »Wobei ich annehme, dass Sie, Mr Dillon, mehr an dem Gold als an der Ehre interessiert sind.«

Wenn man Dillon etwas zugutehalten konnte, war es seine unverblümte Ehrlichkeit, denn er sagte: »Aus diesem Grund sind meine Landsleute und ich ins Tal der Könige unterwegs. Ich hatte bereits das Vergnügen, bei von Carter geleiteten Grabungen tätig gewesen zu sein. Im Januar dieses Jahres im südlichsten Zipfel im Tal der Könige bei der Grabstätte von Thutmosis dem Dritten und im Jahr zuvor bei der Freilegung des Grabes von Ramses dem Sechsten. In beiden Fällen zeigte sich Carter durchaus großzügig.« Dillon rieb unmissverständlich seinen Daumen und Zeigefinger gegeneinander.

»Wenigstens machen Sie keinen Hehl aus Ihrer Motivation«, sagte Victor kühl. »Wenn ich meinerseits Howard Carter zitieren darf: ›Meine Absprache mit den Eingeborenen lautet, dass entweder die Hälfte des Wertes oder die Altertumsfunde dem Finder gehören sollen.‹ Da die laufenden Grabungen von Lord Carnarvon finanziert werden, stehen die Funde diesem zu. Er allein entscheidet, wie und in welcher Höhe Howard Carter entlohnt wird. Dementsprechend sollten Sie Ihre Hoffnung auf einen schnellen Reichtum nicht zu hoch ansetzen.«

»Ach, etwas fällt immer ab.«

Victor fuhr unbeirrt fort: »Es ist kein Geheimnis, dass Lord Carnarvon mit den bisherigen Ergebnissen unzufrieden ist und in Erwägung zieht, die Gelder einzustellen. *Ich* weiß über Howard Carter, dass er finanziell nicht in der Lage ist, die Grabungen ohne einen großzügigen Gönner fortzusetzen. Dann wird für Sie gar nichts herausspringen.«

»Kennen Sie den genauen Aufenthaltsort von Howard Carter?«, fragte Cleo hastig, um zu verhindern, dass Victor und Dillon in Streit gerieten. »Werden wir überhaupt zu ihm gelangen können?«

»Carter befindet sich im Westen des Tals«, antwortete Dillon. »Er meint, dort den Eingang zum Grab des Knabenkönigs zu finden.« Er stand auf. »Mr Millian, Cleo – ich werde die Zeit nutzen, während das Schiff Vorräte an Bord nimmt, und mir die Beine an Land vertreten. Wollen Sie mitkommen?«

Unisono schüttelten Victor und Cleo den Kopf. Besonders Cleo wollte mit Jason Dillon so wenig Zeit wie möglich verbringen.

Nach rund zwei Stunden stampften wieder die Motoren, und die Fahrt wurde fortgesetzt. Von Victor erfuhr Cleo, dass es nur im Abschnitt zwischen Kairo und Luxor möglich war, auch nachts zu fahren. Weiter südlich war das Flussbett so seicht und von Untiefen durchzogen, dass die Kapitäne die Schiffe auf Sicht steuern mussten, was nur bei Tageslicht möglich war.

Nach einem leichten Abendessen, das sich kaum vom Lunch unterschied, nahm Victor die Aufforderung zum Kartenspiel von Jason Dillon an. Angwin hingegen lehnte ab und ermahnte seinen Freund: »Pass auf, dass die anderen dich nicht übers Ohr hauen.«

»Ich habe schon mit vielen Männern gepokert, nicht alle spielten fair«, erwiderte Victor. »Dillon werde ich besonders im Auge behalten.«

Da sich Angwin in seine Kabine zurückzog, blieb Cleo nichts anderes übrig, als es ihm gleichzutun. Sie wollte die Zeit nutzen, um in einem Buch über die 18. Dynastie zu lesen, das Victor mit an Bord genommen hatte. Tutanchamun sollte in dieser Zeit geherrscht haben. Cleo fragte sich, ob das *große Geheimnis*, von dem ihr Vater geschrieben hatte, mit diesem sagenhaften Pharao in Verbindung stand. Hatte er eine Spur gefunden, die zu dem Grab von Tutanchamun führte? Wie jedoch sollte das einem einfachen Archäologen wie Alexander Vanson gelungen sein, wenn seit Jahren ein Stab von Gelehrten und Ägyptologen nicht hatte belegen können, dass Tutanchamun überhaupt existiert hatte? Zudem hätte Cleos Vater einen solchen Hinweis nicht für sich behalten, denn er hatte kein Interesse an einem eventuellen Goldschatz. Seine Worte im letzten Brief widersprachen dem allerdings. Er hatte geschrieben, er würde bald sehr reich sein.

Vergiss nicht, dass sich sein Geist verwirrt hat, dachte Cleo. Des Vaters Worte und Victors Begegnung mit ihm ließen keinen Raum für Zweifel, dass sich Alexander Vanson in einer anderen Welt befunden hatte, bevor er spurlos verschwunden war.

Cleo fieberte der Ankunft in Luxor entgegen. Nicht nur um nach dem Vater zu forschen, auch weil sie es nicht erwarten konnte, endlich mit eigenen Augen die Gräber im Tal der Könige zu sehen.

Die Tage vergingen in gleichförmiger Monotonie. Sie und Victor verbrachten den Vormittag an Deck mit der Betrachtung der Landschaft, die sich, je weiter sie nach Süden kamen, veränderte. An den Ufern fanden sich immer weniger Ansiedlungen, das fruchtbare Land war verwildert, Palmen, Bäume und Sträucher wuchsen bis ins Wasser hinein. Sie legten ein weiteres Mal an, um frische Lebensmittel aufzunehmen. In Begleitung von Victor und Angwin verließ Cleo das Schiff. Die Ansiedlung bestand aus kaum mehr als ein paar armseligen Holzhütten, aus denen einige Kinder gelaufen kamen, nachdem der Dampfer festgemacht hatte. Sie umringten die Ankömmlinge, sahen Cleo aus großen, schwarzen Augen an und streckten bettelnd ihre kleinen Hände aus. Ihre Kleidung war aus ungefärbtem Stoff, aber sauber, und die Kinder machten keinen ärmlichen oder gar hungrigen Eindruck. Dass sie trotzdem bettelten, war eher der willkommenen Abwechslung, die die Besucher brachten, geschuldet als wirklicher Not.

Cleo nahm ein paar lose Pennys aus ihrer Hosentasche und verteilte sie gleichmäßig unter den Kindern.

»Niemals darfst du deine Geldbörse zeigen«, hatte Victor sie gewarnt. »Die Menschen hier sind keine potenziellen Diebe. Die Gefahr, überfallen und ausgeraubt zu werden, ist nicht höher als in London. Beim Anblick einer gut gefüllten Geldbörse sind Recht und Ordnung aber schnell vergessen.«

Einige Meter weiter war auch Jason Dillon von Kindern umringt. Auch er griff in die Hosentasche. Zu Cleos Erstaunen verteilte Dillon keine Münzen, sondern in buntes Papier verpackte Bonbons. Die Süßigkeiten waren bei den Kleinen noch begehrter als das Geld. Lachend und vor Freude schreiend wickelten die Kleinen die Bonbons aus und schoben sie sich in die Münder. Dillon hob einen Jungen hoch, setzte ihn auf seine Schultern und lief schnell auf und ab. Dabei wieherte er wie ein Pferd. Der Junge juchzte und klatschte vor Freude in die Hände. Als Nächstes war ein Mädchen dran.

Auch Victor beobachtete es. Verwundert sagte er zu Cleo: »Das ist eine ganz neue Seite von Dillon. Offenbar mag er Kinder.«

»Die Bonbons muss er aus Kairo mitgebracht haben. Er wusste, dass er den Kleinen damit eine Freude macht. Ein seltsamer Mann …«

»Du magst ihn immer noch nicht.«

Cleo seufzte. »Du weißt, dass ich in keiner elitären Gesellschaft aufgewachsen bin. Meine Tante Elsie lehrte mich aber die Tugenden Anstand, Höflichkeit und gute Manieren. All das vermisse ich bei Jason Dillon.«

»Nun ja, Amerikaner sind eben anders. Ich muss zugeben, dass mich seine Art ein Stück weit fasziniert. Er lebt von einem Tag auf den anderen, hat keinen festen Besitz und macht sich kaum Gedanken um die Zukunft.«

»Außer dass er wie ein hungriger Wolf hinter Goldschätzen her ist«, erwiderte Cleo kühl.

»Ich vermute, Dillon interessiert mehr die Jagd an sich als der mögliche Gewinn.«

Victors Einschätzung des Abenteurers überraschte Cleo. Ihr Mann hatte aber auch mehr Zeit in Dillons Gesellschaft verbracht und hatte ihn besser kennengelernt.

Die Schiffsglocke läutete, das Zeichen für die Passagiere, sich wieder an Bord zu begeben. Cleo sah noch, wie Dillon den Kindern liebevoll übers Haar strich und sich von jedem einzelnen verabschiedete. Die Kleinen winkten ihm lachend nach. Alles hätte Cleo ihm zugetraut, nicht jedoch, wie leicht er Kinderherzen gewann.

Auch die zwei Französinnen waren an Land gegangen und hatten sich den kleinen Hafen angesehen. Zurück an Bord tranken die Mesdemoiselles Dupin und Cleo zusammen Tee und tauschten sich über ihre Eindrücke aus. Im Pensionat hatte Cleo Grundkenntnisse in der französischen Sprache erworben, und da die Dupins ein gebrochenes Englisch sprachen, konnten sie sich gut miteinander verständigen. Die ledigen Schwestern waren in ihren Vierzigern, nach dem Tod des Vaters finanziell unabhängig und erfüllten sich den lang gehegten Traum, die Welt zu bereisen. Sie waren bereits in den USA und in Kanada gewesen, von Ägypten aus wollten sie das afrikanische Zentralland erkunden. Offen äußerte Cleo ihre Bewunderung und fragte sich, ob sie auch so viel Mut hätte, ohne männliche Begleitung die Welt zu bereisen.

Mademoiselle Dupin, die Jüngere, fand es gar nicht unpassend, als Frau ins Tal der Könige zu reisen, im Gegenteil.

»Es wird Zeit, dass wir uns nicht länger hinter den Männern verstecken.« Die Schwester unterstrich die Worte mit einem bekräftigenden Nicken. »Es waren Frauen, die im Großen Krieg die Wirtschaft am Laufen gehalten haben«, sagte sie. »Danach wollten die Männer uns wieder an den Herd verbannen. Glücklicherweise haben sich die Zeiten verändert. Wir sind selbstständig geworden und nutzen unser Recht auf eine eigene Meinung.«

Cleo konnte dem nur zustimmen und dachte, dass Jason Dillon mit seiner antiquierten Meinung auf ziemlich einsamem Fuß stand. Zwischen ihr und Dillon gab es kaum Kontakt. Der Amerikaner befand sich meistens in der Gesellschaft seiner Landsmänner. Abends saßen sie beisammen, tranken Whiskey und spielten Karten. Während Victor sich zu der Runde gesellte und auch einige Spiele gewann, zog sich Angwin zurück, um zu lesen.

Cleo wusste nicht, was sie geweckt hatte. Als sie die Augen öffnete, war alles still und dunkel. Sie knipste die Nachttischlampe an. Die Zeiger der Uhr zeigten auf kurz nach vier. Cleo setzte sich auf und sah, dass Victors Bett leer war. Nicht nur leer, sondern auch unberührt. Sie war früh eingeschlafen und konnte sich nicht erinnern, dass Victor in die Kabine gekommen war. Wie an den anderen Abenden hatte er mit den Amerikanern gepokert. So spät war Victor aber noch nie zu Bett gegangen. Cleo stand auf, schlüpfte in ihre Pantoffeln, warf sich den Morgenmantel über, öffnete die Tür und sah sich auf dem Oberdeck um. Es war Neumond, die Lampen an Bord waren das einzige Licht. Niemand war zu sehen. Hatte Victor zu viel getrunken, den Weg in die Kabine nicht mehr gefunden und schlief irgendwo an Deck in einem der Liegestühle? Kurzentschlossen verließ sie ihre Kabine und suchte erst das obere, dann das untere Deck ab. Sie begegnete niemandem, fand alle Liegestühle verlassen vor, lediglich im Decksaufbau, in dem sich die Brücke befand, sah sie die Schatten zweier Männer, die den Dampfer durch die Nacht steuerten. Cleo kehrte in ihre Kabine zurück und setzte sich aufs Bett. Es verging eine weitere halbe Stunde, in der ihre Unruhe zunahm. Sie konnte nicht länger untätig warten, daher zog sie sich an, ging wieder an Deck und klopfte an die Nachbartür.

»Sir Angwin«, rief sie verhalten. »Bitte, wachen Sie auf!«

Es dauerte ein oder zwei Minuten, bis die Tür einen Spalt geöffnet wurde. Zum ersten Mal sah Cleo Angwin im Morgenmantel, die Wangen und das Kinn bedeckte ein dunkler Bartschatten.

»Cleo, du?«, fragte er überrascht. »Was ist passiert?«

Es sprach für Angwin, dass er sofort begriff, dass Cleo ihn nicht ohne Grund geweckt hatte.

»Victor ist nicht in unserer Kabine«, stieß sie hervor. »Es scheint, dass er gar nicht zu Bett gegangen ist. Ich habe schon die Decks abgesucht.«

»Das ist wirklich ungewöhnlich.«

»Er hat gestern Abend gepokert. Wann haben Sie ihn zum letzten Mal gesehen, Sir?«

»Ich war bis etwa Mitternacht auf dem Oberdeck. Etwa um die Zeit kam Victor aus dem Rauchsalon. Er wirkte vergnügt, sagte, er habe gewonnen und würde jetzt schlafen gehen.«

»Hatte er viel Alkohol getrunken?«, fragte Cleo.

»Auf mich wirkte er völlig nüchtern.«

»Wo kann Victor sein? Ich mache mir große Sorgen!«

»Wir sind auf einem Schiff, Cleo«, sagte Angwin beruhigend. »Du wirst sehen, spätestens zum Frühstück ist Victor wieder da. Bei seinem großen Appetit lässt er die Mahlzeit nicht ausfallen.«

Cleo war es nicht nach Scherzen zumute. Angwin musste ihr angesehen haben, wie aufgewühlt sie war, denn er sagte: »Warte einen Moment, ich ziehe mich an.«

Keine zwei Minuten später war Angwin an Cleos Seite. Sie gingen die Decks ein weiteres Mal ab. Angwin sah in alle dunklen Ecken, von Victor war keine Spur zu entdecken. Im fahlen Licht der Lampen erkannte Cleo an seinem Gesichtsausdruck, dass auch er besorgt war.

»Ich denke, wir sollten den Kapitän informieren«, sagte Angwin leise.

Sie gingen zur Brücke, und Angwin bat den vor der Tür stehenden Boy, den Kapitän zu sprechen. Der junge Mann ließ sie eintreten, und Angwin schilderte Kapitän Brown, dass ein Mann vermisst wurde.

»Es handelt sich um Mr Victor Millian, den Ehemann meiner Bekannten.«

»Wir werden ihn finden, Mylord«, sagte Kapitän Brown beruhigend. »Meine Männer sollen das Schiff gründlich absuchen, auch den Maschinenraum und die Lager, gegebenenfalls werden wir die anderen Passagiere wecken und sie befragen.« Er wandte sich an Cleo. »Mrs Millian, machen Sie sich keine Sorgen. Von meinem Schiff ist noch niemals jemand einfach verschwunden.«

»Ich danke Ihnen, Sir«, sagte Cleo leise, und Angwin fügte hinzu: »Ich werde Ihnen bei der Suche helfen, Captain.«

Cleo wurde gebeten, in ihre Kabine zurückzugehen und dort zu warten. Unruhig lief sie in dieser auf und ab. Von einer Wand zur anderen waren es genau acht Schritte. Cleo zählte sie wohl zwei Dutzend Mal, dann hörte sie, wie der Motor gedrosselt wurde und das Schiff langsam zum Stillstand kam. Unter den Passagieren war der außerplanmäßige Halt ebenfalls bemerkt worden, und Cleo hörte beunruhigte Stimmen auf dem Deck.

»Warum halten wir so früh am Morgen?«

»Vielleicht ein Motorschaden? Hoffentlich kann es schnell behoben werden. Es wäre sehr ärgerlich, später als geplant in Luxor anzukommen.«

Es dauerte noch ein paar Minuten, dann klopfte es, und Angwin trat ein.

Ernst sah er sie an und sagte: »Komm bitte mit, Cleo.«

In Angwins Begleitung befand sich Jason Dillon, der Cleo eindringlich musterte und schwieg.

Auf der Brücke wurde sie von Kapitän Brown und zwei Männern der Mannschaft erwartet. Einer hielt eine Jacke in der Hand. In Cleos Innerem wurde es eiskalt, die Kälte breitete sich rasend schnell im ganzen Körper aus.

»Mrs Millian, gehört diese Jacke Ihrem Ehemann?«, fragte der Kapitän.

Cleo nickte wortlos, ihre Kehle war wie zugeschnürt. Sie spürte eine Berührung an ihrem Arm.

»Wir haben sie im Bug gefunden«, sagte Angwin leise. »Leider nicht nur das …«

»Was ist passiert?« Cleo sah ihn erschrocken an.

»An der Reling befinden sich Blutspuren.«

»Blut?«, wiederholte Cleo. »Ich verstehe nicht …«

»Mrs Millian, im Moment gehen wir davon aus, dass Ihr Mann sich, aus welchen Gründen auch immer, verletzt hat«, erklärte der Kapitän ruhig. »Leider können wir nicht ausschließen, dass er über Bord gegangen ist. Ich habe veranlasst, die Motoren zu stoppen. Sobald es hell ist, werden wir Boote zu Wasser lassen.«

»Woran sollte sich Victor verletzt haben?«, rief Cleo. »Und warum?«

Kapitän Brown antwortete ihr nicht, er fragte: »Kann Ihr Mann schwimmen, Mrs Millian?«

»Ich weiß es nicht«, antwortete Cleo. »Wir haben nie darüber gesprochen.«

Im Hintergrund räusperte sich Jason Dillon. »Bei allem Respekt …«, sein Blick heftete sich auf Cleo, »selbst einem guten Schwimmer wird es kaum gelingen, das Ufer zu erreichen. Im

Wasser wimmelt es von hässlichen, gefräßigen Krokodilen, die besonders gern nächtens auf die Jagd nach Beute gehen.«

»Mr Dillon! Es ist nicht notwendig, derart taktlos zu sein!«, sagte Angwin verärgert.

Dillon lächelte bitter. »Ich fürchte, mit Takt kommen wir nicht weiter, Sir Angwin. Wenn Millian über Bord gegangen ist, wird ein Wunder nötig sein, um ihn noch lebend zu finden. Ich fürchte sogar, man wird nicht einmal seine spärlichen Überreste entdecken.«

Cleo presste eine Hand gegen den Mund, um nicht laut aufzuschreien. Der Kapitän senkte betreten den Blick, ein Zeichen, dass er Dillons Sicht der Lage teilte.

»Es tut mir leid, Mrs Millian«, sagte der Kapitän mitfühlend. »Meine Männer haben das ganze Schiff durchkämmt und alle Passagiere befragt. Niemand hat Mr Millian nach Mitternacht noch einmal gesehen.«

»Können Sie nicht jetzt ein Boot …?«

»Es hätte keinen Sinn, es ist zu dunkel.«

Angwin legte einen Arm um Cleos zitternde Schultern. Es war das erste Mal, dass er sie so dicht berührte.

»Komm, ich bringe dich in deine Kabine zurück. Im Moment können wir nur abwarten. Und Sie, Mr Dillon, haben ein weiteres Mal bewiesen, dass es Amerikanern an jeglichen gesellschaftlichen Umgangsformen mangelt.«

Grinsend tippte sich Jason Dillon an den Hut. »Ich nehme das als Kompliment, Sir Angwin.« Sanft sagte er zu Cleo: »Es tut mir aufrichtig leid, denke allerdings, dass wir in diesem Fall der Realität ins Auge sehen sollten. Manchmal ist es angeraten, sich mit den Tatsachen abzufinden.«

Die Worte waren Cleo nicht fremd. Hatte sie sie doch selbst

geäußert, nachdem Victor vom Verschwinden ihres Vaters berichtet hatte.

»Seien Sie versichert, Mr Dillon«, sagte sie gefasst, »dass ich mir der Realität sehr wohl bewusst bin und daran nicht zerbrechen werde.«

»Wenn ich etwas tun kann, lassen Sie es mich wissen«, erwiderte Dillon und sah Cleo so aufrichtig an wie nie zuvor.

Beim ersten Morgenlicht stand Cleo an der Reling und beobachtete, wie zwei kleine Ruderboote zu Wasser gelassen wurden. In jedem vier Männer, Angwin und Jason Dillon unter ihnen. Mit langen Stecken stocherten sie im Wasser, riefen sich dabei immer wieder etwas zu. Die Schwestern Dupin traten zu Cleo und sprachen ihr Mitgefühl aus. Mechanisch dankte sie und murmelte: »Das ist sehr freundlich von Ihnen.«

Die Boote blieben drei Stunden auf dem Fluss. Nachdem Angwin zurückgekehrt war, sagte er leise: »Der Kapitän muss seine Fahrt fortsetzen. Ich glaube, du solltest jetzt ein wenig ruhen.«

Angwin reichte Cleo seinen Arm zur Stütze und brachte sie in die Kabine, wo sie jedoch keine Ruhe fand. In der Luft lag noch der Geruch von Victor. Ein Gemisch aus Tabak und seinem herben Rasierwasser. Sie strich über eines seiner Hemden, das achtlos über der Stuhllehne hing, betrachtete die kleine, gerahmte Fotografie, die nach ihrer Trauung vor dem Portal von Tredennick Manor aufgenommen worden war. Jeder, der es nicht besser wusste, würde davon ausgehen, dass ein Paar, das sich innig liebte, in die Kamera blickte. Cleo horchte in sich hinein. Sie war entsetzt, aufgewühlt und traurig, ein verzweifelter, schneidender Schmerz blieb allerdings aus. Sie hatte Victor sehr gemocht, sich in seiner Nähe geborgen gefühlt, und vor allen

Dingen war er ein Mann gewesen, der sie immer ernst genommen hatte. Victor und sie waren sich auf Augenhöhe begegnet. Wenn sie sich mit ihm unterhalten hatte, war es ein wenig wie die früheren Gespräche mit ihrem Vater gewesen. Schlussendlich hatte Victor ihr die Chance gegeben, nach Ägypten zu reisen. Dafür würde sie ihn immer lieben – jedoch anders, als eine Frau ihren Ehemann lieben sollte.

Es klopfte. Ein Steward brachte ein Tablett mit einer Kanne Tee, ein mit Sesam und Salz bestreutes Fladenbrot und Butter. Er sagte: »Lord Tredennick bat mich, Ihnen eine kleine Stärkung zu bringen, Mrs Millian.«

Cleo dankte, der Steward stellte das Tablett auf den Tisch und zog sich wieder zurück. Cleo trank von dem lauwarmen, stark gesüßten Tee und ließ das Brot unberührt.

Am späten Nachmittag legte das Schiff außerplanmäßig in einem kleinen Hafen an. Einige Passagiere gingen von Bord, um sich die Beine zu vertreten, während ein englischer Offizier und zwei Einheimische in Polizeiuniformen Cleo aufsuchten. Der Inspektor war zurückhaltend höflich, und Cleo wurde aufgefordert, genau zu schildern, was am Vorabend und in der Nacht geschehen war. Auch Angwin, Jason Dillon und Kapitän Brown machten ihre Aussagen. Einer der Ägypter schrieb eifrig mit, sprach aber kein Wort.

»Wir müssen ein paar Tage abwarten«, sagte der Inspektor, nachdem Cleo das mehrseitige Protokoll unterschrieben hatte. »Manchmal gibt der Fluss seine Toten frei, häufig jedoch ...« Er brauchte nicht weiterzusprechen.

Cleo nickte, dann war sie mit Angwin allein. Er bemerkte das Fladenbrot auf dem Tisch.

»Du musst etwas essen, Cleo.«

»Ich habe keinen Hunger.«

»Trotzdem! Du musst bei Kräften bleiben.«

Cleo gab nach und ließ sich von Angwin in den Speiseraum führen. Mehr als einen Teller Gemüsesuppe brachte sie jedoch nicht hinunter. Trotzdem fühlte sie, wie sich langsam der Nebel um sie herum lichtete und sie ihre Gedanken wieder ordnen konnte.

»Was glauben Sie, Mylord, ist geschehen?«, fragte sie. »Woran und wie könnte sich Victor derart verletzt haben, um den Halt zu verlieren und über Bord zu gehen?«

»Ich kann es mir auch nicht erklären, außer es ist ein Kampf vorausgegangen.«

»Ein Kampf?« Cleo starrte ihn entsetzt an. »Das würde aber bedeuten …«

»Dass ein Mord nicht ausgeschlossen werden kann«, führte Angwin ihren Satz zu Ende. »Oder zumindest ein schrecklicher Unglücksfall, in den eine zweite Person verwickelt war.«

»Wer hätte einen Grund, Victor etwas anzutun? Einer der Männer, mit denen er Karten gespielt hat? Blieb Victor jemandem Geld schuldig? Ist das aber ein Grund, ihn gleich zu töten?«

»Die Polizei hat mit allen Passagieren gesprochen. Wenn es unter ihnen Auffälligkeiten gibt, werden sie es herausfinden.« Angwin legte seine Hand auf Cleos. »Hat Victor jemals eine Andeutung gemacht, dass er Feinde hat?«

Cleo schüttelte den Kopf. »Das kann ich mir nicht vorstellen. Victor kam mit allen Menschen gut aus, wie Sie wissen. Selbst wenn – es ist unwahrscheinlich, dass jemand Victor bis auf das Schiff verfolgt und ihn dann …«, sie schluckte schwer, »umbringt.«

»Du hast recht, Cleo«, erwiderte Angwin nachdenklich. »Victor und ich haben uns im Krieg kennengelernt. Er sprach zwar kaum über sein soziales Umfeld, war aber immer freundlich, hilfsbereit und loyal. Wegen seines Interesses an der alten ägyptischen Kultur haben wir uns angefreundet und so manche kalte Nacht in den feuchten Schützengräben verplaudert. Dann schien der Krieg weit weg zu sein, und wir schmiedeten Pläne, eines Tages, wenn wieder Frieden herrschen würde, gemeinsam in das Land der Pharaonen zu reisen. Beinahe wäre es nie dazu gekommen. Bei einem Sturmangriff auf eine deutsche Stellung starb der Großteil unserer Einheit. Victor und ich sind nur mit unverschämt viel Glück entkommen.«

Es war das erste Mal, dass Angwin gegenüber Cleo von seinen Erlebnissen während des Krieges sprach. An seinem Blick erkannte sie, dass ihn die Erinnerung auch heute noch belastete. Bekümmert sagte er:

»Victor hatte keine Geschwister, sein Vater war ein Kaufmann. Er wurde früh zum Waisenkind und wuchs bei einer Tante auf. Er hat mir erzählt, sie wäre vor ein paar Jahren gestorben und er habe keine weiteren Verwandten. Ein Schicksal, das euch verband.« Cleo war froh, dass Angwin wieder lächelte. »Ich weiß von Victor, dass er einige Jahre im Norden Englands im Bergbau gearbeitet hat, um sich das Geld für ein Studium zu verdienen. Sein Traum war es, Ägyptologe zu werden, und er war glücklich, von der Universität in Cambridge angenommen worden zu sein.«

Für Cleo war dieser Aspekt aus Victors Leben neu. Sie seufzte. »Ich weigere mich zu glauben, dass Victors Verschwinden kein Unfall gewesen ist. Es ist nicht eindeutig geklärt, ob das Blut an der Reling überhaupt von ihm stammt.«

»Darf ich dir eine persönliche Frage stellen, Cleo?« Sie nickte. »Kannst du dir einen Grund vorstellen, dass Victor eventuell selbst …«

»Auf keinen Fall!«, rief Cleo so laut, dass sich die französischen Schwestern neugierig nach ihr umdrehten. Leiser sprach sie weiter: »Warum hätte er das tun sollen? Er war voller Leben und Tatendrang, hatte so viele Pläne und brannte darauf, zu den Grabungen im Tal der Könige zu reisen. Sir, einen Selbstmord halte ich für absolut ausgeschlossen!«

Angwin hielt immer noch ihre Hand. »Ich denke, es ist an der Zeit, um mit dem steifen *Sir* aufzuhören, Cleo. Nenn mich Angwin.«

Cleo zuckte zusammen und starrte ihn an. »Geht das nicht zu weit, Sir? Ich meine, wir verstehen uns zwar gut, dennoch …«

Er lächelte verhalten. »Hältst du mich immer noch für einen Snob? Ich nenne dich seit dem ersten Tag beim Vornamen.«

Und hast mich als hässliches Kind bezeichnet, dachte Cleo, ließ sich aber nichts anmerken. Es war lange her, die Zeiten und ihr Verhältnis zu Angwin Tredennick hatten sich verändert. Sie freute sich zwar über sein Angebot, trotzdem zögerte sie.

»Miranda und besonders Lady Charlotte würden das missbilligen.«

»Was meine Mutter denkt, ist mir gleichgültig. Was allerdings meine Schwester betrifft – im nächsten Hafen werde ich Miranda telegrafieren, ihr mitteilen, was geschehen ist, und dass du mit dem nächsten möglichen Schiff zu ihr kommst.«

»Zurück nach Kairo?« Mit einem Ruck zog Cleo ihre Hand unter seiner hervor. »Ich werde nicht zurückfahren! Es würde nichts ändern, und Victor hätte gewollt, dass ich die Spur meines Vaters weiterverfolge.«

Nun war es Angwin, der zögerte. »Trotzdem halte ich es für besser, wenn du dich in die Obhut von Miranda, den Dansfords und Buchanans begibst, bis es mir möglich sein wird, nach Hause zu reisen. Obwohl ihr euch nur wenige Wochen kanntet, waren du und Victor wie zwei verwandte Seelen. Es tut mir aufrichtig leid, dass euer Glück so kurz war. Du bist noch jung, und ich wünsche dir, dass du den Schmerz eines Tages überwindest und ohne Wehmut an deinen Mann denken kannst.«

Cleo atmete tief ein und aus. Angwin Tredennick zeigte sich so einfühlsam und rücksichtsvoll, so voller Freundschaft und Aufmerksamkeit, dass sie ihn nicht länger im Unklaren lassen wollte. Sie streckte den Rücken durch und sagte entschlossen: »Victor und ich haben geheiratet, damit ich Sie, Sir … äh, ich meine dich, Angwin, nach Ägypten begleiten kann. Ich bin noch nicht mündig und konnte die Kosten für die Reise nicht aufbringen. Victor machte mir den Vorschlag, seine Ehefrau zu werden, um ihn begleiten zu können. Nach der Rückkehr nach England hätten wir uns wohl wieder getrennt, und Victor wollte die Schuld auf sich nehmen.«

»Eine Zweckehe?«, fragte Angwin ungläubig. »Du hast Victor nicht geliebt?«

Über seine direkte Frage errötete Cleo. Sie presste eine Hand auf ihr Herz und antwortete mit Tränen in den Augen: »Ich habe Victor geliebt, so, wie eine Schwester ihren Bruder oder eine Tochter ihren Vater liebt. Ich liebte seine Aufmerksamkeit, seine Freundlichkeit, sein Wissen über die Antike, seine Leidenschaft für Ägypten, seine Hilfe bei der Suche nach meinem Vater und nicht zuletzt dass er mich als ebenbürtig behandelt hat. Bis ans Ende meines Lebens wird Victor einen Platz in meinem Herzen haben.«

Cleo hatte den Eindruck, dass ihr die anderen Passagiere aus dem Weg gingen, auch die Mesdemoiselles. Sie hatten Cleo ihr Mitgefühl ausgedrückt, jetzt wussten sie offenbar nicht, wie sie sich gegenüber der jungen Witwe verhalten sollten. Cleo besaß keine schwarze Trauerkleidung, es erschien ihr aber unpassend, sich weiterhin in Hose und Hemd zu kleiden. So zog sie ihren grauen Rock und eine dunkelblaue Bluse an, wenn sie sich an Deck die Füße vertrat oder in den Speisesaal ging. Am nächsten Tag legte der Dampfer ein letztes Mal vor der Ankunft in Luxor an. Angwin nutzte die Gelegenheit, um Miranda zu telegrafieren und sie über die tragischen Ereignisse in Kenntnis zu setzen. Es war aber keine Rede mehr davon, dass Cleo nach Kairo zurückkehren sollte. Sie war eine verheiratete Frau, aller Wahrscheinlichkeit nach Witwe, so konnte sie niemand tadeln, wenn sie in Begleitung von Angwin Tredennick die Reise fortsetzte.

Als Jason Dillon erfuhr, dass Cleo nach wie vor entschlossen war, das Tal der Könige aufzusuchen, hielt er mit seiner Meinung nicht hinterm Berg.

»Was wollen Sie jetzt noch bei der Expedition?«, blaffte er. »Bei allem Verständnis für Ihr Interesse, Cleo, aber das hier ist keine Vergnügungsreise, junge Dame, um ein paar Tempel und Gräber zu besichtigen. Howard Carter hat große Ziele! Er braucht die Unterstützung von entschlossenen Männern. Ich akzeptierte, dass Victor Sie mitgenommen hat, die Lage hat sich nun allerdings geändert. Ihr Mann hätte sicher nicht gewollt, dass Sie sich unnötigen Belastungen oder gar Gefahren aussetzen.«

»Was mein Mann wollte oder nicht, entzieht sich wohl Ihrer Beurteilung, Mr Dillon«, erwiderte Cleo kühl, die Arme vor der Brust verschränkt. »Ich bin durchaus entschlossen, und wie Sie sehen sitze ich nicht weinend in meiner Kabine. Ich mag zwar keinen Universitätsabschluss haben und Ihrer impertinenten Meinung nach eine unnütze Frau sein, mein Vater und mein Ehemann haben mich aber alles gelehrt, was für dieses Unterfangen notwendig ist.«

»Beim ersten Skorpion, der durch Ihr Zelt kriecht, werden Sie laut schreiend davonlaufen.« Dillon zog eine Augenbraue hoch und fügte spöttisch hinzu: »Oder Sie halten eine an sich harmlose Schlange, zumindest solange man sie nicht reizt, für eine todbringende Kobra.«

»Was wollen Sie andeuten, Mr Dillon?«, fragte Angwin verwundert.

»Das kann Ihnen Mrs Millian erklären.« Dillon schob so hart seinen Stuhl zurück, dass die Beine über den Boden schrammten, und verließ mit großen Schritten den Speiseraum.

Cleo sah sich gezwungen, Angwin von der Begegnung mit Jason Dillon bei den Pyramiden zu erzählen. Zu ihrem Erstaunen war er nicht verärgert, im Gegenteil. Er lachte vergnügt. »Obwohl ich es missbillige, dass Miranda auf eigene Faust die Tempelanlage betreten hat – ich selbst hätte den Unterschied zwischen einer Uräusschlange und einer Kobra auch nicht erkannt. Ich fürchte allerdings, ich muss mich jetzt bei Dillon bedanken, denn auch der Biss dieser Schlange kann tödlich, zumindest äußerst schmerzhaft sein und zu schweren gesundheitlichen Problemen führen. Auch wenn sich meine Sympathien für den Amerikaner in Grenzen halten, in diesem Fall war er zur richtigen Zeit am richtigen Ort.«

»Victor hatte Gründe, warum er ausgerechnet Jason Dillon als Begleitung ausgewählt hat. Und er kannte meinen Vater.«

»Cleo, es tut mir leid, dir diese Frage stellen zu müssen: Hast du schon darüber nachgedacht, was mit Victors Sachen geschehen soll? Wenn wir in zwei Tagen von Bord gehen, können wir sie nicht zurücklassen.«

»Sein Notizbuch ist verschwunden.«

»Victors Notizbuch?«, wiederholte Angwin.

»Es ist mir erst heute aufgefallen, dass das Buch, in dem sich Victor regelmäßig Notizen machte, nicht mehr in der Kabine ist.«

»Was hat er in das Buch geschrieben?«

»Ich weiß es nicht«, musste Cleo zugeben. »Ich nehme an, es ist eine Art Reisetagebuch, aber ich habe ihn nie gefragt oder gar in dem Buch gelesen.«

»Er könnte es bei sich getragen haben, als er …« Angwin stockte.

»Das ist wohl wahrscheinlich.« Cleo seufzte. »Victors persönliche Sachen werde ich behalten, und die Kleidung werde ich an die Einheimischen geben.«

Jetzt, nach ein paar Tagen, gab es keinen Hinweis, dass Victor noch am Leben sein könnte. Wenn er ans Ufer gelangt wäre, hätte er sich längst gemeldet. In fast jeder Ansiedlung gab es ein Telegrafenamt, auch waren die Ortschaften durch Straßen miteinander verbunden, sodass Victor zum nächsten Hafen hätte reiten können. Obwohl ihre Ehe auf Freundschaft basierte, vermisste Cleo ihn sehr. Sie zwang sich dazu, nicht daran zu denken, wie Victor sein Leben verloren hatte. Die Vorstellung wühlte sie zu sehr auf. Angwins Überlegung, dass eventuell eine zweite Person beteiligt sein könnte, ließ Cleo nicht in Ruhe. Wenn dem so sei, dann könnte es nur jemand von den Amerikanern sein, mit denen Victor gepokert hatte. War es ums Geld gegangen? Oder hatte Victor entdeckt, dass jemand falsch spielte, und war mit diesem in Streit geraten? Für Cleo war klar, dass die Männer fest zusammenhielten und keinen ihrer Kumpel verraten würden. Allen voran Jason Dillon. Da sie aber keine Beweise hatte und wohl auch nie welche bekommen würde, würde sie den Mund halten. Wie es im Moment stand, waren sie und Angwin auf Dillon angewiesen.

10

Der Hotelmanager des *Queen's Hotel* in Luxor kam wieselflink hinter der Rezeption hervor, nachdem Angwin seinen Namen genannt hatte. Mit einer Verbeugung stellte er sich in einem einwandfreien Englisch als Mister Hakimi vor. Für einen Mann war er eher klein, mit einem drahtigen Körperbau, eisgrauem, vollem Haar und einem glattrasierten Kinn. Er trug europäische Kleidung.

»Ihre Zimmer sind in wenigen Minuten bereit, Mylords, Mylady.«

»Ich bin keine Lady«, sagte Cleo. »Mein Name lautet Mrs Millian.« Jason Dillon hingegen stellte seinen Status nicht richtig.

Der Manager ließ seine tiefschwarzen Augen über die kleine Gruppe schweifen. »Der dritte mir angekündigte Herr verspätet sich? Wann ist mit seinem Eintreffen zu rechnen?«

Bevor Cleo antworten konnte, sagte Angwin: »Victor Millians Pläne haben sich geändert. Er konnte uns nicht nach Luxor begleiten.« Verstohlen drückte er Cleos Hand. Sie verstand. Gegenüber dem Hotelmanager wollte Angwin Victors Verschwinden nicht erwähnen, um Gerede zu vermeiden.

Keine Regung in Mr Hakimis Mimik verriet, ob er sich darüber wunderte, dass Mrs Millian ohne ihren Gatten gekommen war.

Eine erneute Verbeugung, dann ein kurzes Fingerschnippen.

Wie aus dem Nichts tauchte ein Boy auf, kaum älter als vierzehn oder fünfzehn Jahre.

»Ihr Gepäck wird sofort in Ihre Räume gebracht. Wenn Sie bitte so lange warten möchten? Ich lasse Ihnen Tee servieren.«

Cleo, Angwin und Dillon setzten sich in eine der Sitzgruppen aus dunkelgrünem Samt, die in der Lobby locker platziert waren. Ein surrender Deckenventilator spendete angenehme Kühle. Über die gute Ausstattung des Hauses war Cleo überrascht. Sie hatte nicht erwartet, auch in Luxor ein Hotel, das ebenso gut in England hätte sein können, vorzufinden. Unwillkürlich dachte sie an die Kosten ihres Aufenthaltes. Hatte Victor diese im Vorfeld bereits beglichen, oder würde Angwin sie bezahlen? Der letzte Gedanke war ihr unangenehm, gleichzeitig fragte sie sich, ob Victor ein Testament verfasst und sie darin berücksichtigt hatte. Auch dabei würde sie sich nicht wohlfühlen. Sie hatte Victor aus praktischen Gründen geheiratet, es war nicht angebracht, nun von einer eventuellen Erbschaft zu profitieren.

Ein junger Kellner servierte die Getränke und lenkte Cleo von ihren Grübeleien ab. Durstig trank sie von dem lauwarmen Pfefferminztee, dann winkte sie dem Manager zu. Dienstbeflissen eilte Mr Hakimi herbei.

»Mylady?« Er ließ sich von der Anrede nicht abbringen.

»Ich habe eine Frage, Mr Hakimi«, sagte Cleo. »Vor einigen Jahren logierte ein Mr Alexander Vanson über eine längere Zeit in diesem Hotel. Er war Archäologe und arbeitete für Lord Cherringham. Haben Sie ihn gekannt?«

Bedauernd hob der Manager die Hände. »Das Vergnügen, dem Herrn begegnet zu sein, war mir leider nicht vergönnt. Ich leite das Hotel erst seit zwei Jahren.«

Unter anderen Umständen hätte Cleo über seine Ausdrucksweise geschmunzelt. Mr Hakimi klang, als hätte er an einer englischen Universität studiert, was nicht auszuschließen war.

»Schade, ich dachte …«

»Ich schicke Ihnen Fikret«, sprach Mr Hakimi weiter. »Er hat bereits als Junge in diesem Haus gearbeitet. Vielleicht kann er sich an den Herrn erinnern, über den Sie Auskünfte zu erhalten wünschen, Mylady.«

Dienstbeflissen eilte Mr Hakimi davon. Nun grinste Angwin.

»Mylady! Ich muss sagen, die Anrede passt zu dir, Cleo.«

Skeptisch sah Cleo ihn an. »Wollen Sie … willst du mich auf den Arm nehmen?« Ihn so persönlich anzusprechen fiel ihr noch nicht leicht.

»Um dich auf den Arm zu nehmen, bist du mir viel zu schwer«, erwiderte Angwin trocken.

Jason Dillon sagte: »Für die Einheimischen sind alle Engländer Lords und Ladys, gleichgültig, aus welcher Gesellschaftsschicht sie kommen. Kein Grund, sich etwas einzubilden, Cleo Millian.«

Cleo wollte gerade scharf antworten, dass sie es nicht nötig hatte, mehr zu erscheinen, als sie war, da trat ein großer, schlanker Mann in mittleren Jahren zu ihnen. »Salem.« Er dienerte. »Mr Hakimi sagt, Sie möchten mich sprechen? Ich bin Fikret.«

Auch dieser Ägypter sprach ein nahezu einwandfreies Englisch. *Kein Wunder*, dachte Cleo, *wenn er die meiste Zeit seines Lebens in einem Hotel arbeitet, in dem fast ausschließlich Briten verkehrten.*

»Ich freue mich, Sie kennenzulernen, Mr Fikret«, sagte sie.

»Kein Mister, nur einfach Fikret, Mylady.«

»Gut, Fikret.« Cleo räusperte sich. »Ich frage mich, ob Sie

sich vielleicht an den Archäologen Alexander Vanson erinnern, der einige Jahre Gast im Queen's Hotel war.«

»Syd Vanson … Ich meine, Mr Vanson war ein feiner Herr.«

Cleo rief mit vor Aufregung klopfendem Herzen: »Dann kannten Sie Alexander Vanson?«

»Er war ein feiner Herr«, wiederholte Fikret mit einem bekräftigenden Nicken. »Kein Knauser, gab immer ein gutes Trinkgeld, obwohl er nicht viel verdient hat, wenn Mylady erlauben, das zu sagen. Immer freundlich, wenngleich auch oft …« Fikret zögerte, suchte nach dem richtigen Wort. »Mubeathar…«

Cleo und Angwin sahen sich verständnislos an, und Jason Dillon erklärte: »Zerstreut, mit den Gedanken abwesend.«

»Ja, Sir, das wollte ich ausdrücken.« Fikret verbeugte sich vor Dillon.

»Erinnern Sie sich, wann Mr Vanson das Hotel endgültig verlassen hat?«, fragte Cleo. »Hat er sich vielleicht über seine Gründe geäußert oder wohin er gehen wird?«

»Nein, Mylady. Eines Tages war er fort. Erst später kam das Gerücht auf, er wäre draußen in der Wüste geblieben. Sie kannten Syd Vanson?«

»Ich bin seine Tochter.«

Fikrets Augen weiteten sich überrascht. Eine erneute Verbeugung. »Verzeihen Sie, dass ich es nicht sofort bemerkt habe, Mylady. Sie sind Ihrem Vater sehr ähnlich. Ich habe mich für ihn gefreut, dass er nach dem Mord nicht in die Ermittlungen verwickelt wurde. Mit der Tat hatte er bestimmt nichts zu tun. Nicht Syd Vanson!«

»Mord?« Cleo beugte sich gespannt vor, Angwin sog scharf die Luft ein, auch Dillon zeigte unverhohlen sein Interesse. »Mein Vater war in einen Mordfall verwickelt?«

»Es ist Jahre her«, erklärte Fikret, »aber ich erinnere mich noch genau, als die Polizei ins Haus kam und den Syd befragte. Wenige Tage zuvor war der Mann, der erschossen wurde, bei Ihrem Vater gewesen, Mylady. Sie saßen an der Bar, ich habe ihnen Bier serviert. Nicht dass ich gelauscht hätte! Das dürfen Sie nicht glauben, Mylady, Mylords!«

»Natürlich haben Sie nicht gelauscht«, versicherte Cleo hastig. »Wer war der Mann?«

»Er stellte sich als Sam Miller vor, ein Engländer, noch recht jung«, fuhr Fikret fort. »Aus den Worten, die ich gehört habe, ging hervor, dass er den Archäologen bat, etwas für ihn zu finden. Syd Vanson wollte das aber nicht tun. Er war der Meinung, es wäre nicht nach den geltenden Gesetzen.«

Cleo nickte. »Mein Vater hätte niemals etwas Illegales getan.«

»Sam Miller ging dann wieder. Zuvor hat er dem Syd noch ein Schmuckstück verkauft. Er hat ihm den Armreif regelrecht aufgedrängt. Mein bescheidener Eindruck war, der Engländer wollte das Ding so schnell wie möglich loswerden.«

»Einen Armreif?« Cleo konnte ihre Aufregung kaum noch zügeln. »Erinnern Sie sich, wie er ausgesehen hat?«

»Ich habe nur einen kurzen Blick darauf werfen können«, antwortete Fikret, »und weiß nicht, ob er wirklich alt war, wie es der Engländer behauptet hat. Die Spange war silbern und schlicht, aber mit einem auffälligen, blauen Skarabäus geschmückt.«

»Was ist dann passiert?«, fragte Cleo.

Der Kellner zuckte mit den Schultern. »Der Engländer ging, und einige Tage später war er tot.« Er verbeugte sich ein weiteres Mal. »Das ist alles, was ich über Syd Vanson sagen kann.«

»Ich danke Ihnen, Fikret!« Cleo streckte den Arm aus und wollte seine Hand schütteln. Er trat aber schnell einen Schritt zurück. »Sie haben mir mehr gesagt, als ich gehofft habe.«

»Wenn Sie keine weiteren Fragen haben, muss ich nun weiterarbeiten«, erwiderte Fikret.

»Im Moment nicht«, erwiderte Angwin. »Wenn wir noch etwas wissen möchten, kommen wir wieder auf Sie zu, Fikret.«

Der Ägypter senkte seinen Blick und zog sich mit einer erneuten Verbeugung zurück.

»Von dem dauernden Verbeugen haben die Einheimischen bestimmt schwere Rückenleiden«, bemerkte Dillon sarkastisch, stand auf und tippte sich an den Hut. »Ich hör mich mal nach Transportmitteln um, mit denen wir ins Tal der Könige gelangen. Wir sehen uns zum Dinner. Sir Angwin …«, spöttisch sah er zu Cleo. »*Mylady…*«

»Ein unangenehmer Mann«, raunte Angwin, nachdem Dillon die Lobby verlassen hatte.

»Victor hat ihm vertraut. Ich fürchte, wir sind allein wegen der Sprache auf Mr Dillon angewiesen, besonders jetzt, nachdem Victor …«

Wieder griff Angwin nach ihrer Hand und hielt sie fest. Cleos Herz klopfte schneller. Früher hätte sie sich über die Berührung gefreut. Jetzt war es ihr zwar nicht unangenehm, drückte Angwins Verhalten doch sein Mitgefühl aus, sie hatte aber bereits auf dem Dampfer gemerkt, dass sich ihre Gefühle verändert hatten. Ihre einstige Jungmädchenschwärmerei für Mirandas Bruder hatte sich in Freundschaft gewandelt.

»Jetzt weiß ich, wie mein Vater in den Besitz des Armreifs gekommen ist«, sagte sie, um das Thema zu wechseln.

Angwin nickte. »Ich denke, es gibt keinen Zweifel, dass es

sich bei dem von Fikret beschriebenen Stück um das handelt, welches dein Vater dir geschenkt hat.«

»Wenn der Ägypter die Wahrheit sagt, woran ich nicht zweifle«, erwiderte Cleo, »wollte ein Mann den Reif loswerden, der kurz darauf eines gewaltsamen Todes starb. Ist das nicht ein seltsamer Zufall?«

»In der Tat, in der Tat.« Angwin rieb sich nachdenklich das Kinn. »Schade, dass die Inschrift des Reifs nur bruchstückhaft zu entziffern ist. Sie könnte ein Hinweis sein, ob es sich wirklich um einen antiken Grabschatz handelt.«

»Das habe ich nie angenommen«, sagte Cleo. »Wäre der Armreif wertvoll, hätte mein Vater ihn ordnungsgemäß den Behörden oder zumindest Lord Cherringham übergeben. Da er ihn mir schenkte, dachte ich immer, dass er nur von geringem Wert sei.«

»Du könntest den Reif Mr Dillon zeigen«, schlug Angwin zögerlich vor. »Leider muss ich eingestehen, dass seine Kenntnisse im Entschlüsseln von Hieroglyphen besser sind als meine. Vielleicht kann er die Wörter und Zeichen lesen.«

»Ich habe den Armreif nicht bei mir«, sagte Cleo.

»Hast du ihn verloren?«, fragte Angwin erschrocken.

»Niemals würde ich ein Geschenk meines Vaters verlieren!« Cleo lächelte. »Miranda bat mich, ihr den Schmuck für eine Weile zu überlassen. Der blaue Skarabäus passt hervorragend zu ihrer Augenfarbe und einer Vielzahl ihrer Kleider.«

»Du hast das Schmuckstück in Kairo gelassen?«

Cleo nickte. »Gern machte ich Miranda diese Freude und denke nicht, dass ich in der Wüste die Gelegenheit habe, ihn zu tragen.«

Angwin musterte sie nachdenklich und sagte verhalten: »Ich

hoffe, du weißt, dass ich immer für dich da sein werde, Cleo. Früher habe ich dich als kleines, mageres Mädchen gesehen. Bereits in Schottland habe ich gemerkt, dass viel mehr in dir steckt, als ich der Nichte unserer Schneiderin zugetraut hätte. Über deinen Stand hinaus bist du gebildet und belesen. Dein Wagemut, diese Reise anzutreten, und dein fester Wille, das Schicksal deines Vaters zu ergründen, imponieren mir außerordentlich.«

Cleo fühlte sich peinlich berührt. Unsicher erwiderte sie: »Hast du Miranda jemals gesagt, dass ich sie damals verraten habe?«

»Das bleibt unser Geheimnis. Wie wir heute wissen, war es die richtige Entscheidung, oder kannst du dir Miranda als Frau eines Wildhüters vorstellen? Mit Perlen im Haar und in feinen, geknöpften Lederstiefelchen würde sie das schottische Hochmoor durchschreiten.«

Cleo stimmte in Angwins Lachen ein. »Ich denke, Miranda wäre dem Mann längst davongelaufen. Schade, dass sie uns nicht weiter begleitet. Ihre Unbekümmertheit fehlt mir.«

»Mir auch, Cleo.« Er zwinkerte ihr vertraulich zu. »Nie zuvor habe ich zwei so unterschiedliche Frauen wie dich und Miranda getroffen. Die Damen, mit denen ich in England verkehre, sind alle wie Miranda. Mit hübschen Gesichtern, tadellosen Umgangsformen, durchaus gebildet und am aktuellen Weltgeschehen interessiert, letztendlich aber langweilig. Ihr einziges Bestreben ist es, eine gute Partie zu machen. Den Frauen mache ich keinen Vorwurf. Es sind deren Eltern, die noch fest im letzten Jahrhundert verwurzelt sind. Bisher habe ich keinen Gedanken an eine Ehe verschwendet, bin mir jedoch meiner Pflicht, den Namen Tredennick zu erhalten, bewusst.«

»Lady Charlotte deutete an, sie habe eine spezielle junge Dame als künftige Lady Tredennick im Auge«, wandte Cleo ein und hoffte, er würde nicht bemerken, wie sehr sie die Frage einer möglichen Ehe von Angwin beschäftigte.

Er lächelte spöttisch. »Meine Mutter und ich sind selten einer Meinung. Auch mein Wunsch, Ägyptologie zu studieren, hat ihr missfallen. Versteh mich nicht falsch, Cleo, ich schätze und achte meine Mutter sehr. Wann und wen ich einmal heiraten werde, ist jedoch allein meine Entscheidung, in die ich mir von niemandem reinreden lassen werde!« Er zögerte. Sein Blick ging an Cleo vorbei und schien einen imaginären Punkt irgendwo hinter ihr zu fixieren. »Meine Ehefrau soll nicht in erster Linie die Herrin von Tredennick Manor und die Mutter meiner Kinder sein. Ich wünsche mir eine Frau an meiner Seite, mit der ich mich auf Augenhöhe unterhalten kann, die meine Leidenschaften teilt, die mir Geliebte, Gefährtin und Kameradin zugleich ist.« Er sah sie wieder an. »Eine Frau wie du, Cleopatra Vanson.«

»Bitte nicht!« Cleo sprang auf, abwehrend hob sie die Hände. »Bitte, Angwin, sprich nicht weiter!«

»Verzeih, Cleo.« Auch Angwin stand auf, er wirkte schuldbewusst. »Meine Worte waren verfrüht und pietätlos. Auch wenn du Victor nicht geliebt hast, trauerst du um unseren guten Freund.«

»So ist es«, murmelte Cleo betroffen. »Darüber hinaus …«, sie zögerte, stieß dann hervor: »Es ist wie mit meinem Vater. Es gibt keinen Grund anzunehmen, dass er oder Victor noch am Leben sein könnte, solange ich aber nicht deren L… deren Körper mit eigenen Augen sehe …« Sie musste abbrechen, sonst würde sie mitten in der Lobby in Tränen ausbrechen.

Angwin sagte leise: »Lass deine Trauer zu, Cleo. Du solltest nur erfahren, dass ich dir immer ein guter Freund sein werde. Die Zukunft wird zeigen, ob eines Tages mehr daraus werden kann.«

Einer der Boys trat zu ihnen und meldete, ihre Zimmer seien jetzt bezugsbereit und er wolle sie hinaufbegleiten. Über die Unterbrechung war Cleo dankbar.

Allein in ihrem Zimmer, das an Bequemlichkeit und Komfort dem *Royal Doncaster* in Kairo in nichts nachstand, ging Cleo unruhig auf und ab. Immer wieder rief sie sich die Worte des Gesprächs mit Angwin ins Gedächtnis. Sie musste etwas falsch verstanden haben oder interpretierte in Angwins Worte etwas hinein, was sie gern gehört *hätte*. Nein, sie hätte es vielleicht früher gern gehört, vor Jahren, als sie Angwin wegen seiner Attraktivität und charismatischen Ausstrahlung schwärmerisch verehrt hatte. Cleo zweifelte nicht daran, dass er sich gegen den Willen seiner Mutter durchsetzen und seinen eigenen Weg gehen würde.

Cleo trat vor die Frisierkommode und betrachtete sich eingehend im Spiegel.

»Hat er dir wirklich gerade indirekt einen Heiratsantrag gemacht?«

Das Spiegelbild gab ihr die Antwort. Trotz der Jahre, die vergangen waren, hatte Fikret die Ähnlichkeit zwischen ihr und Alexander Vanson festgestellt. Das gleiche lange, schmale Gesicht mit dem kantigen Kinn und der spitzen Nase. Ihr mausbraunes Haar war so glatt und dünn, dass es selbst aufgesteckt langweilig wirkte. Seit ihrem Aufenthalt in Ägypten hatte Cleo im Freien zwar immer einen Hut getragen, trotzdem war ihr Teint von der Sonne gebräunt, auf der Nase und den Wangen prangten Sommersprossen. Ihre Wimpern und Brauen war heller als ihr Haar und nichtssagend. Ausgeprägte frauliche Rundungen wie bei Miranda suchte Cleo an sich vergeblich. Ihr Körper war drahtig, sie war wendig und hatte mehr Kraft in den Muskeln, als man es ihr ansah. Nein, ein Mann wie Angwin Tredennick würde so eine Frau nicht heiraten. An seine Seite gehörte eine elegante Lady. Zumindest äußerlich, denn an Angwins Ansichten über den Charakter seiner künftigen Frau zweifelte Cleo nicht. Sein Verhalten ihr gegenüber war gewiss nur der derzeitigen angespannten Lage geschuldet. Die Aufregungen der langen Reise nach Ägypten, die vielfältigen neuen Eindrücke, Victors ungeklärtes Verschwinden und die spannende Erwartung, in wenigen Tagen die Gräber im Tal der Könige zu sehen … Das waren viele Gemeinsamkeiten, die sie miteinander verbanden. Cleo hatte eine klare Vorstellung, was sie erwartete, sollte sie als Angwins Ehefrau nach Cornwall zurückkehren. Lady Charlotte würde außer sich sein und sie mit Missachtung strafen, das Personal sie nicht als Herrin anerkennen und hinter ihrem Rücken spotten. Einladungen von Bekannten, allen voran der St. Aubyns vom St. Michael's Mount, würden ausbleiben, und selbst die Leute, die sich als Freunde von Angwin bezeichneten, würden ihre Türen verschlossen halten.

Cleo fielen noch viele Gründe ein, warum eine Ehe mit Angwin Tredennick fern jeglicher Realität war. Der allerwichtigste Grund erschreckte und beglückte sie zugleich: Ihre einstigen Gefühle für Mirandas Bruder waren einer tiefen freundschaftlichen Zuneigung gewichen. Sie wünschte Angwin eine Frau, die ihm von ganzem Herzen zugetan und seiner Liebe würdig war.

Obwohl Cleo Jason Dillon sonst lieber aus dem Weg ging, begrüßte sie es, als er sich ihr und Angwin beim Abendessen anschloss. Seine Anwesenheit verhinderte, dass Angwin das Thema vom Vormittag wieder aufgriff und Cleo in Verlegenheit brachte.

»Wie vermutet hält sich Howard Carter im Westen des Tals auf«, berichtete Dillon von seinen Erkundigungen. »Es ist ein schwer zugängliches, unwegsames Gelände. Letzte Woche gab es einen heftigen Sandsturm, der die Fahrpiste unter sich begraben und die Männer an der Grabungsstelle von Luxor nahezu abgeschnitten hat. Mit einem Automobil besteht die Gefahr, im Sand festzustecken. Vor vier Tagen brach eine Karawane mit Lebensmitteln in das Tal auf. Deswegen habe auch ich mir erlaubt, für Sie und meine Männer einen Karawanenführer zu engagieren.« Er runzelte die Stirn und sagte an Cleo gewandt: »Es gibt dort weder Hotels, Restaurants, nicht einmal Häuser aus Stein. Die Männer schlafen in Holzhütten, die Arbeiter in Zelten, ohne fließendes Wasser und sanitäre Einrichtungen. Es ist heiß, staubig, schmutzig ...«

Cleo unterbrach ihn aufgebracht: »Und wenn Sie noch hundert Widrigkeiten vorbringen: Nichts wird mich davon abhalten, Howard Carter aufzusuchen! Wann brechen wir auf?«

»In drei Tagen ist alles bereit«, antwortete Dillon mürrisch. »Allerdings könnte Ihr Vorhaben doch verzögert werden.«

»Warum? Will jemand mehr Geld?«, fragte Angwin unwillig.

»Nicht immer geht es ums Geld, guter Lord«, antwortete Dillon. »Tja, ich habe heute was herausgefunden, was Sie, Cleo, interessieren wird.«

»Betrifft es meinen Vater?«

Dillon nickte. »Ich habe mich ein wenig umgehört, meine

Kontakte spielen lassen und einen Mann gefunden, der im Team von Alexander Vanson beim Grab von Ramses dem Zweiten die Aufsicht über die Arbeiter innehatte.«

»Wann ist das gewesen?«, fragte Cleo aufgeregt.

»Der Mann gibt an, bis zum Anfang des Jahres 1914 in Vansons Diensten gestanden zu haben. Die Entdeckung des Grabes wird Ihrem Landsmann Harry Burton zugerechnet, und Alexander Vanson soll wesentlichen Anteil daran gehabt haben.«

»1914, kurz bevor der Krieg ausbrach«, erwiderte Cleo nachdenklich. »Hat der Mann meinen Vater später wiedergesehen?«

Dillon nickte, nahm einen langen Zug aus seiner obligatorischen Zigarette, inhalierte den Rauch, dann ließ er die Bombe platzen: »Er behauptet, Vanson soll ihn später engagiert haben, damit er ihn in ein abgelegenes Tal führt.«

»Was bedeutet ›später‹?«, fragte Angwin.

»Im Herbst des letzten Jahres.«

Cleo rief: »Das war, nachdem Victor mit meinem Vater gesprochen hat und er meinte, eine wichtige Spur zu verfolgen. Mr Dillon, ich möchte mit dem Mann sprechen!«

»Das habe ich mir gedacht.« Dillon stand auf. »Er wartet auf der Terrasse.«

»Aber Cleo, das Essen wird gleich serviert«, mahnte Angwin.

»Wie könnte ich jetzt auch nur einen Bissen hinunterbringen?«

Ein kleiner, magerer Mann in mittleren Jahren wartete auf der Terrasse. Sein kahles Haupt war unbedeckt, die untere Hälfte seines Gesichts mit einem dichten, grauen Vollbart überwuchert. Sogleich wurde Cleo von einem Schwall fremdländischer Worte überflutet.

Dillon hob unterbrechend die Hand, sagte etwas auf Arabisch, der Mann nickte und redete wieder auf Cleo ein.

»Was sagt er?«, fragte Cleo. »Wie ist sein Name, und für wen arbeitet er heute?«

»Er heißt Mahmoud«, antwortete Dillon, »und ist stolz darauf, ein freier Arbeiter zu sein. Er sucht sich die Männer selbst aus, die er durch die Wüste führt und für die er arbeitet.«

»Was weiß er über meinen Vater?« Ungeduldig trat Cleo von einem Fuß auf den anderen.

»Mahmoud ist bereit, uns zu der Stelle führen, an dem er Vanson verlassen hat.«

»Verlassen? Was meint er damit? War er mit meinem Vater in der Wüste und hat ihn dort zurückgelassen?«

Dillon fragte den Ägypter. Dieser grinste, in seine dunklen Augen trat ein Ausdruck, der Cleo gierig erschien. Cleo konnte seine Worte zwar nicht verstehen, seine Gesten waren jedoch eindeutig.

Dillon bestätigte es: »Er verlangt einhundert britische Pfund. Bevor er das Geld nicht hat, will er nichts mehr sagen.«

»Halten Sie ihn für vertrauenswürdig?«, fragte Cleo skeptisch. »Mahmoud kann uns Wunder was erzählen, wenn er das Geld bekommen hat.«

»Tja, liebe Cleo, in diesem Fall müssen Sie ihm wohl vertrauen.«

»Ich bin nicht Ihre *liebe* Cleo«, zischte sie verärgert, was ihm aber nur ein spöttisches Lächeln entlockte.

»Haben Sie überhaupt so viel Geld? Oder wird Mylord bezahlen?«

»Sagen Sie Mahmoud, er wird die Summe erhalten«, antwortete Cleo. »Allerdings erst, wenn er gesagt hat, was angeblich geschehen ist, und ich den Eindruck habe, dass er die Wahrheit sagt.«

Dillon übersetzte Cleos Forderung. Mürrisch verengten sich Mahmouds Augen, schließlich gab er nach.

»Er will die Hälfte jetzt und die andere, wenn er uns zu der Stelle geführt hat«, teilte Dillon Cleo mit.

Vor Aufregung schlug Cleos Herz schneller. Dillon hatte recht: Sie hatte keine andere Wahl, als dem Ägypter zu vertrauen. Die Aussicht, Mahmoud könne sie wirklich zu der Stelle führen, an der ihr Vater vor einem Jahr einer Spur nachgegangen war, ließ sie das Risiko eingehen. Allerdings würde sie Angwin um das Geld bitten müssen. Zumindest leihweise, obwohl Cleo nicht wusste, wie sie die Summe von einhundert Pfund jemals zurückzahlen sollte.

»Sagen Sie ihm, ich bin einverstanden, Mr Dillon. Aber ich möchte jetzt erfahren, warum er meinen Vater im Stich gelassen hat.«

Dillon fragte ihn. Binnen einer Sekunde veränderte sich Mahmouds Haltung. Er war nicht länger gierig, und die Worte sprudelten ihm nur so von den Lippen. Es dauerte einige Minuten, bis er endete. Dillon sagte etwas, woraufhin sich Mahmoud verbeugte und so schnell davonlief, als wäre der Leibhaftige hinter ihm er.

»Halt!«, rief Cleo. »Warum geht er? Was hat er gesagt?« Cleo wünschte, sie hätte außer ägyptischer Kultur auch die arabische Sprache gelernt, wenigstens die grundsätzlichen Wörter und Ausdrücke. Dann müsste sie sich nicht immer ausschließlich auf Dillons Übersetzungen verlassen.

»Keine Sorge, Mahmoud kommt wieder«, sagte Dillon beruhigend. »Er will schließlich das Geld haben, und ich weiß, wo ich ihn in Luxor finden kann. Jetzt muss er in der Moschee beten, damit die alten Götter ihn nicht strafen.«

»Guter Mann, reden Sie doch nicht so kryptisch!«, rief Cleo. »Sagen Sie mir, was Mahmoud derart aus der Fassung gebracht und warum er meinen Vater im Stich gelassen hat.«

Dillon nahm Cleos Arm. Sie erstarrte, wollte sich ihm entziehen, er führte sie aber entschlossen ins Hotel zurück.

»Ich denke, Mylord hat ein Anrecht, die Geschichte ebenfalls zu erfahren. Er wird schließlich bezahlen, oder irre ich mich? Und ich will nicht alles zweimal erzählen müssen.«

Rittlings setzte sich Dillon Angwin gegenüber und berichtete, was Mahmoud ihm mitgeteilt hatte: »Vanson versprach dem Ägypter Gold und Juwelen, wenn er ihn zu einer bestimmten Stelle führen würde. Diese liegt in einer einsamen Gegend, etwa einen Tagesmarsch nördlich der westlichen Grabungsanlagen. Er und Mahmoud brachen allein auf, Vanson wollte niemanden sonst in sein Vorhaben einweihen. Nach zwei Tagen erreichten sie den Eingang eines Tales. Dort erkannte Mahmoud, was Vanson vorhatte, und weigerte sich, auch nur einen Schritt weiterzugehen.«

»Er weigerte sich?«, wiederholte Cleo verwundert. »Warum?«

Dillon antwortete: »Aus dem Grund, der seit Jahrtausenden Menschen abhält, in entlegene Gegenden der Wüste vorzudringen: einem Fluch.«

Angwin seufzte und sagte: »Der berüchtigte Fluch der Pharaonen! Bedauerlich, dass auch heute noch so viele daran glauben.«

»Zwar teile ich Ihre Meinung«, bemerkte Dillon, »es lässt sich aber nicht von der Hand weisen, dass Dutzende von Männern von einem Tag auf den anderen ihr Leben verloren, nachdem sie ein Grab geöffnet hatten. Victor kam ebenfalls unter ungeklärten Umständen um.«

»Unsinn! Mein Mann hatte weder ein Grab gefunden noch eines geöffnet.«

Dillon hob eine Augenbraue. »Nicht bei dieser Expedition, es war aber nicht sein erster Aufenthalt in Ägypten. Wissen Sie, was Victor früher gemacht hat oder an welchen Grabplünderungen er beteiligt gewesen ist? Manchmal schlägt ein Fluch auch erst Jahre später zu.«

Cleo wusste nicht, ob der Amerikaner seine Worte ernst meinte oder sie nur verspottete. Sie würde nicht zulassen, dass Victors Ansehen in den Schmutz gezogen wurde.

»Mr Dillon, bei allem Respekt, es steht Ihnen nicht zu, ein Urteil über meinen Ehemann zu fällen. Dass man über Tote nicht schlecht spricht, ist in Texas wohl unbekannt.«

»Ich mache mir nur meine eigenen Gedanken, und die sind frei«, erwiderte Dillon, wirkte allerdings tatsächlich etwas beschämt.

Angwin sprang Cleo zur Seite und forderte Dillon auf: »Erzählen Sie uns von dem Fluch. Ich nehme es durchaus ernst und will niemanden einer unnötigen Gefahr aussetzen.«

»Mahmoud sagt, am Ende des Tales, in das Vanson vordringen wollte, wurde vor zweitausend Jahren ein Pharao begraben, der zu den grausamsten Königen gehörte, die das Land je gesehen hatte. Sesostris der Dritte ist sein Name, er soll sich mit dem Totengott Anubis verbündet und ihm seine Seele verschrieben haben, damit Anubis ihm zum Sieg über seine Feinde verhilft. Die südlichen Landesteile wurden regelmäßig von Nubiern überfallen, sie verwüsteten die fruchtbaren Ebenen, töteten die Männer und verschleppten Frauen und Mädchen in die Sklaverei. Ähnliches erzählt man sich auch über Sesostris, der mit seinen Feinden nicht zimperlich umgegangen ist. Bis heute rankt sich ein nicht geklärtes Geheimnis um den Tod des ältesten Sohns und rechtmäßigen Thronfolgers von Sesostris. Er starb in jungen Jahren, wurde in aller Stille an einem verborgenen Ort zu seiner letzten Reise ins Totenreich gebettet und sein Grab mit unermesslichen Schätzen ausgestattet. So viel Gold und Juwelen, wie sie die Menschheit niemals zuvor gesehen hat. Jeder, der die Ruhe des Pharaonensohns stört, wird einen furchtbaren, schmerzhaften Tod erleiden, heißt es. Zunächst wird er erblinden, danach verstummen, gefolgt von schrecklichen Krämpfen, die so quälend sind, dass man die Götter anfleht, sie mögen einen von der Marter erlösen.«

Cleo hatte atemlos zugehört. Zum ersten Mal erkannte sie ein gewisses Talent bei Jason Dillon, bildhaft und mitreißend erzählen zu können. Bewegt fragte sie: »Mahmoud hat meinen Vater also irgendwo da draußen verlassen. Der Ägypter muss doch gewusst haben, dass mein Vater allein nicht zurückfindet und dass er keine Chance hat, in der Wüste zu überleben!«

»Mahmoud behauptet, er habe versucht, Vanson zur Umkehr zu überreden. Ihr Vater weigerte sich jedoch strikt, kurz vor seinem Ziel aufzugeben, und ging allein weiter. Fluchtartig verließ Mahmoud die Gegend und verbrachte zwei Tage ohne Nahrung und Wasser im Gebet, in der Hoffnung, dem schrecklichen Fluch zu entgehen.«

»Trotzdem ist Mahmoud bereit, uns zu der Stelle zu führen?«, fragte Angwin zweifelnd. »Ist er nicht nur ein geldgieriger Angeber?«

Dillon zuckte mit den Schultern. »Um das herauszufinden,

bleibt Ihnen nichts anderes übrig, als sich auf Mahmoud einzulassen. Sie können auch erst mit Howard Carter sprechen. Wobei ich bezweifle, dass er viel über Vanson und seine Pläne wissen wird.«

Das fürchtete Cleo auch. Sie erinnerte sich an Mirandas Vorwurf, sie würde Menschen grundsätzlich misstrauen. Vielleicht war jetzt der Punkt gekommen, um etwas zu riskieren. Was hatte sie zu verlieren außer ein paar Tagen Zeit?

»Warum will Mahmoud jetzt dorthin zurückkehren?«, wiederholte Angwin seine Frage.

»Er wird uns nur bis zu der Stelle, an der er Vanson verlassen hat, begleiten«, antwortete Dillon. »Keinen Schritt weiter, das hat er ausdrücklich betont.«

»Dafür verlangt er aber einen Batzen Geld.«

»Angwin, wegen des Geldes«, sagte Cleo zögernd. Das Problem vor Dillon anzusprechen war ihr peinlich. »Ich weiß nicht, ob ich es dir zurückzahlen kann.«

»Mach dir darüber keine Gedanken.« Angwin legte seine Hand auf Cleos. Dillon nahm es erstaunt zur Kenntnis, schwieg jedoch. »Ich möchte ebenso wie du Klarheit haben, und dieser Mann ist derzeit die einzige Spur, die wir haben.«

»Wann kann Mahmoud uns führen?«, fragte Cleo.

»Sobald Sie reisefertig sind. Ich nehme nicht an, dass Sie Zelte, Schlafunterlagen, Kochgeschirr und Ähnliches haben?«

»Mr Dillon, ich habe Sie engagiert, damit *Sie* sich um diese Dinge kümmern«, erwiderte Angwin. »Besorgen Sie alles, was nötig ist, damit wir so schnell wie möglich aufbrechen können.« Auf Dillons fragenden Blick fügte Angwin hinzu: »Die Rechnungen werden natürlich von mir beglichen.«

Dillon lächelte, er wirkte zufrieden.

»Angwin, was ist mit deinem Vorhaben, Howard Carter aufzusuchen?«, fragte Cleo.

Angwin winkte ab. »Wir sind nicht in Eile, Cleo. Das Tal der Könige und Carter laufen uns nicht weg.«

Cleo hätte ihn am liebsten umarmt, wäre es nicht unschicklich gewesen. Niemals hätte sie gedacht, in Angwin Tredennick einen so guten Freund zu finden. Hoffentlich sah er es auch nur als Freundschaft an.

11

Nach einer Stunde hatte sich Cleo an das gleichmäßige Schaukeln auf dem Dromedar gewöhnt, das mit weit ausholenden Schritten gemächlich vor sich hin trottete. Bisher hatte sie immer gedacht, bei den Tieren handele es sich um Kamele, Jason Dillon hatte jedoch den Unterschied mit einem belehrenden Unterton erklärt:

»Wer allgemein über Kamele spricht, meint eigentlich Trampeltiere. Diese haben zwei Höcker und leben vorrangig im asiatischen Raum. Diese Tiere hier«, er deutete auf ihre etwa zwei Meter hohen Transportmittel, »haben nur einen Höcker, werden Dromedare genannt und sind in Nordafrika beheimatet. Sie können es auch arabisches Kamel nennen, dem Tier wird es wohl egal sein. Dromedare wurden bereits vor dreitausend Jahren domestiziert und als Reit- und Lasttiere genutzt, besonders für Exkursionen in und durch die Wüste. Denken Sie nur an die Karawanen, Cleo. Dromedare benötigen tagelang weder Wasser noch Nahrung.«

Cleo betrachtete die stolzen Tiere mit dem dunkelbraunen, zottligen Fell und fragte: »Speichern sie das Wasser in ihrem Höcker?«

»Ein weiterer Irrglauben«, antwortete Dillon. »Der Rückenhöcker enthält Fettvorräte, das Wasser wird im ganzen Körper gespeichert.«

»Danke für diese ausführliche Erklärung, Mr Dillon«, sagte

Angwin. »Hauptsache ist, dass uns die Tiere sicher ans Ziel und wieder zurück bringen.«

Die Dromedare hatten keine Namen. Cleo nannte ihre Stute Elsie, denn das Tier hatte einen ähnlichen, leicht strengen Blick wie ihre verstorbene Tante. Das ließ sie Dillon besser nicht wissen, der Amerikaner würde sie nur auslachen.

Dillons aufrechte und stolze Körperhaltung verriet, dass ihm diese Art der Fortbewegung vertraut war. Neben ihm ritt Mahmoud, der mit dem Tier zu einer Einheit verschmolzen schien. Cleo sah zu Angwin, dessen Stute neben ihrer langsam durch den Sand trabte. Angwin saß zwar ein wenig schief im Sattel, machte dennoch eine gute Figur.

»Miranda würde wieder seekrank werden«, rief Cleo ihm zu.

Er lachte. »Ich kann mir lebhaft vorstellen, wie meine Schwester in einem feinen Seidenkleid auf einem Kamel aussehen würde. Oh, verzeih! Ich meinte natürlich Dromedar.«

»Miranda versäumt einen großen Spaß!«

Ernst sagte Angwin: »Es ist gut, dass du bei allem auch Freude hast. Du bist dir aber bewusst, Cleo, dass Mahmoud uns zu einer Stelle führen wird, in deren Nähe dein Vater wahrscheinlich gestorben ist?«

Wehmütig antwortete Cleo: »Bereits vor Jahren habe ich mich damit abgefunden, meinen Vater niemals wiederzusehen. Der letzte, unwiderrufliche Beweis fehlt jedoch. Ich möchte, dass es vorbei ist, um einen Schlussstrich ziehen zu können.«

»Du bist eine tapfere und starke Frau, Cleopatra Vanson!«

Cleo antwortete nicht. Sie zog den roten Hidschab, das Geschenk Mirandas, wieder vor Nase und Mund und blickte geradeaus. Angwin hatte sich eine Kufiya besorgt, das traditionelle Tuch der Männer, um sich vor der Sonne und dem Sand zu schützen. Auch Dillon trug die Kufiya, darüber seinen Cowboyhut, ohne den er wohl nie einen Schritt tat.

Da auch die Gegend, in die Mahmoud sie führen sollte, von den Sandstürmen getroffen worden war, hatte der ägyptische Führer vorgeschlagen, altbewährte Transportmittel zu verwenden.

»Ein Automobil kann im Sand stecken bleiben«, hatte Jason Dillon erklärt. »Mit den Tieren werden wir zwar länger unterwegs sein, aber Sie, Cleo«, er zwinkerte ihr verschmitzt zu, »wollen doch das Ursprüngliche des Landes kennenlernen.«

»Wir könnten warten, bis die Piste wieder befahrbar ist«, wandte Angwin ein, woraufhin ihn Dillon mit einem kühlen Blick bedachte und erwiderte: »Meine Zeit ist begrenzt, Lord. Entweder brechen wir morgen früh gemeinsam auf, oder Sie müssen sich nach einem anderen Führer umsehen. Ich denke nicht, dass Sie sich mit Mahmoud verständigen können.«

Cleo trat zwischen die beiden Männer und sagte hastig, um einen Streit zu vermeiden: »Wir nehmen die Dromedare.«

Dillon nickte, tippte sich an die Hutkrempe und verließ sie mit den Worten: »Ich werde mich um alles kümmern.«

Sie waren bei Sonnenaufgang aufgebrochen. Ein Automobil hatte sie in den Norden von Luxor gebracht. In der Nähe des Karnak-Tempels hatten sie mit dem Fährboot den Nil überquert. Mit etwas Bedauern hatte Cleo auf die hoch aufragenden, gelben Mauern des Tempels geschaut. Nach ihrer Rückkehr würde sie sicher Gelegenheit haben, die Anlage zu besichtigen. Am Westufer nahmen Mahmoud und Dillon die Dromedare in Empfang und verstauten das Gepäck und ausreichend Wasserflaschen gleichmäßig auf den Tieren. Nach kurzer Zeit ging die grüne, fruchtbare Ebene wie mit einem scharfen Messer abgeschnitten in eine weite, gewächslose Landschaft mit hohen, schroffen Felsen über. Sie ritten am nördlichen Rand des Tals der Könige entlang. Bis zum Mittag trafen sie immer wieder auf einfache Zeltlager, danach wurde die Gegend menschenleer. Als die Sonne im Zenit stand, rasteten sie im Schatten eines Felsen, nach einer Stunde ritten sie weiter bis kurz vor Sonnenuntergang. Die Männer schlugen die Zelte auf, sie würden sich eines teilen, während Cleo ein eigenes kleines Zelt zur Verfügung hatte. Mahmoud entfachte ein Feuer, Dillon öffnete zwei Konservendosen, schüttete den Inhalt in einen metallenen Topf, der über dem Feuer erwärmt wurde. Cleo wusste nicht, was der pikante Eintopf beinhaltete, aß aber hungrig. Den Rest wischte sie mit einem Stück Fladenbrot aus ihrem Blechnapf.

Im Zelt liegend verschränkte sie die Arme unter dem Kopf und starrte in die Dunkelheit. Das Feuer würde die ganze Nacht über brennen, Dillon und Mahmoud wollten sich alle zwei Stunden mit der Wache abwechseln. Eng wickelte sich Cleo in die Wolldecke ein. Während am Tag weit über dreißig Grad Celsius nicht ungewöhnlich waren, wurden die Nächte bitterkalt. Die Temperaturen konnten durchaus unter den Gefrierpunkt fallen. Die Reise durch Frankreich und über das Mittelmeer, ihre Ankunft in Alexandria, der Aufenthalt in Kairo und schließlich die Zeit auf dem Dampfboot – das alles war für Cleo schon sehr aufregend gewesen. Heute Nacht jedoch, hier in der Wüste, fühlte sie sich ihrem Vater so nah wie nie zuvor in ihrem Leben.

Wieder stiegen sie bei Tagesanbruch auf die Dromedare, und Dillon sagte: »Mahmoud meint, wenn wir auch heute gut vorankommen, werden wir gegen Mittag das Ziel erreichen.«

Zuvor fragte Angwin skeptisch: »Mr Dillon, erlauben Sie mir die Frage, ob Sie sich in dieser Gegend auskennen?«

Dillon runzelte die Stirn. »Es ist beileibe nicht das erste Mal, dass ich mich hier aufhalte.«

»Ich möchte nur sichergehen, dass wir, sollte unser ägyptischer Führer erneut davonlaufen, den Rückweg finden.«

Dillon schlug Angwin so kräftig auf die Schulter, dass dieser einknickte. »Keine Angst, ein Jason Dillon findet immer seinen Weg. Außerdem will ich nicht, dass der Lady«, er zwinkerte Cleo zu, »was passiert. Das wollen wir beide nicht, Lördchen, nicht wahr?«

Angwin drehte sich brüsk um, ging zu seinem Dromedar und machte sich an den Satteltaschen zu schaffen. Cleo sah, wie Dillon Angwin skeptisch musterte, dann machte auch er sein Tier zum Ritt fertig.

Nach etwa zwei Stunden erreichten sie die Berge. Mahmoud führte sie durch breite Einschnitte zwischen den hohen Felsen, die auf den ersten Blick nicht als Wege zu erkennen waren. Es war eindeutig, dass der Ägypter nicht zum ersten Mal in dieser Gegend war. Dahinter breitete sich flaches, sandiges Land aus, vereinzelt ragten niedrige Felsblöcke in die Höhe. Am Horizont erstreckte sich die nächste Bergkette, die Kuppen höher und zerklüfteter als die, die sie gerade hinter sich gelassen hatten. Plötzlich lenkte Dillon sein Reittier mit einer schnellen Bewegung zur Seite und gebot mit gehobener Hand Cleo und Angwin anzuhalten. Dillon deutete mit der dünnen Reitgerte zu Boden. Eine gemusterte, männerunterarmdicke Schlange glitt durch den Sand. Ihr Schlängeln war so elegant, dass Cleo keine Furcht empfand.

»Das ist eine *richtige* Kobra«, sagte Dillon. »Sie hat kein Interesse an uns, eher Angst vor den Dromedaren, die für die Schlange riesengroß sind. Es ist aber besser abzuwarten, bis sie verschwunden ist.«

Die Kobra schlängelte sich über den heißen Wüstenboden und war bald nicht mehr zu sehen.

Sie setzten ihren Weg fort. Die Sonne stieg immer höher, die Tücher schützten sie jedoch, und die Flaschen aus Metall hielten das Trinkwasser kühl. Als sie das nächste Bergmassiv erreichten und in den Felswänden kein weiterer Weg zu erkennen war, zügelte Mahmoud sein Tier, zwang es in die Knie und glitt aus dem Sattel.

»Ich glaube, wir sind da«, sagte Angwin. Sein und Cleos Dromedar taten es ihren Artgenossen gleich und knickten in den Vorderbeinen ein, damit die Reiter absteigen konnten.

Ein Wortwechsel zwischen Mahmoud und Dillon, dann sagte der Amerikaner: »Hier haben sich Vanson und Mahmoud getrennt.«

»Vielmehr hat sich der Ägypter feige aus dem Staub gemacht«, korrigierte Angwin ihn.

Dillon verzog unwillig die Stirn. »Auch wenn er unsere Sprache nicht spricht: Die Einheimischen sind gut im Gesten- und Mimiklesen. Es ist wenig angebracht, unseren Führer zu verärgern.«

Angwin wandte sich ab, und Cleo fragte: »Was werden wir jetzt tun?«

Dillon sah sich um und deutete zu einem schmalen Spalt zwischen zwei Felswänden, durch den sich kein Dromedar zwängen konnte.

»Ich vermute, Vanson ist dort entlanggegangen.«

Cleo bat: »Fragen Sie Mahmoud, ob mein Vater diesen Weg

eingeschlagen hat.« Dillon sprach ein paar Worte zu ihrem Führer, der mehrmals nickte, dann fragte sie: »Wie weit müssen wir gehen?«

»Woher soll ich das wissen?«, antwortete Dillon. »Wir müssen es eben herausfinden.«

»Sesostris, Sesostris!«, schrie Mahmoud nun. Er sank auf die Knie und legte seine Stirn in den heißen Sand. »Laenatan Eazima! Laenatan Alshari!« Sein Rufen ging in Gejammer über.

»Die Angst vor dem Fluch des Sesostris«, sagte Dillon ungerührt. »Nichts in der Welt könnte Mahmoud dazu bringen, auch nur einen Schritt weiterzugehen. Selbst dann nicht wenn er mit Gold überhäuft werden würde.«

Cleo raubte Mahmouds Verhalten tatsächlich ein Stück Mut. Sie rief sich in Erinnerung, dass Victor der Ansicht gewesen war, ihr Vater hätte nicht mehr alle Sinne beisammen gehabt. Es gab keinen Beweis, dass Alexander Vanson tatsächlich auf der Spur des sagenumwobenen Grabes gewesen und dem Fluch zum Opfer gefallen war.

»Worauf warten wir?«, fragte Cleo betont salopp. »Gehen wir los.«

Sie nahmen sich je zwei Wasserflaschen aus den Packtaschen und verstauten sie und mehrere Handspatel in den ledernen Umhängetaschen. Der Einschnitt zwischen den Felsen war so eng, dass sie die Tiere zurücklassen mussten. Dillon zwängte sich zuerst in den Spalt, den gezückten Revolver in der Hand.

»Denken Sie, eine auferstandene Mumie mit dem Ding zu erschießen?«, spöttelte Angwin.

Mit einem verächtlichen Blick drehte sich Dillon um. »Ich sagte Ihnen bereits, dass ich einem Skorpion den Stachel abschießen kann. Hoffen wir, dass es nicht nötig werden wird, trotzdem sollten Sie den Boden im Auge behalten.«

»Entschuldigen Sie, Mr Dillon«, sagte Angwin. »Mein Spott war unangebracht. Wenn ich einen Fehler gemacht habe, gebe ich ihn zu. Auch wenn unsere Charaktere nichts gemein haben, sind Cleo und ich Ihnen sehr dankbar.«

Dillon musterte Angwin von oben bis unten, dann sagte er versöhnlich: »Ich glaube, Sie sind gar kein so schlechter Kerl, auf keinen Fall ein Snob, wie die meisten Ihrer Art. Fast ein wenig wie ein Amerikaner.«

Angwin schmunzelte. »Ich nehme das als Kompliment.«

Jason Dillon stapfte voran. Cleo folgte ihm, das Schlusslicht bildete Angwin. In dem Spalt war es angenehm kühl, da er so eng war, dass die Sonne nicht bis zum Boden drang. Nach etwa zweihundert Metern traten sie auf eine Art Lichtung, von hohen, kargen Felsen umschlossen. Nur ein Weg, ein weiterer schmaler Einschnitt, führte weiter. Dieser war deutlich länger als der erste. Auf halber Höhe blieb Dillon stehen und hob das verrostete Blatt eines Spatens auf.

»Aufgrund des Rostgrades schätze ich, dass der Spaten ein bis zwei Jahre hier liegt«, sagte Dillon. »Bei den klimatischen Bedingungen kann man das nicht genau einschätzen.«

»Er könnte meinem Vater gehört haben«, sagte Cleo. »Oder wurden hier in letzter Zeit Grabungen vorgenommen?«

»Unwahrscheinlich«, antwortete Dillon. »Aus Furcht vor dem Fluch macht hier kein Arbeiter auch nur einen Handschlag, gleichgültig welcher Lohn ihm versprochen werden würde. Zudem liegt das Seitental zu abgeschieden von den anderen Grabstätten. Es wird angenommen, dass so weit im Norden keine wichtigen Persönlichkeiten beigesetzt wurden.«

»Der perfekte Platz, um jemanden zu bestatten, dessen Grab nicht gefunden werden soll«, bemerkte Cleo in Erinnerung an den imaginären Sohn von Sesostris. »Vielleicht waren die Anhaltspunkte meines Vaters doch keine Hirngespinste?«

Erneut gelangten sie auf eine flache Ebene, da stieß Cleos Fuß an einen im Sand verborgenen, harten Gegenstand. Sie kniete sich hin, wühlte im Sand und zog eine längliche, metallene Trinkflasche heraus, ähnlich der, die sie mit sich führte.

Angwin sah über Cleos Schulter und sagte: »Auf jeden Fall sind wir nicht die ersten Menschen der Neuzeit, die sich trotz des Fluches hierhergewagt haben.«

Mit einem spitzen Gegenstand waren zwei Buchstaben in die Flasche eingeritzt worden.

»AV«, sagte Cleo leise. »Alexander Vanson …«

Dillon sah sich um und deutete auf eine Aushöhlung im nördlichen Felsen. »Ich sehe dort mal nach, Sie warten hier«, sagte er, knipste die Taschenlampe an und krabbelte in die kleine Höhle. Kurz darauf rief er: »Angwin, kommen Sie und bringen Sie Ihre Lampe mit!«

Cleo wollte auch in die Höhle kriechen, wurde von Angwin aber zurückgehalten. »Du hast Dillon gehört.«

Ungeduldig blieb Cleo zurück. Es schien eine Ewigkeit zu vergehen, bis zuerst Angwin, dann Dillon wieder im Sonnenlicht erschienen. Sie waren mit Staub und Schmutz bedeckt.

»Cleo, in der Höhle liegt ein Mensch«, sagte Angwin leise.

»Jedenfalls das, was von ihm übrig ist«, ergänzte Dillon. »Nicht mehr als ein paar Knochen, an denen Fetzen von Kleidung hängen. Wie es scheint, europäische Kleidung.«

»Mein Vater?«, stieß Cleo hervor.

»Das habe ich bei ihm gefunden.« Aus seiner Jackentasche

nahm Dillon zwei Gegenstände: Einen schlichten, goldenen Ring, wie es Tausende von ihnen gab, und eine Taschenuhr, die Cleo sofort wiedererkannte.

Sie streckte die Hand aus. »Geben Sie mir die Uhr!«

Sie war schmutzig, der Deckel sprang aber problemlos auf. Cleo starrte auf die noch gut zu erkennende Gravur: *Sophia und Alexander – 10. April 1900 – in Liebe.*

Cleo sank auf die Knie. »Es ist die Uhr meines Vaters und sein Ehering.«

Angwin setzte sich neben sie und nahm sie in die Arme. Sie legte ihr Gesicht an seine Brust und schloss die Augen.

»Es tut mir sehr leid, Cleo«, raunte er an ihrem Ohr. »So unendlich leid.«

»Mein Beileid, Cleo«, murmelte Dillon. »Allerdings mussten Sie nach allem, was Mahmoud gesagt hat, mit einem solchen Fund rechnen. Eigentlich ist es ein Wunder, dass wir Vansons Knochen so schnell gefunden haben.«

»Müssen Sie es unbedingt so ausdrücken?«, fragte Angwin ungehalten. »Ein wenig mehr Respekt vor einem Toten wäre angebracht.«

Cleo machte sich aus Angwins Armen frei, wischte sich über die schweißnasse Stirn und sagte bestimmt: »Mr Dillon hat recht, Angwin. Jetzt habe ich den endgültigen Beweis und kann endlich abschließen. Hatte mein Vater sonst noch etwas bei sich?«

»Ein Ledersack liegt bei dem Toten«, antwortete Angwin. »Ich werde ihn holen.«

Cleo sah Dillon an und fragte: »Können wir ihn hier begraben? Ich meine, wir können ihn doch nicht einfach in der Höhle liegen lassen.«

Angwin sagte: »Cleo, in Luxor werden wir Männer finden, die deinen Vater holen und ...«

»Nein, wir werden ihn hier beerdigen«, sagte Cleo. »Er hat für Ägypten und das Tal der Könige existiert, in seinem Leben hat es nie etwas gegeben, das ihm wichtiger gewesen ist. Auch nicht meine Mutter und ich, auf seine Art hat er uns trotzdem geliebt. Ich weiß, dass es Vater gefallen würde, seine letzte Ruhestätte hier zu bekommen.«

»Ich kümmere mich darum«, brummte Dillon. »Vielleicht wollen Sie so lange ...« Er machte eine vage Handbewegung in Richtung des gegenüberliegenden Felsens, bei dem ein Überhang Schatten spendete.

Cleo stand auf, klopfte sich den Staub von der Hose und streckte den Rücken durch. »Das Mindeste, was ich tun kann, ist meinem Vater die letzte Ehre zu erweisen.«

»Ich glaube, ich habe Sie unterschätzt, Cleopatra Vanson«, sagte Jason Dillon und kroch wieder in die Höhle, um die sterblichen Überreste des Ägyptologen Alexander Vanson zu bergen.

Da sie drei Handspaten mit sich führten, gelang es ihnen, eine ausreichend große Grube in den lockeren Boden zu schaufeln. Cleo grub mit dem gleichen Eifer wie die Männer und war wie sie binnen kurzer Zeit schweißgebadet. Sie schluckte schwer, als Dillon die Knochen ihres Vaters in die Vertiefung legte, vergoss aber keine Träne. Während Dillon das Grab zuschaufelte, sprachen sie und Angwin ein Gebet. Leider hatten sie nichts, das sie für ein Kreuz verwenden konnten.

»Vater wäre es nicht wichtig gewesen«, sagte Cleo. »Er ruht jetzt in der Erde des Landes, das mehr als England seine Heimat gewesen ist.«

Dillon drängte zum Aufbruch. »In etwa zwei Stunden geht die Sonne unter. Dann müssen wir bei Mahmoud sein und die Zelte aufbauen.«

Tatsächlich hatte der Ägypter auf sie gewartet. Er zeigte sich erleichtert, alle drei gesund und unversehrt wiederzusehen. Zwar stammelte er wieder etwas von dem Fluch, wirkte aber nicht länger verängstigt.

Schnell wurden die Zelte aufgeschlagen und das Feuer entfacht. Obwohl sie heute ihren Vater beerdigt hatte, aß Cleo mit gutem Appetit. Es war, als wäre eine schwere Last von ihren Schultern genommen worden, sie fühlte sich frei und erleichtert. Sie war gespannt, was Miranda sagen würde, wenn sie erfuhr, dass sie ihren Vater wirklich gefunden hatte.

Erst als sie aufgegessen hatte, gab Angwin Cleo den Lederbeutel, den ihr Vater mit sich geführt hatte. Er enthielt ein paar kleinere Werkzeuge, eine zweite Trinkflasche, seine Geldbörse mit ein paar einheimischen Münzen und einen schwereren, in ein Baumwolltuch gewickelten Gegenstand, Der Stoff war im Schutz des Leders nicht verwittert. Cleo schlug das Tuch auf. Sie keuchte.

»Das ist nicht möglich!«

Auch Angwin war überrascht. Er rief: »Das ist doch dein Armreif!«

»Wohl kaum«, sagte Cleo. »Mein Reif befindet sich in Kairo bei Miranda. Dieser Reif scheint ein exaktes Ebenbild zu sein.«

»Was hat es mit dem Schmuckstück auf sich?«, fragte Dillon.

In knappen Sätzen erzählte Cleo, wie sie vor vielen Jahren von ihrem Vater den Armreif mit dem auffälligen blauen Skarabäus erhalten hatte.

»Ich bin immer davon ausgegangen, mein Vater hätte den

Reif auf einem Basar gekauft. Wobei Fikret, einer der Kellner im Hotel, allerdings …«

»Ich glaube, wir sollten jetzt schlafen«, sagte Angwin laut und deutlich. »Vor uns liegen zwei Tage eines beschwerlichen Rückwegs.«

Cleo verstand. Dass Alexander Vanson den Skarabäus-Reif von einem Mann gekauft hatte, der kurz darauf ermordet worden war, wollte er vor Jason Dillon nicht erwähnen.

Der Amerikaner fragte: »Darf ich mir das Stück mal ansehen?«

Cleo konnte es ihm nicht verweigern. Dillon hielt den Reif so nahe ans Feuer, dass er die Inschrift erkennen konnte. »Es sind Symbole und Hieroglyphen eingraviert.«

»Wie auch in meinem Reif«, bemerkte Cleo. »Können Sie die Zeichen deuten?«

»Auf immer dein«, murmelte Dillon. »Wir werden uns finden, wenn die Sonne aufgeht. An der großen Kreuzung, bei der … Hier bricht die Inschrift ab.«

»Welche Kreuzung?«, fragte Angwin.

»Mein Eindruck ist, dass der Armreif alt ist, vermutlich sogar sehr alt«, sagte Dillon. »Er weist auf eine bestimmte Stelle hin, die Angabe ist allerdings vage.«

Angwin gähnte demonstrativ. »Ich bin müde. Einer eventuellen interessanten Geschichte des Armreifs werden wir in Luxor nachgehen. Fachleute werden sein Alter wohl schnell feststellen können.«

Dillons Augen funkelten ungehalten, als er Cleo den Schmuck wiedergab. Oder war es nur die Spiegelung des flackernden Lagerfeuers gewesen?

Während Elsie gemächlich ausschritt, lehnte sich Cleo zurück und erinnerte sich an all die Begegnungen mit ihrem Vater. An seine Begeisterung, wenn er von Ägypten und seiner Arbeit erzählte und an seine Liebe und Wärme, die Cleo trotz allem gespürt hatte. In ihrem Herzen war keine Traurigkeit, aber jede Menge Wehmut, dass ein weiteres Kapitel ihres Lebens unwiderruflich abgeschlossen war. Sie freute sich darauf, in den nächsten Tagen das Tal der Könige zu besuchen, Howard Carter zu treffen und mit dem größten Archäologen des britischen Empires zu sprechen. Vielleicht konnten Angwin und sie ihren Aufenthalt so lange ausdehnen, bis Carter das Grab von Tutanchamun tatsächlich gefunden hatte? Was würde das für ein großartiger Augenblick sein! Welche Ehre für Howard Carter! Sein Name würde in die Geschichtsbücher eingehen. Cleo *wollte* an die Existenz des Kindkönigs glauben, ebenso wie sie glaubte, dass ihr Vater nicht verrückt geworden war und eine reale Spur verfolgt hatte. Etwas beschämt dachte sie an Miranda. Es war egoistisch von ihr, sich zu wünschen, Angwin würde noch lange im Tal der Könige bleiben, während seine Schwester in Kairo auf sie wartete. Wenn Cleo frei entscheiden könnte, würde sie mindestens bis zum nächsten Frühjahr in Ägypten bleiben. Es gab noch so viel zu sehen, zu entdecken und zu erleben! Cleo bedauerte zutiefst, dass sie all das nicht mit Victor teilen konnte. Er hätte sich gefreut, dass Cleo das Rätsel um ihren Vater gelöst hatte, und wäre ihr ein Trost gewesen.

Nachdem sie das Hotel betreten hatten, schlug Angwin eine Ruhepause von einer Woche vor, bevor sie ins Tal der Könige aufbrechen sollten.

»So lange?«, fragte Cleo ungeduldig. »Warum Zeit verschwenden? Von mir aus können wir gleich morgen aufbrechen.«

Dillon grinste über das ganze Gesicht, seine grünen Augen funkelten.

»Cleo, du brauchst Erholung«, sagte Angwin. »Immerhin hast du gerade deinen Vater beerdigt.«

Bevor Cleo widersprechen konnte, trat Mr Hakimi, der Hotelmanager, zu ihnen und sagte: »Lord Tredennick, ich freue mich, Sie gesund wiederzusehen. Sie natürlich auch, Mylady.« Ob er sich über das derangierte Äußere seiner Gäste wunderte, ließ sich der Hotelmanager nicht anmerken. »Bereits gestern kam ein Telegramm für Sie, Mylord.« Er reichte Angwin den Zettel und entfernte sich wieder.

Angwin faltete das Blatt Papier auseinander. Während er las, wurden seine Wangen blass.

»Schlechte Nachrichten?«, fragte Cleo bang. »Aus Kairo von Miranda?«

Angwin schüttelte den Kopf. »Das Telegramm kommt aus Penzance. Bei einem Sturm wurde Tredennick Manor stark beschädigt.«

»Oh, Gott!« Erschrocken schlug Cleo eine Hand vor den Mund.

»Das ist nicht alles, Cleo.« Angwin sah sie betroffen an. »Meine Mutter erlitt einen Schlaganfall. Sie ringt mit dem Tod.«

»Es tut mir leid«, sagte Jason Dillon und wirkte ehrlich betroffen. »Ich hoffe, Ihre Mutter wird es schaffen.«

Angwin beachtete ihn nicht. »Cleo, geh packen. Ich versuche, noch heute Abend ein Dampfschiff nach Kairo zu bekommen. Wir holen Miranda ab und reisen auf dem schnellsten Weg nach Cornwall.«

12

Nur wenige Stunden nachdem Angwin das Telegramm erhalten hatte, betraten er und Cleo ein Lastschiff. Sie konnte nur erahnen, was es Angwin gekostet hatte, den bulligen ägyptischen Kapitän mit dem von der Sonne gegerbten Gesicht zu überzeugen, neben Eseln, Schweinen, Kühen, Hühnern und Lebensmitteln auch zwei Passagiere an Bord zu nehmen. Dementsprechend unkomfortabel war die fensterlose Kabine, die Cleo zugewiesen wurde. Eine harte Matratze lag direkt auf den Holzplanken, an den Wänden ein paar Haken zum Aufhängen der Kleidung. Es gab weder einen Tisch und Stuhl noch eine Waschgelegenheit. In der Ecke stand ein metallener Eimer mit Deckel. Als einzige Frau an Bord war es für Cleo unmöglich, die Toilettenräume der Mannschaft aufzusuchen. Angwin musste in einer Hängematte im Mannschaftsraum schlafen. Der Kapitän sprach ein gebrochenes, schwer verständliches Englisch, sonst war niemand von der fünfköpfigen Besatzung der Sprache mächtig. Zum Essen gab es breiartige Speisen aus Hafer und Gemüse, die drei Mal täglich direkt aus einem großen Kessel in hölzerne Schalen geschöpft wurden; zum Trinken Wasser, nur am Abend erhielten sie je einen Becher warmen Pfefferminztee.

Cleo störten weder die Unbequemlichkeit noch der Schmutz. In den letzten Tagen war so viel geschehen. Victors Verschwinden, der Ritt durch die Wüste, das Auffinden ihres Vaters …

Aufrichtig trauerte sie um die beiden Männer, gleichzeitig war in ihrem Herzen tiefes Bedauern, dass sie die Grabanlagen und Tempelbauten im Tal der Könige nun nicht sehen und Howard Carter nicht treffen würde. Theoretisch hätte Cleo allein in Luxor bleiben, sich den französischen Schwestern anschließen und ihre Pläne weiterverfolgen können. Cleo musste sich nicht fragen, ob sie für ein solches Unterfangen überhaupt den Mut aufbringen würde, denn ihr fehlten schlicht und einfach die finanziellen Mittel, die Reise auf eigene Faust fortzusetzen. Einen eventuellen Anspruch auf Victors Erbe konnte sie nur in England geltend machen. Ihre Ehe hatte lediglich wenige Wochen gedauert, so erschien es Cleo befremdlich, Viktors Hinterlassenschaft zu erhalten. Allerdings hatte er keine Verwandten, niemanden, der ebenfalls einen Anspruch hatte. In ihrer momentanen Situation war sie mittellos und auf Angwins Unterstützung angewiesen. Cleo wusste nicht, was sie in Cornwall erwartete, ob sie wieder in Tredennick Manor arbeiten oder sich eine andere Stellung suchen würde. Sie war fest entschlossen, selbstständig zu werden, um niemals wieder von einem Mann finanziell abhängig zu sein.

Angwin war in tiefer Sorge um seine Mutter. Vor dem Ablegen des Dampfers hatte er noch schnell zwei Telegramme aufgegeben. Eines an den Verwalter von Tredennick Manor, um seine schnellstmögliche Rückkehr anzukündigen. Weiter wies er an, für Lady Charlotte die beste ärztliche Versorgung, ungeachtet der Kosten, sicherzustellen. Die zweite Nachricht an Miranda, mit der Mitteilung, was geschehen war, und der Aufforderung, sie möge sich in Kairo nach der nächsten Reisemöglichkeit nach England erkundigen und packen, um keine unnötige Zeit zu verlieren.

»Wäre es nicht wunderbar, per Flugzeug nach England zu gelangen?«, sinnierte Angwin, als sie nach dem kargen Abendessen in zwei Liegestühlen auf dem Deck saßen und die dunkle Landschaft an ihnen vorüberzog. »Das würde eine Menge Zeit sparen.«

»Fliegen?« Cleo schüttelte sich. »Das ist doch Utopie!«

»Keineswegs, liebe Cleo«, erwiderte Angwin. »Bereits vor drei Jahren war es für Privatpersonen möglich, von Paris nach London zu fliegen. Ich habe gelesen, der Flug sei zugig und unbequem gewesen, aber den Passagieren seien Sandwiches und Champagner serviert worden.«

»Ich hoffe, zwischen Kairo und London gibt es keine Luftverbindung«, erwiderte Cleo unverhohlen. »Die Vorstellung, in einem Flugzeug Hunderte von Meilen über der Erde hilflos eingesperrt zu sein, ängstigt mich mehr als die Krokodile im Nil und jeder Skorpion in der Wüste.«

Angwin lachte zum ersten Mal, seit ihn die schlechten Nachrichten aus Cornwall erreicht hatten.

»Wo bleibt dein bisher an den Tag gelegter Mut, Cleopatra Vanson? Wer nicht davor zurückschreckt, sich in die Wüste zu begeben, keine Furcht vor Flüchen hat und am liebsten mit den eigenen Händen Pharaonengräber ausgraben würde – von einer solchen Frau habe ich erwartet, dass sie sich für die Modernisierung im Beförderungsverkehr mehr begeistert.«

»Meine Energie setzte ich lieber in Dinge, die Aussicht auf Erfolg haben«, antwortete Cleo entschieden. »Es wird sich niemals durchsetzen, dass die Menschen nur zum Vergnügen fliegen. Dafür sind wir doch zu bodenständig, im wahrsten Sinn des Wortes.«

So einfach wollte sich Angwin nicht geschlagen geben. »Stell dir vor, Cleo, all die Sarkophage, die Mumien und weitere Artefakte müssten nicht erst umständlich über den Nil, übers Mittelmeer und den Atlantik verschifft werden, sondern könnten direkt von Luxor aus nach London transportiert werden.« Er seufzte. »Das wird noch lange ein Zukunftstraum bleiben.«

»Das hoffe ich, denn ich steige niemals in ein Flugzeug ein!«

Lächelnd sagte Angwin: »Ich danke dir, Cleo.«

»Mir danken?«, fragte Cleo erstaunt. »Wofür?«

»Du hast mich für einige Minuten von meinen Sorgen abgelenkt«, gab Angwin offen zu. Er griff Cleos Hand und drückte sie. »Ich bedauere es, dass unsere Expedition unter einem so schlechten Stern steht. Erst Victors Tod, jetzt die überstürzte Heimreise. Ich hoffe, wir werden unser Vorhaben zu gegebener Zeit wiederholen können.«

Cleos Herz schlug schneller, sie sagte aber ruhig: »Vorrangig sind die Gesundheit von Lady Tredennick und die Reparaturen an eurem Haus.« Sie zögerte, sprach dann aber aus, was sie dachte: »Angwin, in Cornwall werde ich wieder als Schneiderin arbeiten. Wie meine Tante werde ich mir mit dem Nähen meinen Lebensunterhalt verdienen können. Ich brauche dir wohl nicht zu erklären, dass ich es mir niemals werde leisten können, nach Ägypten zurückzukehren. Ob mit Schiffen und Zügen oder mit dem Flugzeug«, fügte sie schmunzelnd hinzu, um ihren Worten den Ernst etwas zu nehmen.

Angwin drückte erneut ihre Hand, beugte sich vor und sah Cleo fest in die Augen. »Es gibt Möglichkeiten für eine Frau wie dich, Cleo. Du musst nur ein wenig Geduld haben. Auch wenn deine Ehe nicht aus romantischen Gründen geschlossen wurde, bist du erst kurze Zeit Witwe. Daher möchte ich nichts überstürzen.«

Cleo fragte nicht, was Angwin mit *überstürzen* andeutete, sie ahnte es ohnehin.

»Angwin, bitte …« Sie wich seinem Blick aus. »Es hat nichts mit Victors Tod zu tun, aber ich …«

Er ließ ihre Hand los. »Wie ich eben sagte, ist es wahrscheinlich noch zu früh, aber eines Tages, in ein paar Monaten vielleicht …« Er strich sich übers Haar und lächelte verlegen. »Ich würde mich sehr freuen, wenn du mehr in mir sehen könntest und die neue Herrin auf Tredennick Manor werden würdest.«

Cleo sah Angwins Erleichterung, dass es nun heraus war. Zuerst suchte sie nach den richtigen Worten, stellte aber fest, dass nichts passender war als die Wahrheit. Sie war eine selbstbewusste Frau geworden, und Angwin hatte es nicht verdient, mit einem *vielleicht* oder *warten wir es ab* hingehalten zu werden.

Sehr ernst sagte sie: »Angwin, ich fühle mich sehr geehrt. Das meine ich aufrichtig und nicht, weil uns Frauen geraten wird, diese Worte in einer solchen Situation zu verwenden.« Schnell hob sie die Hand, als sich Angwins Lippen öffneten. »Bitte, lass mich aussprechen. Du bist ein wunderbarer Mensch, und die Frau, die du einmal heiratest, wird an deiner Seite glücklich werden. Die Frau werde aber nicht ich sein. Ich hoffe, unserer Freundschaft tut das keinen Abbruch, denn du und Miranda seid die wichtigsten Menschen in meinem Leben.«

Da der Lastkahn unterwegs nicht anlegte, erreichten sie nach drei Tagen den Hafen von Kairo. Cleo und Angwin erwarteten dort zwei Überraschungen. Die erste war bereits auf mehrere Meter sichtbar, als sie von Bord gingen und Miranda am Kai erblickten.

»Was, um Himmels willen, hast du mit deinen Haaren gemacht?«, rief Angwin anstelle einer Begrüßung.

Miranda fasste sich an ihr tiefschwarzes, nur noch kinnlanges Haar, das mit einer Innenwelle unter einem malvenfarbenen Hut mit einer ausladenden Krempe hervorschaute. Im Nacken war das Haar hoch ausgeschoren und setzte ihren langen, schlanken Hals bestens in Szene.

»Schick, nicht wahr? Das ist der letzte Schrei in Amerika. In Kairo gibt es einen französischen Coiffeur, Lady Buchanan hat mir den Tipp gegeben. Ich habe versucht, auch die öden Dansfordtöchter von einem flotten Haarschnitt zu überzeugen, ihre Mutter hat es aber strikt verboten. Und die Töchter tun immer alles, was Mama will.« Miranda sah zu Cleo. »Wie findest du es?«

»Ungewöhnlich, aber interessant, und die Frisur steht dir«, erwiderte Cleo ehrlich. »Aber dein schönes, langes Haar!«

Miranda winkte ab. »Künftig werde ich die Haare immer kurz tragen. Das ist nicht nur kühler, die Pflege ist auch lange nicht so aufwendig.«

»Mutter wird es missbilligen«, sagte Angwin. »Wenn wir sie überhaupt noch lebend antreffen.«

»Du kennst Mutter, sie ist zäh«, wiegelte Miranda ab und tätschelte den Arm ihres Bruders. »Ich hoffe, das Unwetter hat nicht zu viele unserer Wertgegenstände zerstört.« Aus ihrer Rocktasche nestelte sie einen Zettel und reichte ihn Angwin. »Du kannst noch heute den Zug nach Alexandria nehmen, morgen früh dann ein Schiff, das direkt Southampton anläuft. Das geht schneller als über Marseille und mit dem Zug durch Frankreich. Ich habe mir erlaubt, deine Kabine gleich zu buchen.«

»*Meine* Kabine?«, wiederholte Angwin stirnrunzelnd. »Ich fürchte, ich verstehe nicht …«

Jetzt platzte Miranda mit der zweiten Überraschung heraus, und diese war weitaus explosiver als ihr neuer Haarschnitt.

»Ich werde nicht mitfahren, Cleo ebenfalls nicht. Sie bleibt bei mir in Kairo.«

»Aber Miranda!«, rief Cleo. »Deine Mutter ist schwer krank!«

Miranda zuckte mit den Schultern. »Ihr werdet mich jetzt für herzlos halten, aber wem ist damit gedient, wenn wir alle nach Tredennick reisen? Entweder schafft es Mutter, oder nicht, und bei den Reparaturen stehe ich dir, Angwin, nur im Weg. In Kairo gibt es ein reges gesellschaftliches Leben, und ich habe einige interessante Leute kennengelernt. Fast jeden Abend bin ich zu Dinnerpartys eingeladen, zwei, drei Mal in der Woche zu Tanzveranstaltungen. Die Stadt bietet jede Menge Abwechslung.«

»Das lasse ich nicht zu!«, sagte Angwin zornig. »Ich bestehe darauf, dass ihr mich begleitet.«

»Das kannst du nicht, Bruder«, sagte Miranda. »Ich bin mündig, und Cleo eine ehrbare Witwe. Ach, übrigens«, sie sah zu Cleo, »mein Beileid. Ich nehme an, dass Angwin inzwischen weiß, warum du und Victor geheiratet habt, und denke, deine Trauer hält sich in Grenzen. Wobei es natürlich schrecklich ist, was Victor passiert ist. Ich mochte ihn recht gern.«

»Miranda, du bist so kalt geworden«, sagte Cleo leise. Obwohl sie keine drei Wochen getrennt gewesen waren, schien sie einer völlig anderen Frau gegenüberzustehen. Und das lag nicht an Mirandas Haarschnitt. »Deine Mutter ist vielleicht schon tot, dein Elternhaus stark beschädigt, du aber denkst nur an dein Vergnügen.«

»Das Leben ist kurz, warum sollte ich mich nicht amüsieren?«, entgegnete Miranda. »Die Zeiten, in denen ich mir habe vorschreiben lassen, wie ich zu leben habe, sind vorbei. Du wirst es akzeptieren *müssen*, Angwin.«

Cleo und Angwin tauschten verständnislose Blicke, und Angwin sagte: »Wir werden das nicht hier am Kai diskutieren, sondern in Ruhe darüber sprechen.«

»Du solltest dich besser gleich zum Bahnhof begeben«, schlug Miranda vor. »Der Zug nach Alexandria geht in weniger als zwei Stunden.« Sie hakte sich bei Cleo unter. »Im Royal Doncaster habe ich das Zimmer neben mir für dich reservieren lassen.«

»Miranda, es ist besser, wenn ich Angwin nach England begleite«, sagte Cleo.

»Ich sehe nicht ein, warum. Oder bist du scharf darauf, dich wieder hinter einer Nähmaschine zu vergraben?« Miranda lachte abfällig. »Willst du nicht lieber die Museen und die zahlreichen historischen Bauwerke der Stadt besuchen? Alte Steine gibt es hier zuhauf, es wird dir nicht langweilig werden.«

Cleo schluckte trocken. Trotz ihrer kalten, fast schon ruppigen Art hatte Miranda es auf den Punkt gebracht: Es zog sie nicht nach Cornwall zurück. Sie wollte in Ägypten bleiben und noch so vieles von Land und Leuten kennenlernen. Und wer weiß? Vielleicht würde sie einen Weg finden, doch noch das Tal der Könige zu besuchen?

Angwin riss sie aus ihren Gedanken. »Cleo, du musst selbst entscheiden, ob du mich begleitest oder in Kairo bleibst. Ich kann es dir nicht vorschreiben. Dir, Miranda, allerdings …«

»Kannst du es auch nicht!« Mirandas Mundwinkel zogen sich herunter. »Telegrafiere, wie es Mutter geht und wie es um das

Haus bestellt ist. Wenn alles wieder in Ordnung ist, kommst du zurück. Jetzt solltest du dich beeilen, um den Zug nicht zu verpassen.«

Angwin schnappte nach Luft. Selbst für Mirandas Verhältnisse hatte sie nie zuvor so mit ihrem Bruder gesprochen. Er nahm Cleo am Arm und zog sie außer Hörweite seiner Schwester.

»Ich fürchte, mir bleibt nichts anderes übrig, als zuzustimmen, wenn ich das Schiff in Alexandria morgen erreichen will. Vielleicht ist es sogar besser, wenn du in Kairo bleibst und ein Auge auf Miranda hast. Sie scheint sich verändert zu haben.«

»Den Eindruck habe ich auch.« Cleo seufzte. »Allerdings wird mein Einfluss auf Miranda eher gering sein.«

Er nahm ihre Hände in die seinen. »Versprich mir, dass du über unser Gespräch von gestern Abend nachdenkst.«

»Angwin, ich …«

»Ich werde mindestens zwei Monate fort sein«, unterbrach er sie, »und verlange nur, dass du keine voreiligen Entscheidungen triffst. Gleichgültig, in welche Richtung.«

»Hinter dem Rücken über andere zu tuscheln ist schäbig«, rief Miranda und drängte sich zwischen Angwin und Cleo. »Habt ihr jetzt genügend über mich hergezogen?«

Angwin schwindelte: »Du nimmst dich zu wichtig, liebe Schwester, wenn du glaubst, dass du im Zentrum jeder Konversation stehst. Ich habe Cleo versichert, dass sie sich finanziell frei fühlen und alle Rechnungen auf meinen Namen ausstellen soll.«

»Was mir äußerst unangenehm ist.«

Miranda wischte Cleos Einwand unbekümmert zu Seite. »Ach was, er kann es sich leisten. Angwin kommt auch für meine Kosten auf.«

Das ist etwas anderes, dachte Cleo und senkte den Kopf. Es blieb ihr nichts anderes übrig, als Angwins Unterstützung anzunehmen.

Miranda umarmte ihren Bruder, ließ sich von ihm auf die Wangen küssen und sagte: »Es wird Zeit. Ich wünsche dir eine gute Reise, und grüß Mutter.«

»Ich hoffe, sie noch lebend anzutreffen«, murmelte Angwin bedrückt. »Wenn ja, wird sie wenig Verständnis haben, dass ihre einzige Tochter es nicht für wert hält ...«

Miranda hakte sich bei Cleo unter und rief: »Komm, Cleo, ich habe einen der Wagen mit Chauffeur gemietet, die das Hotel den Gästen zur Verfügung stellt. Er wird uns in die Stadt bringen.«

Widerstrebend folgte Cleo der Freundin. Miranda drehte sich nicht mehr zu ihrem Bruder um, aber Cleo schielte über die Schulter zurück und hatte den Eindruck, dass Angwin inmitten der vielen Menschen verloren wirkte. Vielleicht sollte sie ihn doch begleiten? Gleichzeitig konnte sie Miranda nicht im Stich lassen.

Miranda ließ ihr keine Zeit, um zu grübeln. Noch bevor sie das Automobil erreicht hatten, sagte sie: »Morgen werden wir ein paar Kleider, Röcke und Blusen für dich kaufen. Mit den Sachen«, sie deutete auf Cleos Hose, »kannst du dich in meinen Kreisen auf keinen Fall blicken lassen.«

»Victor hat sie mir geschenkt. Für den Ritt auf einem Dromedar sind Hosen wesentlich praktischer als Röcke«, erwiderte Cleo und dachte daran, dass sie keine Lust hatte, sich Mirandas Kreisen anzuschließen. Dann fiel ihr ein, dass die Freundin noch nichts über die Umstände des Todes ihres Vaters wusste. Darüber hinaus hatte sie noch etwas anderes zu berichten und war auf Mirandas Reaktion gespannt. Cleo wollte erst im Hotel über alles sprechen, nicht hier im Trubel des Hafens.

Nach der unbequemen Fahrt auf dem Lastkahn begrüßte Cleo den Komfort des Hotels. Miranda begleitete sie auf ihr Zimmer und bestand darauf, dass Cleo ein Bad nahm.

»Du riechst etwas streng«, sagte sie und rümpfte die Nase. »Heute kann ich nicht mit dir zu Abend essen. Ich habe eine Einladung, die ich unmöglich absagen kann.«

»Miranda, ich habe meinen Vater gefunden«, sagte Cleo zusammenhangslos. »Er ist tot.«

Die Nachricht schien Miranda nicht zu überraschen. Sie wirkte sogar ziemlich desinteressiert und fragte nur: »Hast du etwas anderes erwartet?«

»Ich habe damit gerechnet«, antwortete Cleo. Obwohl sich Miranda nie besonders um die Gefühle anderer gekümmert hatte, verletzte sie die lapidare Reaktion der Freundin. Irgendetwas musste in den letzten Wochen geschehen sein. Die Hintergründe, unter welchen Umständen Alexander Vanson gestorben war, schienen Miranda nicht zu interessieren. Dennoch erklärte Cleo: »Jason Dillon hat uns auf die richtige Spur gebracht und war dabei, als Angwin und ich die Leiche meines Vaters gefunden haben. Ich habe ihn in der Wüste begraben.«

Jetzt zeigte Miranda doch den Anflug von Mitgefühl und fragte: »War es schwer für dich?«

»Ja und nein«, antwortete Cleo aufrichtig. »Ich weiß jetzt, dass mein Vater an dem Ort ist, der ihm alles bedeutet hat. Ohne die Beziehungen und Kenntnisse von Jason Dillon wäre ich immer noch im Unklaren über sein Schicksal. Er war eine große Hilfe.«

Miranda rollte mit den Augen und seufzte. »Ich hoffe, du hast diesen unerträglichen Amerikaner in der Wüste gelassen, wo er hingehört.«

»Dillon hat uns nicht nach Kairo begleitet«, bestätigte Cleo. »Wir haben ihn falsch eingeschätzt. Er ist nicht immer unfreundlich, er hat auch eine andere Seite, die er wohl selten zeigt. Kindern gegenüber ist er sehr aufgeschlossen, auch Angwin hat sich mit ihm besser verstanden.«

»Von mir aus kann der Typ bleiben, wo der Pfeffer wächst!«

»Das wäre Indien.«

»Wie bitte?« Miranda sah Cleo verständnislos an.

»Bereits im sechsten Jahrhundert bezeichnete ein ägyptischer Kaufmann und Seefahrer Indien als das Land, *in dem der Pfeffer wächst.*«

»Höchst interessant.« Mirandas Miene zeigte, dass sie genau das Gegenteil empfand, trotzdem fragte sie: »Woher weißt du das?«

»Von Dillon, der bereits weite Teile von Indien bereist hat«, antwortete Cleo. »In den Tagen in der Wüste hat er von seinen Reisen erzählt.« Mit ihrer zweiten Nachricht konnte Cleo nun nicht länger warten, obwohl sie sich nach einem heißen Schaumbad und sauberer Kleidung sehnte. Hastig stieß sie hervor: »Gestern Abend bat mich Angwin, seine Frau zu werden.«

Für einen Moment erstarrte Miranda wie zur Salzsäule. Ihre vollen Lippen formten ein »Oh!«, und ihre Augen weiteten sich. Cleo fürchtete einen Wutausbruch. Miranda riss Cleo jedoch in ihre Arme und drückte sie so fest, dass ihr die Luft wegblieb, gleichgültig dass Cleo unangenehm roch.

»Das ist ja wundervoll! Wenn ich das gewusst hätte, hätte ich nicht darauf bestanden, dass du bei mir bleibst. Warum habt ihr am Hafen nichts gesagt? Vielleicht ist es noch nicht zu spät, und du kannst den Zug nach Alexandria noch erreichen.«

Mit allem hatte Cleo gerechnet, niemals jedoch mit dieser Reaktion. »Du hättest nichts dagegen, wenn ich Angwin heiraten würde?«, fragte sie ungläubig.

Miranda lachte unbeschwert. »Warum sollte ich? Weil du die Tochter eines Archäologen und die Nichte einer Schneiderin bist? Weil deine Familie keinen uralten Stammbaum nachweisen kann und keine prächtigen Schlösser und ausgedehnten Ländereien besitzt? Du Dummerchen, die alten Zöpfe sind ab, im wahrsten Sinne des Wortes.« Grinsend deutete sie auf ihre Frisur. »Wenn du Angwins Frau wirst, bist du meine Schwägerin, das ist fast wie eine Schwester.« Sie ergriff Cleos Hände und tänzelte mit ihr durch das Zimmer. »Ihr Heimlichtuer!«, sagte sie atemlos. »Die Hochzeit wird das größte Fest im Westen Cornwalls werden! Ich werde alles persönlich überwachen.«

»Ich habe Angwins Antrag abgelehnt.«

Ruckartig blieb Miranda stehen und ließ Cleos Hände los.

»Bist du von allen guten Geistern verlassen?« Jetzt war Miranda wahrhaftig fassungslos. »Nenn mir nur einen einzigen Grund, warum!«

»Ich liebe deinen Bruder nicht.«

»Das hast du bei Victor auch nicht getan, trotzdem …«

Cleo unterbrach sie: »Bei Victor war es anders. Auch er empfand für mich nur Sympathie, und ich bin seine Frau geworden, um nach Ägypten zu reisen. Ein zweites Mal werde ich nicht heiraten, weil mir daraus Vorteile entstehen. Gerade nicht Angwin. Abgesehen davon, dass ich in England als seine Ehefrau eine Persona non grata sein würde, denn nicht alle denken so fortschrittlich wie du. Dein Bruder hat eine Frau verdient, die ihn aufrichtig liebt und ihm eine treue Kameradin ist.«

»Aber ich dachte, du *bist* in Angwin verliebt«, sagte Miranda. »Und zwar seit Jahren.«

Cleo errötete »War es so offensichtlich?«

»Wahrscheinlich nur für mich«, antwortete Miranda. »Du brauchst nicht zu befürchten, dass mein Bruder es bemerkt hat. Für ihn warst du ein mageres, unattraktives Ding, nicht wert, sich näher mit dir zu beschäftigen.« Mit gerunzelter Stirn und einem Ausdruck, als sähe sie die Freundin heute zum ersten Mal, musterte sie Cleo von oben bis unten. »Inzwischen muss es an dir wohl etwas geben, das Angwin veranlasst hat, dich zur Lady Tredennick zu machen.«

»Er schätzt meine Intelligenz«, erwiderte Cleo leise. »Meinen Lerneifer, meinen Wissensdurst und auch meinen Mut. Deinem Bruder sind Äußerlichkeiten zweitrangig. Ja, ich gebe zu, dass ich früher für Angwin geschwärmt habe. Heute jedoch …« Sie zuckte mit den Schultern und sagte mit einem entschlossenen Blick: »Die Empfindungen, die ich inzwischen für deinen Bruder hege, sind nicht so, wie er es von einer Ehefrau und der Mutter seiner Kinder verdient hat.«

»Die Liebe wird in der Ehe wachsen! Cleopatra Vanson, du bist der größte Esel, der mir jemals begegnet ist. Sei versichert: Die nächsten Wochen werde ich nutzen und dich überzeugen, meine Schwägerin zu werden. Und du weißt, dass ich immer erreiche, was ich mir in den Kopf setze!«

»Miranda, du scheinst zu vergessen, dass ich erst seit kurzer Zeit Witwe bin«, wies Cleo die Freundin streng zurecht. »Auch wenn es zwischen Victor und mir nicht Liebe war – mir erscheint es geschmacklos, so bald nach seinem Tod über eine neue Ehe überhaupt nachzudenken.«

»Kann es sein, dass du glaubst, Victor sei noch am Leben?« Die Frage überraschte Cleo, auch weil Miranda von einem Moment auf den anderen ruhelos wirkte. Sie zupfte an den Manschetten ihrer Ärmel herum und wich Cleos Blick aus. »Ich meine, wenn Victor noch … also, wenn er nicht tot wäre … Würdest du denn weiterhin mit ihm leben wollen?«

Cleo kam aus dem Staunen nicht mehr heraus. Sie konnte sich nicht erinnern, wann Miranda je um Worte verlegen gewesen war.

»Es spricht alles dagegen, dass er den Sturz vom Schiff überlebt haben könnte«, antwortete Cleo. »Eine offizielle Feststellung von Victors Tod wurde noch nicht erteilt. Ich kenne mich mit bürokratischen Angelegenheiten kaum aus, und dein Bruder meint, es sei eine gewisse Wartezeit einzuhalten, bis er offiziell für tot erklärt werden kann. Da Victor britischer Staatsbürger war, können die Formalitäten nur in England erledigt werden.«

»Na, dann verpasst du derzeit ja nichts.« Jetzt wirkte Miranda wieder unbekümmert. »Die Erinnerung an Victor darf dich nicht davon abhalten, doch noch Angwins Frau zu werden.«

Cleo seufzte, versuchte aber nicht länger, Miranda all die Argumente aufzuzählen, die – neben ihren mangelnden Gefühlen – gegen diese Ehe sprachen. Die Freundin musste doch am besten wissen, welche Konsequenzen es für Angwin hätte, unter seinem Stand zu heiraten. Tredennick Manor lag in einer ländlichen Gegend, und die Menschen in Cornwall waren noch fest mit den alten Traditionen verwurzelt. Auch wenn Cleo als Lady Tredennick eine finanziell sorglose Zukunft erwartete: Eine angepasste Ehefrau in einem goldenen Käfig zu sein und von allen skeptisch beäugt zu werden war nicht das, was sie von ihrem Leben erwartete.

Am Abend ging Cleo alleine hinunter. Der Speisesaal war nur zu rund einem Drittel besetzt. Lady Dansford und ihre Töchter taten, als bemerkten sie Cleo nicht. Es störte sie nicht, sie war sogar dankbar für die Zeit, in der sie in Ruhe nachdenken konnte. In einer Ecke stand eine deckenhohe Tanne, geschmückt mit Holzfiguren und glasierten Äpfeln, die Tische waren mit bunten Gestecken dekoriert. Cleo fragte sich, woher die Tanne stammte. Bisher hatte sie diese Nadelbäume in Ägypten nicht gesehen. Einst hatte Miranda gesagt, sie könne sich Weihnachten unter warmer Sonne nicht vorstellen. Cleo war gespannt, wie sehr sich das Fest von dem in der Heimat unterscheiden würde. Schlagartig fiel ihr ein, dass in zehn Tagen der Heilige Abend war – und dass heute vor sechs Jahren Tante Elsie gestorben war. Mit ihr hatte sie nun schon drei ihr nahestehende Menschen verloren, aber auch eine gute Ausbildung genossen, zwei Heiratsanträge erhalten, war einmal vor den Altar getreten und Witwe geworden. Trotz des traurigen Jahrestages schmunzelte Cleo. Das war eine Menge für eine junge Frau mit gerade einmal zwanzig Jahren. Mehr, als viele Menschen in ihrem ganzen Leben erfuhren.

Zurück in ihrem Zimmer nahm sie den Armreif mit dem blauen Skarabäus aus der Tasche. Es war das Schmuckstück, das ihr Vater bei sich gehabt hatte. Der andere Reif befand sich noch in Mirandas Besitz, und die Freundin wusste noch nichts von seinem Pendant. Sie kniff sich die kleine Lupe in ein Auge und betrachtete die zwei Symbole und die Hieroglyphen, die bei dieser Ausfertigung gut zu erkennen waren. Laut Jason Dillon war die Rede von einem Wiedersehen bei Sonnenaufgang an einer großen Kreuzung. In der Wüste war Cleo nicht auf den Gedanken gekommen, die Inschriften in beiden Reifen könnten zusammenhängen. Cleo erinnerte sich an Angwins Reaktion. Er hatte verhindert, dass Dillon von dem zweiten Skarabäus erfuhr, ebenfalls dass Cleos Vater ihn von jemandem gekauft hatte, der wenige Tage später ermordet wurde. Und dann war da noch der letzte Brief des Vaters.

Mir fehlt nur noch das letzte, entscheidende Stück. Mit Deiner Hilfe werde ich das große Geheimnis lüften können …

Cleo erinnerte sich nicht an den genauen Wortlaut und bereute, den Brief nicht bei sich zu haben. War es möglich, dass der Vater den Zusammenhang zwischen den Armreifen erkannt hatte und seine Zeilen nicht nur die Worte eines geistig Verwirrten waren? Hatte er erst später erkannt, was er seiner Tochter nach Cornwall geschickt hatte und jetzt wieder brauchte, um seinem Ziel näherzukommen?

»Sehr seltsam«, murmelte Cleo. Sie wickelte den Reif wieder in das Taschentuch und sah sich im Zimmer um. Erst wollte sie ihn unter die Matratze schieben, denn eine vage Ahnung riet ihr, das Schmuckstück an einem sicheren Ort zu verbergen. Sie verließ den Raum, ging in die Lobby hinunter und fragte Mr Landon, den britischen Inhaber des Hotels: »Gibt es in diesem Haus einen Safe, in dem ich etwas deponieren kann?«

»Selbstverständlich, Mrs Millian.« Cleo war nicht überrascht, dass er ihren Namen kannte. »Wenn Sie mir bitte folgen möchten?«

In einem der Hinterzimmer öffnete Landon einen mannshohen Safe, nahm einen flachen, metallenen Kasten heraus, stellte ihn auf den Tisch und ließ Cleo allein. Sie legte den Armreifen herein, verschloss den Kasten, merkte sich die eingestanzte Nummer 4 und stellte ihn in den Safe zurück. Als sie die Tür öffnete, kam Landon wieder herein, versperrte den Geldschrank und versicherte, dass Cleo unter Nennung der Nummer jederzeit auf ihren Kasten Zugriff hatte.

13

Nach dem Frühstück am nächsten Morgen drängte Miranda darauf, mit Cleo die Einkäufe zu erledigen.

»Am besten gehen wir gleich los.«

Cleo erinnerte sich an die mahnenden Worte von Victor und sagte: »Wir sollen nicht allein in der Stadt unterwegs sein.«

»Ach, papperlapapp! Ich gehe oft spazieren und zum Einkaufen. Mich hat nie jemand angesprochen oder gar belästigt. Trink deinen Tee aus, Cleo, damit wir aufbrechen können.«

Miranda führte sie in ein in der Nähe des Hotels befindliches Modegeschäft. Tatsächlich schenkte niemand den beiden Frauen Beachtung, allerdings waren in dieser Gegend vorrangig Europäer in den Straßen zu sehen. Die Landeninhaberin Ms Ryder begrüßte Miranda überschwänglich.

»Lady Tredennick, ich freue mich, Sie wiederzusehen! Vor ein paar Tagen habe ich ein entzückendes Kostüm aus Paris geliefert bekommen und sofort an Sie gedacht. Es würde Ihnen hervorragend stehen.«

»Das ist sehr freundlich, Ms Ryder«, erwiderte Miranda. »Heute bin aber nicht ich, sondern meine Freundin Ihre Kundin. Mrs Cleo Millian, sie ist kürzlich Witwe geworden.«

»Oh!« Ms Ryders Mund wurde spitz, sie musterte Cleo überrascht. »Das tut mir leid, Mrs Millian. Dann suchen Sie etwas Schlichtes in gedeckten Farben?«

»Das käme mir entgegen«, sagte Cleo schnell, bevor Miranda

etwas anderes verlangen konnte. »Einen oder zwei praktische Röcke, dazu passende Blusen und einen leichten Pullover.«

»Du brauchst auch ein Abendkleid«, sagte Miranda. »Oder am besten gleich zwei.«

»Miranda, bitte!« Beschwörend sah Cleo die Freundin an. »Weder habe ich vor, an Abendveranstaltungen teilzunehmen, noch werde ich von deinen Bekannten zu solchen eingeladen. Ich werde nicht unnötig Geld ausgeben für Sachen, die ich nicht brauche.«

»Ich sehe, was ich Passendes auf Lager habe«, sagte Ms Ryder und eilte in einen der hinteren Räume.

Cleo räusperte sich und sagte zu Miranda: »Soll ich nicht besser einen guten strapazierfähigen Stoff kaufen? Ich kann mir selbst einen oder zwei Röcke nähen. Mir ist es unangenehm, mich auf Kosten deines Bruders neu einzukleiden.«

Miranda verzog unwillig die Lippen und raunte: »In meinen Kreisen gilt es als vulgär, vor Fremden über Geld zu sprechen.«

»Ich zähle mich nicht zu *deinen* Kreisen, wie du weißt.«

»Wenn du meine Schwägerin bist, wirst du dich daran gewöhnen müssen.«

Die Rückkehr von Ms Ryder entband Cleo von dem erneuten Hinweis, dass sie nicht vorhatte, Angwin zu heiraten. Sie breitete verschiedene Röcke und Oberteile vor Cleo aus, die zugegebenermaßen von guter Stoffqualität waren.

Miranda rief: »Die Sachen sind schrecklich altmodisch, wie aus dem letzten Jahrhundert! Haben Sie nicht was Flotteres für meine Freundin? Die Farben Grün und Hellrot stehen ihr gut.«

Mr Ryder wirkte verunsichert. »Ich dachte, als Witwe …«

»Ich finde die Sachen angemessen«, warf Cleo ein und fragte die Inhaberin: »Wo kann ich sie anprobieren?«

Ms Ryder führte sie in ein Nebenzimmer. Cleo wählte zwei der wadenlangen Röcke, einen würde sie am Bund enger machen müssen, eine Bluse und ein Kleid aus hellgrauer Baumwolle mit einer tief angesetzten Taille, einem waagrechten umsäumten Ausschnitt und langen Ärmeln.

Miranda gab Anweisung, die Sachen ins *Royal Doncaster* schicken zu lassen, und Ms Ryder fragte: »Die Rechnung wie üblich auf Ihren Bruder Mylord Tredennick?«

»Wie üblich, ja.«

Auf dem Gehsteig vor dem Geschäft drängte Miranda Cleo, einen Schuhladen aufzusuchen. Dies lehnte Cleo vehement ab.

»Meine Schuhe sind völlig in Ordnung. Wenn du aber unbedingt noch etwas Gutes für mich tun willst: Wo finde ich deinen Friseur?«

Miranda sah Cleo überrascht an. »Willst du dir etwa auch die Haare abschneiden lassen?«

»Ich fürchte, dafür fehlt mir der Mut, etwas kürzen kann ich mir aber gut vorstellen«, antwortete Cleo.

Miranda hakte sich bei ihr unter und führte sie die Straße entlang. Eine Stunde später betrachtete sich Cleo in dem großen Spiegel des Salons. Eine völlig veränderte Frau blickte ihr entgegen. Der Friseur hatte ihr dünnes Haar gute zehn Zentimeter gekürzt, durchgestuft, damit es mehr Fülle erhielt, und Cleo einen Pony bis knapp über die Augenbrauen geschnitten.

»Perfekt für Ihr feines Haar, Lady! Sie müssen alle vier Wochen nachschneiden lassen, damit die Frisur ihre Form behält.«

Cleo fühlte sich ein wenig verwegen und meinte, während sie und Miranda den Weg zurück ins Hotel nahmen, jeder würde sie anstarren, was jedoch nicht der Fall war. In den Straßen gab es zunehmend europäische Frauen mit Bubiköpfen und Pagenschnitten, wie die neuen Haarschnitte genannt wurden. Plötzlich kribbelte es in Cleos Nacken. Sie blieb ruckartig stehen und drehte sich um.

»Was ist?«, fragte Miranda.

»Nichts, ich dachte nur …« Cleo sagte nicht, dass sie das Gefühl hatte, beobachtet zu werden. Hieß es nicht, man könne es körperlich spüren, wenn man beobachtet wurde? Außer ein paar Hotelgästen kannte sie niemanden in Kairo, und keiner von ihnen hätte einen Grund, sie zu verfolgen. Sie zog Miranda am Arm mit sich. »Komm, lass uns schneller gehen. Ich habe Durst.«

Im Hotel aßen die Freundinnen gemeinsam, dann zog sich Miranda auf ihr Zimmer zurück.

»Ich werde zwei, drei Stündchen ruhen«, erklärte sie. »Heute Abend bin ich ins Theater eingeladen und möchte nicht während der Vorstellung einschlafen.«

»Miranda …«, begann Cleo zögerlich. »Würde es dir etwas ausmachen, mir den Armreif zurückzugeben?«

»Den Armreif?«, wiederholte Miranda erstaunt, als müsse sie erst nachdenken, was Cleo meinte. »Etwa der mit dem blauen Käfer?« Sie klang, als hätte Cleo ihr mehrere Schmuckstücke geliehen.

»Der Reif mit dem blauen Skarabäus«, bestätigte Cleo. »Das Geschenk meines Vaters.«

»Den kannst du gern wiederhaben.« Miranda winkte ab. »Er ist zwar recht hübsch, wirkt aber doch ein wenig billig.«

Gemeinsam gingen sie hinauf, Miranda holte den Reif aus ihrem Zimmer, drückte ihn Cleo in die Hand und bat, vor dem Abend nicht mehr gestört zu werden.

Cleo hingegen fühlte sich kein bisschen müde. Sie bewahrte

des Vaters Geschenk in einer Schublade auf und legte sich den roten Hidschab an, um ihre neue Frisur vor der Sonne und dem Staub zu schützen. Der kurze Spaziergang am Vormittag hatte sie mutig gemacht, und sie verließ allein das Hotel, in der Hand einen Stadtplan, der an der Rezeption auslag. Das neue Museum lag gut anderthalb Meilen vom Hotel entfernt. Der strenge Fußmarsch schreckte Cleo nicht ab, denn so viel Mut, einen der öffentlichen Busse zu benutzen, hatte sie dann doch nicht. Sie folgte der palmenbestandenen *Nile Corniche* am östlichen Ufer des Flusses nach Süden. Zahlreiche Esels- und Pferdewagen drängten sich auf der Straße, und Cleo ging im Zickzack, um den dampfenden Hinterlassenschaften auszuweichen. Die Tiere reagierten ruhig auf die knatternden Geräusche der Automobile, die auf der breiten Hauptstraße mehr vertreten waren als andernorts in der Stadt. Wie am Vormittag in Begleitung von Miranda schenkte Cleo niemand Beachtung, lediglich zwei kleinere Kinder deuteten auf ihren roten Hidschab und klatschten begeistert in die Hände. In diesem Teil der Stadt, in dem sich vorrangig Europäer aufhielten, gab es keine Bettler, zumindest wagte es niemand, fordernd die Hände auszustrecken. Wäre nicht der Duft von exotischen Pflanzen und der etwas modrige Geruch des Nils gewesen, hätte sich Cleo ebenso an einem heißen Sommertag inmitten einer englischen Großstadt befinden können.

Nach einer knappen Stunde hatte sie ihr Ziel erreicht. Das zweistöckige Gebäude im neoklassischen Stil war im Jahr 1902 eröffnet worden und beherbergte die größte Sammlung altägyptischer Artefakte und Kunstobjekte weltweit. Auf dem hohen Eingangstor war der Union Jack gehisst, die Inschrift über dem Eingang war in einer für Cleo fremden Sprache gemeißelt. Sie vermutete Latein und bedauerte, den Sinn nicht verstehen zu können.

Angenehme Kühle schlug Cleo entgegen, und es roch nach Holz und frischer Farbe, da an der Ostseite drei Einheimische ein deckenhohes Regal errichteten. Cleo bezahlte den Eintrittspreis von zwei Schillingen und erhielt eine gedruckte Broschüre, die ihr einen Überblick über die Ausstellungsräume gab. Sie wandte sich nach links und folgte einem Gang, in dem drei Sarkophage aus Kalkstein platziert waren. Zwei waren geschlossen, einer geöffnet und leer. Sie waren schlicht gearbeitet, ohne Goldverzierungen oder sonstigem Schmuck.

Cleo trat in eine weitläufige Halle mit einer hohen Decke und stand einen Augenblick später zum ersten Mal in ihrem Leben einer Mumie gegenüber. Sie war auf einem Sockel stehend in einem Glaskasten ausgestellt, etwa einen Meter fünfzig groß und vollständig in braune Bandagen gewickelt. Die Arme waren vor der Brust gekreuzt, dort, wo die Binden über der Augenpartie ausgespart waren, starrten Cleo dunkle Löcher entgegen. Sie dachte an die vielfältigen Geschichten von auferstandenen Mumien, die mit ihren Flüchen die Menschen, die ihre Totenruhe störten, straften. Bei der Vorstellung, die Binden würden sich ablösen und die Mumie aus der Vitrine steigen, lachte Cleo.

»Sie scheinen sich über Atemu, den Göttlichen, zu amüsieren, Miss«, hörte sie eine Stimme hinter sich. Cleo fuhr herum. Vor ihr stand ein älterer Herr mit einem grauen Bürstenhaarschnitt, elegant gekleidet in einen dreiteiligen Anzug aus groß kariertem Tweed, einem beigen Hemd und einer braunen Krawatte. Mit einer Hand stützte er sich auf einen schwarzen Gehstock, der Griff war ein aus Elfenbein geschnitzter Löwenkopf.

»Verzeihen Sie, ich wollte nicht despektierlich wirken«, versicherte Cleo hastig. »Ich dachte nur an die Horrorgeschichten von lebendig gewordenen Mumien und stellte mir vor, wie diese hier durch das Museum marschieren würde.«

Die vollen Lippen unter seinem gepflegten grauen Schnauzbart kräuselten sich. »Sie glauben also nicht an Flüche, Miss?«

»Das tue ich nicht, nein. Wissen Sie, ob diese Mumie eine Frau oder ein Mann war?«, fragte Cleo.

Er deutete auf eine rechteckige, metallene Plakette am Sockel der Vitrine, die Cleo bisher nicht bemerkt hatte. »Atemu ist ein männlicher Vorname. Bei diesem Exponat handelt es sich um keinen König oder großen Staatsmann. Wir vermuten, der Göttliche – die Bedeutung von Atemu – war ein höhergestellter Diener.«

Cleo nickte. »Auch diesen wurden ehrenvolle Bestattungen zuteil.«

»Das Grab wurde 1910 gefunden, bis auf einen schlichten Sarkophag mit dem Leichnam von Atemu jedoch geplündert«, erklärte der Herr. »Sein Name geht aus einer Inschrift auf dem Sargdeckel hervor. Die gut erhaltene Mumie wurde dem Museum freundlicherweise von Lord Cherringham, einem englischen Adligen, zur Verfügung gestellt. Ebenso wie weitere Artefakte, die ebenfalls in dieser Halle ausgestellt sind.«

»Lord Cherringham?«, wiederholte Cleo. »Wissen Sie, wer das Grab von Atemu gefunden und geöffnet hat? Unter Cherringham, der zu dieser Zeit die Grabungen finanzierte, arbeitete ein Stab von Ägyptologen und Archäologen.«

Er musterte sie erstaunt und gleichzeitig interessiert. »Trotz Ihrer Jugend verfügen Sie über ausgezeichnete Kenntnisse, Miss …?«

»Mrs Millian«, antwortete Cleo, ohne zu erklären, dass sie Witwe war.

»Henry Morgan, Kurator dieser Ausstellung.« Er neigte leicht den Kopf. »Weder verwandt noch verschwägert mit dem legendären walisischen Freibeuter, der im 17. Jahrhundert die Weltmeere unsicher machte. In meiner Familie wird das zumindest behauptet, aber so manch Unehrbares wird gern verschwiegen.« Es gefiel Cleo, dass der Gentleman Humor hatte.

»Sie arbeiten hier?«, fragte Cleo.

»Seit fünf Jahren«, antwortete Henry Morgan. »Mein Vertrag läuft im kommenden Sommer aus, dann werde ich Staub und Hitze mit dem wechselhaften Klima der Yorkshire Downs tauschen. Bisher bin ich mir nicht im Klaren darüber, ob ich mich darauf freuen soll. Ich fürchte, ich werde Ägypten vermissen.«

»Ist es Ihnen möglich, den Namen des Mannes festzustellen, der das Grab gefunden und geöffnet hat?«, fragte Cleo und fügte erklärend hinzu: »Mein Vater arbeitete für Lord Cherringham. Sein Name war Alexander Vanson.«

»Leider ist mir der Name Ihres Vaters nicht geläufig, Mrs Millian. Muss ich Ihren Worten entnehmen, dass er nicht mehr am Leben ist?«

Cleo nickte. »Die Ägyptologie war nicht nur sein Beruf, sie war seine Berufung. Er ließ sein Leben im Süden, nahe dem Tal der Könige.«

»Das tut mir leid, Mrs Millian. Wenn Sie einen Moment warten und sich die anderen Exponate ansehen mögen? Ich sehe in den Unterlagen nach.«

»Das ist sehr freundlich, Mr Morgan.«

Cleo schlenderte von Vitrine zu Vitrine und betrachtete die

Ausstellungsstücke: kleine Tonscherben, größere Haushaltsgefäße, aus Elfenbein geschnitzte Kämme und Nähnadeln, aufwendig gestalteter Halsschmuck und zahlreiche Amulette mit Abbildungen von Skarabäen. So auffällige Armreife, wie Cleo sie besaß, waren nicht zu finden. Auf einem Bord entdeckte sie acht Kanopen. Fünf aus rosafarbenem Kalkstein, drei aus glänzendem Alabaster. Alle Gefäße, in denen man die Eingeweide der Toten aufbewahrt hatte, waren mit geschnitzten Tierköpfen verziert. Gern hätte Cleo einen Deckel abgehoben und hineingeschaut, wagte aber nicht, die alten Stücke zu berühren.

Mr Morgan kehrte zurück und sagte lächelnd: »Sie hatten recht. Das Grab mit der Mumie von Atemu wurde von einem Mann mit dem Namen Alexander Vanson entdeckt, ebenso zwei der hier ausgestellten Kanopen. Sind Sie in die Fußstapfen Ihres Vaters getreten, Mrs Millian?«

»Das nicht, Mr Morgan, aber Land und Leute interessieren mich seit meiner Kindheit. Ich bin bemüht, so viel wie möglich über das Alte Ägypten zu lernen und die Sitten und Gebräuche der Vergangenheit zu verstehen.«

»Sie sehen mich beeindruckt, Mrs Millian.« Morgan nickte wohlwollend und sah sich um. »Ihr Gatte hat Sie heute nicht begleitet?«

»Nein, ich bin allein gekommen«, antwortete Cleo. Obwohl Mr Morgan ein sympathischer Herr war, wollte sie sich eine weitere Beileidsbekundung ersparen. Sie fügte hinzu: »Im Royal Doncaster Hotel habe ich ein Zimmer und hoffe, noch einige Zeit in Ägypten verbringen zu können.«

»Leider habe ich in wenigen Minuten eine Besprechung, Mrs Millian, aber bitte, kommen Sie wieder, wann immer Sie möchten. Dann können wir bei einem Tee weiterplaudern. Nennen Sie am Empfang meinen Namen, man wird Sie dann zu mir bringen.«

»Das mache ich gern, Mr Morgan.«

Er nickte ihr zu, drehte sich um und ging davon. Dabei stützte er sich auf den Gehstock und zog das rechte Bein nach.

Nachdem Cleo am nächsten Morgen Miranda von ihrem interessanten Nachmittag und Henry Morgen erzählt hatte, fragte die Freundin: »Ist er Junggeselle?«

»Wie bitte?«

»Na, ist dieser Morgen verheiratet? Ihr habt euch augenscheinlich gut verstanden, er lädt dich zum Tee ein, und da du ja weiterhin so dumm bist, meinen Bruder zu verschmähen …« Vielsagend zog Miranda eine Augenbraue hoch.

»Also wirklich, Miranda!« Cleo lachte hell. »Mr Morgan und ich haben uns lediglich unterhalten. Er ist mindestens doppelt so alt wie ich.«

Miranda ließ nicht locker. »Als Kurator bekommt er bestimmt ein gutes Gehalt, und du hättest wieder jemanden, mit dem du von früh bis spät über Mumien, Sarkophage und all das alte Zeugs reden kannst.«

»Ach, Miranda! Was soll ich nur mit dir machen?«

»Hm …« Nachdenklich rieb sich Miranda über ihre Nase. »Du hast gesagt, Morgan lebe in Yorkshire. Das ist schrecklich weit weg von Cornwall. Das spricht natürlich gegen eine Ehe, denn ich will dich in meiner Nähe behalten.«

Ich bin nicht dein Eigentum und werde meinen eigenen Weg gehen, lag es Cleo auf der Zunge. Sie schwieg jedoch. Neben Mirandas Egoismus war es gleichzeitig auch ein angenehmes Gefühl, dass die Freundin ihre Anwesenheit nicht missen wollte.

Miranda wechselte das Thema. »Ich glaube, ich habe für Margret Dansford den passenden Mann gefunden«, raunte sie mit einem geheimnisvollen Blick. »Jetzt muss ich am Ball bleiben, denn Margret zeigt sich noch sehr zugeknöpft und abweisend.«

Schmunzelnd hörte Cleo ihr zu. Offenbar hatte Miranda eine neue Freizeitbeschäftigung gefunden – die einer Heiratsvermittlerin.

Drei Tage später ging Cleo wieder zum ägyptischen Museum. Heute hatte Mr Morgan mehr Zeit und führte sie in sein Büro. Die Luft war stickig, das Zimmer hatte nur ein kleines Fenster, an den Wänden deckenhohe Regale voller Bücher, und der Tisch und die Stühle waren mit Büchern, Journalen, Zeitungen und Aktenordnern belegt. Selbst auf den Holzdielen lagen Unterlagen.

»Entschuldigen Sie, Mrs Millian«, sagte Henry Morgan. »Immer nehme ich mir vor, aufzuräumen. Wenn ich aber beginne, stoße ich bald auf ein Buch oder ein Schriftstück, das mein Interesse mehr weckt als Ordnung zu schaffen.«

Cleo erwiderte: »Ihr Büro erinnert mich an das Arbeitszimmer meines Vaters. Allein durfte ich nichts berühren, Vater hatte Angst, ich könne sein durchorganisiertes Chaos – das waren seine Worte – durcheinanderbringen.«

Henry Morgan lachte laut. »Durchorganisiertes Chaos! Das werde ich mir merken! Sie trinken einen Tee mit mir, Mrs Millian? Meine Mitarbeiterin versteht sich bestens auf die Zubereitung von gutem Tee. Bevorzugen Sie Earl Grey oder Darjeeling? Mit Sahne und Zucker?«

Cleo entschied sich für Darjeeling, ungesüßt, mit einem Schuss Sahne.

Zum Tee aßen sie kleine Stücke von einem süß-klebrigen Gebäck, und Henry Morgan erzählte aus seinem Leben. An der Universität in Cambridge hatte er zuerst Kunstgeschichte, dann Ägyptologie studiert, war seit zehn Jahren verwitwet, und seine einzige Tochter war mit einem Bankier verheiratet und lebte in London. Cleo war gern in der Gesellschaft von Henry Morgan. Obwohl sie sich kaum kannten, war er wie ein väterlicher Freund für sie. Als Ehemann konnte sich Cleo den älteren Herrn beim besten Willen nicht vorstellen.

Mr Morgan erfüllte Cleo den Wunsch, von einer dreitausend Jahre alten Kanope den Deckel zu öffnen. Obwohl es unmöglich war, da das Gefäß seit ewigen Zeiten leer war, meinte Cleo, den Geruch von verwesendem Fleisch in der Nase zu haben. Henry Morgan lachte sie nicht aus, als sie es ihm sagte, sondern nickte verstehend und meinte, dass viele Menschen diesen Eindruck hatten.

»Selbst nach den vielen Jahren, die ich mich mit den historischen Funden umgebe«, sagte Mr Morgan, »fühle ich mich bei jedem neuen Artefakt wie ein Schuljunge vor seiner ersten Prüfung. Wer einmal mit dem Virus des Alten Ägypten infiziert wurde, wird ihn niemals wieder los.«

»Das hat mein Vater auch gesagt.« Cleo lächelte versonnen. »Dabei stehen die Ausgrabungen erst am Anfang. In den nächsten Jahrzehnten wird die Wüste noch viele ihrer Geheimnisse freigeben.«

Ein Schatten fiel über das Gesicht des Kurators. Ernst sagte er: »Gleichzeitig leben wir auf einem Pulverfass, Mrs Millian. Die Ägypter sind immer weniger bereit, ein Protektorat von Großbritannien zu sein. Wir wollen hoffen, dass es zu keinen Aufständen oder gar einer Rebellion kommen wird.«

Cleo erschrak über Morgans offene Worte. Waren Victors Warnungen doch nicht übertrieben gewesen?

»Wir sind doch nicht in Gefahr?«, fragte sie erschrocken.

»Oh, Mrs Millian, ich wollte Sie nicht beunruhigen«, versicherte Henry Morgan schnell. »Ich bin überzeugt, wenn die Archäologen sich kooperativer gegenüber den Einheimischen zeigen und nicht so viele Kunstschätze ausführen, wird die Lage nicht eskalieren. Ein großes Problem sind die Glücksritter, wie ich sie nenne. Männer, und manchmal auch Frauen, die auf der Suche nach Gold- und anderen Schätzen durch die Welt ziehen, nur um aus diesen Geld zu schlagen. Ihnen geht es nicht um die historischen Werte, um das, was uns jedes einzelne Stück von untergegangenen Kulturen erzählt. Nein, sie wollen nur eines: schnelles Geld!« Verächtlich stieß Henry Morgan die Luft aus. »Häufig sind es amerikanische Staatsbürger, die keinen Respekt vor den Kunstschätzen zeigen. Wie auch? Auf der anderen Seite des Atlantiks gilt bereits ein hundertjähriges Haus als historisch.«

Unruhig rutschte Cleo auf der Stuhlfläche umher. Sie konnte nicht verhindern, dass vor ihrem geistigen Auge das Gesicht von Jason Dillon erschien.

Henry Morgan beugte sich vor und griff nach der Kanne. »Wir wollen uns den Tag aber nicht mit trübseligen Gedanken verderben, Mrs Millian«, sagte er, nun wieder lächelnd. »Noch eine Tasse Tee?«

Cleo nickte, und sie wechselten das Thema. Während des Rückweges ins Hotel musste Cleo aber unentwegt an Jason Dillon denken.

14

Am Weihnachtstag hatte das Hotel für die britischen Gäste ein klassisches mehrgängiges Dinner zubereitet, das mit einheimischen Gewürzen und Gemüsen verfeinert worden war. Während Cleo die einzelnen Speisen genoss, aß Miranda hastig, verzichtete auf das Dessert und hatte es plötzlich eilig.

»Bei den Atkinsons wird heute getanzt«, erklärte sie Cleo. »Sie haben ein Grammophon, Platten mit Dixielandmusik und letzte Woche direkt aus Amerika die aktuelle Aufnahme von Paul Whiteman bekommen.«

Cleo sagten weder *Dixieland* noch der Name *Paul Whiteman* etwas. Sie fragte nicht nach, auch nicht ob sie Miranda begleiten konnte. Cleo kannte die Antwort ohnehin: Mirandas Bekannte waren durchweg in der Art wie Lady Dansford und die Buchanans. Sie akzeptierten, mit Cleo dann und wann zusammen zu speisen und Tee zu trinken, richteten aber nie ein Wort an sie und bezogen sie in ihre Gespräche nicht mit ein. Einladungen zu Gesangs- und Tanzveranstaltungen durfte Cleo also nicht erwarten, sie sehnte sich ohnehin nicht danach.

Angwin war jetzt fast zwei Wochen fort, er musste inzwischen in Cornwall angekommen sein. Täglich wartete Cleo auf eine Nachricht aus Tredennick Manor. Obwohl sie nie große Sympathien für Lady Charlotte gehegt hatte, hoffte sie, sie sei am Leben. Nach dem Tod von Tante Elsie und als Cleo alles verloren hatte, war sie von Lady Charlotte in ihr Haus aufgenommen worden. Sie hatte ihr ermöglicht, in einem guten Pensionat ihre Ausbildung zu vervollständigen und danach auf Tredennick Manor zu arbeiten und zu leben. Die Trennung zwischen *oben* und *unten* – zwischen den Herrschaften und den Domestiken – konnte die Generation, der Lady Charlotte angehörte, nicht binnen kurzer Zeit aufheben.

Die erlösende Nachricht kam am letzten Tag des Jahres 1921. Im Hotel wurde für die abendliche Silvesterparty aufgebaut und dekoriert, als ein Page an Cleos Zimmertür klopfte und ihr ein schmales, braunes Kuvert überreichte.

»Dieses Telegramm wurde soeben für Sie abgegeben, Mrs Millian.«

Nachdem Cleo ihm einen halben Schilling in die Hand gedrückt hatte, zog sich der junge Ägypter mit einer Verbeugung zurück. Mit zitternden Fingern riss Cleo die Nachricht auf.

Mutter am Leben – Sie erholt sich und wird wieder gesund werden – Schäden am Haus überschaubar – überzeuge Miranda, bald nach Hause zu kommen – Angwin.

Der letzte Satz sagte Cleo, warum Angwin ihr und nicht seiner Schwester telegrafiert hatte.

Sie fand Miranda in der Hotelhalle in einer Gruppe von vier Männern und zwei Frauen, die Cleo unbekannt waren. Sie tranken Tee, aßen Gurkensandwiches mit Kresse, und zwei leere und eine angebrochene Champagnerflasche standen auf dem Tisch, dabei war es noch nicht einmal Mittag. Als Miranda Cleo bemerkte, winkte sie ihr zu.

»Das ist meine Freundin«, rief Miranda, für Cleos Geschmack etwas zu laut. »Ihr kommt nie darauf, wie sie heißt!« Erwartungsvoll sah Miranda in die Runde. »Sie ist nämlich auf den Namen Cleopatra getauft worden!«

Eine der jungen Frauen, deren Haarfarbe eine Spur zu blond war, um echt zu sein, lachte laut. »Was für ein köstlicher Scherz! Ihre Eltern müssen viel Humor haben.«

»Also wirklich, Daphne«, rügte sie ein dunkelhaariger Mann. Auf den ersten Blick war er attraktiv, sein Kinn begann aber schon seine Konturen zu verlieren, und seine Wangen waren rot geädert. »Cleopatra ist ein sehr schöner Name«, fügte er hinzu, zwinkerte Cleo zu, griff nach dem Champagner und sah sich nach einem unbenutzten Glas um. »Möchten Sie sich nicht zu uns setzen, ehrenwerte Cleopatra?«

»Ja, Cleo, feiere mit uns«, rief Miranda und klatschte in die Hände. »Es ist schließlich der letzte Tag des Jahres.«

Ernst sagte Cleo: »Miranda, kann ich dich bitte sprechen?«

»Jetzt?« Sie warf ihren Kopf zurück und lachte, auf Cleo wirkte es gekünstelt. »Was kann so wichtig sein, dass du ein Gesicht machst, als würde jeden Moment die Welt untergehen? Oder hast du heute Morgen einen Tasse Essig getrunken?«

Mirandas Freunde lachten schallend. Unbeweglich stand Cleo da und verzog keine Miene. Miranda seufzte und stand auf.

»Tja, ihr Lieben, wie ihr seht, wird der Blaustrumpf keine Ruhe geben, bis ich mir nicht angehört habe, was sie mir zu sagen hat. Lasst mir bloß etwas von dem Champagner übrig, und trinkt nicht alles selbst aus!«

Ihre Worte taten Cleo nicht weh, und das Gelächter von Mirandas Freunden berührte sie nicht. Diese Leute gingen sie nichts an. Sie zog Miranda außer Hörweite der anderen. Dabei roch sie die deutliche Fahne der Freundin.

»Angwin hat telegrafiert.«

»Und?«, fragte Miranda desinteressiert.

»Deine Mutter lebt und wird wieder gesund werden«, fuhr Cleo kühl fort, »und Tredennick scheint von dem Sturm weniger getroffen zu sein als angenommen.«

»Das ist doch wunderbar!« Miranda klatschte erneut in die Hände und kicherte. »Warum machst du dann ein Gesicht, als läge alle Last der Welt auf deinen Schultern?«

»Angwin möchte, dass wir nach Hause kommen«, fuhr Cleo fort. »Du und ich zusammen, Miranda.«

Miranda kräuselte die Nase. »Warum? Mutter geht es gut, und ich habe keine Lust, auf einer Baustelle zu wohnen.«

Betroffen sah Cleo die Freundin an und fragte: »Kümmert dich das Wohl deiner Familie so wenig?«

Miranda zuckte mit den Schultern, sie schien ein wenig nüchterner zu werden. »Es ist doch alles in bester Ordnung.« Sie stutzte und fragte: »Warum hat Angwin dich und nicht mich benachrichtigt? Es ist schließlich *meine* Mutter und *mein* Haus.«

Und an beidem zeigst du bedauerlicherweise wenig Interesse, dachte Cleo und fragte: »Was soll ich Angwin antworten?«

»Was du willst, du machst das schon, Cleo.« Wohlwollend klopfte Miranda Cleo auf die Schulter und wandte sich ab, um zu ihren Bekannten zurückzukehren. Sie drehte sich noch einmal um und meinte: »Wenn du nach Cornwall fahren willst, kannst du es von mir aus tun. Ich allerdings werde hierbleiben. Ich nehme nicht an, dass du mit uns den Start in das neue Jahr feiern willst?«

»Ich glaube nicht, dass deine …«, Cleos Augen verengten sich, »*Freunde* gesteigerten Wert auf meine Anwesenheit legen.«

Miranda nickte. »Da du uns mit deinem sauertöpfischen Gesicht nur den Spaß verderben würdest, ist es besser, wenn du in

Gesellschaft deines greisen Freundes vom Museum und im Kreis der Mumien das Jahr ausklingen lässt.«

Diese Worte trafen Cleo nun doch mitten ins Herz. Miranda war noch nie besonders feinfühlig gewesen. Sie sagte stets, was sie dachte, eine derartige Beleidigung entsetzte Cleo jedoch sehr.

»Warum sagst du das, Miranda?«, fragte sie leise. »Was habe ich getan, dass du dir wünschst, ich würde abreisen?«

Leicht verunsichert antwortete Miranda: »Das habe ich nicht gesagt. Ich halte es nur für besser, wenn wir unsere eigenen Wege gehen.«

»Wenn du Sorgen hast: Du kannst mir alles sagen.«

»Sorgen?« Miranda lachte, erneut wirkte es auf Cleo gezwungen. »Warum sollte ich Sorgen haben? Mir geht es prächtig, und ich habe wunderbare Freunde gefunden. Jetzt halte mich nicht länger auf, sonst gibt es keinen Champagner mehr.«

Sie ließ Cleo stehen, als wäre sie ein lästiges Anhängsel. Einen Moment später nahm sie ihr inzwischen wieder gefülltes Glas und leerte den Champagner in einem Zug.

Miranda war immer schon unbedacht bis hin zu leichtfertig gewesen, zuvor hatte Cleo sie tagsüber aber nie Alkohol trinken sehen. Die Männer und Frauen machten auf Cleo zwar einen vermögenden, auf keinen Fall aber einen vertrauenswürdigen Eindruck. Sie hatte Angwin versprochen, ein Auge auf Miranda zu haben, wie sollte sie die Freundin aber abhalten, sich mit diesen Leuten abzugeben? Cleo konnte sie schlecht in ihr Zimmer einschließen oder sie gar zwingen, mit ihr nach Cornwall zu reisen.

Aus ihrem Zimmer holte sie den Staubmantel, verließ das Hotel und schlug den Weg zum Telegrafenamt ein. Sie hätte auch jemanden vom Personal schicken können, Cleo brauchte jetzt aber frische Luft und Bewegung. Furcht, sich als Frau allein in den Straßen Kairos zu bewegen, hatte Cleo trotz Henry Morgans Hinweisen auf eine bevorstehende Rebellion keine. Sie mied die Viertel, vor denen Victor sie gewarnt hatte, weil dort die weniger gut situierte Bevölkerung lebte. Die kasten- und würfelartigen Häuser mancher Gegenden standen so dicht beisammen und waren von einem Netz enger Gassen durchzogen, dass man sich dort schnell verlaufen konnte. Auch dienten die Viertel als Unterschlupf für so manchen Kriminellen, der dem Arm des Gesetzes entgehen wollte. Das Telegrafenamt befand sich an einem belebten Platz, direkt gegenüber einer katholischen Kirche, die dem heiligen St. George geweiht war. Geduldig wartete Cleo, bis die fünf Kunden vor ihr fertig waren, dann schob sie dem Beamten den vorgefertigten Zettel hin.

Danke für Nachricht – Bin erleichtert, dass es Lady Charlotte besser geht – Miranda will nicht abreisen – Sehe sie nur selten – Sie amüsiert sich meiner Ansicht nach mit den falschen Leuten – Deine Anwesenheit wäre von Vorteil – Gruß Cleo.

Für die lange Nachricht musste Cleo drei Schillinge bezahlen. Es erschien ihr aber richtig, Angwin zu informieren, dass seine Schwester in eine Richtung driftete, die weder zu Miranda passte noch gut für sie war. Mehr konnte Cleo im Moment nicht ausrichten. Angwins utopische Vorstellung, eines Tages würden Menschen in Flugzeugen in wenigen Stunden weite Strecken zurücklegen, wäre jetzt gar nicht so schlecht. Obwohl Cleo wusste, dass ihre Worte an Angwin richtig gewesen waren, fühlte sie sich beschämt. Zum zweiten Mal hatte sie die Freundin verraten. Damals in Schottland war es für Miranda von Vorteil gewesen. Cleo hoffte, die Freundin auch dieses Mal zur Vernunft bringen zu können.

Cleo konnte den Haupteingang des *Royal Doncaster* bereits sehen, sie musste nur noch die Straße überqueren, als sie ein ähnliches Kribbeln im Nacken spürte wie an dem Tag, an dem sie mit Miranda Einkäufe gemacht hatte. Wieder blieb sie stehen und sah sich um. Dutzende von Männern und Frauen, sowohl Ägypter als auch Europäer, eilten geschäftig auf und ab, zwei Jungen spielten Ball, aber jemand, den sie kannte, war nicht zu sehen.

»Cleopatra Vanson, du siehst Gespenster«, murmelte sie und wischte sich mit dem Handrücken über die Stirn. Die Luft war heute besonders drückend und absolut windstill. Beim Frühstück hatte Cleo einen Gast am Nebentisch sagen gehört, das Wetter würde umschlagen. Der Wetterwechsel und die Sorge um Miranda waren sicher dafür verantwortlich, dass Cleo sich einbildete, verfolgt zu werden.

Am nächsten Morgen wurde Cleo von einem ungewohnten Geräusch geweckt. Sie lauschte lächelnd. Gegen die Fensterscheiben prasselten schwere Tropfen. Seit ihrer Ankunft in Ägypten vor zwei Monaten regnete es zum ersten Mal. Cleo sprang aus dem Bett, lief zum Fenster und sah hinaus. Der Himmel musste bereits seit Stunden seine Schleusen geöffnet haben, denn der Sand auf den Straßen hatte sich in einen rötlichen, rutschigen Schlamm verwandelt, in dem die Menschen knöcheltief einsanken und die Reifen der Automobile ins Schlingern kamen. Abflüsse schien es keine zu geben, denn in den Rinnsteinen stand das Wasser. Cleo öffnete einen Fensterflügel und atmete tief ein. Der Regen in Ägypten roch anders als in Cornwall. Dort war er kräftig und würzig, hier eher modrig. Sie schloss das Fenster, ging ins Bad und zog sich an.

Als sie den Frühstücksraum betrat, war dieser nur zu rund einem Viertel besetzt. Wegen der gestrigen Feierlichkeiten zum neuen Jahr waren die meisten Gäste erst sehr spät oder besser gesagt früh zu Bett gegangen und schliefen heute aus. Auch Miranda war noch nicht aufgestanden. Cleo bestellte sich ein Frühstück mit Tee, Toast, Butter, Marmelade und einem weichen Ei. Sie aß mit gutem Appetit, sah dabei aber immer wieder auf die Uhr. Es war inzwischen zehn, und von Miranda gab es immer noch keine Spur. Um halb elf ging Cleo hinauf und klopfte an ihre Zimmertür.

»Miranda, hast du verschlafen?« Im Zimmer rührte sich nichts. »Miranda, es ist Zeit, aufzustehen.«

Cleo drehte am Knauf. Die Tür war verschlossen. Sie klopfte ein weiteres Mal und rief Mirandas Namen – ohne Erfolg. War Miranda etwa vor ihr aufgestanden und ausgegangen? Unwahrscheinlich bei dem heftigen Regen.

An der Rezeption fragte sie den Portier, ob er Miranda Tredennick gesehen hatte.

»Bedauere nein.« Er drehte sich zum Bord hinter sich. »Der Schlüssel von Nummer 226 ist hier. Die Dame scheint sich nicht in ihrem Zimmer zu befinden.«

»Seit wann haben Sie heute Dienst?«, fragte Cleo.

»Seit fünf Uhr, Mrs Millian.«

»Dann hätten Sie bemerkt, wenn Miss Miranda heute Morgen das Haus verlassen hätte?«

Der Portier warf sich in die Brust: »Auf jeden Fall! Ich war immer auf meinem Posten.«

Cleo dankte und wandte sich ab. Die Vermutung, dass Miranda die Nacht nicht in ihrem Zimmer verbracht hatte, drängte sich ihr auf. Miranda war erwachsen, sie, Cleo, hatte kein Recht, der Freundin Vorschriften zu machen oder ihr gar hinterherzuspionieren. Trotzdem zögerte Cleo, ob sie sich auf die Suche nach Miranda machen sollte. Aber wohin sich wenden, wen fragen?

Sie ging noch mal zur Rezeption und fragte den freundlichen Portier: »Sind Lady Dansford und ihre Töchter in ihren Zimmern?«

Der Mann sah wieder zum Schlüsselbord. »Es ist anzunehmen, sofern sich die Herrschaften nicht im Restaurant befinden.«

Da Cleo die Damen beim Frühstück nicht gesehen hatte, ging sie in den zweiten Stock hinauf und klopfte bei Lady Dansford. Auch hier blieb alles still. Cleo versuchte es nebenan. Hier wurde ihr schnell geöffnet.

»Ja, bitte?«, fragte Margret Dansford durch den Spalt. Sie war vollständig bekleidet und hatte ihr Haar aufgesteckt.

»Miss Margret, verzeihen Sie die Störung. Ich bin auf der Suche nach Miranda. Ist sie vielleicht bei Ihnen?«

»Miranda?« Margret runzelte die Stirn. »Wir haben sie schon länger nicht mehr gesehen.« Sie drehte den Kopf und rief ins Zimmer hinein: »Nicht wahr, Sarah?«

Aus dem Hintergrund hörte Cleo die zarte Stimme der jüngeren Dansford-Tochter: »Ich glaube, vor drei oder vier Tagen haben wir zusammen den Tee eingenommen.«

Cleo seufzte. »Vielleicht Ihre Mutter …?«

»Mama dürfen wir nicht stören«, unterbrach Margret schnell. »Sie hat ihre Migräne und fühlt sich elend. Sie wollte auch nicht frühstücken, daher haben Sarah und ich uns eine Kleinigkeit heraufbringen lassen. Der Wetterwechsel, wissen Sie. Es ist der erste Regen, seit wir in Ägypten sind. Es ist schrecklich schwül, ganz anders als zu Hause.«

»Ja, der Regen kommt wirklich überraschend«, murmelte Cleo.

Ohne einen Abschiedsgruß schloss Margret die Tür und ließ Cleo auf dem Korridor stehen. Ihr blieb nichts anderes übrig, als in ihr Zimmer zu gehen und abzuwarten.

Zum Abendessen kam Miranda in den Speisesaal, als sei nichts geschehen. Sie trug ein elegantes dunkelblaues, wadenlanges Seidenkleid mit einem geraden, spitzenbesetzten Ausschnitt und einer tief angesetzten Taille, war allerbester Laune, tänzelte in beigen, hochhackigen Schuhen regelrecht auf den Tisch zu, an dem Cleo bereits Platz genommen hatte. Ihre Augen leuchteten, und sie rief: »Was gibt es heute denn Gutes? Ich habe einen Bärenhunger.«

»Roastbeef mit Kartoffeln und Erbsengemüse«, antwortete Cleo.

Miranda sah sie aufmerksam an. »Ist dir der Regen aufs Gemüt geschlagen, oder warum sitzt du hier wie ein Trauerkloß?«

Cleo rollte den Rand ihrer Serviette auf und fragte mit gesenktem Kopf: »Wo warst du, Miranda?«

»Wo ich war?«, wiederholte Miranda überrascht. »Meine Freunde und ich haben den Beginn des neuen Jahres gefeiert.«

»Die ganze Nacht und den heutigen Tag?«, platzte Cleo heraus, jetzt bohrte sich ihr Blick in Mirandas Augen.

Mirandas dunkle Brauen zogen sich über ihrer Nasenwurzel zusammen. »Spionierst du mir etwa nach?« Ihre Stimme war leise und scharf.

»Es hat nichts mit Spionieren zu tun, wenn mir auffällt, dass du eine Nacht und einen Tag lang verschwunden warst.«

Mirandas Miene änderte sich schlagartig. Sie legte eine Hand auf Cleos und sagte unbekümmert: »Wie oft habe ich dir schon gesagt, dass du dein Leben genießen sollst, Cleopatra Vanson! Es ist Neujahr, das ist ein Grund zum Feiern. Jetzt mach kein sauertöpfisches Gesicht, und entspann dich.«

»Entspannen?« Cleo schüttelte den Kopf. »Etwa mit Unmengen an Alkohol und mit Leuten, die einen mehr als zweifelhaften Eindruck machen? Miranda, deine sogenannten Freunde gefallen mir nicht.«

Sanft lächelnd erwiderte Miranda: »Das brauchen sie auch nicht, denn ihr habt nichts gemein. Du hast das Museum und den alten Mann, meine Interessen sind eben andere.«

Cleo sah sich im Restaurant um. Die Nebentische waren unbesetzt, trotzdem senkte sie ihre Stimme, als sie fragte: »Hast du jemanden kennengelernt?«

»Ich habe viele Leute kennengelernt ...«

»Du weißt genau, was meine, Miranda. Verbringst du deine Zeit mit einem ganz bestimmten Mann? Vielleicht der Dunkelhaarige mit den roten Wangen? Ist er der Grund deiner Veränderung?«

Der Kellner, der das Essen servierte, enthob Miranda einer Antwort. Während die Teller vor sie gestellt wurden, beobachtete Cleo, wie es hinter Mirandas Stirn arbeitete. Nachdem sie wieder allein waren, sagte sie gelassen: »Ich nehme an, mein Bruder hat dich beauftragt, den Wachhund für mich zu spielen. Ich bin aber mündig und lasse mir von niemandem Vorschriften machen. Weder von Angwin noch von dir.« Sie fuchtelte mit der Hand vor Cleos Gesicht herum und fügte hinzu: »Wenn du nach Hause fahren willst – ich werde dich nicht zurückhalten. Es war eine dumme Idee, dich hierzubehalten, da du dich wie eine Gouvernante aufspielst.«

»Miranda, in den letzten Wochen hast du dich verändert. Das sind doch nicht nur deine neuen Bekanntschaften. Irgendetwas stimmt nicht!«

Die Freundin lehnte sich entspannt zurück. Ihr versonnenes Lächeln konnte Cleo nicht deuten. »Ich weiß, was ich tue. Jetzt muss ich essen, in einer halben Stunde werde ich abgeholt.«

»Du gehst heute Abend wieder aus?« Jetzt verstand Cleo, warum Miranda das elegante Kleid trug, den Bubikopf mit einer perlenverzierten Spange geschmückt hatte und dazu passende Ohrstecker trug.

Cleo fiel ein, dass sie Miranda immer noch nichts von dem zweiten Skarabäus-Reif erzählt hatte, der sicher verwahrt im Hotelsafe lag. Bisher war dafür keine Gelegenheit gewesen, und jetzt schob Miranda ihren Teller auch schon zurück und stand auf. Sie hatte kaum die Hälfte der Speisen angerührt. Miranda beugte sich hinunter und küsste Cleo auf die Stirn.

Freundlich, fast schon liebevoll sagte sie: »Sorg dich nicht um mich, liebe Freundin. Vom vielen Stirnrunzeln bekommst du Falten, und die machen alt.«

Miranda zog sich die elfenbeinfarbenen Handschuhe aus glänzendem Satin an, zog sie bis über die Ellenbogen und nahm ihr Abendtäschchen. Nach einem letzten Lächeln zu Cleo schwebte sie beschwingt aus dem Restaurant. Auch Cleo aß das Roastbeef nicht auf. Der Appetit war ihr vergangen.

Im Zimmer betrachtete Cleo den Reif, den ihr Miranda zurückgegeben hatte, im Schein der Nachttischlampe. Es bestand kein Zweifel: Das Stück, das sie bei ihrem Vater gefunden hatte und das jetzt sicher verwahrt im Hotelsafe lag, und dieses Exemplar waren zwei exakt gleiche Anfertigungen. Die Inschrift in einem war fast vollständig lesbar, sodass Jason Dillon sie hatte entziffern können. Bei ihrem Skarabäus waren nur noch Fragmente zu erkennen. Wohl ein Zeichen dafür, dass er durch mehrere Hände gegangen und nicht mit besonderer Sorgsamkeit gepflegt worden war.

Cleo ging noch einmal in die Halle hinunter und nannte dem Portier die Nummer ihres Kastens im Safe. Sofort wurde sie in das Büro geführt, der Tresor geöffnet, dann war Cleo allein. Sie legte das zweite Exemplar des Reifs neben sein Pendant und stellte den Kasten in den Safe zurück. Mochten die beiden Armreife auch keinen materiellen Wert haben – für Cleo waren sie das Kostbarste, das sie besaß. Vielleicht würde es ihr eines Tages gelingen, das Rätsel der blauen Skarabäen zu lösen. Wobei – es gab jemanden, der ihr dabei sicher helfen konnte.

Bei ihrem nächsten Besuch bei Henry Morgan fragte sie ihn: »Dürfte ich Sie um einen Gefallen bitten?«

Der Kurator neigte wohlwollend den Kopf. »Es ist mir ein Vergnügen, Mrs Millian.«

Aus ihrer tiefen Rocktasche nahm Cleo die Armreife, legte sie auf Morgans Schreibtisch und erklärte: »In meinem Besitz befinden sich diese Armreife. Die Inschriften sind nur teilweise lesbar. Ihre Meinung zu den Stücken wäre mir wichtig.« Interessiert beugte sich der ältere Herr vor, nahm die Reife und drehte sie in seinen Händen. Cleo fuhr fort: »Sie stammen aus dem Besitz meines Vaters. Ich vermute, sie gehören zusammen. In einem Reif«, sie deutete auf den, den sie bei ihrem Vater in der Wüste gefunden hatte, »wurden die Symbole und Hieroglyphen teilweise entziffert. In der Spange des anderen sind sie leider sehr schlecht zu erkennen.«

»Interessante Stücke«, murmelte Henry Morgan. »Ich vermute, die Spangen sind aus Silber gefertigt, der Skarabäus aus Lapislazuli.« Er klemmte sich die Lupe in ein Auge und betrachtete die Inschriften. Außer hin und wieder einem »Hm!«, »Aha!« und »Interessant!« ließ er Cleo nicht an seinem Eindruck teilhaben.

Unruhig rutschte Cleo auf dem Stuhl hin und her. Sie sagte: »Es sollen Zeichen sein, die auf den Pharao Sesostris den Dritten hinweisen.«

Ein erneutes »Hm …«, dann legte Morgan die Schmuckstücke aus der Hand, nahm die Lupe aus dem Auge und sah Cleo aufmerksam an. »Die Legende von Sesostris oder vielmehr des Grabes seines Sohnes ist Tausende von Jahren alt. Was wissen Sie darüber, Mrs Millian?«

Cleo berichtete, was der ägyptische Führer Mahmoud erzählt und Jason Dillon übersetzt hatte, welche Angst der Ägypter allein beim Aussprechen des Namens Sesostris gehabt hatte und auch wo und unter welchen Umständen sie ihren Vater tot aufgefunden hatte. Morgan hörte ihr aufmerksam zu und unterbrach sie kein einziges Mal. Als sie geendet hatte, massierte er mit zwei Fingern seine Nasenwurzel.

»Noch heute, im 20. Jahrhundert, glauben viele der Einheimischen an die Mythen und Flüche aus der Vergangenheit. Sie bekennen sich zwar zum Islam, viele auch zum Christentum, die alten Götter sind aber noch allgegenwärtig. Ebenso deren schreckliche Strafen, die jeden ereilen, der die Totenruhe stört.«

»Mahmoud verhielt sich, als würde er im nächsten Moment vom Leibhaftigen geholt und direkt in die Hölle geworfen.« Cleo wollte sich über die Gefühle des Führers nicht lustig machen, unwillkürlich musste sie aber lächeln. »Auch in England erschreckt man Kinder mit Geschichten über Riesen und andere suspekte Gestalten. Denken Sie nur an den furchteinflößenden Oger!«

»Mit dem drohte mir meine Nanny, wenn ich nicht einschlafen wollte«, erwiderte Morgan schmunzelnd. »Lassen Sie mich Ihnen die ganze Geschichte von Sesostris dem Dritten erzählen«, sagte er. »Er war ein Pharao der 12. Dynastie im Mittleren Reich. Laut den Quellen regierte er von 1882 bis 1842 vor Christus. Was wir heute über ihn wissen …«

»Oder glauben zu wissen«, warf Cleo ein.

Er nickte zustimmend. »Sesostris war ein grausamer Herrscher. Ständig führte er Krieg gegen die Nubier, ließ deren Brunnen vergiften, entführte die Frauen und verkaufte sie in die Sklaverei. Gegenüber seinen Feinden ließ er keine Gnade gelten.«

»Das prächtige alte ägyptische Reich hatte zu dieser Zeit seinen Glanz verloren«, ergänzte Cleo. »Das Land wurde regelmäßig von Feinden überfallen. Sesostris und seine Nachkommen sahen sich gezwungen, das Reich mit Waffengewalt zu verteidigen.«

»Das ist richtig. Dennoch heißt es, dieser Pharao tötete nicht nur, um sich und sein Volk zu schützen, sondern aus purer Lust an der Grausamkeit. Galten früher Gold und Juwelen als Gebrauchsgegenstände, die sich auch im Besitz von einfachen Bauern und Arbeitern befanden, erkannten die Herrscher der 12. Dynastie deren Handelswert. Als Sesostris starb, folgte ihm sein Sohn Amenemhet auf den Thron. Er, der sich ebenfalls der Dritte nannte, stand seinem Vater in Sachen Grausamkeit in nichts nach, im Gegenteil. Quellen zufolge stand Amenemhet zwanzig Jahre an der Seite von Sesostris und hat in dieser Zeit alles von ihm gelernt, um das Land auf die gleiche harte Art und Weise wie sein Vater zu regieren.«

»Und weiterhin das Volk auszubeuten und zu unterjochen«, bemerkte Cleo.

»So weit die historisch fundierten Tatsachen«, fuhr Morgan fort. »Jetzt kommt die uralte Legende ins Spiel, und wie es mit solchen Mythen ist: Niemand weiß, wann sie entstanden sind und warum.«

Cleo sagte: »Meine Heimat Cornwall ist voll von Sagen und Legenden. Oft jedoch beinhalten die Geschichten ein Körnchen Wahrheit und basieren auf realen Ereignissen.«

»Die Symbole in den Armreifen geben einen Hinweis, was man sich über den Nachkommen von Sesostris erzählt.«

»Über Amenemhet?«, fragte Cleo.

»Nein, über einen jungen Mann, der ebenfalls den Namen Sesostris trug«, erklärte Henry Morgan. »Ob er jemals existiert hat, ist bis heute ungeklärt. Als Wissenschaftler, der sich auf Fakten stützt, neige ich dazu, sein Dasein als Mythos anzusehen. Es gibt keinen Beweis, dass Sesostris der Dritte einen zweiten Sohn hatte.«

»Was steht denn im anderen Reif?«, fragte Cleo gespannt. »Können Sie die Inschrift entziffern?«

»Nicht vollständig, Mrs Millian. Im Gegensatz zu seinem Pendant scheint der Reif häufig getragen geworden zu sein, dementsprechend verkratzt sind die Symbole. Lassen Sie mich aber zuerst die Legende weitererzählen.« Er sah auf Cleos leere Tasse und fragte: »Soll ich Ihnen noch einen Tee bringen lassen?«

»Danke, nein. Ich bin viel zu aufgeregt, um Tee zu trinken.«

Henry Morgen lächelte verständnisvoll und fuhr fort: »Der unbekannte Sohn soll der Erstgeborene von Sesostris dem Dritten gewesen sein und somit der rechtmäßige Nachfolger auf den Thron. Im Gegensatz zu seinem Vater und seinem Bruder Amenemhet war der jüngere Sesostris gütig und sanftmütig. Er verabscheute Krieg und Gewalt, behandelte die Sklaven gut und wollte das Land mit friedlichen Mitteln zur einstigen Blüte zurückführen. Amenemhet hingegen war von Ehrgeiz zerfressen, wie wir es heute ausdrücken würden. Unter allen Umständen wollte *er* herrschen und das Werk seines Vaters fortsetzen. Sein Bruder stand ihm jedoch im Weg. So ermordete er ihn.«

»Wie Kain seinen Bruder Abel erschlug«, murmelte Cleo.

»Die Legende sagt nicht, ob der junge Sesostris noch zu Lebzeiten seines Vaters gestorben ist. Wenn ja, dann muss seine Ermordung mit dem Wissen von Sesostris dem Dritten geschehen sein. Es ist anzunehmen, dass der grausame Pharao mehr Interesse daran hatte, dass ihm der Sohn, der charakterlich sein Ebenbild war, auf den Thron folgte. Trotzdem war der Knabe königlichen Geblüts und soll in einem reich mit Schätzen gefüllten Grab beigesetzt worden sein. Selbst ein tyrannischer Herrscher fürchtete sich vor der Allmacht und den Strafen der großen Götter und wollte sie versöhnlich stimmen. Die Stelle des Grabes blieb geheim. Den Arbeitern, die es schufen, wurden die Augen ausgestochen und die Zungen herausgeschnitten. Im besten Fall – es kann durchaus sein, dass sie bei lebendigem Leib zusammen mit dem jungen Sesostris eingemauert wurden, um niemandem den Weg zu den Grabschätzen zu verraten.«

Cleo schüttelte sich. »Mein Vater sagte, es sei eine Erfindung der Moderne, dass Arbeiter sterben mussten, um das Geheimnis der Gräber zu wahren. Die Männer waren ihren Herrschern treu ergeben. Sie schwiegen aus Solidarität, viele auch aus Angst, ein Fluch würde sie und ihre Familien treffen.«

»Ihr Vater war wahrlich ein weiser Mann«, erwiderte Morgan. »Beweise, dass die Arbeiter wirklich getötet wurden, gibt es tatsächlich keine. Nur selten finden sich menschliche Knochen in den Königsgräbern, die jedoch vorhanden sein müssten, sollte die Legende der Richtigkeit entsprechen. Es ist nicht davon auszugehen, dass Dutzende von Arbeitern, die in der Regel Sklaven waren, mumifiziert worden sind.«

»Was ist nach dem Tod des jungen Sesostris geschehen?«, fragte Cleo.

»Was nun folgt, ist nicht mehr als eine nette Legende«, antwortete Morgan. »Bevor der junge Sesostris ermordet wurde, hatte er sich in ein Mädchen verliebt. Ihr Name soll Meryt gelautet haben, sie war aber nur die Tochter von einfachen Bauern. Als sie vom Tod ihres Geliebten erfuhr, ließ Meryt die Armreife anfertigen. Es gelang ihr, einen im Grab von Sesostris zu verstecken, den anderen legte sie für den Rest ihres Lebens nicht mehr ab und wurde mit ihm am Handgelenk begraben. Der auffällige Skarabäus weist eindeutig auf das Mittlere Reich hin. Ab dieser Zeit wurde die Verarbeitung von Lapislazuli in Schmuckstücken immer beliebter. Der Stein kam aus der Gegend, die wir heute als Abessinien kennen, nach Ägypten. Dass die Spangen aus einfachem Silber und die kleinen Schmucksteine von geringem Wert sind, ist ein Hinweis, dass die Reife von jemandem in Auftrag gegeben worden sind, der – oder in diesem Fall die – nur über geringe Mittel verfügte.«

»Da beide Stücke heute aber vorliegen, muss es doch bedeuten, dass sowohl das Grab von Sesostris dem Jüngeren als auch seiner Geliebten gefunden wurden. Mein Vater hatte also recht mit der Geschichte, die er mir zu dem Armreif schrieb. Er war das Geschenk zwischen zwei Liebenden, die auf grausame Weise voneinander getrennt wurden.« Cleo lächelte versonnen.

»Mrs Millian, Sie dürfen nicht vergessen, dass es sich um eine Legende handelt«, ermahnte sie Henry Morgan. »Fraglos klingt die Geschichte romantisch, den Wahrheitsgehalt ziehe ich allerdings in Zweifel. Wenn jemand das Grab von Sesostris dem Jüngeren entdeckt hätte, wäre das allgemein bekannt geworden.«

Cleo war anderer Meinung und sagte nachdenklich: »Nicht, wenn der Finder den Goldschatz entdeckt hat. Er hielt es geheim, um mit niemandem teilen zu müssen, und brachte den Schatz außer Landes. Nur die Armreife sind im Land geblieben, wohl weil deren materieller Wert gering ist.«

Henry Morgans Augen funkelten belustigt. »Mrs Millian, Sie haben eine ausgesprochen rege Fantasie und sollten sich im Schreiben von Romanen versuchen.«

Cleo ging darauf nicht ein und fragte: »Können Sie sich vorstellen, was der Hinweis auf die große Kreuzung bedeuten könnte?«

Morgan schüttelte den Kopf. »Ich vermute, die Lösung findet sich in den Zeichen des zweiten Armreifs, sofern es sich überhaupt um eine reale Ortsangabe handelt.«

»Zusammen könnten die Inschriften also durchaus den Hinweis auf das Grab des jungen Sesostris ergeben«, murmelte Cleo.

»Sofern er existiert hat.« Henry Morgan sprach mit einem mahnenden Unterton. »Mrs Millian, Sie haben mich um Rat gebeten, daher will ich Ihnen meine Einschätzung ehrlich mitteilen. Ich gehe davon aus, dass beide Reife im letzten Jahrhundert angefertigt und gemäß der Legende mit den entsprechenden Symbolen versehen wurden, damit sie gut verkäuflich sind.

Zu Zeiten von Sesostris dem Dritten war es nicht üblich, die heiligen Käfer derart plastisch darzustellen. In der altägyptischen Kultur fanden sich Abbildungen der heiligen Skarabäen auf Amuletten und als Verzierungen an Sarkophagen und auf Kanopen. Ich halte es für ausgeschlossen, dass die Reife Tausende von Jahren alt sind.«

Cleo runzelte die Stirn und fragte: »Haben Sie nicht gesagt, dass Lapislazuli gerade im Mittleren Reich für die Verwendung von Schmucksteinen populär geworden ist? Das spricht doch für das Alter der Reife.«

Morgan sah Cleo verständnisvoll an. »Eben darauf ist bei der Herstellung im letzten Jahrhundert gesetzt worden, Mrs Millian. Die Leute *sollten* glauben, die Armreife stammten aus der Vergangenheit.«

Cleo griff nach ihrem Schmuck und wickelte ihn wieder in ihr Taschentuch. Sie stand auf.

»Sie haben mir trotzdem sehr geholfen, Mr Morgan. Ob Mythos oder Wahrheit – wenn ich den Hinweis zu einem geheimnisvollen Grab in den Händen halte, dann befindet sich dieses weit im Süden des Landes. Wir hätten dort, wo ich meinen Vater gefunden habe, weitergehen sollen. Ich bin überzeugt, er war auf der richtigen Spur. In absehbarer Zukunft wird es für mich aber keine Möglichkeit geben, der Sache nachzugehen.«

Mit einem sorgenvollen Blick erwiderte Henry Morgan: »Verrennen Sie sich bitte nicht darin, Mrs Millian, wenn ich das so direkt sagen darf. Seit Jahrhunderten schon haben viele Menschen ihr Leben verloren, weil sie einer Legende zu viel Wahrheitsgehalt zugeschrieben haben.«

»Howard Carter glaubt auch an die Existenz von Tutanchamun, für die es bisher keinen Beweis gibt. Und Sie teilen Carters Meinung«, trumpfte Cleo auf. »Ich danke Ihnen sehr für Ihre Einschätzung und Ihre offenen Worte.«

Wohlwollend erwiderte er: »In meinem Museum sind Sie jederzeit herzlich willkommen, Mrs Millian. Unsere Plauderstündchen sind mir zu einer lieben Gewohnheit geworden.«

»Für mich ebenfalls.« Cleo hatte bereits die Tür geöffnet, als sie sich noch einmal zu dem Kurator umdrehte. »Eine letzte Frage, Mr Morgan: Kennen Sie einen gewissen Jason Dillon? Er ist Amerikaner.«

»Dillon?«, wiederholte Morgan. »Ich denke nicht, dass ich diesen Namen schon mal gehört habe.«

15

In den nächsten Wochen änderte sich an Mirandas und Cleos Tagesabläufen kaum etwas. Miranda widmete den Großteil der Zeit ihren neuen Freunden und forderte Cleo nicht auf, sie zu den Empfängen, Dinnerpartys und Tanzveranstaltungen zu begleiten. Ihre Andeutungen, was sie unternahm und mit wem sie verkehrte, waren vage, und sie erwähnte, wenn überhaupt, nur Vornamen. Immer häufiger trank Miranda bereits zur Mittagszeit Alkohol. Auf Cleo wirkte sie zunehmend fahriger, manchmal sogar gehetzt. Mit Lady Dansford, deren Töchtern und den Buchanans schien sie kaum noch Kontakt zu haben. Cleo nahm an, Miranda hätte ihren Plan, Margret Dansford zu verheiraten, wieder fallengelassen.

Mitte Februar wagte Cleo einen neuen Versuch, Miranda ins Gewissen zu reden.

»Wir kennen uns so lange«, begann sie vorsichtig, »und haben vieles gemeinsam erlebt. Sollten wir einander nicht vertrauen, Miranda?«

»Vertrauen?«, wiederholte Miranda gedehnt. »Ich wüsste nicht, warum du mir unterstellst, ich würde dir nicht vertrauen, Schätzchen.« In letzter Zeit nannte Miranda sie öfters *Schätzchen.* Für Cleo hörte es sich abfällig an. »Du selbst hast gesagt, dass wir in verschiedenen Welten leben. Und weißt du was, Schätzchen: Du hast recht! Ich habe eingesehen, dass du Angwin nicht heiraten willst. Gut, was soll's?« Schnaubend winkte sie ab.

»Es ist die richtige Entscheidung. Wenn du dich dazu entschlossen hast, als alte Jungfer zu sterben, solltest du nicht von mir erwarten, dass ich deinem Beispiel folge. Und jetzt lass mich in Ruhe. Ich möchte ein Bad nehmen und mir die Haare waschen.«

Mit sanfter Gewalt schob sie Cleo aus dem Zimmer, und Cleo hörte, wie von innen der Schlüssel im Schloss umgedreht wurde.

Von Angwin war ein weiteres Telegramm angekommen. Er schrieb, er könne Tredennick Manor derzeit nicht verlassen, da die Wiederaufbauarbeiten nur schleppend vor sich gingen, und er forderte Cleo und Miranda erneut auf, nach Hause zu kommen. Miranda lachte nur darüber, und auch Cleo konnte sich nicht dazu entschließen, Ägypten zu verlassen. Es war nicht nur das Angwin gegebene Versprechen – wobei sie jeglichen Einfluss auf Miranda sowieso verloren hatte –, vielmehr der Wunsch, noch mehr von dem Land und seinen Kunstschätzen kennenzulernen.

Inzwischen wagte sich Cleo immer weiter in die Stadt hinein. In den Gegenden, in denen sie sich bewegte, war alles ruhig, die ständige Präsenz der britischen Miliz aber nicht zu übersehen. Die englischen Tageszeitungen, die Cleo regelmäßig las, erwähnten keine Spannungen zwischen den Einheimischen und Großbritannien. Wohl um die in Ägypten lebenden Briten nicht zu beunruhigen.

Kairo war zu interessant, als dass es Cleo im Hotel gehalten hätte. Neben dem ägyptischen Museum gab es eine Vielzahl von kleineren Kunstsammlungen, Ausstellungen und historischen Gebäuden, die für die Öffentlichkeit zugänglich waren. Zwei oder drei Mal in der Woche besuchte sie Henry Morgan. Das Thema Sesostris der Jüngere vermieden sie. Der Kurator hatte seinen Standpunkt eindeutig klargemacht: Die Geschichte des angeblichen Sohnes des grausamen Pharaos und dessen Grab war nicht mehr als eine Legende und Cleos Armreife Produkte aus jüngerer Zeit. Inzwischen hatte sie dem freundlichen älteren Herrn erzählt, dass sie Witwe war, die genauen Umstände des Todes ihres Mannes jedoch verschwiegen. Mr Morgan war so taktvoll, sie nicht zu drängen, da er merkte, dass Cleo das Thema nicht vertiefen wollte.

Er fragte nur: »Stehen Sie nun allein in der Welt, Mrs Millian?«

»Ich habe keine weiteren Verwandten«, antwortete Cleo, »nur eine Freundin und deren Bruder, die sich um mich kümmern. Meine Freundin hält sich ebenfalls in Kairo auf, deswegen bin ich noch nicht nach England zurückgekehrt.«

Ganz entsprach das nicht der Wahrheit, denn sie war Miranda längst gleichgültig geworden. Henry Morgan nickte verstehend und wechselte zu einem seiner Lieblingsthemen – Tutanchamun. Wie die meisten Engländer, die sich für die altägyptische Kultur interessierten, war auch er der Überzeugung, dass der Kindkönig existiert hatte und Howard Carter sein Grab finden und öffnen würde.

»Können Sie sich nur ansatzweise vorstellen, was ein solcher Fund für unser Land bedeutet?«, fragte er. »Ach, was sage ich? Wenn es jemand versteht, dann Sie. So gern ich meine Arbeit in diesem Museum habe, wünschte ich doch, ich könnte an Carters Seite sein, wenn der große Tag kommt.«

»Das wünschte ich auch«, sagte Cleo leise.

Nicht weit vom *Royal Doncaster* entfernt befand sich ein kleines Büro, das geführte Reisen zu den Pyramiden von Gizeh organisierte. Obwohl Cleo versuchte, so wenig Geld wie möglich auszugeben, leistete sie sich den Luxus, mit einer Gruppe noch einmal die Pyramiden von Gizeh zu besuchen. Sie waren acht Personen. Außer Cleo drei englische Ehepaare in mittleren Jahren und ein alleinstehender älterer Herr aus Deutschland, der sich in gebrochenem Englisch vorstellte, dann jedoch schwieg. Sie fuhren in zwei Lastwagen mit offenen Ladeflächen, und Cleo hatte sich wieder die Männerhosen, das grobe Hemd und die Weste angezogen, vor der Sonne schützte sie der lederne Hut, unter dem sie sich den Hidschab gebunden hatte. Keiner von den Mitreisenden nahm Anstoß an ihrer Kleidung, wenngleich die anderen Frauen lange Röcke aus derbem, einfachem Stoff trugen und ihre Köpfe mit Strohhüten schützten. Da sich die Paare untereinander kannten, unterhielten sie sich angeregt, bezogen Cleo aber nicht mit ein. Der Deutsche starrte schweigend auf die Landschaft und schenkte den anderen keinen Blick. Cleo war es recht. Sie hing ihren eigenen Gedanken nach und erinnerte sich an den Tag, als sie mit Miranda, Angwin und Victor die Pyramiden besucht hatte. Victor … Auch nach all den Wochen seit der tragischen Nacht auf dem Nil spürte Cleo einen ziehenden Schmerz in der Brust, wenn sie an ihn dachte. Victor hatte das Leben geliebt und es leicht genommen, ohne dabei den Ernst einer Sache aus den Augen zu verlieren. Von den ägyptischen Behörden hatte Cleo nichts mehr gehört. Sie vermutete, dass Victors Verschwinden mit dem Vermerk *Tod durch Unfall* zu den Akten gelegt worden war.

Die große Anlage rund um die Pyramiden und die Sphinx verlor auch beim zweiten Besuch nichts von ihrer Faszination. Auf die Innenbesichtigung der Cheops-Pyramide verzichtete Cleo jedoch. Stattdessen ging sie zu der etwas weiter westlich gelegenen *Mastaba*, einer weitläufigen Grabanlage, die dem Prinzen Hemiuni aus der vierten Dynastie geweiht war. *Mastaba* war das altägyptische Wort für Bank, da die Grabstätten wie Pyramidenstümpfe gebaut waren, die an Sitzbänke erinnerten. Das Grab von Hemiuni trug die Nummer G 4000 und war im Jahr 1912 von einem Deutschen ausgegraben worden. Cleo wunderte sich nicht, als sie den älteren Herrn ihrer Gruppe, dessen kompliziert klingenden Name sie sich nicht hatte merken können, ebenfalls hier bemerkte. Auch er schien sich mehr für die Mastaba als für das Innere der Cheops-Pyramide zu interessieren.

Cleo ließ ihren Blick schweifen. Rund drei Dutzend Menschen besuchten den Ort, obwohl zur Mittagszeit die Sonne im Zenit stand und es drückend heiß war. Sie stutzte. In etwa dreihundert Yards Entfernung, dort, wo in Holzbuden den Besuchern Erfrischungen angeboten wurden, stand ein Mann. Er hatte Cleo den Rücken zugedreht, trotzdem hätte sie diese Statur und vor allen Dingen die Lederhose, die Weste mit den Fransen, den Revolvergürtel um die Hüfte und den ledernen Hut mit der breiten Krempe überall wiedererkannt.

»Mr Dillon!«, rief Cleo, obwohl er viel zu weit entfernt war, um sie hören zu können. Für einen Moment wunderte sich Cleo, dass sie erfreut war, den Amerikaner zu treffen. Ihre anfängliche Abneigung hatte sich durch seine Hilfe und sein Verhalten beim Auffinden ihres Vaters in Sympathie gewandelt. Sie schritt rasch aus, denn sie wollte Jason Dillon ansprechen und ihn fragen, was ihn in den Norden des Landes geführt hatte. Sie hatte sich auf etwa hundert Meter genähert, da drehte sich Dillon für einen Moment um. Unter der Hutkrempe konnte Cleo sein Gesicht zwar nicht deutlich erkennen, war sich aber sicher, dass es der Amerikaner war. Sie hob die Hand und winkte. Dillon schien sie nicht zu bemerken, denn er sprach jetzt einen Einheimischen an und ging mit ihm in entgegengesetzter Richtung davon. Cleo beschleunigte ihre Schritte, aber Dillon und der Ägypter waren einen Moment später wie vom Erdboden verschluckt.

Cleo kehrte zum Treffpunkt der kleinen Gruppe zurück, obwohl es bis zur vereinbarten Abfahrt noch Zeit war. Sie kaufte sich eine Flasche Wasser, in der eine aufgeschnittene Zitrone schwamm, und trank durstig. Dabei sah sie sich aufmerksam um, konnte Jason Dillon aber nirgendwo mehr entdecken.

»Vielleicht habe ich mich getäuscht«, murmelte sie. Männer in der Größe und Statur wie Jason Dillon gab es einige. Dillons Kleidung und sein Gang hatte aber etwas an sich, das für Cleo unverwechselbar war.

Zwei Tage später hatte Cleo vergessen, dass sie meinte, Jason Dillon gesehen zu haben, denn es geschah etwas, mit dem sie niemals gerechnet hätte.

Sehr früh hatte sie gefrühstückt und machte sich bereits um acht Uhr auf den Weg ins ägyptische Museum. Gestern Abend hatte Henry Morgan ihr die Nachricht ins Hotel schicken lassen, dass heute Vormittag ein noch ungeöffneter Sarkophag aus dem Tal der Könige eintreffen sollte.

Vielleicht möchten Sie der Öffnung des Sarkophages beiwohnen, Mrs Millian …

Und ob sie wollte! Im Laufschritt und wenig damenhaft eilte sie zum Museum und betrat etwas atemlos das Foyer. Am Empfang fragte sie nach Henry Morgan.

»Er ist noch in einer Besprechung, Mrs Millian«, antwortete

der Mann, der Cleo von ihren häufigen Besuchen kannte. »Wenn Sie bitte ein paar Minuten warten möchten?«

»Ist die Lieferung bereits eingetroffen?«, fragte Cleo gespannt.

»Noch nicht, wie erwarten sie aber jeden Moment.« Der Mann schmunzelte. Er wusste von Cleos Begeisterung für das Alte Ägypten und las von ihrem Gesicht die gespannte Erwartung ab.

Ungeduldig ging Cleo im Foyer auf und ab, dann betrat sie eine kleine Halle, in der in Schaukästen Schmuck ausgestellt war. Als sie am hinteren Ende des Raums an einer halb geöffneten Tür vorbeikam, hörte sie jemanden aufgeregt schimpfen.

»Bist du verrückt?« Es klatschte, als wäre jemand geohrfeigt worden. »Du hast das Stück unwiderruflich zerstört! Mach, dass du wegkommst, und lass dich hier niemals wieder blicken!«

Die Tür wurde ganz aufgerissen, und ein junger Ägypter, vielleicht fünfzehn, sechzehn Jahre alt, stürmte heraus. Er rempelte Cleo an, blieb aber nicht stehen, um sich zu entschuldigen, sondern rannte durch das Foyer zum Ausgang. Nun erschien ein Mann in Henry Morgans Alter. Es war ein Angestellter des Museums, Cleo hatte ihn zuvor schon mal gesehen, kannte seinen Namen aber nicht. In einer Hand hielt er eine goldene Stabbrosche. Sie war in der Mitte gebrochen.

»Ach, herrje!«, entfuhr es Cleo.

Der Mann seufzte. »Der Bengel sollte die Brosche reinigen, dabei hat er sie zerbrochen. Die jungen Leute haben einfach kein Gefühl für Kostbarkeiten, noch wissen sie deren Wert zu schätzen.«

»Mrs Millian, hier sind Sie!« Henry Morgan war unbemerkt herangetreten. Er sah die zwei Teile des Schmuckstücks in den Händen seines Mitarbeiters und fragte: »Ist noch etwas kaputt?«

»Nein, Sir, glücklicherweise nicht. Ich habe den unfähigen Kerl auf der Stelle entlassen.«

»Wir werden schnell jemand anderen finden.« Der Kurator wandte sich an Cleo. Jetzt lächelte er. »Eben erhielt ich den Anruf aus dem Hafen. Das Schiff hat vor wenigen Minuten festgemacht, und der Sarkophag wird in etwa zwei Stunden eintreffen. Wir werden uns die Wartezeit mit einer guten Tasse Tee vertreiben. Basevill …« Morgan nickte dem Angestellten zu. »Stellen Sie jemanden ein, der die Fundstücke säubern kann, ohne sie zu zerbrechen. Vielleicht eine Frau? Weibliche Hände sind sorgsamer.«

Cleo stutzte. Sie wartete, bis sie und Henry Morgan sich in seinem Büro beim Tee gegenübersaßen. Heute hatte er etwas aufgeräumt, denn es gab zwei freie Stühle.

»Mr Morgan, diese Arbeit mit dem Schmuck …«, begann Cleo zögerlich.

»Ja, Mrs Millian?«

»Was genau ist dabei zu tun?«

»Das ist schnell erklärt. Die meisten Stücke, die wir von den Grabungsstellen geliefert bekommen, sind nur grob gereinigt worden, da in den Lagern die dafür notwendigen Chemikalien nicht vorhanden sind. Erst im Museum säubern wir sie sorgfältig und geben sie in die Ausstellung. Dabei ist Fingerspitzengefühl gefragt, denn viele Artefakte sind fragil, wie man es heute gesehen hat.«

Cleo holte Luft und stieß hervor: »Sie sagten, für die Arbeit käme auch eine Frau infrage. Hiermit bewerbe ich mich um die Stelle!«

Henry Morgan verschlug es erst die Sprache, dann klatschte er sich auf die Oberschenkel und lachte laut.

»Warum bin ich nicht selbst darauf gekommen, Mrs Millian? Ich kenne niemanden außer mir selbst, der die Exponate mit größerer Sorgfalt und Demut behandeln würde als Sie.«

»Dann habe ich die Stelle?«, fragte Cleo aufgeregt.

»Mit Vergnügen, Mrs Millian! Wann können Sie anfangen? Morgen?«

»Außerordentlich gern«, antwortete Cleo, die ihr Glück kaum fassen konnte.

Henry Morgan sagte ihr, welchen Lohn sie zu erwarten hatte, dann machte er ihr ein weiteres Angebot: »In einem Anbau des Museums stehen für unsere Angestellten Zimmer zur Verfügung, wenn sie keine eigene Wohnung in der Stadt haben. Die Räume sind nicht groß, aber mit fließendem Wasser ausgestattet, und essen können Sie im Speisesaal der Angestellten.«

»Ist es für eine alleinstehende Frau nicht unschicklich, ein eigenes Zimmer zu bewohnen?«

Morgan lächelte väterlich. »Keineswegs, Mrs Millian. Sie sind zwar jung, aber Witwe, die sich allein durchs Leben bringen muss. Wenn ich helfen kann, tue ich es gern, zudem spüre ich, dass Sie Ägypten nur ungern verlassen möchten.« Er streckte seinen Arm aus. »Sind wir uns einig, Mrs Millian?«

Freudig schlug Cleo in seine Hand ein. »Ich danke Ihnen, Mr Morgan, und versichere, meine Arbeit immer aufmerksam und sorgsam zu machen.«

Henry Morgan erklärte Cleo in groben Zügen, aus welchen Tätigkeiten ihre Arbeit bestehen würde. Sie hörte gebannt zu, stellte einige Fragen, und sie plauderten so angeregt, dass die Zeit, bis einer der Angestellten meldete, dass der Lastkraftwagen mit der kostbaren Fracht soeben in den Hof rollte, schnell verstrich.

In dem quadratischen, fensterlosen Raum drängten sich vierundzwanzig Personen. Cleo registrierte, dass sie die einzige Frau war. Ein Fotograf hatte seine Kamera bereits aufgebaut, fünf Männer standen mit Notizbüchern und gezückten Bleistiften um das hölzerne Podest herum, auf dem der etwa zwei Meter lange Sarkophag aufgebockt war. Der Kalkstein des Sarges war unbemalt und mit eingemeißelten Figuren verziert. Sie zeigten verschiedene ägyptische Götter: Chnum, der Herr über die Stromschnellen des Nils, die Katzengöttin Bastet, und gleich ein Dutzend Mal war Amun-Re, der große Sonnengott mit dem Falkenkopf, abgebildet. Den Deckel umrahmte ein florales Muster. Cleos Blick blieb am Kopfstück hängen. Das kunstvoll ausgearbeitete Gesicht zeigte einen noch jungen Menschen mit ebenmäßigen Zügen, einer schmalen Nase und vollen Lippen. Er sah aus, als würde er schlafen. Das Antlitz konnte ebenso einem Mann als auch einer Frau gehören. Der nachgebildete Bart, mit dem die Sarkophage großer Pharaonen geschmückt waren, fehlte.

»Wer könnte das sein?« Unwillkürlich flüsterte Cleo, so ergriffen war sie von diesem für sie besonderen Moment.

Henry Morgan antwortete: »Es ist nicht anzunehmen, dass wir einen Sarkophag eines Pharaos vor uns haben. Dafür ist er zu schlicht gearbeitet. In der Regel sind die Särge der Könige bunt bemalt und mit goldenen Kopfstücken verziert.«

Mr Basevill las von einem Blatt Papier ab: »Die Fundstelle befindet sich in unmittelbarer Nähe von KV 57, dem Grab von Haremhab, das bereits 1908 entdeckt wurde. Bisher konnte kein Hinweis auf einen Namen festgestellt werden. Die Experten vor Ort datieren den Sarkophag auf die 18. Dynastie.«

»Wurden Grabbeigaben gefunden?«, fragte Henry Morgan.

Mr Basevill verneinte. »Nur der Sarkophag, wie er hier vor uns steht. Keine Kanopen, Werkzeuge, Haushaltsgegenstände, Schmuck oder andere Gegenstände.«

»Das kann ein Hinweis auf einen niedrigen Angestellten des Pharaos Haremhab sein«, warf Cleo ein. »Bedienstete wurden mit nur wenigen Beigaben bestattet. Oder das Grab wurde bereits geplündert.«

»Das ist richtig.« Wohlwollend ruhte Morgans Blick auf Cleo. »Mr Basevill, ich darf Ihnen Ihre neue Mitarbeiterin vorstellen: Mrs Cleopatra Millian. Sie wird Sie beim Reinigen der Fundstücke unterstützen.«

Mr Basevill ließ sich nicht anmerken, ob ihn die Nachricht an sich oder Cleos Vorname überraschte. Er nickte ihr kurz zu und fragte seinen Vorgesetzten: »Sollen wir mit der Öffnung beginnen?«

Henry Morgan nickte. Am Zucken seiner Augenlider sah Cleo, dass auch der Kurator aufgeregt war, obwohl er sicher nicht zum ersten Mal einen Sarkophag öffnete.

Vier kräftige Männer stellten sich auf die eine Seite des steinernen Sargs und legte ihre Hände an den Rand des Deckels.

Henry Morgan rief in die Runde: »Männer, wer sich vor einem Fluch fürchtet oder Angst hat, dem Sarg könne etwas Böses entsteigen: Jetzt ist die letzte Möglichkeit, um zu gehen.«

Schmunzelnd sah er in die Runde. Einer der Reporter wich zwar zwei Schritte zurück, und Cleo erkannte eine leichte Unsicherheit in seinem Blick, den Raum verließ er indes nicht.

Mit vereinten Kräften bewegte sich der Deckel knarzend zur Seite und gab den oberen Teil des Korpus frei. Morgan und Basevill sahen als Erste hinein.

»Es ist unglaublich! Wir haben hier eine vollständig erhaltene Mumie«, rief Henry Morgan freudig überrascht.

Die Bleistifte der Reporter flitzten über die Schreibblöcke, der Fotograf schleppte seinen Apparat heran und platzierte ihn so, dass er Aufnahmen des Leichnams machen konnte.

Der Kurator winkte Cleo zu. Ihr Herzschlag beschleunigte sich, das Blut rauschte in ihren Ohren, als sie sich über den Sarkophag beugte. Sie starrte auf den vollständig in Leinenbinden gewickelten schmalen Körper. Die Bandagen waren nahezu unversehrt. Sie schluckte den Kloß in ihrem Hals hinunter. Vor ihr lag ein Mensch, der einst geatmet, geliebt, gelacht und sicher auch geweint hatte. Vor über dreitausend Jahren war er gestorben und hatte tief im Sand der heißen Wüste geruht. Zum ersten Mal fragte sich Cleo, ob es richtig war, die Totenruhe zu stören. Die Mumie würde ausgewickelt und gründlich untersucht, vielleicht sogar in Einzelteile zerschnitten werden. Es war zum Wohl der Wissenschaft und der Forschung, damit die Menschen im 20. Jahrhundert mehr über die uralte Kultur erfuhren. So, wie sie selbst jedes kleine Detail erfahren wollte. Trotzdem schauerte Cleo. Ein kühler Luftzug streifte über ihren Rücken. Das war jedoch unmöglich, da der Raum keine Fenster hatte und die Tür auf der anderen Seite lag.

Sie trat vom Sarkophag zurück und bemerkte, dass ihre Handinnenflächen schweißnass waren. Unauffällig streifte sie sie an ihrem Rock ab. Sofort wurde ihr Platz von einem Mann eingenommen. Er sah in den Sarkophag und fragte: »Können wir sie sofort auswickeln?«

»Nicht heute und nicht jetzt«, antwortete Henry Morgan. »Ich möchte einen Arzt und einen Wissenschaftler hinzuziehen, Fremde sind dabei nicht zugelassen.« Die Anwesenden brummten enttäuscht. Morgan sah zu Cleo. »Das gilt nicht für Sie, Mrs Millian. Ich denke, in zwei oder drei Tagen werden wir sehen, ob wir es mit einem Mann oder einer Frau zu tun haben.«

Cleo lächelte gezwungen. Sie hatte keine Ahnung, warum sie sich beklommen fühlte. So lange sie denken konnte, hatte sie sich gewünscht, die Schätze des Alten Ägyptens zu entdecken – dazu gehörten auch Mumien. Zum ersten Mal verstand sie Lady Charlotte, die sich strikt geweigert hatte, eine Mumie in ihr Haus zu lassen. In England kam es immer mehr in Mode, gut erhaltene Körper von Menschen, die seit Tausenden von Jahren tot waren, auszustellen. Ebenso wie in den Museen. Cleo selbst war vor einer bereits aufgearbeiteten Mumie gestanden und hatte sie fasziniert betrachtet. Jetzt sehnte sie sich nach frischer Luft, denn es schien, als würde der Sauerstoff in dem kleinen Raum immer weniger. Als würde er von dem geöffneten Sarkophag eingesogen …

Cleo wischte sich mit dem Handrücken über die Stirn.

»Ich gehe jetzt, Mr Morgan.« Ihre Stimme klang belegt.

Der Kurator schien sie nicht zu hören, zu sehr war er mit dem Anblick seines neuen Exponates beschäftigt.

Auch nachdem Cleo das Museum verlassen hatte und im Trubel der Straße eilig ausschritt, verschwand das unangenehme Gefühl nicht. Die Sonne strahlte von einem wolkenlosen Himmel, es ging kein Lufthauch, und Cleo schätzte die Temperatur auf etwa dreiundachtzig Grad Fahrenheit. Trotzdem fror sie. Sie legte eine Hand auf ihre Stirn, ob sie sich vielleicht erkältet und Fieber hatte. Diese war kühl, auch hatte sie weder Kopf- noch Halsschmerzen.

Cleo bog in die Straße ein, in deren Mitte das *Royal Doncaster* lag. Ein Mann verließ gerade das Hotel. Cleo verharrte im

Schritt. Jason Dillon! Mochte sie sich eventuell in Gizeh geirrt haben, jetzt war sie sicher, dass es der Amerikaner war. Sie hatte vier Tage und Nächte mit diesem Mann in der Wüste verbracht, da war ein Irrtum ausgeschlossen.

»Mr Dillon!« Cleo hob die Hand und winkte. Der Mann stutzte für einen Moment, drehte ihr schnell den Rücken zu, überquerte die Straße und verschwand in einem kleinen Gemüsegeschäft schräg gegenüber dem Hotel.

Hat er mich wirklich nicht gesehen, oder wollte er nicht mit mir sprechen?, fragte sich Cleo. Und warum war er im Hotel gewesen? Um sie zu sehen? Dillon konnte unmöglich wissen, dass sie und Miranda sich noch in Kairo aufhielten.

Durch die offene Tür trat Cleo in den Gemüseladen. Eine Ägypterin mit einem halbwüchsigen Kind betrachtete die Auslagen, und ein untersetzter Mann in mittleren Jahren kam aus dem Hinterzimmer, das mit einem Vorhang vom Verkaufsraum abgetrennt war. Er war offensichtlich der Inhaber, denn er sprach sie auf Arabisch an. Seine Miene und der Klang seiner Worte waren erwartungsvoll.

»Ich verstehe Sie nicht«, sagte Cleo und hob bedauernd die Hände. »Ich suche Jason Dillon.« Der Mann schüttelte den Kopf, und Cleo wiederholte langsam und deutlich: »Jason Dillon.«

Der Inhaber begann schneller zu sprechen, deutete auf einen Weidenkorb mit frischen Datteln und schien Cleo überzeugen zu wollen, von den Früchten zu kaufen.

Cleo sah ein, dass es keinen Sinn hatte. Wenn Dillon in den Laden gegangen war – was sie mit eigenen Augen gesehen hatte! –, war er längst durch den Hinterausgang verschwunden.

Erst als Cleo die Halle des *Royal Doncaster* betrat, erkannte sie an der großen Wanduhr, dass die Lunchzeit bereits vorüber war. Hunger hatte sie indes keinen, zu aufregend waren die letzten Stunden gewesen. Sie trat an die Rezeption und fragte: »Wurde eine Nachricht für mich hinterlassen? Vielleicht von einem Mr Dillon?«

Der junge Mann – heute war es nicht der Inhaber Mr Landon, sondern jemand, den Cleo nicht kannte – antwortete: »Wenn Sie mir bitte Ihren Namen nennen würden, ich sehe nach.«

»Cleo Millian, ich habe Zimmer 228.«

»Mrs Millian?« Der Mann musterte sie. »Da sind zwei Gentleman, die Sie sprechen möchten.«

»Jason Dillon?«, fragte Cleo unwillkürlich.

Der junge Mann verneinte. »Der Name Dillon ist mir unbekannt. Die Herren sitzen dort drüben.« Er schnalzte mit den Fingern, woraufhin sich zwei Männer aus einer Sitzgruppe erhoben und näher kamen. »Das ist Mrs Millian«, sagte der junge Mann und zog sich zurück.

Die Fremden trugen dunkle dreiteilige Anzüge und, trotz der Hitze, hohe Krägen mit dunklen Krawatten. Sie waren Engländer und schienen wenig an die frische Luft zu kommen, denn ihre Teints waren ungesund blass und wirkten übermüdet. Cleo war sicher, die Männer nie zuvor gesehen zu haben.

»Mrs Millian?«, fragte der größere mit dem lichten, grauen Haar und dem schmalen Oberlippenbart. »Mrs Cleopatra Millian?«

»Die bin ich.« Cleo glaubte zu wissen, was die Männer von ihr wollten. »Sie kommen wegen meines Mannes? Victor Millian aus England.«

Die Männer wechselten einen Blick, dann sagte der Grauhaarige: »Der Name Ihres Mannes sagt mir nichts. Wir müssen Sie in einer anderen Angelegenheit sprechen, Mrs Millian.« Er sah sich um. »Am besten dort, wo es ruhiger ist.«

»Sie sind, was mich betrifft, deutlich im Vorteil«, erwiderte Cleo und zog eine Augenbraue hoch, »da Sie meinen Namen kennen.«

Der Ältere erwiderte: »Detective Jonathan Plummer, das ist mein Kollege Sergeant Dean Edwards.«

»Polizei?« Einige Gäste drehten sich nach Cleo um. Leiser fragte sie: »Wenn Sie nicht wegen des Todes meines Mannes gekommen sind: Was wollen Sie dann von mir?«

Sergeant Edwards nahm Cleo am Ellenbogen und führte sie in das Restaurant, das um diese Zeit verlassen war.

»Bitte, setzen Sie sich«, forderte er Cleo auf.

Sie sank auf einen Stuhl, die beiden Polizeibeamten nahmen ihr gegenüber Platz.

»Mrs Millian …«, begann Detective Plummer. »Mr Landon, der Inhaber dieses Hotels, sagte mir, Sie seien mit Miranda Tredennick gut bekannt.«

»Miranda? Natürlich, ja, sie ist meine Freundin.« Durch Cleos Kopf schoss der Gedanke, dass Mirandas suspekter Freundeskreis etwas Unzulässiges getan hatte und sie unschuldig darin verwickelt worden war. »Sie ist nicht etwa in Schwierigkeiten? Wissen Sie, Detective, Miranda ist manchmal etwas unbesonnen und impulsiv, sie hat aber bestimmt nichts Illegales getan …«

»Miss Tredennick ist tot.«

Cleo wurde es erst heiß, dann eiskalt. »Das glaube ich nicht.«

Sergeant Edwards nickte, in seinem Blick lag Mitgefühl, an dem es Plummer offenbar vollkommen mangelte.

»Es spricht leider alles dafür«, meinte Edwards. Seine Stimme war sanft. »Es tut uns leid, dass wir Ihnen die Nachricht überbringen müssen.«

»Was … was ist passiert?«, presste Cleo heraus. »Hatte sie einen Unfall?«

Die Polizisten wechselten einen Blick, und DCI Plummer antwortete: »Miss Tredennick wurde heute Vormittag in einem leer stehenden Haus im Viertel von Al-Sharabiya aufgefunden. Ihr Genick ist gebrochen. Wir müssen davon ausgehen, dass sie ermordet wurde.«

Cleos Blick ging von einem Beamten zum anderen, ihre Augenlider flatterten, der Boden schwankte unter ihren Füßen. Dann wurde es schwarz um sie herum.

Nachdem Cleo wieder zu sich gekommen war, musste sie die Polizisten begleiten, um Miranda zu identifizieren.

Detective Plummer erklärte: »Neben der Leiche wurde eine Handtasche gefunden, darin eine Streichholzschachtel mit dem Aufdruck *Royal Doncaster Hotel.* Wir haben dem Inhaber eine Beschreibung der Toten gegeben, und er meinte, es handle sich mit fast völliger Sicherheit um Miranda Tredennick. Kein anderer weiblicher Gast trägt eine so extravagante Frisur. Zudem sei sie seit gestern Abend nicht mehr im Hotel gewesen und hat auch die Nacht nicht in ihrem Zimmer verbracht. Wir müssen aber vollkommen sichergehen, Mrs Millian.«

Ein Funken Hoffnung glomm in Cleo auf, dass es sich um eine andere Frau handelte, wenngleich die Beschreibung der Toten dies kaum zuließ. Es konnte, es durfte aber einfach nicht sein, dass Miranda nicht mehr am Leben war!

Die Beamten fuhren ein schwarzes Automobil mit offenem

Verdeck, das sie in wenigen Minuten zu einem vierstöckigen quadratischen Gebäude brachte. Da die Fenster im Erd- und ersten Obergeschoss vergittert waren, wirkte es auf Cleo wie ein Gefängnis, was es wahrscheinlich auch war. Durch endlose Korridore mit kahlen Wänden und auf einer steilen Treppe ging es nach unten. Mit jeder Stufe wurde es kühler. In einem fensterlosen Raum ruhte auf einer Bahre unter einem weißen Leintuch ein Körper. Cleo fühlte sich an die Öffnung des Sarkophags erinnert. Waren seitdem wirklich erst wenige Stunden vergangen? Für Cleo schien es ein ganzes Leben zu sein.

Cleo trat neben die Bahre. Ein Engländer in einem weißen Kittel schlug das Tuch bis zur Brust des Leichnams zurück. Cleos Hoffnung, es könne sich um eine Verwechslung handeln, wurde zerstört. Mirandas Teint war fahl, die Augen geschlossen, die Lippen blutleer, aber ihre Schönheit immer noch zu erkennen. Nur am Rand nahm Cleo wahr, dass ihr Kopf in einem unnatürlichen Winkel zum Hals abgeknickt war.

»Ja, das ist Miranda Tredennick.«

Sie wusste nicht, ob sie die Worte gedacht oder wirklich ausgesprochen hatte. Offenbar Letzteres, denn das Tuch wurde wieder über Mirandas Körper gezogen. Sergeant Edwards fasste sie stützend am Arm.

»Danke, Mrs Millian, Sie haben uns sehr geholfen«, sagte er einfühlsam. »Fühlen Sie sich in der Lage, einige Fragen zu beantworten? Wir müssen wissen, wer zu benachrichtigen ist und was mit der L…, mit der Toten zu geschehen hat.«

Detective Plummer war weniger taktvoll. »Aufgrund der Temperaturen rate ich zu einer schnellen Einäscherung. Sie können die Urne dann nach England bringen. Es besteht auch die Möglichkeit einer Konservierung mit Formaldehyd. Dadurch wird der Leichnam für eine längere Zeit haltbar. Das ist verständlicherweise kostspieliger als die Einäscherung.«

Cleo schluckte mehrmals, bevor sie antworten konnte: »Das kann ich nicht entscheiden, Sir. Ich bin … war nur Mirandas Freundin, aber ich werde ihrem Bruder telegrafieren. Er wird verfügen, was geschehen soll.«

»Bei allem Respekt, Mrs Millian«, entgegnete Plummer mit einem genervten Unterton, »Sie müssen es jetzt entscheiden. Das hier«, er machte eine raumgreifende Handbewegung, »ist der einzige Kühlraum in Kairo für solche Fälle – und leider gut frequentiert. Spätestens morgen muss die Tote hier weg.«

Trotz ihrer Verzweiflung funkelte Cleo den Detective wütend an und rief: »Für sie mag die Frau unter dem Tuch nur eine von vielen Leichen sein, Sir, gestern war sie aber noch ein lebender Mensch mit Gefühlen! Sie sollten mit mehr Respekt von Miranda Tredennick sprechen.«

»Bitte, beruhigen Sie sich, Mrs Millian«, sagte Sergeant Edwards sanft. »Es ist wichtig, dass Sie uns alles über Ihre Freundin erzählen. Mit wem hatte sie Umgang, mit wem traf sie sich und, vor allen Dingen, wo hat sie sich gestern aufgehalten?«

Cleo sah ihn offen an. »Leider weiß ich nicht viel, auch sind mir nur wenige Namen von Mirandas Gesellschaft bekannt.« Sie wandte sich an den Detective. »Ich verstehe, dass es notwendig ist, eine rasche Entscheidung zu treffen, und glaube, in Sir Tredennicks Sinn zu handeln. Lassen Sie den Körper seiner Schwester konservieren. So kann sie zu Hause in Cornwall ein ihrem Stand angemessenes Begräbnis erhalten.«

Es war bereits dunkel, als ein Wagen Cleo zum Telegrafenamt brachte, dass jetzt noch geöffnet hatte. Den Polizeibeamten hatte sie alles erzählt, was sie wusste. Da sie von Mirandas neuen Freunden nur ein paar Vornamen kannte, war es wenig hilfreich gewesen. Der Sergeant hatte sich auch die Namen *Dansford* und *Buchanan* notiert und gemeint, man würde mit ihnen ebenso sprechen wie mit dem Hotelpersonal. Dann wurde Cleo entlassen. Mindestens eine halbe Stunde stand sie unschlüssig in der Schalterhalle, nicht wissend, was sie Angwin telegrafieren sollte. Wie teilte man jemanden mit, dass seine Schwester tot war? Dazu noch ermordet? Es führte aber kein Weg an der schonungslosen Wahrheit vorbei.

Schließlich, als der Beamte ungeduldig wurde, weil er den Schalter schließen wollte, gab sie diesen Text auf:

Miranda hatte einen Unfall – Sie ist nicht mehr am Leben – Erbitte Anweisung, was ich tun soll – Körper wird konserviert – Komme bitte so schnell wie möglich nach Kairo – Cleo.

Immer wenn Cleo in den folgenden Tagen die Augen aufschlug – ein Arzt hatte ihr ein leichtes Schlafpulver gegeben, das ihr für ein paar Stunden Vergessen schenkte –, dachte sie, alles sei nur ein Albtraum. Dann wurde ihr schlagartig klar, dass sie sich in der grausamen Realität befand und Miranda Tredennick nicht mehr am Leben war. Jemand schien Miranda das Genick gebrochen zu haben, da die Art der Verletzung einen Unfall nahezu ausschloss. Dazu kam das Auffinden ihres Körpers in einer ärmlichen Gegend der Stadt, die in der Regel von den Engländern gemieden wurde.

Angwins Antwort ließ nicht lange auf sich warten. Als ein Boy ihr den schmalen, braunen Umschlag brachte, zitterten Cleos Finger so sehr, dass sie mehrere Anläufe brauchte, um das Kuvert zu öffnen.

Reise nach Ägypten dauert zu lange – Bringe meine Schwester nach Hause – Ich vertraue Dir …, schrieb Angwin und weiter, er habe eine größere Summe nach Kairo angewiesen, damit Cleo alles, was nötig war, regeln konnte.

Nach vier Tagen waren die polizeilichen Untersuchungen abgeschlossen, und Cleo wurde es gestattet, das Land zu verlassen. Bei ihrem letzten Gespräch sagte Detective Plummer, es gäbe keinen Hinweis auf einen eventuellen Täter.

»Wir haben die Akte geschlossen, Mrs Millian. Ich fürchte, es wird einer von vielen ungeklärten Todesfällen dieser Stadt sein.«

Dass die lebenslustige, fröhliche Miranda jetzt nur noch ein *Fall* war, ließ Cleo die Tränen in die Augen schießen.

Dank Angwins Geld beauftragte Cleo eine in Kairo ansässige britische Agentur, die notwendigen Reiseverbindungen zu buchen und sich um den Transport des Sargs zu kümmern. Unter anderen Umständen hätte sie sich über diese Eigenständigkeit gefreut, jetzt agierte sie wie in Trance und tat, was nötig war. Wie es Wochen zuvor Angwin getan hatte, nahm auch Cleo das Schiff, das von Alexandria aus direkt nach England fuhr, und wählte für sich eine enge, fensterlose Kabine unter der Wasserlinie. Während der Überfahrt verließ sie diese nur spät am Abend, wenn die anderen Passagiere schliefen, um frische Luft zu schnappen. Die Mahlzeiten ließ sie sich in die Kabine bringen, aß aber nur ein paar Bissen, bis das nagende Hungergefühl in ihrem Magen gestillt war. Sie wollte keine anderen Menschen sehen, sie wollte kein oberflächliches Geplauder oder gar den Grund ihrer Reise erklären.

Cleo wollte allein mit sich und ihrer Trauer und Verzweiflung sein. Wenngleich sich Miranda in den letzten Wochen ihr gegenüber abfällig bis manchmal sogar schäbig verhalten hatte –

Cleo konnte sich nicht vorstellen, sich nie wieder mit ihr zu streiten und ihr unbeschwertes Lachen zu hören. Ihre Sorge um die Freundin war berechtigt gewesen, und sie machte sich Vorwürfe, nicht mehr in Miranda gedrungen zu sein. Vielleicht hätte sie noch verhindern können, dass Miranda vom richtigen Weg abgekommen war. Längst hatte Cleo ihr die harschen und abfälligen Worte verziehen. Zurück blieb die Erinnerung an fast zehn Jahre, die durch Miranda bereichert worden waren.

16

Cornwall, März 1922

Die Flügel des schmiedeeisernen Tores standen weit offen. Das Automobil bog in die beidseitig von alten Eichen und mächtigen Rotbuchen gesäumte Auffahrt ein. Die ausladenden Kronen berührten sich über dem Weg. Durch die tief hängenden dunklen Wolken und den Nieselregen erschien es Cleo, als würden sie einen dunklen Tunnel durchqueren.

In Southampton hatte sie Angwin mit dem Automobil abgeholt, das er sich Anfang des Jahres gekauft hatte. Er chauffierte selbst. Am Hafen hatte der Verwalter Jenner einen Pritschenwagen angemietet, sich um die Verladung von Mirandas Sarg gekümmert, über diesen eine schwarze Plane gespannt und folgte Angwin und Cleo gen Westen. Nachdem Cleo Mirandas Bruder alles berichtet hatte, was in den letzten Wochen in Kairo geschehen war und was ihr die Polizei über Mirandas Tod mitgeteilt hatte, schwiegen sie für den Rest der Fahrt. Unter anderen Umständen wäre Cleo von dem knatternden Wagen mit den vielen Hebeln und Knöpfen fasziniert gewesen und hätte sich die Funktionen von Angwin genau erklären lassen. Jetzt saß sie zusammengesunken in dem dunkelgrünen Ledersitz und starrte durch die Fensterscheibe, an der die Landschaft in atemberaubendem Tempo vorbeischoss. Auf der Höhe von Okehampton in Devon hatten sie nur einmal gehalten, um einen Tee zu trinken und auszutreten. Als sie das Dorf Crowlas erreicht hatten und der stolz aus dem Meer aufragende St. Michael's Mount zum ersten Mal in Sicht gekommen war, hatte Cleo keinen Blick für das Wahrzeichen Cornwalls gehabt. Sie hatte auf die Scheibenwischer gestarrt und deren Bewegungen von rechts nach links gezählt. Klick … klack … klick … klack …

Angwin nahm die letzte Kurve, dann lag Tredennick Manor vor ihnen. Die Fensterscheiben an der Westseite waren nach dem Sturm ersetzt und die Fassade an vielen Stellen ausgebessert worden. Sonst war das Haus unverändert. Cleo erinnerte sich an den Tag, an dem sie Tante Elsie zum ersten Mal zu dem rechteckigen, dreistöckigen Gebäude aus grauem Stein begleitet hatte. Sie war ein Kind gewesen, gerade zwölf Jahre alt, in ihrem Kopf jedoch schon Gedanken, die für die Tante revolutionär gewesen waren. Tante Elsie war tot, ihr Vater war tot, Victor war tot und Miranda nun ebenfalls …

»Geht es dir gut?«, fragte Angwin.

Cleo bemerkte, dass ihre Wangen feucht waren. »Ich habe versagt«, sagte sie leise. »Du hast mich gebeten, auf Miranda zu achten, aber ich habe sie nicht beschützen können, als sie mich am nötigsten brauchte. Ich habe versagt«, wiederholte sie.

»Du hast getan, was in deiner Macht stand«, antwortete Angwin. »Wir kannten Miranda. Sie ist ihren eigenen Weg gegangen und hat sich keine Vorschriften machen lassen. Ich fürchte, wir werden niemals erfahren, was wirklich in Kairo geschehen ist.«

Er hielt vor dem Eingangsportal. Ihre Ankunft war bemerkt worden, denn Marshall, der Butler, öffnete die Tür. Cleo legte eine Hand auf Angwins Unterarm und murmelte: »Wenn es doch den Fluch gibt, dass die, die die Totenruhe stören, sterben müssen? Alle Menschen, die mir nahestanden, hatten mit dem Alten Ägypten zu tun. Selbst meine Tante, obwohl sie das Land nie gesehen hat. Am Tag, als Miranda aufgefunden wurde, habe ich der Öffnung eines Sarkophags beigewohnt und dabei ein seltsames Gefühl gehabt. Vielleicht bin ich schuld, dass sie …«

Schnell nahm Angwin ihre eiskalte Hand in seine und drückte sie. »Das darfst du nicht sagen, nicht einmal denken, Cleo! Miranda starb am Abend zuvor, und all die anderen …« Er zuckte mit den Schultern, sein Blick war schmerzerfüllt. »Das Schicksal geht seltsame Wege. Wege, die uns grausam und unverständlich erscheinen. Wir Menschen suchen nach Begründungen, um die Trauer zu lindern. Es gibt keinen Fluch, Cleo, und bitte, mache dir keine Vorwürfe.«

Cleo nickte, wirkte aber nicht überzeugt. Angwin stieg aus, umrundete das Automobil und öffnete die Beifahrertür. Der Butler Marshall eilte mit zwei aufgespannten Schirmen herbei. Einen reichte er Cleo, den anderen hielt er dienstbeflissen über den Kopf seines Herrn. Marshalls Gesicht war wie versteinert.

»Mein aufrichtiges Beileid, Mrs Millian, auch im Namen des ganzen Personals. Als Mylord Tredennick uns die Mitteilung machte, konnten wir es nicht glauben.« Der Butler sah zu dem Pritschenwagen und schluckte.

»Marshall, bitte kümmern Sie und Jenner sich darum, dass der Sarg ins Eishaus gebracht wird.« Äußerlich wirkte Angwin beherrscht und gab seine Anweisungen klar und ruhig. »Mit dem Pfarrer habe ich gestern gesprochen. Die Beerdigung wird in drei Tagen stattfinden. Ach, Marshall: Wurde Mrs Millians Zimmer hergerichtet?«

Der Butler neigte den Kopf. »Es ist alles bereit, Sir. Das Feuer im Kamin wurde entzündet, und ich werde veranlassen, dass für Sie, Mrs Millian, Tee und Sandwiches hinaufgebracht werden.«

»Nur Tee, bitte«, sagte Cleo leise. »Ich habe keinen Hunger.«

»Du musst etwas essen!«, ermahnte Angwin sie. »Du hast den ganzen Tag noch nichts zu dir genommen.«

»Ich würde keinen Bissen runterbekommen, Angwin.«

Wenn sich der Butler wunderte, wie vertraulich Cleo seinen Herrn ansprach, ließ er sich nichts anmerken.

Nachdem sie die Eingangshalle betreten und der Butler sie allein gelassen hatte, fragte Cleo: »Angwin, ich bin dankbar, dass ich mein früheres Zimmer vorerst wieder bewohnen kann, ist es aber nicht unschicklich? Was sagt deine Mutter, dass ich wieder in diesem Haus bin?«

Er drehte den Kopf zu ihr und fragte verwundert: »Warum sollte es unschicklich sein? Du hast viele Jahren hier gelebt und bist jetzt eine ehrbare Witwe. Außerdem ist es mir gleichgültig, was andere Leute denken und reden.« Er winkte ab und seufzte. »Meine Mutter kümmert es sowieso nicht, was geschieht. Mirandas Tod hat sie innerlich gebrochen.«

»Es tut mir sehr leid«, erwiderte Cleo aufrichtig. »Dabei hatte sie sich so gut von dem Schlaganfall erholt.«

Am Fuß der Treppe fragte Angwin: »Ich weiß nicht, wie deine Pläne für die Zukunft aussehen, würdest du aber bis nach der Beerdigung auf Tredennick bleiben? Ist es vermessen, dich zu bitten, mir bei der Kondolenzpost behilflich zu sein? Ich fürchte, mich überfordert das im Moment etwas.«

»Selbstverständlich bleibe ich, so lange du mich brauchst, und helfe dir, wo ich kann. Jede Art von Arbeit ist mir recht. Sie wird mich ablenken.« Sie setzte einen Fuß auf die erste Stufe, zögerte und wandte sich Angwin noch einmal zu. »Danke, dass du mir nicht die Schuld an Mirandas Tod gibst.«

»Wie könnte ich das?« Sein Lächeln war bitter. »Wenn jemand, außer dem Mörder, Schuld an ihrem Tod trägt, dann bin ich es. Ich kannte Mirandas Wesensart und ihre Neigung, die Konventionen außer Acht zu lassen. Niemals hätte ich sie in Kairo zurücklassen dürfen.«

Cleo suchte nach tröstenden Worten. Sie fand keine. Es lag ihr aber noch etwas auf dem Herzen, das sie seit der Abreise aus Ägypten beschäftigte. Leise sagte sie: »Ich bin sicher, Jason Dillon in Kairo gesehen zu haben, bevor Miranda …«

»Dillon?« Überrascht hob er eine Augenbraue. »Wie geht es ihm? Hat er einen neuen Auftrag?«

»Wir haben nicht miteinander gesprochen«, antwortete Cleo. »Er hat getan, als bemerke er mich nicht, und war gleich darauf verschwunden.«

»Vielleicht hat er dich tatsächlich nicht gesehen?«

»Ausgeschlossen! Wir waren nur wenige Meter voneinander entfernt. Ich hatte den Eindruck, er ist vor mir davongelaufen. Angwin …« Unbehaglich trat sie von einem Fuß auf den anderen. »Dillon war an dem Tag im Hotel, als man Miranda gefunden hat, aber ich habe ihn bereits zuvor bei den Pyramiden gesehen. Das ist es nicht allein. Er war auch auf dem Dampfer, als Victor verschwand.«

Angwins dunkle Augen weiteten sich. »Willst du andeuten, dass der Amerikaner …« Er schluckte schwer.

»Ich möchte niemanden zu Unrecht verdächtigen«, sprudelte es aus Cleo heraus. »Es sind doch seltsame Zufälle, nicht wahr? Wenn Dillons Besuch im Hotel harmlos gewesen war: Warum hat er sich aus dem Staub gemacht, als ich seinen Namen gerufen habe?«

»Hast du das alles auch der Polizei gesagt?«, fragte Angwin.

»Das habe ich nicht«, gestand Cleo kleinlaut. »Tatsächlich habe ich nicht mehr daran gedacht. Erst auf dem Schiff erinnerte ich mich wieder an Dillon und dass er immer in der Nähe war, wenn jemand starb.«

»Warum sollte Dillon Miranda etwas antun?«, fragte Angwin. »Warum sollte er überhaupt ihre Gesellschaft suchen? Sie waren wie Feuer und Wasser. Selten habe ich zwei unterschiedlichere Menschen getroffen. Meine Schwester wurde auch nicht im Hotel, sondern in einem leer stehenden Gebäude in einer zwielichtigen Ecke der Stadt gefunden. Und was Victor betrifft …« Mit einer hilflosen Geste hob er die Hände. »Ich kann keinen Grund erkennen, warum Dillon ihn hätte über Bord werfen sollen. Bei der Suche nach deinem Vater hat Dillon uns sehr geholfen. Für seine Dienste ist er zwar gut bezahlt worden, darüber hinaus zeigte er aber ein aufrichtiges Interesse am Schicksal deines Vaters. Dillon ist kein Gentleman, aber wir beide haben festgestellt, dass er auch positive Seiten hat.« Mitfühlend legte er eine Hand auf Cleos Schulter, sah ihr in die Augen und fügte hinzu: »Es ist alles zu viel für dich. Mirandas Tod, die lange Reise nach Hause … Cleo, in deinen jungen Jahren hast du schon mehr durchmachen müssen als manch anderer in seinem ganzen Leben. Ruh dich aus. Ich würde mich freuen, wenn du zum Dinner herunterkommst.«

»Zum Dinner?«, wiederholte Cleo überrascht. »Du meinst, du und ich … wir sollen gemeinsam zu Abend essen? In diesem Haus?«

»Ach, Cleo, haben wir auf dem Schiff und in den Hotels in

Ägypten nicht täglich zusammen gegessen? Ich sehe keinen Grund, warum es nun anders sein sollte. Meine Bitte hat auch einen ganz egoistischen Wunsch: Ich möchte nicht allein sein.«

Cleo versprach es. Sie spürte, dass Angwin sie jetzt brauchte. Seit sie ihn kannte, hatte sie zu Mirandas Bruder aufgesehen, ihn verehrt und für ihn geschwärmt, aber jetzt fühlte sie sich für ihn verantwortlich. Schlagartig wurde es Cleo bewusst, dass sie mehr Kraft als Angwin besaß. Auch sie trauerte um Miranda, auch sie empfand das große Haus ohne ihr unbekümmertes Lachen als kalt und leer, sie würde aber nicht daran zerbrechen. So wie sie nach allen Schicksalsschlägen immer wieder aufgestanden und ihren Weg gegangen war.

Nachdem Cleo eine Stunde geschlafen hatte und etwas erholt erwacht war, erschien ihr der Verdacht gegen Jason Dillon als ungerechtfertigt. Sie war sich nicht vollständig sicher, den Amerikaner bei den Pyramiden von Gizeh gesehen zu haben. Durchaus hatte es auch ein ähnlich aussehender Mann gewesen sein können. Auch wenn sie sicher war, dass es Dillon gewesen war, der im Lebensmittelladen spurlos verschwunden war, war es nicht ausgeschlossen, dass er sie nicht bemerkt hatte. Seit ihrer letzten Begegnung hatte sie einen neuen Haarschnitt, und auch ihre Kleidung war eine andere gewesen. Trotzdem fragte sich Cleo, ob es richtig gewesen war, der Polizei in Kairo Dillons Namen nicht genannt zu haben.

Am 20. März 1922 wurde Miranda Victoria Charlotte in der Familiengruft der Tredennicks zur letzten Ruhe gebettet. Das Grabmal befand sich am westlichen Rand des weitläufigen Parks des Herrenhauses, und man konnte von dort aus das Meer sehen. Erst während des Gottesdienstes in der St. Mary's Church in Penzance erfuhr Cleo von Mirandas weiteren Vornamen. Die Kirche war bis auf den letzten Stehplatz gefüllt. Alle waren gekommen: die Freunde und Bekannten der Tredennicks, weitläufigere Verwandte aus Ost- und Mittelengland, das Personal, die Pächter und auch Dutzende einfache Leute aus Penzance und der Umgebung. Von den Letzteren hatten die wenigsten Miranda persönlich gekannt. Der Anstand verlangte aber, dass man der Familie Anteilnahme zeigte, die seit Generationen die Gegend beherrschte. Cleo nahm in einer der hinteren Kirchenbänke Platz. Als der Sarg hineingetragen wurde, gefolgt von Angwin, der seine Mutter im Rollstuhl schob, erhoben sich alle zu einem stummen Gebet. Zum ersten Mal seit ihrer Rückkehr sah Cleo Lady Charlotte wieder. Ihr Gesicht war hinter einem blickdichten schwarzen Schleier verborgen. Ihr Körper schien geschrumpft zu sein, zart und zerbrechlich kauerte die einst stolze Frau in dem Stuhl. Der Schlaganfall und der Tod ihrer einzigen Tochter hatten ihren Tribut gefordert.

Angwin hatte sich in der Pflicht gesehen, nach der Beisetzung die Verwandten und engsten Bekannten auf Tredennick Manor zu empfangen. Cleo indes zog sich auf ihr Zimmer zurück. Dort stand sie am Fenster, die Hände gefaltet, und wurde von den Erinnerungen an die Freundin überwältigt. Ihr erstes Aufeinandertreffen, Mirandas Besuche im Cottage ihrer Tante, ihre gemeinsame Zeit in Schottland, die Reise nach Ägypten, als Miranda so sehr unter der Seekrankheit zu leiden gehabt hatte …

Cleo seufzte. In all den Jahren hatte es immer wieder Zeiten gegeben, in denen sie auf Miranda zornig gewesen war, oft hatte sie ihr die Meinung gesagt, auch auf die Gefahr hin, sie würde ihr die Freundschaft kündigen. Ohne zu zögern hatte Cleo die

Stellung im Museum angenommen, obwohl es wohl die endgültige Trennung von Miranda bedeutet hätte. Sie, Cleo, wäre in Kairo geblieben und die Freundin früher oder später nach Cornwall zurückgekehrt. Wahrscheinlich hätten sie sich niemals wiedergesehen.

Cleo lehnte ihre Stirn gegen die kühle Fensterscheibe. Heute strahlte die Sonne von einem nur leicht bewölkten Himmel, die Vögel zwitscherten in den Baumkronen, und auf den Wiesen blühten Krokusse und Primeln in bunter Pracht. Eigentlich war es kein passender Tag für eine Beerdigung. Wenn ein geliebter Mensch diese Welt verließ, dazu in jungen Jahren, hatte der Himmel zu weinen und der Wind einen Trauergesang zu blasen. Gleichgültig, wenn dieser Mensch in den letzten Wochen seines Lebens beinahe unausstehlich geworden war. Was blieb, war die Erinnerung an die schöne Zeit.

»Ach, Miranda, du fehlst so sehr! Ich würde es sogar begrüßen, wenn du mich wieder beleidigen könntest.«

Cleo ließ ihren Tränen freien Lauf. Sie weinte Stunde um Stunde, als strömten nun auch die ungeweinten Tränen um Victor und ihren Vater aus ihr.

Die Dämmerung senkte sich über die Landschaft, als Cleo hörte, wie die Gäste aufbrachen. Kurz darauf erschien eines der Zimmermädchen und brachte ein Tablett mit Tee, einer heißen Gemüsesuppe und ofenwarmem Brot.

»Mylord Tredennick hat gesagt, ich muss Sie überzeugen, etwas zu sich zu nehmen, Mrs Millian«, sagte das Mädchen schüchtern. Sie war auf keinen Fall älter als Cleo. »Ich darf Ihr Zimmer erst verlassen, wenn Sie alles aufgegessen haben.«

Cleo seufzte und brachte die Andeutung eines Lächelns zustande.

»Da ich nicht möchte, dass du die ganze Nacht hier verbringen musst, werde ich dir den Gefallen tun. Du brauchst nicht zu warten, ich verspreche, die Suppe und das Brot zu essen.«

Das Mädchen zögerte, knickste dann und ließ Cleo allein. Verwirrt nahm Cleo das Knicksen zur Kenntnis. Die junge Frau musste neu in Tredennick Manor sein, denn vor ihrer Abreise hatte Cleo sie nicht gesehen. Sie fragte sich, wie Angwin ihren Status gegenüber dem Personal erklärt hatte. Hoffentlich nicht in der Art, dass er und Cleo heiraten würden. Nach wie vor schloss Cleo diese Option ihrer Zukunft aus. Wie sie zu Miranda gesagt hatte: Angwin hatte eine Frau verdient, die ihm von Herzen zugetan war und nicht Lady Tredennick wurde, um versorgt zu sein.

Tags darauf sehnte sich Cleo nach frischer Luft und unternahm einen Spaziergang nach Penzance. Während sie durch Causeway Head, die Einkaufsstraße, schlenderte, bemerkte sie, dass sich hier nichts verändert hatte. Cleo rief sich ins Gedächtnis, dass sie nur vier Monate fort gewesen war. Es erschien ihr wie ein halbes Leben, für die Menschen in Penzance war aber alles gleichförmig und ohne große Veränderungen verlaufen. Cleo durchquerte den Morab Garden. Die Sträucher und Blumen standen in voller von Bienen umsummter Blüte. An der Ecke zur South Folly Lane blieb Cleo stehen. An der Stelle des Cottages, in dem sie aufgewachsen war, war ein neues Haus errichtet worden. Es ähnelte dem von Tante Elsie, denn es war aus dem gleichen Stein erbaut. Die frische, leuchtend hellblaue Farbe der Tür und der Fensterläden zeigte Cleo, dass hier nun andere Menschen lebten. Sie drehte sich um, ging davon und warf keinen Blick zurück.

Bei ihrer Rückkehr erwartete sie der Butler in der Halle.

»Mylord möchte mir Ihnen sprechen, Mrs Millian. Er befindet sich im Arbeitszimmer.«

Cleo legte Mantel und Hut ab und ging die Treppe hinauf. Sie klopfte an die Tür des Arbeitszimmers und trat ein. Angwin saß hinter seinem Schreibtisch, vor sich verschiedene Dokumente.

»Verzeih, Angwin, wenn ich dich habe warten lassen. Ich habe einen Spaziergang gemacht«, erklärte Cleo. »Ich wusste nicht, dass du mich sprechen wolltest.«

»Ich habe Zeit, Cleo. Bitte, setz dich.« Er deutete auf den bequemen Ledersessel. »Tee?«

»Gern, Angwin. Mir ist tatsächlich etwas kalt. Die Sonne täuscht, der Wind vom Meer her ist heute recht frisch.«

Angwin zog an der Klingelschnur. Ein Diener erschien, und er bestellte den Tee. Dann warteten sie, bis dieser serviert worden war und sie wieder allein waren.

Ernst begann Angwin zu sprechen: »Cleo, es gibt vier Punkte, die ich mit dir besprechen möchte.«

»Ich verstehe, es geht um meine Zukunft. Meine Dienste als Schneiderin in diesem Haus und als Gesellschafterin für Lady Charlotte sind nicht wieder gefragt. Deine Mutter hat eine Pflegerin, die sich Tag und Nacht um sie kümmert. Es ist aufmerksam, dass du dir Gedanken machst, Angwin, aber in ein paar Tagen werde ich volljährig, und dann kann ich …«

»Du hast bald Geburtstag? Wann? Wir haben nie darüber gesprochen, und ich habe dir nicht gratuliert.«

»Feierlichkeiten sind mir nicht wichtig«, erwiderte Cleo. »Am Donnerstag werde ich einundzwanzig, und ich werde mir so schnell wie möglich eine Anstellung suchen.«

Angwin hob unterbrechend die Hand. »Die Frage deiner Zukunft ist Punkt vier auf meiner Agenda. Zunächst möchte ich dich um etwas bitten. Wenn es zu viel verlangt ist, dann scheue dich nicht, abzulehnen. Ich habe dafür Verständnis.« Erwartungsvoll sah Cleo ihn an, und Angwin fuhr fort: »Es betrifft Mirandas persönliche Sachen. Ihre Kleider, Schuhe, Hüte und all das. Halte mich nicht für herzlos, Cleo, aber ich bin nicht der Mensch, der aus dem Zimmer meiner Schwester eine Art Tempel machen will, in dem nichts angerührt werden darf. Miranda ist von uns gegangen, aber wir müssen zusehen, dass nicht auch unser Leben zerstört wird.«

»Ich verstehe dich sehr gut, Angwin«, sagte Cleo leise und legte eine Hand auf ihre Brust. »Miranda wird immer in unseren Herzen sein. Solange wir sie nicht vergessen, hat sie uns nicht verlassen.«

»Danke, Cleo.« Er lächelte traurig. »Da ich mich mit Damenkleidern nicht auskenne, bitte ich dich, die Sachen durchzusehen. Nimm dir, was du möchtest, und ändere es auf deine Größe ab. Den Rest werde ich der Kirchengemeinde für die Bedürftigen spenden.«

»Ich kümmere mich darum, Angwin.« Sie ließ unerwähnt, dass die wirklich Bedürftigen wenig mit Mirandas eleganten Seiden- und Spitzenkleidern anfangen konnten.

»Ich danke dir, du nimmst mir eine große Last von den Schultern.« Er machte einen Haken auf dem Blatt Papier vor sich. Offenbar hatte er sich die Sachverhalte, die er mit Cleo klären wollte, aufgelistet. Er sagte auch prompt: »Kommen wir zum nächsten Punkt. Dieser betrifft deinen verstorbenen Mann.«

Cleo sah überrascht auf.

»Nachdem ich im letzten Jahr nach Hause zurückgekehrt

bin, es meiner Mutter besser ging und die Reparaturen am Haus geregelt waren, habe ich mir erlaubt, bezüglich der Hinterlassenschaft deines Mannes Erkundigungen einzuholen. Ich habe einen Anwalt eingeschaltet, der die Formalitäten von Victors Verschwinden mit den Behörden in Ägypten geregelt hat. Eine offizielle Todeserklärung kann erst in«, er rechnete kurz nach, »in drei Monaten ausgestellt werden. So sieht es das Gesetz bei Unfällen auf Wasser vor, wenn keine Leiche geborgen wurde.«

Unwillkürlich runzelte Cleo die Stirn. Es störte sie, dass Angwin diese Schritte über ihren Kopf hinweg unternommen hatte. Auch wenn sie noch unmündig und Tausende von Meilen von England entfernt gewesen war: Er hätte sie zumindest über sein Vorgehen informieren können. Schnell leistete Cleo in Gedanken Abbitte. Angwin hatte es nur getan, damit sie, Cleo, nach ihrer Heimkehr mit den Formalitäten nicht belastet wurde.

Sie entspannte sich und sagte: »Nun muss ich mich bei dir bedanken. Ich fürchte, ich wäre mit all den Umständen tatsächlich überfordert gewesen.«

»Ich kann mir nicht vorstellen, dass irgendetwas dich überfordert«, erwiderte er mit einem Anflug eines Lächelns. »Leider muss ich dir mitteilen, dass Victor außer einem Haufen Schulden nichts hinterlassen hat.«

»Schulden?«, wiederholte Cleo überrascht. »Was ist mit dem Haus in Lancashire?«

Mit einem Seufzer antwortete Angwin: »Das Haus ist ein einfaches Cottage mit nur einem Raum und dem Abort im Garten, und selbst auf dem kleinen Haus liegt eine Hypothek. Diese und einen weiteren Kredit hat Victor wohl aufgenommen, um seine Reisen nach Ägypten zu finanzieren. Ich habe mir erlaubt, die ausstehenden Summen zu begleichen.«

Cleo sprang auf und rief aufgeregt: »Das hättest du nicht tun dürfen, Angwin! Wie soll ich dir das jemals zurückzahlen? Dazu kommen die Ausgaben in Ägypten, die ich dir auf den letzten Penny erstatten werde, sobald ich eine Arbeit gefunden habe. Langsam zwar, aber ich möchte in niemandes Schuld stehen!«

Beschwichtigend hob Angwin die Hand. »Bitte, setz dich wieder, Cleo. Du kennst die finanzielle Situation meiner Familie und weißt daher, dass ich auf das Geld nicht angewiesen bin.« Er stutzte und fragte: »Habe ich etwas gesagt, das dich zum Weinen bringt?«

Cleo schüttelte den Kopf, wischte sich über die Augen und antwortete: »Ich musste wieder an Miranda denken. Sie sagte zu mir, es sei vulgär, offen über Geld zu sprechen.«

»Oft aber notwendig«, ergänzte Angwin. »Da ich möchte, dass du mit Victor und deiner Ehe abschließen kannst, habe ich seine Verbindlichkeiten übernommen. Cleo, deinen Stolz kann ich gut nachempfinden, und dieser bringt mich zum nächsten Punkt.« Er brach ab, sah Cleo ernst an und fuhr leise und eindringlich fort: »Ich werde dir jetzt eine Frage stellen, die ich dir bereits zuvor gestellt habe. Wenn deine Antwort auch heute Nein lautet, dann verspreche ich dir, an dem Thema niemals wieder zu rühren. Dass ich Victors Schulden beglichen habe, soll und darf bei deiner Entscheidung keine Rolle spielen. Keinesfalls sollst du dich in irgendeiner Art mir gegenüber verpflichtet fühlen. Hast du das verstanden, Cleo?«

Unbehaglich rutschte Cleo auf dem Stuhl umher und antwortete ein leises »Ja«. Sie ahnte, was kam.

»Cleopatra Vanson, willst du meine Frau werden?«, fragte Angwin.

Fest erwiderte sie seinen Blick. »Nein, Angwin. Auch wenn

ich dich wirklich sehr gern habe, für eine Ehe reichen meine Gefühle nicht aus.«

»Ich habe mit dieser Antwort gerechnet.« Angwin wirkte zwar geknickt, keineswegs aber, als hätte Cleo sein Herz gebrochen.

Cleo fiel auf, dass er kein Wort von Liebe oder zumindest einer tiefen Sympathie gesagt hatte. Bereits bei Angwins erstem Antrag auf dem Lastschiff hatte er ihre Intelligenz, ihren Wissensdurst, ihren Lerneifer und ihren Wagemut gelobt, aber nicht von Gefühlen gesprochen. Sie brauchte und wollte keinen Mann, der ihr Liebesschwüre ins Ohr flüsterte, die oft ohnehin nicht von langer Dauer waren. Ein wenig mehr Emotionen erwartete Cleo trotzdem. Sie vermutete, Angwin wolle sie nur heiraten, um nicht allein zu sein. Wie ein paar Tage zuvor erschrak sie bei der Erkenntnis, wie schwach Angwin Tredennick in Wahrheit war.

»Ich komme jetzt zum letzten Punkt, den du hoffentlich etwas wohlwollender in Erwägung ziehen wirst«, fuhr er fort und riss Cleo aus ihren Gedanken. Er stand auf und reichte ihr die Hand. »Komm mit.« Angwin führte sie in die Bibliothek. Dort blieb er mitten im Raum stehen, sah sich um und sagte: »All diese Bücher wurden von Generationen von Tredennicks zusammengetragen, aber nie katalogisiert. Ich möchte eine genaue Aufstellung, welche Werke sich in meinem Besitz befinden, nach Autoren und Themen gelistet. Darüber hinaus plane ich, meine Sammlung altägyptischer Kunst weiter zu vergrößern, Auktionen zu besuchen und mich über die untergegangene Welt intensiver zu informieren. Ich brauche also jemanden, der die Artefakte mit der gleichen Liebe wie ich betrachtet und in jedem Stück die Geschichte sieht, die es verbirgt. Ich plane, auch wieder nach Ägypten zu reisen, um doch noch das Tal der

Könige zu besuchen und weitere Kunstschätze zu erwerben. Selbstverständlich auf legalem Weg! Cleo, möchtest du mir bei all dem behilflich sein? Sozusagen als meine rechte Hand, jemand, der mir mit Wissen und Tatkraft zur Seite steht. Mit einem entsprechenden Gehalt, versteht sich, und freier Kost und Logis in diesem Haus.«

Cleos Lippen formten ein »Oh!«, sonst fehlten ihr die Worte.

Angwin hatte ihre Reaktion erwartet und sagte: »Denke in Ruhe über mein Angebot nach, Cleo. Ich mache es dir nicht, weil ich hoffe, dein Herz doch noch für mich zu gewinnen. Nein, ich schlage dir die Zusammenarbeit aus ganz egoistischen Gründen vor.« Er schmunzelte und rieb sich über sein glattrasiertes Kinn. »Ich kenne keinen anderen Menschen, dem ich derart restlos vertraue wie dir, Cleopatra Vanson.«

17

Cornwall, September 1922

Von Sonnenaufgang bis zum Untergang waren Cleos Tage ausgefüllt. An den Vormittagen arbeitete sie an der Sortierung und Erfassung der Bücher, meistens aß sie den Lunch am Schreibtisch sitzend, in der einen Hand den Füllfederhalter, in der anderen ein Sandwich, nachmittags widmete sie sich der Sammlung altägyptischer Kunst, die Angwin in den letzten Monaten bei Auktionen erstanden hatte. Mehrmals hatte sie Angwin zu diesen begleitet. Das erste Mal in Plymouth, dann in Bristol, und vor einem Monat waren sie bei Sotheby's in London gewesen. Wieder war Cleo in eine neue Welt eingetaucht. Hatte sie Kairo bereits als laut und hektisch empfunden, wurde die ägyptische Hauptstadt von dem Trubel Londons um ein Vielfaches überboten. Menschen eilten in hektischer Betriebsamkeit umher, Aberhunderte von Geschäften boten alles an, was das Herz begehrte, und Cleo sah fast nur noch Frauen in modisch kurzen Kleidern und mit Bubiköpfen. Allerdings erschwerten die Abgase der Automobile das Atmen, und am Abend war Cleos Haut von einer dünnen, schwarzen Schicht bedeckt. Nur noch wenige Pferdekutschen und -karren waren auf den Straßen zu sehen. Die Straßenbahnen fuhren elektrisch, und als sie zum ersten Mal mit der *Tube* – wie die Untergrundbahn allgemein genannt wurde – gefahren war, hatte Cleo einen Anflug von Panik unterdrücken müssen. Sie zwang sich, nicht daran zu denken, welche Menge an Erdreich über ihrem Kopf war. Selbst in der Cheops-Pyramide war ihr nicht so unwohl gewesen. Bei der zweiten Fahrt mit der Tube fühlte sich Cleo schon entspannter und sog all das Neue, das Unbekannte in sich auf. Der Höhepunkt der Tage in London war natürlich die Versteigerung bei Sotheby's, dem ältesten Auktionshaus der britischen Insel. Cleo hatte in einer der hinteren Reihen gesessen. Von dort hatte sie all die Reichen und Eleganten beobachten können, ebenfalls die weniger Vermögenden, die bei den Versteigerungen zwar nicht mitboten, die Auktionen aber nutzten, um die eine oder andere nützliche Bekanntschaft zu knüpfen. Auf Cleos Schoß lag der umfangreiche Katalog, in dem jedes Exponat mit einer Fotografie abgebildet war. An den Rändern machte sie sich eifrig Notizen über die Angaben, die der Auktionator über die Objekte zusätzlich mündlich gab.

Angwin ersteigerte zwei Kanopen aus der 19. Dynastie, eine mit einem Löwenkopf, die andere mit dem Abbild des Gottes Horus. Weiter eine goldene Halskette, die er seiner Mutter schenken wollte, ferner eine Büste einer unbekannten Frau, die mit bunten Farben bemalt war. Der Auktionator datierte die Büste zwar auf die 4. Dynastie, ordnete sie aber keiner Königin oder einer bekannten Persönlichkeit zu. Daher war der Preis für die überlebensgroße Skulptur eher im unteren Bereich. Als sich die Auktion der modernen Malerei zuwandte, verließen Cleo und Angwin den Saal.

Am letzten Tag in London besuchten sie das Britische Museum in der Great Russell Street.

»Hier findest du die größte Sammlung altägyptischer Kunst außerhalb Kairos«, erklärte Angwin und zwinkerte ihr zu.

»Möchtest du dir die Mumien ansehen, oder gehst du ihnen nun lieber aus dem Weg?«

Cleo lachte. »Es war dumm von mir, auch nur einen Moment lang zu glauben, ein Fluch sei schuld an all den Todesfällen.«

»Das ist die Einstellung der Cleo, die ich kenne.«

Angwin nahm ihren Arm und führte sie durch das Foyer in Richtung der ägyptischen Abteilung.

Cleo dachte, dass jeder, der sie so zusammen sah, denken musste, sie seien ein Paar. Angwin hatte sein Versprechen gehalten. Seit ihrer Unterredung nach Mirandas Beisetzung hatte er sie nicht wieder gefragt, ob sie ihn heiraten wolle. Er verhielt sich ihr gegenüber wie ein Freund und bezog sie in alle Belange seiner Sammlungen mit ein. Cleo erledigte die Post, las aufmerksam die Zeitungen auf der Suche nach interessanten Objekten und trug jeden Gegenstand sorgsam in die Bücher ein.

Sie verbrachten den ganzen Tag im Britischen Museum, dann wurde es Zeit, ins Hotel zurückzukehren, um zu packen. Am nächsten Morgen wollten sie den ersten Zug nehmen, der die Station Paddington nach Penzance verließ. Obwohl Cleo die Tage in der Hauptstadt genossen hatte und von den vielen Eindrücken noch lange zehren würde, war sie froh, nach Hause zu fahren. Nirgendwo war die Luft so frisch, das Grün der Wiesen und Felder üppiger und das Wasser der Flüsse und Bäche klarer als in Cornwall. Dennoch war in Cleos Herzen noch eine andere Sehnsucht. Ein Begehren, das genaue Gegenteil von dem, das sie an Cornwall liebte. Glühende Sonne, Staub, Sand, die schnatternden Stimmen in der melodischen Sprache …

Im Frühjahr hatte Angwin davon gesprochen, er wolle die unterbrochene Reise ins Tal der Könige eines Tages wiederholen. Seitdem hatte er das Thema aber nicht wieder erwähnt, und Cleo sprach es nicht an.

Erst nach ihrer Rückkehr aus Ägypten hatte Cleo erfahren, dass am 28. Februar 1922, nur wenige Tage nach ihrer Abreise, Großbritannien unter Premierminister David Lloyd George Ägypten unter der Dynastie von Muhammad Ali die Unabhängigkeit gewährt und es als eigenständiges Land anerkannt hatte. Die von Henry Morgan gefürchtete Rebellion war zu Cleos Erleichterung ausgeblieben. Im März hatte sich Prinz Fu'ad zum König von Ägypten und des Sudans proklamiert. Dies hatte weitreichende Folgen für das britische Königreich, denn nun mussten wieder Zölle bezahlt werden, und die Ausfuhr altägyptischer Artefakte wurde erschwert. Trotzdem verblieben viele Engländer im Land am Nil, und die Grabungen nach den alten Stätten gingen unvermindert weiter.

Lady Charlotte sah Cleo kaum, denn die alte Dame verließ ihre Räumlichkeiten nur selten. Mirandas Tod hatte zwar keinen zweiten Schlaganfall verursacht, ihre Genesung aber aufgehalten. Das Laufen fiel Angwins Mutter schwer, die meiste Zeit saß sie in ihrem Sessel am Fenster und starrte nach draußen. Abgesehen von ihrer Pflegerin Ruby und Angwin sprach sie kaum ein Wort zu jemandem, obwohl Lady Charlottes Sprachzentrum nicht gelitten hatte. Auf Tredennick Manor wurden nicht länger Gäste empfangen, und Lady Charlotte machte keine Besuche, obwohl Angwin ihr angeboten hatte, sie mit dem Automobil zu fahren. So war es ein ruhiges Leben in dem alten Herrenhaus. Für Cleo manchmal etwas zu ruhig, daher freute sie sich stets auf die Auktionen, die Abwechslung brachten.

Einmal im Monat kam der Arzt aus Penzance ins Herrenhaus.

»Sir Tredennick, körperlich ist Ihre Mutter so gut wie gesund«, berichtete er. »Ihre Lethargie, der mangelnde Wille, am gesellschaftlichen Leben teilzunehmen, und sei es nur im kleinen Rahmen, ist psychisch bedingt.«

»Sie kommt über den Tod meiner Schwester nicht hinweg.« Angwin seufzte. »Zumal die Umstände nicht geklärt und ihr Mörder nie zur Rechenschaft gezogen wurde.«

Der Arzt ließ ein Stärkungspulver da und meinte, wenn sich Lady Charlottes Zustand verschlimmern sollte, möge man ihn benachrichtigen. Mehr könne er für die Dame nicht tun.

Bei einem Friseur in Penzance ließ sich Cleo alle vier bis sechs Wochen ihre Haare nachschneiden. Auf dem Land war die Mode der Kurzhaarfrisuren für Frauen noch nicht angekommen, der Coiffeur verstand es jedoch bestens, Cleos dünnes Haar so zu kürzen und stufig zu schneiden, dass es ihr längliches Gesicht voll umspielte. Von Mirandas Kleidung hatte sie nur wenige Stücke behalten und auf ihre Größe abgeändert. Wenn sie Angwin begleitete, dann war es wichtig, dass Cleo angemessen gekleidet war. Jedes Mal, wenn sie in ein Kleid schlüpfte, das Miranda getragen hatte, fühlte sie sich der Freundin nah. Nicht nur über Kunst und Auktionen hatte Cleo in den letzten Monaten viel gelernt. Angwin hatte auch angeboten, ihr das Autofahren beizubringen. Ihre anfängliche Angst hatte Cleo verborgen, war in Angwins Wagen aber lediglich im Schritttempo die Auffahrt von Tredennick Manor entlanggefahren. Beim zweiten Mal beherrschte sie die Gangschaltung schon viel besser, gab nicht zu viel und zu wenig Gas, damit der Motor nicht erstarb, und wurde mutiger. Es gelang ihr sogar, das wuchtige Automobil am Tor mit zwei Zügen zu wenden.

Anerkennend meinte Angwin: »Du lernst sehr schnell, aber

das ist ja keine Überraschung. Über den Winter, wenn wir weniger verreisen werden, solltest du Fahrstunden nehmen.«

»Ich denke, das werde ich machen«, hatte Cleo erwidert, war sich aber bewusst, dass sie sich wohl nie ein eigenes Automobil würde leisten können.

An einem warmen Vormittag im September saß Cleo am Schreibtisch. Das Fenster war weit geöffnet, und die Sonnenstrahlen malten bunte Kringel auf den dunklen Dielenboden. Im westlichen Zipfel Cornwalls kam der Herbst später als in den anderen Landesteilen, und Cleo genoss das anhaltende trockene und warme Wetter. Angwin war mit dem Verwalter unterwegs, um die Cottages der Pächter zu inspizieren, ob diese für den kommenden Herbst und Winter instand gesetzt werden mussten. Bevor er das Haus verlassen hatte, hatte er Cleo einen Stapel vollgekritzelter Blätter überreicht, die aus seiner Studienzeit stammten.

»Es sind Notizen der Vorlesungen über die Pharaonen der 11. und 12. Dynastie«, hatte er ihr erklärt. »Wie du an meiner Handschrift siehst, habe ich sie in großer Eile verfasst und mir später nie die Zeit genommen, sie in Reinschrift zu übertragen. Versuche bitte, die Namen der Herrscher zu entziffern, chronologisch zu ordnen, und ergänze sie mit den Informationen, die zu den jeweiligen Pharaonen in den Büchern zu finden sind.«

In den letzten Monaten war Cleo aufgefallen, dass Angwin darauf achtete, alles akribisch geordnet und aufgelistet zu haben. Früher hatte sie das nicht bemerkt, da war ihrer beider Kontakt aber auch nicht so eng gewesen.

Cleo hatte zwei Stunden an Angwins Kritzeleien gearbeitet – seine Handschrift war wirklich eine Katastrophe! –, dann brachte Marshall, der Butler, die heutige Post. Cleo schob die Listen zur Seite und sah die Umschläge durch. Neben den üblichen Rechnungen der Lebensmittellieferanten, des Metzgers und des Bäckers war ein Brief einer Großtante aus dem Norden gekommen. Diesen Brief legte Cleo ungeöffnet auf den Stapel *Persönliches*. Ein länglicher schneeweißer Umschlag, die Adresse in gestochen scharfen Buchstaben vermerkt, erregte Cleos Aufmerksamkeit, denn links oben prangte ein goldenes Wappen. Ein Absender war nicht angegeben. Cleo vermutete, das Schreiben war von einer hochgestellten Persönlichkeit gekommen, die mit der Familie Tredennick in Kontakt stand. Sie wagte nicht, den Umschlag aufzuschlitzen, auch wenn Angwin gesagt hatte, sie solle auch die Post, die an seinen Namen adressiert sei, öffnen und ihm nur wirklich wichtige Schreiben vorlegen.

Während der nächsten Stunde konnte sich Cleo nur schwer auf ihre Arbeit konzentrieren. Immer wieder schielte sie zu dem Umschlag. Sie erinnerte sich nicht, das Wappen schon einmal gesehen zu haben, und konnte es keiner Familie zuordnen. Endlich war es Zeit für den Lunch. Heute verließ Cleo das Arbeitszimmer und ging in das kleine Esszimmer im Erdgeschoss, in dem Angwin das Mittagessen zu sich nahm.

Er saß bereits zu Tisch und fragte überrascht: »Leistest du mir heute ausnahmsweise Gesellschaft? Haben dich die alten Ägypter gehen lassen? Pass auf, dass dich kein Fluch trifft, wenn du für eine Stunde die Pharaonen vernachlässigst.«

Cleo freute sich, dass Angwin wieder scherzen konnte. In den vergangenen Wochen hatten sie immer häufiger über Miranda gesprochen, in Erinnerung an so manche Begebenheit auch zusammen gelacht. Miranda würde niemals vergessen sein, aber das Leben hatte Cleo und Angwin wieder.

Sie legte den weißen Umschlag auf den Tisch. »Der Brief ist heute gekommen, Angwin.«

Er warf nur einen flüchtigen Blick darauf und fragte: »Worum geht es?«

»Ich habe den Brief nicht geöffnet«, antwortete Cleo. »Aufgrund des Wappens denke ich, das Schreiben ist persönlich.«

Erst jetzt betrachtete Angwin das goldene Wappen. Er pfiff durch die Zähne. Seit ihrem Aufenthalt in Ägypten war Angwin in seinem Verhalten deutlich lockerer geworden. Mit dem Finger ritzte Angwin den Umschlag auf, zog ein Blatt besten Büttens heraus und las die wenigen Zeilen. Über seine Schulter hinweg sah Cleo, dass der Brief auf einer Schreibmaschine getippt und die schwungvolle Unterschrift in schwarzer Tinte geschrieben war.

Angwin legte das Blatt auf den Tisch, sah Cleo an und fragte schmunzelnd: »Wie schnell kannst du packen, Cleo?«

»In ein paar Stunden.« Cleos Herz begann zu pochen. »Werden wir vereisen?«

Angwin nickte und erklärte schmunzelnd: »Allerdings nicht gleich heute oder morgen.« Er deutete auf den Brief. »Es handelt sich um die Einladung von George Herbert.« Cleo sah Angwin fragend an, der Name sagte ihr nichts. »Dem fünften Earl von Carnarvon«, fügte Angwin dazu, woraufhin sich Cleos Augen weiteten. »Er möchte uns so bald wie möglich sprechen. Einen Mann wie ihn lässt man nicht warten, daher werden wir in den nächsten Tagen nach Highclere Castle fahren.«

»Ich auch?«, fragte Cleo aufgeregt, auch wenn Angwin von *wir* gesprochen hatte.

Angwin nickte. »Carnarvon erwähnt explizit deinen Namen, Cleo. Bis du ihm etwa in Kairo begegnet?«

»Ganz bestimmt nicht«, antwortete Cleo und schüttelte verwundert den Kopf. »Ich habe keine Ahnung, woher er meinen Namen kennt.«

»Nun, wir werden es in Bälde erfahren«, erwiderte Angwin. »Carnarvon schreibt, es befänden sich noch weitere Gäste in seinem Haus, unter ihnen Howard Carter. Dieser plant, in den nächsten Wochen nach Ägypten zu reisen, und behauptet, jetzt eine wirklich vielversprechende Spur des Grabes von Tutanchamun zu haben.«

»Carter?«, wiederholte Cleo. »Nicht etwa *der* Howard Carter?«

»Genau der.« Angwin lächelte versonnen. »In Ägypten haben wir ihn verpasst, jetzt werden wir den größten englischen Archäologen eben auf Highclere Castle kennenlernen. Aber das ist noch nicht alles, Cleo …«

»Ja?«, fragte sie atemlos, so unglaublich erschien ihr die Einladung in eines der elegantesten Anwesen Englands. Abgesehen von denen der Krone, verstand sich.

»Carnarvon bittet uns, Carter auf der Expedition zu begleiten.«

»Uns beide?« Cleo wusste, wie dumm es war, seine Worte ständig zu wiederholen, zu unglaublich aber waren diese Nachrichten. »Kannst du das verstehen, Angwin? Oder kennst du den Earl of Carnarvon?«

»Wir sind uns nie begegnet, und ich habe nicht den Hauch einer Ahnung, warum er ausgerechnet uns dabeihaben möchte. Ich werde meine Mutter fragen, ob es in der Vergangenheit Beziehungen zwischen unseren Häusern gab. Das erklärt Carnarvons Bitte, wir mögen ihn aufsuchen, allerdings auch nicht.« Er stand auf und nahm Cleos Hände. »Uns bleibt nichts anderes übrig, um es herauszufinden, als die Einladung anzunehmen. Und zwar unverzüglich. Ich gehe davon aus, dass wir nach unserem Besuch auf Highclere Castle nicht noch einmal nach Cornwall zurückkehren werden. Darum packe leichte Sachen ein, und vergiss nicht deine Hose, die Weste und den Hut.«

»Nehmen wir dein Automobil?«

»Selbstverständlich«, antwortete Angwin, »und ich werde selbst chauffieren. Ich lasse sofort ein Telegramm an George Herbert aufgeben, dass mit unserem Eintreffen auf Highclere Castle in drei Tagen zu rechnen ist.«

Bei jedem Schritt klackten die Absätze von Cleos leichten Schnürschuhen auf dem hellbraunen Parkettboden und hallten ungewöhnlich laut wider. Von den hohen Wänden blickten altertümlich gekleidete Frauen und Männer aus ihren goldverzierten Rahmen auf sie nieder. In keinem der aristokratisch geschnittenen Gesichter stand ein Lächeln. *Wohl die Ahnen der Herberts*, dachte Cleo.

Bei ihrer Ankunft waren Angwin und sie von einem großgewachsenen livrierten Diener empfangen worden.

»Mylord wünscht, Sie sogleich zu sehen«, hatte er gesagt. »Das Gepäck wird auf Ihre Zimmer gebracht, unser Chauffeur kümmert sich um Ihr Automobil.«

Nach der rund siebenstündigen Fahrt hätte sich Cleo gern die Hände und das Gesicht gewaschen, ihre Haare gekämmt und ein frisches Kleid angezogen. Sie wagte aber keinen Widerspruch, weil Angwin zustimmend nickte. Der Diener führte sie durch die stattliche Eingangshalle, deren Boden glänzte wie ein polierter Spiegel, die breite, mit rotem Teppich ausgelegte Haupttreppe hinauf, dann einen Flur entlang, ein paar Stufen wieder herunter und jetzt bis in den langen Korridor. Hätte der Diener sie hier allein gelassen, hätte Cleo den Weg zum Ausgang nicht mehr gefunden, so verwinkelt und weitläufig war das Haus. Highclere Castle mit seinem wuchtigen, quadratischen Turm hatte Cleo bereits von außen beeindruckt, und innen wusste sie nicht, wohin sie zuerst sehen sollte. Gegen dieses Schloss wirkte Tredennick Manor wie ein Fischercottage.

Der Diener hielt vor einer deckenhohen Tür aus dunklem Eichenholz, drehte den Knauf, trat in das Zimmer und sagte: »Sir Angwin Tredennick und Mrs Cleopatra Millian, Mylord.«

»Sie sollen reinkommen und Thomas: Veranlasse, dass zwei weitere Gedecke gebracht werden«, hörte Cleo eine tiefe männliche Stimme. »Wir werden vier Personen zum Tee sein.«

Verstohlen klopfte Cleo gegen ihren Rock, um eventuellen Staub zu entfernen, dann strich sie sich das Haar hinter die Ohren. Der Diener trat zur Seite, deutete eine Verbeugung an, dann betrat erst Angwin, danach Cleo den Raum. Sie atmete schneller. Aber nicht wegen des mittelgroßen, schlanken Mannes mit dem ausgeprägten Schnurrbart, der ihnen in einem Sessel sitzend erwartungsvoll entgegensah, sondern wegen der wohl größten Bibliothek, die sie jemals in einem privaten Haushalt gesehen hatte. War der Bestand in Tredennick Manor bereits beeindruckend, überschlug Cleo die hier in deckenhohen Regalen aufbewahrten Bücher auf mindestens zehntausend, eher mehr.

»Ah, Tredennick! Wie freundlich, dass Sie meiner Einladung unverzüglich gefolgt sind.«

Angwin neigte den Kopf. »Es ist uns eine Ehre, Mylord.«

Ihr grauhaariger Gastgeber winkte ab. »Nennen Sie mich Carnarvon, Tredennick.« Sein Blick ging zu Cleo. »Und das muss Mrs Millian sein.«

Cleo trat einen Schritt vor und knickste. Da sie wusste, dass die persönliche Anrede für sie nicht galt, sagte sie: »Sie haben ein wunderschönes Haus, Mylord.«

»Und Sie einen außergewöhnlichen Vornamen«, erwiderte Carnarvon. »Cleopatra! Ihre Eltern müssen Liebhaber des Alten Ägypten sein.«

»Mein Vater liebte das Land«, erwiderte Cleo. »Meine Mutter starb früh. Ich habe keine Erinnerung an sie.«

Der Earl nickte. »Ich habe davon gehört, Mrs Millian, auch dass Ihr Vater sein Leben bei der Suche nach einem unentdeckten Grab gelassen hat. Tragische Geschichte, wirklich tragisch. Wie ich hörte, sind Sie Witwe. Ihr Ehemann starb ebenfalls im Land der heißen Sonne.« Er seufzte, für einen Moment verlor sich sein Blick in der Ferne, dann sagte er leise: »Ich wünschte, ich könnte nach Ägypten reisen. Nach dem Krieg ist aber alles schwieriger und belastender geworden. An manchen Tagen fühle ich mich alt und erschöpft.«

»Das tut mir leid, Mylord«, murmelte Cleo. Von den offenen Worten des Earls fühlte sie sich peinlich berührt. Carnarvon war anzusehen, dass es um seinen Gesundheitszustand nicht zum Besten stand.

Er wiederholte: »Ich wünschte wirklich, ich könnte selbst reisen und mit eigenen Augen sehen, wohin mein Geld verschwindet.«

Ein anderer Diener als der, der sie empfangen hatte, schob einen Teewagen in die Bibliothek. Während das Geschirr auf einem runden Tisch platziert und in die Mitte eine silberne Etagere mit allerlei süßem und herzhaftem Gebäck gestellt wurde, fragte Angwin: »Über Ihre Einladung waren wir zugegebenermaßen erstaunt, freudig überrascht, versteht sich. Darf ich

Sie fragen, welchem Umstand wir die Ehre zu verdanken haben?«

»Das dürfen Sie, Tredennick, das dürfen Sie.« Der Earl lächelte wohlwollend. »Lassen Sie uns aber erst einen weiteren Gast begrüßen. Ich erwarte ihn jeden Moment. Die anderen werden Sie heute Abend beim Dinner kennenlernen.«

Einen Augenblick später trat ein Mann ein. In Alter, Größe und Statur glich er Carnarvon, er trug sogar einen ähnlich gewachsenen Schnurrbart. Sein staubgrauer Anzug war allerdings aus einem einfachen Stoff geschneidert und saß nicht so perfekt wie der Dreiteiler des Earls.

»Carter, da sind Sie ja, alter Junge«, sagte Carnarvon. »Darf ich Ihnen Sir Tredennick vorstellen?« Angwin und Howard Carter gaben sich die Hände, dann wandte sich der Archäologe Cleo zu. Sein Händedruck war fest, und Cleo spürte die Schwielen auf seiner Haut.

»Sie müssen Cleopatra Vanson sein, die Tochter von Alexander Vanson.«

»Ich trage inzwischen den Namen Millian«, antwortete Cleo. »Kannten Sie meinen Vater?«

»Bin ihm nie begegnet, habe aber von ihm gehört.« Carter kniff die Augen zusammen und musterte Cleo. Er lächelte nicht und wirkte unterkühlt. »Wurde er nicht verrückt und verschwand auf Nimmerwiedersehen in der Wüste?«

»Im vergangenen Herbst hat Mrs Millian ihren Vater gefunden«, sprang Angwin Cleo zur Seite. »Leider war er nicht mehr am Leben.«

»Ja, ja, die Wüste hat schon viele Leben gefordert«, erwiderte Carter ungerührt. »Gute Männer, und auch Glücksritter auf der Suche nach dem schnellen Geld. Um die ist es nicht schade.«

Lord Carnarvon bat: »Mrs Millian, würden Sie uns die Ehre erweisen und den Tee einschenken? Meine Gattin und meine Tochter lassen sich entschuldigen. Sie machen einen unaufschiebbaren Besuch bei Bekannten.«

Die Männer nahmen an dem runden Tisch Platz, und Cleo goss mit ruhiger Hand den aromatisch duftenden Darjeeling in die zierlichen, mit gelben und blauen Blumen bemalten Tassen aus Meißener Porzellan. Sie war sich der Ehre dieser Zeremonie bewusst, die sonst der Hausherrin oder deren Tochter vorbehalten war.

Der Earl befragte Angwin nach dem Wetter in Cornwall und der anstehenden Ernte, und Cleo musterte Howard Carter aus dem Augenwinkel. Das war also der berühmteste englische Ägyptologe und Archäologe! Gern hätte sie ihm gesagt, dass sie an seine Theorie bezüglich des Pharaos Tutanchamun glaubte, wagte aber nicht, ohne Aufforderung zu sprechen. In den letzten Jahren war sie in Gegenwart von Höhergestellten etwas weniger zurückhaltend geworden, was Angwins und Mirandas Verhalten ihr gegenüber geschuldet war. Nie zuvor war sie aber mit einem richtigen Earl an einem Tisch gesessen und hatte mit ihm Tee getrunken. Howard Carter war zwar kein Aristokrat, für Cleo jedoch aufgrund seiner Erfolge eine Respektsperson. Darüber hinaus bewunderte sie Carter. Cleo erinnerte sich an die Bemerkung von Jason Dillon, Carter sei kein einfacher Mensch. Auf Cleo wirkte er verschlossen und nachdenklich und hatte bisher noch kein einziges Mal auch nur andeutungsweise gelächelt. Die zierliche Porzellantasse umklammerte er wie einen metallenen Becher, und er rutschte unruhig auf dem Stuhl herum, den Cleo Chippendale zuordnete.

Ein Leben in primitiven Zeltlagern unter einfachsten Bedingungen, das Schlafen auf Pritschen, das Essen über offenen Feuerstellen gekocht, prägten einen Menschen. Cleo wusste, dass Carter zehn ältere Geschwister hatte, als Kind gekränkelt und es einem glücklichen Zufall und einem Gönner zu verdanken hatte, in die Archäologie einsteigen zu können, ohne dieses Fach jemals studiert zu haben.

»Mrs Millian teilt Ihre Einschätzung, nicht wahr, Cleo?«, fragte Angwin.

Sie zuckte zusammen und errötete. »Ich fürchte, ich habe nicht zugehört«, gab sie kleinlaut zu.

Angwin bemerkte schmunzelnd: »Sie müssen Mrs Millian ihre geistige Abwesenheit verzeihen, Carnarvon. Wenn sie Bücher sieht, ist sie in einer anderen Welt. Ihre beeindruckende Sammlung würde sie nur zu gern von der ersten bis zur letzten Seite lesen.«

Der Earl nickte wohlwollend. »Ich schätze Frauen, für die Bücher nicht nur Dekorationsgegenstände sind. Mrs Millian, Sie haben sich alles, das Sie über das Alte Ägypten wissen, selbst angeeignet?«

Cleo nickte. »Zu den glücklichsten Erinnerungen meiner Kindheit gehören die Stunden, wenn mein Vater von dem Land am Nil erzählte. Später war Sir Angwin so freundlich, mich an seinen Studien teilhaben zu lassen. Die Bibliothek auf Tredennick Manor stand mir immer offen, und heute helfe ich Sir Angwin, seine Sammlung altägyptischer Kunst zu erweitern.«

Carnarvons Blick heftete sich interessiert auf Cleo, und er fragte: »Haben Sie nie daran gedacht, selbst Archäologin zu werden?«

»Das ist mein größter Wunsch, Mylord«, platzte Cleo heraus. »Jedoch fehlen mir die finanziellen Mittel für ein Studium oder zumindest eine entsprechende Ausbildung. Für eine Frau meiner Gesellschaftsschicht sind Universitäten nur ein Traum, der niemals wahr werden wird.«

Von Angwin erntete Cleo einen rügenden Blick, weil sie vor einem hochgestellten Adligen derart offen gesprochen hatte. Für den fünften Earl of Carnarvon war es aber kein Fauxpas, denn er erwiderte freundlich: »Sie sind eine ehrliche Frau, Mrs Millian.« Er sah zu Angwin. »Tredennick, Sie werden verstehen, dass ich Erkundigungen über Sie eingeholt habe. Die Universität haben Sie als Jahrgangsbester verlassen. Im vergangenen Herbst reisten Sie das erste Mal nach Ägypten, um sich vor Ort weiterzubilden. Leider traten Umstände ein, durch die Sie das Unternehmen abbrechen mussten. Daher denke ich, dass es in Ihrem Interesse sein wird, erneut das Tal der Könige zu besuchen. Dieses Mal hoffentlich mit mehr Erfolg.« Sein Blick heftete sich auf Carter. »Für alle von uns«, fügte er mit einem verhaltenen Seufzer hinzu.

Verwirrt erwiderte Angwin: »Ich verstehe immer noch nicht …«

Der Earl hob unterbrechend die Hand. »Im Großen und Ganzen sind wir uns einig, Tredennick, Mrs Millian, Carter …« Carnarvon sah von einem zum anderen. »Sie reisen in etwa einer Woche. Ich kann nur hoffen, dass es nicht wieder eine falsche Spur ist, Carter. Meine Geduld ist nahezu erschöpft, ebenso mein Wille, weitere Summen in ein aussichtsloses Unternehmen zu stecken.«

»Bei allem Respekt, Mylord«, sagte Howard Carter kühl, »ich habe Ihnen bereits mitgeteilt, dass ich eine weitere Grabungssaison auch aus eigenen Mitteln finanzieren werde. Trotzdem bin ich zu Ihnen gekommen, weil Sie sich seit Jahren engagiert haben, die Grabstätte von Tutanchamun zu finden. Sollten Sie sich nun zurückziehen, wird der Fund allein mir zugerechnet. Die Hinweise sind eindeutig! Wir werden im Areal des Grabes von Ramses dem Vierten die Arbeiten beginnen. Noch in diesem Jahr werden wir die letzte Ruhestätte des Kindkönigs ausfindig machen und sie öffnen. Für Sie bleibt dann nichts, Mylord. Weder ein Anteil an den zu erwartenden Schätzen noch Ruhm und Ehre. All Ihr Geld, das Sie bisher investierten, wäre verloren.«

Für einen Moment hielt Cleo die Luft an. Sie erwartete, dass der Earl außer sich geraten und Carter des Hauses verweisen würde. Wie konnte ein Mann einfachen Standes so mit einem einflussreichen Adligen sprechen!

Carnarvon seufzte jedoch nur und meinte: »Ein letztes Mal werde ich die Grabung finanzieren. Sollten wir zu keinem zufriedenstellenden Ergebnis kommen, steht es Ihnen frei, Carter, Ihr eigenes Geld im wahrsten Sinne des Wortes in den Sand zu setzen.«

Howard Carter nahm es mit einem leichten Neigen des Kopfes zur Kenntnis.

Carnarvon fuhr fort: »Tredennick, Mrs Millian, Sie werden Carter also nach Ägypten begleiten. Es ist von Vorteil, wenn Sie bis zu Ihrer Abreise auf Highclere bleiben können. Es gibt noch vieles zu besprechen.«

»Wir haben uns darauf eingerichtet, Carnarvon«, erwiderte Angwin, und Cleo nickte zustimmend.

Schwer atmend erhob sich der Earl aus dem Sessel, stützte sich auf einen Gehstock und wankte langsam zu dem mannshohen Kamin. Dort zog er an der bestickten Klingelschnur.

»Man wird Ihnen jetzt Ihre Zimmer zeigen. Das Dinner nehmen wir gegen acht Uhr ein, zuvor treffen wir uns im Salon auf ein paar Drinks. Mrs Millian, da wir unter uns sind, gestalten wir die Abende zwanglos. Es ist nicht notwendig, sich zum Dinner umzukleiden.«

Cleo errötete. Da sie zuvor festgestellt hatte, dass der Earl Aufrichtigkeit mochte, sagte sie fest: »Auf ein Abendessen bei Ihnen und Ihrer Familie bin ich in der Tat nicht vorbereitet. Meine Kleidung ist eher praktisch als elegant, Sir.«

Zum ersten Mal zuckte ein Mundwinkel von Howard Carter. »Eine gute Voraussetzung für unsere Reise. Entsprechende Erfahrungen haben Sie bereits machen dürfen, Mrs Millian. Frauen, die meinen, eine Modenschau in der Wüste abhalten zu müssen, sind in meinem Stab nämlich fehl am Platz.«

»Diesbezüglich kann ich Sie beruhigen, Mr Carter«, bemerkte Angwin. »Cleo trägt Hosen, reitet auf Dromedaren und schläft in Zelten auf dem nackten Boden. Sie fürchtet sich weder vor Schlangen noch Skorpionen. Kein Sandsturm und keine Gluthitze werden sie abhalten, zu den Grabungsstätten zu gelangen.«

»Angwin, bitte!« Beschwörend sah Cleo ihn an.

»Lassen Sie Tredennick nur reden.« George Herbert, der 5. Earl von Carnarvon mit dem Ehrentitel Lord Porchester, lachte laut auf. »Es scheint alles zuzutreffen, was man mir über Sie erzählt hat, Mrs Millian.«

»Man hat Ihnen über mich berichtet?«, fragte Cleo verständnislos, und Angwin ergänzte: »Dürfen wir die Umstände erfahren, warum ausgerechnet Mrs Millian und ich Mr Carter nach Ägypten begleiten sollen?«

Der Earl deutete zu Carter. »Er kann es Ihnen sagen, denn es war sein Vorschlag, Sie einzuladen und kennenzulernen und Sie bei Gefallen zu bitten, sich der Expedition anzuschließen.«

Howard Carter räusperte sich. »Im Frühjahr, kurz vor meiner Abreise nach England, kam ein Mann zu mir. Vor Monaten arbeitete er bei einer Grabung in meinem Stab. Nun versprach er mir seine Unterstützung bei dem neuen Unterfangen und brachte Ihre Namen, Mrs Millian, Sir Tredennick, ins Spiel. Er meinte, bevor ich im Herbst im Tal der Könige mit einer weiteren großen Grabung beginne, solle ich mit Ihnen Kontakt aufnehmen und Sie überreden, mich zu begleiten. Keine andere Frau besäße so viel Mut und Willenskraft wie Cleopatra Millian. Ich habe das Anliegen des Mannes mit Mylord besprochen.«

»Woraufhin ich Sie kennenlernen wollte«, ergänzte der Earl, »und denke, dass es niemandem schaden wird, wenn Sie Carter nach Ägypten begleiten. Inwieweit Sie ihm vor Ort von Nutzen sein können, wird seine Entscheidung sein.«

Cleo dachte, dass sie und Angwin wohl über keine Kenntnisse verfügten, die Howard Carter nicht längst schon hatte. Obwohl sie die Aussicht auf die Reise in freudige Erwartung versetzte, zog das ihr bereits bekannte Kribbeln über ihren Nacken. Heiser fragte sie: »Wer war der Mann, der uns empfohlen hat?«

Carter antwortete: »Ein Amerikaner, ein ziemlich ungehobelter Kerl, aber mit einem großen Wissen über Land und Leute. Sein Name lautet Jason Dillon.«

18

Auch während der zwölftägigen Reise nach Luxor war Howard Carter nicht dazu zu bewegen, Cleo und Angwin mehr Auskünfte über Jason Dillon mitzuteilen. Der Archäologe blieb bei der Behauptung, Dillon hätte ihn aufgesucht und geraten, bei seiner Rückkehr nach Ägypten Cleopatra Vanson zu bitten, ihn zu begleiten.

»Da Sie und Sir Tredennick für die Kosten selbst aufkommen«, sagte er, »können Sie machen, was Sie wollen. Hauptsache, Sie stören mich nicht bei meiner Arbeit.«

Angwin raunte in Cleos Ohr: »Es scheint zu stimmen, was Dillon gesagt hat. Howard Carter ist kein großer Redner.«

»Aber ein ausgezeichneter Ägyptologe.« In Cleos Augen trat ein schwärmerischer Glanz. »Spürst du die beinahe magische Aura, die ihn umgibt? Kein anderer britischer Archäologe fand so viele Gräber und Beigaben, und niemand tat so viel für deren Erhaltung wie Howard Carter. In meinem Leben bin ich keinem interessanteren Menschen begegnet.«

»Dem kann ich nicht widersprechen«, erwiderte Angwin. »Eigentlich ist es egal, wem wir die Reise zu verdanken haben. Wobei ich mich frage, warum Carter einem Abenteurer wie Dillon überhaupt Gehör schenkte und seinem Wunsch folgte.«

Das fragte sich Cleo ebenfalls. Sie sagte: »Es ist gut, dass du Tredennick Manor für längere Zeit in den Händen deines Verwalters lassen kannst.«

Angwin lächelte verhalten. »Jenner ist ein guter Mann, er hat mein volles Vertrauen. Und Mutter …«, er seufzte. »Um sie wird sich gut gekümmert, trotzdem habe ich ein schlechtes Gewissen, sie allein zu lassen.«

Cleo legte eine Hand auf seinen Arm. »Das brauchst du nicht, Angwin. Lady Charlotte weiß, dass du in Gedanken bei ihr bist.«

In Carters Begleitung befand sich ein Stab von begeisterten und engagierten Männern, die seit Jahren an seiner Seite waren und ihn unterstützten. Bei deren Besprechungen waren Angwin und Cleo als stille Zuhörer anwesend und erfuhren, welche Hinweise Carter so sicher machten, dieses Mal der richtigen Spur zu folgen. In erster Linie waren es die Erfahrungen des amerikanischen Archäologen Theodore Davis. Vor dreizehn Jahren besaß Davis eine Grabungslizenz für das Tal der Könige und fand einige interessante Grabstellen. Dann war er der Meinung, das Tal sei erschöpft und es könne keine interessante Entdeckung mehr gemacht werden. Davis gab seine Lizenz zurück, und der Earl of Carnarvon übernahm sie.

»Unter den Gegenständen, die Davis aus einem der Gräber mit in die Staaten genommen hat, befinden sich Tongefäße, die in unmittelbarer Nähe des Grabes von Ramses dem Sechsten gefunden wurden«, erklärte Carter. »Scheinbar enthielten sie nur Abfall: Tierknochen, Blumenkränze, Stücke von Leinenbinden, Säckchen mit einer undefinierbaren Substanz und eine Miniaturmaske. Herbert Eustis Winlock, ein weiterer geschätzter Kollege, ist jedoch der Ansicht, es handle sich um die Überreste von Tutanchamuns Begräbniszeremonie. Die Information ließ Winlock mir zukommen, da Davis an einer weiteren Grabung im Tal der Könige nicht interessiert ist.«

»Aus diesem Grund werden Sie jetzt in der Umgebung des Grabes von Ramses dem Sechsten graben«, warf Cleo ein.

»Und dieses Mal mit Erfolg!«, sagte Arthur Callender enthusiastisch. Er stammte aus der Grafschaft Lincolshire und war von Carter als leitender Ingenieur engagiert worden.

Cleo überlegte, Carter die Armreife mit den blauen Skarabäen zu zeigen und seine Meinung über sie einzuholen. Die Schmuckstücke hatte sie auch dieses Mal bei sich, da sie die Hoffnung, die Inschrift des zweiten Reifs doch noch entschlüsseln zu können, nicht aufgab. Carter war aber derart in sein Vorhaben vertieft, dass ihn Cleo mit ihren privaten Angelegenheiten nicht belästigen wollte. Sie hoffte auf eine Gelegenheit, wenn sie im Tal der Könige angekommen waren.

Die Fahrt über den Nil gen Luxor weckte in Cleo die Erinnerungen an Victor. Die Trauer hatte sie überwunden, dachte jetzt aber wieder mit Wehmut an ihren toten Ehemann. Wie sehr hätte es Victor gefallen, an Howard Carters Seite das geheimnisvolle Grab des Kindkönigs zu entdecken.

In Luxor angekommen, hielt Cleo Ausschau nach Jason Dillon. Sie war überzeugt, der Amerikaner hielte sich in Ägypten auf und hätte von Carters Ankunft erfahren. Sie brannte darauf, aus seinem Mund zu erfahren, warum er sie und Angwin empfohlen hatte. Weder im *Queen's Hotel*, in dem Cleo, Angwin und die Mehrzahl von Carters Begleitern abstiegen, noch bei den Männern, die Howard Carter sehnsüchtig erwarteten, hatte sie Erfolg. Keiner schien den Namen Jason Dillon oder einen Mann zu kennen, auf den Cleos Beschreibung passte.

Sie wollten drei Tage in Luxor verbringen, um ihre Ausrüstung zusammenzustellen. Nicht allen war es vergönnt, mit Carter zusammen ins Tal zu fahren und die neue Grabung hautnah zu verfolgen. Ausdrücklich verbot sich Howard Carter den Aufenthalt von Zuschauern. Manchen kam das nicht ungelegen, hatten sie es in Luxor doch bequemer. Wegen der Vielzahl ausländischer Besucher hatte das Hotel einen eigenen Fuhrpark mit fünf Automobilen angelegt, die von den Gästen gemietet werden konnten. Mit dem Wagen waren es lediglich zwei Stunden bis zu der neuen Grabungsstelle.

Da das Hotel bis unters Dach belegt war, mussten sich Cleo und Angwin beim Abendessen den Tisch mit zwei anderen Engländern teilen. Der Mann, etwa in Angwins Alter, stand auf, deutete eine Verbeugung an und stellte sich vor. »Stephen Marshall, und das ist meine jüngere Schwester Daphne.«

Angwin nannte Cleos und seinen Namen, und die vier gaben sich die Hände. Die Geschwister machten auf Cleo einen guten Eindruck. Instinktiv fühlte sie sich an Angwin und Miranda erinnert, wenngleich Miss Daphne äußerlich das genaue Gegenteil der Freundin war. Daphne Marshall als schön zu bezeichnen wäre eine Übertreibung gewesen, sie strahlte aber so viel Lebenslust und Begeisterung aus, dass ihr Cleos Sympathie schnell zuflog. Daphnes Haar war kraus und hatte die Farbe von Karotten, ihre Augen schimmerten hellgrün, und ihre Figur war weiblich gerundet, ohne dass sie mollig wirkte. Um ihre schmale Nase herum tummelten sich unzählige Sommersprossen. Die Ähnlichkeit mit ihrem Bruder beschränkte sich auf ihre Mundpartien, beide hatten eine etwas vorstehende Unterlippe. Stephens Haar war mittelblond, seine Augen grau, er war über einen Kopf größer als seine Schwester und von hagerer Statur. Daphne trug ein einfaches, knöchellanges Kleid mit einem schmalen Rock aus heller Baumwolle, das lediglich am sittsamen Ausschnitt mit einer rostbraunen Spitzenborte besetzt war.

Ihr einziger Schmuck war ein dünnes Silberkettchen um den Hals.

Während des Dinners erfuhr Cleo, dass die Geschwister nach Luxor gekommen waren, um beim Fund des Grabes von Tutanchamun dabei sein zu können.

»Sie müssen wissen, Sir Angwin, Miss Cleo, dass unsere Familie über fünf Ecken mit George Herbert verwandt ist. Allerdings besteht zwischen uns kein Kontakt, ich selbst habe Porchie noch nie gesehen, aber …«

»Porchie?«, warf Cleo fragend ein.

Daphne Marshall erklärte mit einem Lächeln: »Nach dem Höflichkeitstitel Lord Porchester«, erklärte sie. »Aber nur seine engsten Freunde dürfen ihn so nennen. Was mein Bruder sagen wollte: Wir interessieren uns sehr für das Alte Ägypten, so machten wir uns in das Land der glühenden Sonne auf. Mir ist es egal, ob Carter das Grab findet oder nicht. Für mich hat sich die Reise auch ohne eine solche Entdeckung gelohnt. Wir halten uns bereits seit zwei Wochen in Luxor auf und besuchten die Tempelanlagen von Karnak, die Museen und die frei zugänglichen Gräber im Tal der Könige. Es ist etwas anderes, fotografische Abbildungen von Sarkophagen und Mumien zu sehen, als selbst vor ihnen zu stehen und Gebrauchsgegenstände zu berühren, die jemand vor über dreitausend Jahren in den Händen gehalten hat. Darüber hinaus mag ich die Speisen des Landes, den melodischen Singsang der Sprache, den Trubel auf den Basaren, und die Hitze und der ständige Staub stören mich nicht im Geringsten.«

Verblüfft hatte Cleo der jungen Frau zugehört und gemeint, sich selbst sprechen zu hören.

Sie tranken gerade den obligatorischen lauwarmen Pfefferminztee, als der Hotelmanager den Speisesaal betrat und von Tisch zu Tisch ging.

»Ich habe mir erlaubt, morgen für die Gäste einen Tanzabend zu organisieren«, erklärte Mr Hakimi. Der kleine, drahtige Manager war noch derselbe wie im vergangenen Jahr. »Kein großer Ball, dafür ist das Haus zu klein, eher ein zwangloses Beisammensein mit Musik. Es wäre mir eine Freude, Sie zu dem Vergnügen einzuladen. Die Getränke gehen aufs Haus.«

Erfreut klatschte Daphne in die Hände und rief: »Das ist sehr großzügig. Wir danken Ihnen, Mr Hakimi.«

»Es wird uns eine Freude sein«, ergänzte Angwin.

Mr Hakimi lächelte unverbindlich und ging zum nächsten Tisch, um die Neuigkeit weiterzuverbreiten.

»Eine nette Abwechslung«, sagte Stephen Marshall, »und der Musik werde ich gern lauschen. Das Tanzen überlasse ich allerdings anderen. Als Gott die Talente vergab und er bei der Musikalität angekommen war, muss ich wohl anderweitig beschäftigt gewesen sein.«

Die vier lachten unbeschwert, und Cleo begann sich auf den morgigen Abend zu freuen. Im Pensionat war sie in den Grundschritten der gängigsten Tänze unterrichtet worden, hatte seitdem aber kein Parkett mehr betreten.

Die Gesellschaft war bunt gemischt und zwanglos. Die Musik kam von einem Grammophon, und Cleo war überrascht, wie viele Schellackplatten von englischen und amerikanischen Interpreten und Orchestern vorhanden waren. Wenn ihr Vater von dem Leben in Luxor erzählt hatte, hatte er ein karges Dasein ohne Annehmlichkeiten und westlicher Kultur geschildert. Nach dem Krieg waren dann immer mehr Europäer nach Ägypten gekommen. Nicht nur Briten, auch viele Deutsche und Niederländer, um die einzigartigen Kunstschätze der Antike zu bestaunen. Die Gastronomie hatte sich der neuen Klientel angepasst. Die Besucher brachten stabile Devisen und für viele Einheimische Arbeit in das Land. Der Unterschied zwischen dem multikulturellen Kairo und dem ländlichen Luxor war dennoch zu erkennen. Cleo fand dies schön, denn sie wollte sich in Ägyptens Süden nicht wie in einer x-beliebigen englischen Stadt fühlen, wenngleich sie ihr gemütliches Hotelzimmer mit fließendem Wasser durchaus zu schätzen wusste.

Für den Abend wählte Cleo ein mittelblaues, wadenlanges Kleid mit angeschnittenen Ärmeln. Es hatte Miranda gehört, war von dieser aber kaum getragen worden, da es sehr schlicht gearbeitet war. Bisher hatte Cleo geglaubt, Tanzvergnügungen seien nichts für sie. Während des Onestepps, bei dem Angwin sie sicher über die kleine, quadratische Tanzfläche führte, wurde sie eines Besseren belehrt. Sie tanzte auch den nächsten Walzer mit ihm, dann folgte ein flotter Foxtrott.

Als die Musik endete, sagte Cleo mit geröteten Wangen: »Ich brauche eine Pause, Angwin.«

Auch Daphne war von einem Herrn aufgefordert worden, der sie ebenfalls zum Tisch zurückgeleitete. Stephen war sitzen geblieben. Er gab einem kühlen Bier den Vorzug.

»Werden Sie uns ins Tal begleiten?«, fragte Cleo.

Daphne seufzte und erwiderte: »Leider kommt uns diese Ehre nicht zuteil. Mr Carter möchte keine Unbeteiligten bei der Grabung dabeihaben. Unsere Verwandtschaft mit Porchie bringt uns auch keinen Vorteil. Sie beide müssen in einer besonderen Beziehung zu dem Archäologen stehen.«

»Ach, unsere Bekanntschaft ist eher ein glücklicher Zufall«, wiegelte Cleo ab und verständigte sich mit Angwin durch einen verstohlenen Blick, die genauen Umstände unerwähnt zu lassen.

Stephen tätschelte den Arm seiner Schwester. »Es kann noch lange dauern, bis Carter erfolgreich ist, meine Liebe. Genügend Zeit, um immer mal wieder ins Tal zu fahren und nach dem Stand der Dinge zu sehen.«

Angwin nickte zustimmend. »Ich habe gehört, dass einige der Anwesenden planen, Tagesausflüge zu den Grabungsstellen zu unternehmen.«

»Was Carter wenig gefallen wird«, murmelte Cleo. Das war aber nicht ihre Angelegenheit.

Die nächste Musik erklang, es war ein weiterer Foxtrott. Angwin forderte Daphne auf, und ein Mann in mittleren Jahren, mit dem Cleo auf dem Dampfschiff nach Luxor ein paar Worte gewechselt hatte, verbeugte sich vor ihr.

Auch er war ein guter Tänzer. Zwanglos plauderten sie über das Wetter, das derzeit dem Süden des Landes kühlere Temperaturen bescherte als für die Jahreszeit üblich. Dem Foxtrott folgte ein Langsamer Walzer.

Sie hatten ein paar Takte getanzt, da legte sich eine Hand auf Cleos Schulter, und eine Stimme, die sie geglaubt hatte, niemals wieder zu hören, sagte: »Sie erlauben, dass ich Ihnen die Lady für diesen Tanz abspenstig mache?«

Cleo fuhr herum. »Mr Dillon!« Fassungslos starrte sie den Amerikaner an, unfähig, ein weiteres Wort hervorzubringen oder sich zu wehren, als Jason Dillon seine Hand auf ihr linkes Schulterblatt legte und sie dicht an seinen Körper presste. Ihr bisheriger Tanzpartner zog sich zurück, und Cleos Füße folgten wie ferngesteuert Dillons Schritten.

Schließlich gelang es ihr, zu fragen: »Was machen Sie hier?«

Er zwinkerte ihr zu. »Dachten Sie etwa, ich würde mir die sensationelle Entdeckung entgehen lassen?«

»Warum haben Sie Carter aufgefordert, Angwin und mich mit nach Ägypten zu nehmen?«

»Sind Sie nicht gern gekommen?«

»Das war nicht meine Frage, Mr Dillon!«

»Jason, Cleo!« Er sah sie fragend an. »Oder muss ich inzwischen Lady Tredennick sagen?«

»Und wenn dem so wäre?« Cleo reizte es, seiner Frage ebenso auszuweichen, wie er ihre nicht beantwortete.

»Wäre das der größte Fehler Ihres Lebens«, erwiderte Dillon. »Der steife Lord würde Sie nur unglücklich machen.«

»Ach, und Sie wissen, was mich glücklich macht?«, fragte Cleo mit einem herausfordernden Unterton. »Davon abgesehen ist Angwin nicht steif.« *Jedenfalls nicht mehr*, fügte sie in Gedanken hinzu.

Der Walzer endete. Dillon nahm ihre Hand und führte sie zu der Ecke, in der das Grammophon stand. Er wühlte in den Platten, nahm eine aus dem Stapel und reichte sie dem jungen Einheimischen, der das Musikgerät bediente. Gleich darauf erklang eine schnelle, rhythmische Melodie, die entfernt an einen Foxtrott erinnerte. Eine sonore männliche Stimme sang davon, keine Bananen zu haben.

Dillons Arme umschlangen ihre Taille – allzu deutlich wurde sich Cleo der Berührung seiner Hände durch ihr dünnes Kleid hindurch bewusst –, er sprang von einem Fuß auf den anderen und schüttelte seinen Körper aus der Bauchmitte heraus. Unwillkürlich folgte Cleo seinen Bewegungen. Erst als die Musik endete, bemerkte sie, dass andere Paare einen Kreis um sie gebildet hatten und sie anstarrten. Teils verwirrt, teils aber auch bewundernd. Sie errötete bis zu den Haarwurzeln.

Dillon zog seinen unabdingbaren Hut, den er auch beim Tanzen nicht abgelegt hatte, sah in die Runde und meinte trocken: »Das war ein Shimmy, ein großer Erfolg in Amerika. Ich fürchte, für diesen Tanzstil seid Ihr Europäer noch nicht bereit.«

Der junge Boy legte wieder eine Platte mit langsamer Musik auf, und die anderen schenkten Cleo und Dillon keine weitere Beachtung, Angwin jedoch eilte auf sie zu.

Mit verengten Augen sagte er: »Das war eine beeindruckende Vorstellung, Mr Dillon, wobei ich das keineswegs positiv meine. Wie können Sie es wagen, Cleo in eine so geschmacklose Situation zu bringen?«

Dillon tippte sich an die Hutkrempe. »Ich hatte nicht den Eindruck, dass sie sich unwohl fühlte, eher im Gegenteil.« Er sah Cleo an. »Sie sind eine hervorragende Tänzerin, und die neue Frisur steht Ihnen ausgezeichnet. Versprechen Sie mir, sich die Haare nie wieder lang wachsen zu lassen.«

Unwillkürlich griff sich Cleo an den Kopf und schwieg, da ihr keine passende Erwiderung einfiel. Vor ihrer Abreise nach Ägypten hatte sie sich die Haare bis an die Ohrläppchen kürzen und den Nacken ausschneiden lassen. Der Friseur in Penzance hatte zuerst zwar gezögert, nachdem ihm Cleo aber Fotografien eines Londoner Modemagazins vorgelegt hatte, eine gute Arbeit vollbracht.

»Ich denke, wir sollten uns unterhalten«, sagte Angwin ärgerlich und stellte dieselbe Frage wie zuvor Cleo: »Warum haben Sie Howard Carter geraten, sich mit uns in Verbindung zu setzen?«

Ein weiteres Mal blieb Dillon die Antwort schuldig, indem er fragte: »Wären Sie sonst wieder nach Ägypten gekommen?«

»Meine Pläne haben Sie nicht zu kümmern, Mr Dillon«, erwiderte Angwin kühl. »Was erhoffen Sie sich von Carters Fund? Gold und Reichtum, nicht wahr? Bisher habe ich nicht bemerkt, dass Sie zum engeren Stab von Carter gehören oder er Ihnen sogar eine Beteiligung versprochen hat.«

»Angwin, bitte.« Cleo berührte seine Hand und sah ihn beschwichtigend an. »Lasst uns bitte nicht streiten. Wo ist Miss Daphne?«

»Sie wollte sich die Nase pudern«, antwortete Angwin, nahm Cleos Arm und sagte zu Dillon: »Sie müssen uns jetzt entschuldigen, Mr Dillon. Den Rest des Abends möchten wir nun wieder in ebenbürtiger Gesellschaft verbringen.«

Dillon nahm die offensichtliche Beleidigung mit einer hochgezogenen Augenbraue und dem Kräuseln seiner Lippen hin. Er sagte: »Ich hoffe für Sie, Cleo, dass die Antwort auf meine Frage *Nein* lautet. Wir sehen uns.«

Er drehte sich um und verließ den Saal.

»Was meinte er?«, fragte Angwin.

Cleo wiegelte ab. »Nichts von Bedeutung. Angwin Tredennick, du hast dich wie ein eklatanter Snob verhalten! Das war nicht nett.«

»Sein Verhalten war unerhört.« Über Angwins Nasenwurzel bildete sich eine steile Falte. »Hat dir der Tanz wirklich Spaß gemacht?«

»Ich weiß es nicht«, antwortete Cleo ehrlich. »Die Bewegungen sind ungewohnt, wahrscheinlich unschicklich, die Musik mag ich allerdings. Der Rhythmus geht direkt ins Blut.«

Daphne trat zu ihnen und fragte: »Welche Laus ist Ihnen über die Leber gelaufen, Angwin? Sie sehen aus, als wären Sie einer lebendig gewordenen Mumie begegnet.«

»So ähnlich fühle ich mich auch«, murmelte Angwin. »Cleo, bitte entschuldige mich. Ich denke, ich brauche jetzt frische Luft.«

Lächelnd schob Daphne einen Arm unter seinen. »Wenn Sie nichts dagegen haben, werde ich Sie begleiten. Dabei erzählen Sie mir von Cornwall. Ich war noch nie so weit im Westen Englands. Stimmt es, dass nirgendwo sonst die Klippen derart schroff sind und das Meer so blau wie Kornblumen?«

Schmunzelnd sah Cleo ihnen nach und verabschiedete sich von Stephen. Sie wollte jetzt allein sein, um über die Begegnung mit Jason Dillon nachzudenken. Sie kam nicht umhin, sich einzugestehen, dass sie sich seit langer Zeit nicht mehr so unbeschwert gefühlt hatte wie während des Tanzes in seinen Armen.

Bei ihrem Zimmer angekommen, sah sie, dass die Tür einen Spalt breit offen stand. Hatte sie vergessen, sie zu schließen? Sie stieß die Tür auf und blieb wie angewurzelt auf der Schwelle stehen. Die Stühle waren umgeworfen, die Schubladen der Kommode herausgerissen, ihr Inhalt über den Boden zerstreut, selbst die Matratze hatte jemand aus dem Bett gehoben, mit einem Messer aufgeschlitzt und das Rosshaar herausgerissen.

Cleo schluckte, machte auf dem Absatz kehrt und rannte die Treppe hinunter. Sie fand Angwin in dem kleinen, hinter dem Hotel liegenden Garten. Er und Daphne saßen auf einer Bank und unterhielten sich angeregt.

»Angwin!« Sie packte ihn am Arm. »Jemand war in meinem Zimmer!«

»Ich verstehe nicht …«

»Komm und sieh selbst! Bitte entschuldigen Sie, Miss Daphne, es ist wirklich wichtig.«

Zwei Minuten später verstand Angwin. Fassungslos betrachtete er die Verwüstung in Cleos Zimmer, dann besah er sich das Türschloss.

»Es ist ein einfaches Schloss, mit einem Draht schnell zu öffnen«, sagte er. »Wurde etwas gestohlen?«

»Ich habe noch nicht nachgesehen«, antwortete Cleo.

»Wir müssen den Hotelmanager informieren. Hole ihn, ich warte hier.«

Kurz darauf kehrte Cleo mit Mr Hakimi zurück. »Es tut mir unendlich leid, Mylady, Mylord. Ich finde keine Worte einer Entschuldigung.«

»Mr Hakimi, unser Vertrauen in Ihr Haus ist zutiefst erschüttert«, sagte Angwin streng. »Wie kann es jemandem gelingen, unbemerkt zu den Gästezimmern zu kommen und diese zu durchwühlen?«

»Ich habe keine Erklärung, Sir.« Hakimi rang die Hände. »Wenn Sie bitte die Polizei außen vor lassen können …«

»Warum sollten wir das tun?«, fragte Angwin.

Hakimis Gesichtsfarbe wechselte von blass zu dunkelrot. »Die Polizei im Haus … Das ist sehr unerfreulich.«

»Dass jemand in mein Zimmer eingebrochen ist, ist ebenfalls unerfreulich«, sagte Cleo kühl. »Ich werde sehen, ob etwas gestohlen wurde, wobei ich nichts habe, das einen Diebstahl lohnt.«

»Ich versuche, Ihnen ein anderes Zimmer frei zu machen«, schlug der Hotelmanager vor.

»Das ist nicht nötig«, erwiderte Cleo. »Ich brauche nur eine neue Matratze.«

»Sie kommt sofort.« Mr Hakimi verbeugte sich und eilte davon.

Angwin half Cleo beim Aufräumen. Das Holz einer Schublade war gesplittert, und der Handspiegel auf der Kommode hatte einen Sprung. Gestohlen war nichts, aber Cleo ärgerte sich über die sinnlose Zerstörungswut. Dass Männerhände – sie ging davon aus, dass der Eindringling ein Mann war – ihre Unterwäsche durchwühlt hatten, trieb ihr die Schamesröte in die Wangen.

Zwei einheimische Hotelangestellte brachten eine neue Matratze, eine ältere Frau frische Bettwäsche. Nach wenigen Minuten war Cleos Bett wieder in Ordnung gebracht. Die Männer verbeugten sich mehrmals und stammelten Entschuldigungen. Aus seiner Jackentasche nahm Angwin ein paar Münzen und drückte sie den Angestellten in die Hände. Sie nahmen die zerschnittene Matratze und zogen sich, erneut mit Verbeugungen, zurück. Auch das Zimmermädchen erhielt ein Trinkgeld.

»Wo ist dein Geld und Pass?«, fragte Angwin, als sie wieder allein waren.

»Gleich nach unserer Ankunft habe ich den Ausweis und das Geld im Hotelsafe deponiert.«

»Das war sehr besonnen von dir«, erwiderte Angwin anerkennend. »Ich werde deinem Beispiel folgen und mein Bargeld ebenfalls im Safe hinterlegen.«

Dass Angwin das nicht längst getan hatte, überraschte Cleo. Es war doch selbstverständlich, keine Wertgegenstände in Hotelzimmern zu lassen, besonders wenn die Türschlösser mit wenigen Handgriffen aufzubrechen waren. Ein weiteres Mal drängte sich Cleo das Gefühl auf, Angwin überlegen zu sein. Sie schämte sich sogleich für diesen Gedanken und sagte schnell: »Die Armreife habe ich ebenfalls in den Safe gelegt.«

»Die Reife mit den blauen Skarabäen?«, wiederholte Angwin.

»Ich wusste nicht, dass du sie immer noch hast. Wer sollte ausgerechnet diese Schmuckstücke stehlen wollen?«

»Derjenige, der heute Abend in mein Zimmer eingedrungen ist«, antwortete Cleo überzeugt. »Ich weiß, Angwin, du bist der Ansicht, die Reife seien nicht mehr als allenfalls hübsch. Wenn es aber nun gar nicht um den materiellen Wert, sondern um die Inschriften geht? Die Hinweise auf ein unentdecktes Grab, das unermessliche Schätze birgt?«

»Ich weiß nicht …« Angwin rieb sich das Kinn und sagte nachdenklich: »Das würde bedeuten, dass dein Vater recht hatte. Er war nicht verrückt geworden …«

»Und starb, kurz bevor er das Grab entdecken konnte!«, unterbrach Cleo ihn. Unruhig lief sie auf und ab. »Ich bin überzeugt, er war auf dem richtigen Weg, daher muss ich noch einmal zu der Stelle, wo wir Vater gefunden haben.« Mit vor Eifer geröteten Wangen blieb sie vor Angwin stehen. »Ich muss Mahmoud finden, er soll uns wieder führen. Dieses Mal werden wir nicht bei der Höhle umdrehen, sondern weitergehen. Irgendwo da draußen befindet sich die in den Armreifen erwähnte große Kreuzung.«

»Cleo, bitte, beruhige dich! Du weißt nicht mehr als damals dein Vater, und es war sein Verderben, dieser vagen Spur zu folgen. In keiner Aufzeichnung ist vermerkt, dass Sesostris der Dritte einen zweiten Sohn hatte. In den letzten Monaten hast du jeden Hinweis, jede noch so kleine Notiz geprüft, die namhafte Archäologen seit Jahrzehnten zusammengetragen haben. Die Pyramide von Sesostris liegt viele Meilen flussabwärts, weit entfernt vom Tal. Die Legende sagt, der grausame Herrscher hätte seinen ältesten Sohn mit allem Pomp und Prunk beigesetzt. Hätte er das nicht in der Nähe seiner eigenen Grabstätte getan?«

Cleos Seufzer kam aus tiefstem Herzen. »Über all das grüble ich seit Monaten nach«, sagte sie leise. »Ich habe auch nicht vergessen, wie Victor den geistigen Zustand meines Vaters schilderte. Sein letzter Brief an mich beweist, dass er den Sinn für die Realität verlor und in seiner eigenen Welt lebte.«

Angwin nahm ihre Hand und sagte eindringlich: »Ich verstehe, dass du das Geheimnis lüften möchtest, Cleo. Du darfst dich aber nicht in eine Sache verrennen, die jeder historischen Grundlage entbehrt.« Mit der freien Hand machte Angwin eine raumgreifende Bewegung. »Dass jemand dein Zimmer durchwühlt hat, hat andere Gründe. Der Dieb dachte, eine englische Dame führt kostbaren Schmuck und Juwelen mit sich.«

Cleo seufzte ein weiteres Mal. »Ich fürchte, ich muss dir zustimmen, Angwin. Viele Einheimische gehen davon aus, dass wir Engländer alle vermögend sind. Nun, gemessen an den Löhnen, die hier bezahlt werden, bin ich das wirklich.«

»Die Sache ist ärgerlich«, sagte Angwin. »Morgen fahren wir aber ins Tal, und du solltest ausgeruht sein. Möchtest du heute Nacht nicht doch besser in einem anderen Zimmer schlafen?«

»Nein, außerdem ist keines frei. Ich bin sicher, der Einbrecher kommt nicht zurück, nachdem er festgestellt hat, dass sich die Armreife nicht in meinem Zimmer befinden.«

Sie sah Angwin an, dass er ihrer Vermutung keinen Glauben schenkte. Er wünschte ihr eine gute Nacht und ließ sie allein.

Obwohl Cleo erschöpft war, wälzte sie sich ruhelos von einer Seite auf die andere. Plötzlich sah sie Miranda. Die Freundin stand einige Meter von ihr entfernt, trug ein elegantes, dunkelrotes Seidenkleid, die aufgesteckten Haare mit Perlen geschmückt, auf dem Dekolleté eine Rubinkette. Miranda hob ihre behandschuhte Hand und winkte. An ihrem Handgelenk blitzte es silbern auf, und Cleo erkannte den Armreif mit dem blauen Skarabäus.

»Hilf mir! Ich wollte das nicht!«

»Miranda!«, schrie Cleo und wollte zu ihr laufen. Da erst merkte sie, dass sie bis über die Knöchel im Sand steckte und keinen Fuß vor den anderen bewegen konnte. Miranda wich zurück, ihre ebenmäßigen Gesichtszüge verzogen sich, als litte sie Schmerzen. »Miranda, warte auf mich! Ich komme …«

»Es tut mir leid …« Wie aus weiter Ferne drang Mirandas Stimme zu Cleo. »So unendlich leid …«

Mit einem Schrei fuhr Cleo in die Höhe. Ihr Herz pochte schneller, sie zitterte am ganzen Körper, und das dünne Leinennachthemd klebte an ihrem schweißnassen Rücken.

»Ein Traum«, murmelte sie. »Nur ein Albtraum.«

Sie schwang die Beine aus dem Bett, stand auf und tappte zum Fenster. Draußen war es noch dunkel. Cleo legte ihre Stirn gegen die kühle Scheibe. In ihrem Traum hatte Miranda so lebendig gewirkt, als bräuchte Cleo nur die Hand auszustrecken, um die Freundin zu berühren. Der aufregende Tanz mit Jason Dillon und der Einbruch in ihr Zimmer – das war wohl alles etwas zu viel für sie gewesen.

Sie war überzeugt, Jason Dillon verheimlichte etwas. Zwischen seinem Verlassen des Tanzsaales und bis Cleo in ihr Zimmer gegangen war, hatte er nicht die Zeit gehabt, ihr Zimmer zu durchsuchen. Er hätte es aber vorher tun und dann unverfroren mit ihr tanzen können. Hatte er sie nach Ägypten gelockt, um in den Besitz beider Schmuckstücke zu kommen? Für Cleo war das die einzig logische Erklärung. Sie erinnerte sich an seinen Blick, als sie ihn im Unklaren gelassen hatte, ob sie inzwischen mit Angwin verheiratet war. Er hatte gemeint, sie würde nicht glücklich werden. War es nicht vielmehr so, dass Dillon fürchtete, sie und Angwin suchten gemeinsam nach dem Grab des jungen Sesostris und könnten ihm zuvorkommen?

Wie im vergangenen Jahr stritten die unterschiedlichsten Gefühle in Cleo. Seit ihrer ersten Begegnung fühlte sie sich von Jason Dillon gleichermaßen angezogen wie abgestoßen. Sie bewunderte ihn für seine Leichtigkeit, das Leben zu genießen, ohne oberflächlich zu sein, wie es Miranda gewesen war. Ebenso beneidete sie ihn für die Freiheit, tun und lassen zu können, was er wollte, Länder zu bereisen, die für Cleo nur Namen auf Landkarten waren, und Monumente mit eigenen Augen zu sehen, die sie nur von Fotografien kannte. Dies alles war nur mit einer gewissen Portion Egoismus möglich – und auch Egozentrik. Dillon musste seine Freiheit auch finanzieren, und Cleo bezweifelte, dass sich seine Unternehmungen immer im Rahmen der Legalität bewegten.

Was kümmert mich sein Leben?, fragte sich Cleo und gab sich sogleich die Antwort: Sie verdächtigte Jason Dillon, ihre Gesellschaft aus eigennützigen Gründen zu suchen, und ärgerte sich, dass sie sich von Dillon maßlos enttäuscht fühlte.

19

Mit jeder Meile, der sie sich dem Tal der Könige näherten, stieg Cleos Aufregung. Angwin hatte einen im letzten Jahr auf den Markt gekommenen Rover gemietet. Das Verdeck war heruntergeklappt, und Cleo schützte ihr Haar und die Mund- und Nasenpartie vor dem Staub mit ihrem roten Hidschab, der ihr nicht nur ein Schmuckstück, sondern ein praktisches Kleidungstück geworden war. Es hatte Cleo nicht überrascht, dass auch Jason Dillon der Gesellschaft angehörte, die Howard Carter ins Tal der Könige begleitete. Er fuhr einen eigenen Wagen und hatte ihr und Angwin nur kurz zugenickt, als sie sich am frühen Morgen vor dem Hotel begegnet waren. Cleos Blicke schweiften über die Ebene mit unzähligen Schutt- und Sandhügeln, die Überreste vergangener Grabungen. Die im Westen von Bergen begrenzte Landschaft wirkte wie ein einziges Trümmerfeld. Niemand machte sich die Mühe, die Spuren vergeblicher Grabungen zu beseitigen.

Unweit des Grabes von Ramses dem Sechsten waren bereits Dutzende von Zelten aufgeschlagen und einfache Bretterbuden errichtet worden. Bereits aus England hatte Howard Carter Anweisung gegeben, alles vorzubereiten, damit nach seinem Eintreffen unverzüglich mit den Arbeiten begonnen werden konnte. Eine Handvoll Männer, Spaten und Spitzhacken geschultert, zogen zu einer noch unberührten, kargen Ebene.

Cleos Zelt lag nur wenige Meter von Angwins entfernt. Der

Innenraum war großzügige sechs Quadratmeter groß, der sandige Boden unbedeckt. Auf einem schmalen Feldbett lagen eine strohgefüllte Matratze, ein dünnes Kopfkissen und zwei Wolldecken. Cleo erinnerte sich daran, dass die Nächte in der Wüste empfindlich kalt werden konnten. Ein hölzerner Tisch mit einer blechernen Waschschüssel und einem Krug und ein Stuhl aus Korbgeflecht vervollständigten die Einrichtung. Cleo stellte ihre zwei Reisetaschen auf das Bett. Ihre Sachen musste sie in den Taschen lassen, denn es gab keine Möglichkeit, sie anderweitig zu verstauen. Da sie ohnehin nicht glaubte, hier Gelegenheit zum Tragen von Kleidern zu haben, spielte es keine Rolle, wenn sie zerknitterten.

»Einigermaßen angenehm, nicht wahr?«

Cleo fuhr herum. Vor ihr stand Jason Dillon, eine Zigarette im Mundwinkel, den Hut in den Nacken geschoben.

»Was wollen Sie?«, fragte Cleo. »Ich kann mich nicht erinnern, Sie hereingebeten zu haben.«

»Verzeihen Sie vielmals, Mylady.« Er zog seinen Hut und verbeugte sich so tief wie ein mittelalterlicher Knappe vor seinem Herrn. Dann klopfte er mit den Fingerknöcheln gegen die Zeltplane. »Leider war es mir nicht möglich, anzuklopfen und auf ein huldvolles *Herein* von Mylady zu warten.«

Trotz ihres Misstrauens musste sich Cleo ein Schmunzeln verkneifen. »Reden Sie nicht so geschwollen, Mr Dillon, sagen Sie mir lieber, was Sie wollen.«

»Ach, Cleo«, er seufzte und rollte übertrieben mit den Augen, »wann werden Sie mich endlich Jason nennen?« *Wenn es in der Wüste schneit*, dachte Cleo. Er fuhr fort: »Ich will mich nur vergewissern, dass Sie es angenehm haben. Nun ja, so bequem es in einer solchen Zeltstadt eben sein kann. In der Bude unter dem überhängenden Felsen bekommen Sie morgens und abends frisches Wasser. Gehen Sie damit sparsam um! Da es in Gegend keine Quelle gibt, muss täglich das Wasser vom Nil herbeigeschafft werden. Wenn Sie Durst haben, winken Sie einem der Wasserträger. Das sind die Jungen, die mit den Schläuchen hin- und hereilen. Wenn Sie ein paar Pennys übrig haben, freuen sie sich über jede Münze. Die Kinder stammen aus sehr armen Familien.«

»Ich komme zurecht, und ich weiß, was Wasserträger sind«, erwiderte Cleo nicht gerade freundlich.

»Na, dann …« Er setzte sich den Hut auf und wandte sich ab.

»Einen Moment, Mr Dillon!«

»Ja?«

»Ich werde Ihnen jetzt zwei Fragen stellen und erwarte ehrliche Antworten«, sagte Cleo, die Hände in die Seiten gestemmt. »Erstens: Warum haben Sie Angwin und mich nach Ägypten gelockt?«

Lächelnd antwortete er: »Ich sagte es Ihnen bereits: Sie gehören hierher, Cleo. Nicht nur in das Land, sondern an die Stätten, an denen Geschichte geschrieben wurde. Die Umstände haben Ihnen ein Studium verwehrt, welch bessere Ausbildung kann es jedoch geben, als direkt an den Ursprüngen der Geschichte zu sein und selbst mitzuwirken, die Kunstschätze für die Nachwelt zu erhalten?« Er deutete nach draußen. »Oder wollen Sie all das hier mit dem muffigen Hörsaal einer Universität vertauschen?«

Cleo bemühte sich um eine unbeteiligte Miene. Dillon sollte nicht bemerken, dass er den Nagel auf den Kopf getroffen hatte. Ihr einstiger Traum, Archäologie zu studieren, war längst der spannenden Erfahrung gewichen, selbst tätig zu sein.

»Nun meine zweite Frage«, fuhr sie kühl fort. »Im Februar waren Sie im Hotel *Royal Doncaster* in Kairo. Warum taten Sie, als hätten Sie mich nicht bemerkt, als ich Ihren Namen rief?«

»Sie haben mich gesehen?«, stellte er die Gegenfrage und wirkte überrascht. »Ich Sie allerdings nicht, Cleo. Das ist die Wahrheit.«

»Warum waren Sie ausgerechnet an diesem Tag in unserem Hotel? Was wollten Sie von mir?«

»Von Ihnen nichts, Cleo. Ich wusste gar nicht, dass Sie sich noch in Kairo aufhalten, sondern dachte, Sie seien mit dem Lord nach England zurückgekehrt.« Nachdenklich strich er sich über das von rötlichen Bartstoppeln bedeckte Kinn. »Tja, das war eine seltsame Sache. Miss Tredennick ließ mir eine Nachricht zukommen. Sie wünschte mich zu sprechen und bestellte mich am Nachmittag ins *Royal Doncaster*.«

»Miranda nahm Kontakt zu Ihnen auf?«, rief Cleo. »Ausgerechnet Miranda? Warum hätte sie das tun sollen? Sie wusste gar nicht, dass Sie in der Stadt sind.«

»Das kann ich Ihnen nicht erklären«, erwiderte Dillon mit einem offenen Blick, der auf Cleo zwar aufrichtig wirkte, sie von ihrer Skepsis dennoch nicht befreite. »Da ich neugierig war, was die Lady mir zu sagen hatte, ging ich zur vereinbarten Zeit ins Hotel. Dort musste ich feststellen, dass Miranda nicht zu unserem Treffen kam. Ich ging davon aus, dass sie es sich anders überlegt hatte. Am nächsten Tag verließ ich Kairo und erfuhr erst Monate später vom Tod Ihrer Freundin.«

Cleo fragte: »Haben Sie denn nicht mit der Polizei gesprochen? Ich betrat nur wenige Minuten später die Lobby und wurde von zwei Beamten erwartet, die mir jede Menge Fragen stellten.«

»Polizei?«, wiederholte Dillon und wirkte erstaunt. »Der Mann an der Rezeption sagte mir weder etwas über den Verbleib von Miranda noch dass die Polizei im Haus war.« Er sah sie ernst an. »Habe ich Ihren Wissensdurst hinlänglich zufriedenstellen können, Cleo?«

»Im Moment ja, auch wenn es mir schwerfällt, Ihnen zu glauben«, antwortete Cleo offen. Beim besten Willen konnte sie sich nicht vorstellen, warum Miranda ausgerechnet mit Jason Dillon hatte sprechen wollen und es vor ihr, Cleo, verheimlichte. Von Anfang an hatte die Freundin den Abenteurer abgelehnt. Cleo konnte Dillon aber schlecht offen sagen, dass sie ihn verdächtigte, auf der Suche nach den Armreifen in ihr Zimmer in Luxor eingebrochen zu sein. Oder sogar bei Mirandas Tod die Finger im Spiel gehabt zu haben. Bei diesem Gedanken fröstelte sie. Eigentlich traute sie ihm trotz allem nicht zu, dass er einem anderen Menschen etwas antat, und es gab keinen Beweis. Cleo wollte abwarten und Dillon beobachten, was er als Nächstes zu tun gedachte.

Nach drei Tagen beschlich Cleo das Gefühl von Langeweile, und sie verstand, was ihr Vater gemeint hatte, wenn er von der Arbeit eines Archäologen erzählt hatte:

»Wochen, Monate, manchmal auch Jahre graben wir unter schwierigen Umständen und großen Entbehrungen in Schutt und Sand, oft ohne auch nur eine kleine Tonscherbe zu finden. Dann zieht man weiter und versucht es an einer anderen Stelle, die sich häufig als ebenso sinnlos erweist. Viele Menschen glauben, Archäologen befänden sich ständig in einer erwartungsvollen Anspannung, jeden Moment eine exorbitante Entdeckung zu machen oder einen sagenhaften Goldschatz zu finden. Die

Realität ist eine andere, mein Kind. Die Arbeit zermürbt, und nicht wenige meiner Kollegen geben auf, wenn sich ihre Hoffnungen nicht schnell erfüllen.«

Vom ersten Morgengrauen bis zum Sonnenuntergang wurde gearbeitet. Das ständige Geräusch der Spitzhacken und Spaten bestimmte den Tagesrhythmus, nur zur Mittagszeit gab es eine Unterbrechung von einer Stunde. Falls Howard Carter ungeduldig war, verbarg er es. Cleo merkte ihm aber an, wie er innerlich vibrierte vor Angst, dass seine Hinweise wieder ins Leere laufen könnten. Cleo besichtige das Grab KV9 von Ramses dem Sechsten. Alle bisher im Tal der Könige gefundenen Gräber waren mit Nummern versehen worden. Cleo bestaunte die zahlreichen Dekorationen, wie die Malereien von dem Buch der Pforte und die astronomische Decke in der Grabkammer. Die einstigen Grabbeigaben waren längst fortgeschafft worden und befanden sich in den Museen von Kairo und London. Manch wertvolle Stücke hatten bestimmt auch auf nicht ganz legale Weise das Land verlassen und zierten die Häuser von vermögenden Engländern.

Cleo sah Jason Dillon regelmäßig, die Grabung verfolgte er interessiert, sie wechselten aber stets nur belanglose Worte miteinander. Welche Aufgabe der Amerikaner im Tal der Könige hatte, blieb ihr verborgen. Aus Luxor kamen keine Besucher, auch nicht die Geschwister Marshall. Cleo vermutete, dass die Fahrt in die Wüste eine anstrengende und nutzlose Zeitverschwendung für sie war, solange Carter keinen konkreten Erfolg vorweisen konnte. An den Abenden lud Carter Cleo, Angwin und ein paar Männer in sein Zelt ein, um den Ablauf des kommenden Tages zu besprechen. Das Essen bestand aus lauwarmem, nahezu ungesalzenem Hirse- oder Reisbrei mit Bohnen, nur das frische Obst zum Nachtisch schmeckte Cleo. Die Männer zogen sich früh zurück, um beim ersten Sonnenstrahl wieder bei den Grabungsstätten zu sein.

An diesem Abend fühlte sich Cleo erschöpft, obwohl sie den ganzen Tag nichts anderes getan hatte als herumzuschlendern und den Arbeitern zuzusehen. Nach einer kurzen Wäsche von Gesicht, Hals und den Händen zog sie sich aus, streifte das leinene Nachthemd über, wickelte die Decken um sich und löschte die Petroleumlampe. In den Nächten war alles ruhig, kein Geräusch war zu vernehmen. Cleo indes wusste, dass sich zahlreiche kleine Tiere, die den Unwirtlichkeiten der Wüste trotzten, jetzt zur Jagd aufmachten. Die Kargheit täuschte und vermittelte den Eindruck, hier gäbe es kein Leben. Das Gegenteil war der Fall, nur warteten die Tiere die Kühle der Nacht ab. Tagsüber gingen immer zwei Männer herum, ihre Blicke stur auf die Erde gerichtet, um Schlangen und Skorpione zu töten, die den Menschen gefährlich werden konnten.

Cleo erwachte. Obwohl es stockfinster war, spürte sie die Anwesenheit einer anderen Person. Sie setzte sich auf und rief: »Wer ist da?«

Hinter ihr war eine Bewegung, dann presste sich eine Hand auf ihren Mund. Cleo roch Leder. Die andere Hand packte ihren rechten Arm und drehte ihn grob auf ihren Rücken. Cleo stöhnte vor Schmerz. Sie hatte das Gefühl, ihr Schultergelenk würde ausgekugelt.

»Kein Laut«, zischte es an ihrem Ohr. Es war eine männliche Stimme, und die zwei Wörter reichten nicht aus, sie zu erkennen.

Er ließ ihren Arm los, und Cleo spürte etwas Spitzes an ihrem Hals, einen leichten Schmerz, dann warmes Blut auf ihrer Haut.

Sie erstarrte wie zur Salzsäule und machte keinen Versuch, sich zu wehren. Das nächste Zelt lag nur wenige Meter entfernt, Cleo hatte aber keine Möglichkeit, sich bemerkbar zu machen. Sie hörte sein verhaltenes Lachen. Er wusste genau, dass sie still sein würde, denn er nahm die Hand von ihrem Mund. Bevor Cleo hätte schreien können, stopfte er ihr ein Tuch in den Mund. Sie würgte. Zu der Angst, der Angreifer könne sie töten, gesellte sich Panik, zu ersticken. Der Fremde war gut vorbereitet, denn als Nächstes fesselte er mit einem Strick Cleos Handgelenke auf den Rücken.

Ihre Augen hatten sich in die Dunkelheit gewöhnt. Sie erkannte den Schatten des Mannes, der die Reisetaschen umstülpte, ihre Kleidung auf dem Sandboden verstreute und durchwühlte. Er nahm etwas in die Hand und lachte ein weiteres Mal. Cleo wusste, was er gesucht und erfolgreich gefunden hatte. Der Zorn überdeckte ihre Angst. Sie sprang vom Bett auf und wollte trotz der gefesselten Hände versuchen zu fliehen, da wurde die Zeltplane zurückgeschlagen und eine Cleo wohlbekannte Stimme rief: »Was geht hier vor?«

Der Räuber stieß Cleo zur Seite. Sie strauchelte und kippte hintenüber. Nur vage nahm sie wahr, wie sie mit dem Hinterkopf auf die Tischkante prallte, dann verlor sie das Bewusstsein.

Jemand schüttelte sie an den Schultern. Cleo öffnete die Lider, wurde von hellem Lampenlicht geblendet und schloss wieder die Augen.

»Wach auf, Cleo«, hörte sie eine Stimme. »Du bist in Sicherheit.«

»Jason …« Sie sah in sein besorgtes Gesicht, das nur wenige Zentimeter von ihrem entfernt war.

»Du wirst eine Beule bekommen, aber ich glaube nicht, dass du eine Gehirnerschütterung hast. Ist dir schwindlig oder übel?«

»Ich weiß nicht …« Cleo versuchte, sich aufzurichten. Helfend umfasste er ihren Oberkörper. »Wo bin ich? Was ist passiert?«

»Du bist in meinem Zelt. Jemand hat dich überfallen und deine Sachen durchwühlt.« Aus seiner Jackentasche nahm Dillon eine flache, metallene Flasche, schraubte sie auf und reichte sie Cleo. »Trink!«, forderte er sie auf. Sie roch scharfen Alkohol und rümpfte die Nase. Dillon lachte verhalten. »Das ist bester amerikanischer Whiskey. Er bringt dich wieder auf die Beine.«

Zuerst nippte Cleo, dann nahm sie einen größeren Schluck. Zum ersten Mal trank sie hochprozentigen Alkohol. Scharf rann er ihr durch die Kehle, sie musste husten. Schnell jedoch wurde ihr warm, und sie entspannte sich ein wenig.

Er nahm ihr die Taschenflasche weg und grinste. »Das ist genug, du willst doch nicht betrunken werden.«

»Was ist passiert?«, wiederholte Cleo, nun mit kräftigerer Stimme.

»Ich war draußen, eine Zigarette rauchen, da sah ich einen Schatten in deinem Zelt und hörte Geräusche. Ich schlug die Plane zurück. In diesem Moment schubste dich der Mistkerl gegen die Tischkante und ging dann mit einem gezückten Messer auf mich los. Ich versuchte, ihn aufzuhalten, er entkam mir aber und rannte davon. Da du bewusstlos am Boden lagst, verzichtete ich auf eine Verfolgung, weil ich nicht wusste, wie es dir geht, und trug dich in mein Zelt.«

Cleo tastete nach ihrem Hals. Sie spürte geronnenes Blut. »Er hat versucht, mir die Kehle durchzuschneiden.«

»Es ist nur eine kleine Stichwunde, die schnell heilen wird«, beruhigte Dillon sie und musterte sie eindringlich. »Alles okay?«

Cleo nickte. »Ich denke, ja.« Ihr Blick fiel auf seinen linken Oberarm. Der Ärmel war zerrissen und blutgetränkt. »Aber du bist verletzt!«

Er winkte ab. »In meinem Leben habe ich schon weitaus Schlimmeres überstanden. Im Moment bin ich für den Kratzer dankbar.«

»Dankbar?«, wiederholte sie mit gerunzelter Stirn.

Sein Grinsen ging beinahe bis zu seinen Ohren. »Du hast mich gerade geduzt, Cleopatra Millian.«

Cleos Wangen wurden warm. »Es war keine Absicht …«

»Aber jetzt bleiben wir dabei.«

Sie lenkte ab: »Lass mich deinen Arm verbinden. Hast du ein sauberes Taschentuch?«

Jason zögerte, zog ein quadratisches Tuch aus einer seiner Taschen, streifte dann die Jacke ab und schlüpfte aus der linken Seite seines Hemdes, dessen Ärmel ebenfalls blutgetränkt war.

Cleo sagte: »Wir brauchen Wasser, um die Wunde auszuwaschen.« Er reichte ihr die flache, silberfarbene Flasche. »Whiskey?«

»Nichts, das zum Desinfizieren besser geeignet ist.«

Cleo benetzte das Tuch mit dem Alkohol. Vorsichtig tupfte sie das Blut ab. Kein Laut kam über Jasons Lippen, lediglich am Zucken einer Augenbraue sah Cleo, dass er einen brennenden Schmerz verspürte. Die Wunde war etwa zwei Zentimeter lang und nicht tief. Das Messer hatte wohl eine Ader verletzt, daher die starke Blutung. Cleo wickelte das Taschentuch um seinen Arm und verknotete es fest. Deutlich wurde sie sich seiner Nähe bewusst und konnte nicht verhindern, dass ihre Finger zitterten und ihr Puls schneller ging. Außer bei ihrem Tanz war sie Jason Dillon nie so nahe gekommen.

Schnell rückte sie ein Stück zurück und sagte: »Wenn die Wunde zu pochen anfängt oder sich entzündet, solltest du sie besser einem Arzt zeigen.«

»Hast du die Zeit in England genutzt, um eine Ausbildung zur Krankenschwester zu machen?«

»Nein, ich habe nur einen gesunden Menschenverstand.«

»Dem werde ich nicht widersprechen.« Er drückte Cleo zurück auf das Feldbett, nahm eine Decke und breitete sie über sie. »Versuch, zu schlafen.«

»Ich muss mit Angwin sprechen.«

»Das hat Zeit, bis es hell ist«, erwiderte Jason bestimmt. »Wir müssen auch Howard Carter informieren. Es geht nicht an, dass seine Arbeiter eine wehrlose Frau überfallen.«

»Es war kein Ägypter. Er sprach zwar nur wenige Worte, aber ich bin sicher, es war einer meiner Landsmänner.«

Jason zuckte zusammen. »Das schränkt die möglichen Personen im Tal drastisch ein. Wer sollte dir etwas stehlen oder gar etwas antun wollen?«

Cleo antwortete bitter: »Derselbe, der mein Zimmer im Hotel durchwühlt hat. Dieses Mal leider mit Erfolg.«

Mit knappen Sätzen erzählte Cleo Jason von dem Vorfall, und er fragte mit einem scherzhaften Unterton: »Ich wusste nicht, dass du Schätze hortest, auf die es ein Dieb abgesehen hat.«

Ernst erwiderte sie: »Er hat die Armreife gestohlen.«

»Die Armreife?«

»Die silbernen Reife mit den Skarabäen aus Lapislazuli.«

»Es gibt mehrere Reife?«, fragte Jason verwundert. »Ich erinnere mich an das Stück, das wir bei deinem toten Vater gefunden haben.«

»Jahre zuvor sandte mir Vater einen nahezu identischen Reif nach Cornwall«, erklärte Cleo. Ihr erschien es richtig, Jason Dillon nun einzuweihen. Immerhin hatte er ihr gerade das Leben gerettet. »In beiden Spangen befinden sich Symbole und Hieroglyphen, in einem hast du sie selbst gesehen. Die Zeichen im zweiten Reif sind nicht zu entziffern. Ich bin überzeugt, zusammen weisen die Hieroglyphen auf die Lage des Grabes von Sesostris dem Jüngeren hin.«

Jason pfiff durch die Zähne. »Einen zweiten Reif hast du nie erwähnt. Wenn du recht hast, ist jemand wohl hinter dem Goldschatz her.« Er griff zum Whiskey und nahm einen kräftigen Schluck. »Sobald es dir besser geht, werden wir der Sache nachgehen.«

»Ich wüsste nicht wie«, murmelte Cleo. »Wenn es dem Dieb gelingt, die Inschrift zu entziffern, wird er sich so schnell wie möglich auf die Suche nach dem Grab machen. Ich habe keine Ahnung, wie ich es verhindern könnte.«

»Es gibt immer eine Lösung. Hauptsache, du bist nicht schwerer verletzt worden. Was bedeutet alles Gold der Welt, wenn das Leben eines Menschen auf dem Spiel steht?«

Solche Worte hatte ihm Cleo nicht zugetraut. Sie zog sich die Wolldecke bis ans Kinn, obwohl ihr nicht kalt war. Es war lange her, dass sie sich derart geborgen und sicher gefühlt hatte. Ihr Misstrauen gegenüber Jason hatte sich verflüchtigt. Sie hätte ihn längst in das Geheimnis der Armreife einweihen sollen. Kein anderer kannte Land und Leute so gut, und wenn es jemandem möglich war, die Inschriften vollständig zu entziffern, dann Jason Dillon.

Mit zwei Fingern strich er sanft über ihre Wange und raunte: »Schlaf jetzt. Es wird erst in etwa drei Stunden hell.«

In seinen Augen lag ein Ausdruck, bei dem ihr warm wurde.

»Und du?«, flüsterte sie.

»Ich bin zu aufgewühlt, um jetzt Ruhe zu finden, daher werde ich dein Zelt in Ordnung bringen.« Plötzlich beugte er sich hinunter und küsste sie auf die Lippen. Wie elektrisiert zuckte Cleo zusammen, wich aber nicht zurück.

»Ich passe auf dich auf«, murmelte er, »und werde nicht zulassen, dass dir jemand etwas antut.«

Unfähig, etwas zu erwidern, starrte Cleo ihn an. Er lächelte, stand auf und verließ das Zelt. Cleo wusste nicht, was sie denken, noch weniger, was sie fühlen sollte. Sie wusste nur, dass sie sich wünschte, er hätte sie ein zweites Mal geküsst.

Die Sonne war noch nicht aufgegangen, als sie erwachte. Eine Wolldecke um die Schultern gelegt, huschte sie zu ihrem Zelt. Jason hatte die gröbste Verwüstung beseitigt. Schnell zog sich Cleo die Hose, das Hemd und die Weste an, dann ging sie zu Angwins Zelt. Auch er war bereits wach, das Gesicht voller Schaum, da er versuchte, sich zu rasieren, was in dem winzigen Taschenspiegel kein leichtes Unterfangen war. Bei Cleos Anblick wusste er sofort, dass etwas geschehen sein musste.

»Letzte Nacht wurde ich überfallen«, sprudelte es aus ihr heraus. Sie schilderte den Vorfall und erzählte, wie Jason Dillon im richtigen Moment aufgetaucht war.

Angwin reagierte äußerst besorgt.

»Auf der Stelle fährst du nach Luxor und setzt keinen Fuß mehr aus dem Hotel, bis wir nach Cornwall zurückreisen.«

»Das werde ich nicht tun«, erwiderte Cleo bestimmt. »Der Dieb wird mich künftig in Ruhe lassen, denn er hat bekommen, was er wollte.«

»Warum hast du die Schmuckstücke überhaupt hierher mitgenommen?«, fragte Angwin. »Im Hotelsafe waren sie doch sicher.«

»Ich hatte gehofft, sie bei Gelegenheit Howard Carter zu zeigen. Bestimmt kennt er die Legende um Sesostris den Jüngeren und sein Grab und hätte die Gravuren entziffern können.«

»Davon ist auszugehen«, erwiderte Angwin. »An die Geschichte habe ich bisher nicht glauben wollen, inzwischen denke ich ebenfalls, dass die Reife ein Geheimnis bergen. Wo ist Dillon jetzt?«

Cleo zuckte mit den Schultern. »Heute Morgen habe ich ihn noch nicht gesehen.« Sie hoffte, nicht zu erröten, und den flüchtigen Kuss ließ sie lieber unerwähnt.

Angwin runzelte die Stirn und fragte: »Warum hast du ihm von dem zweiten Armreif und dem Einbruch in dein Hotelzimmer erzählt?«

»Ich vertraue Jason«, antwortete Cleo ernst. »Wenn er nicht im richtigen Moment gekommen wäre …« Seufzend brach sie ab und las Zweifel in Angwins Miene.

Prompt fragte er auch schon: »Warum hat er den Angreifer nicht verfolgt? Dillon ist kein Feigling. Ich habe von ihm nicht den Eindruck, dass er Faustkämpfe scheut. Trägt er nicht auch einen Revolver bei sich?«

Cleo erklärte: »Jason wurde am Oberarm verletzt, und er wusste nicht, was mir geschehen ist.«

»Also ließ er den Verbrecher entkommen.« Angwin wirkte alles andere als überzeugt. »Wenn du meine Meinung hören willst, Cleo: An deiner Stelle würde ich niemandem vertrauen. Ich möchte dich nicht unnötig erschrecken, aber wir können nicht ausschließen, dass es jemand auf dein Leben abgesehen hat. Ich kann dir keine Vorschriften machen, sondern dich nur inständig bitten, noch heute das Tal der Könige zu verlassen.«

Angwins Sorge berührte Cleo, und sie erwiderte: »So kurz vor dem Ziel werde ich nicht gehen! Ach ja, Jason meint, ich solle Howard Carter von dem Vorfall berichten.«

»Wir sprechen unverzüglich mit ihm«, erwiderte Angwin. »In zwei Minuten bin ich fertig.«

Cleo wartete draußen, bis Angwin vollständig angezogen war. Binnen weniger Minuten ging die Sonne auf und tauchte die Ebene in flirrendes, goldenes Licht. Erst jetzt bemerkte sie, dass über der Grabungsanlage eine außergewöhnliche Stille lag und keine Arbeiter geschäftig umherliefen. Sie sah sich um. Etwa dreihundert Yards abseits der Grabungsstelle bildete eine Gruppe Männer einen Halbkreis. Ungewöhnlich war, dass sie schweigend zu Boden starrten, obwohl es kein Anzeichen einer Grabung gab.

Angwin trat neben sie und fragte: »Was ist passiert?«

»Ich weiß es nicht«, antwortete Cleo. »Die Stille ist beängstigend. Warum arbeiten die Leute nicht?«

»Hoffentlich gab es keinen Unfall«, erwiderte Angwin besorgt.

Aus der Gruppe löste sich ein halbwüchsiger Junge und rannte, als sei der Teufel hinter ihm her, zu Carters Zelt. Cleo und Angwin hörten den Jungen ungestüm sprechen, ohne Worte zu verstehen, dann trat der Archäologe aus dem Zelt. Er trug nur eine dunkle Hose und ein Hemd, keine Jacke und keinen Hut, und wirkte nervös. Cleo und Angwin folgten ihm zu der Stelle, an der die Männer beisammenstanden, und Carter rief so laut, dass sich seine Stimme beinahe überschlug: »Grabt! Los, auf was wartet ihr? Grabt mit aller Kraft, die ihr habt! Seid aber vorsichtig, damit nichts zerstört wird.«

Cleo entdeckte den Ingenieur Callender. Sie trat an seine Seite und fragte: »Was ist passiert?«

Auch ihm stand die Aufregung ins Gesicht geschrieben, und er erklärte: »Heute Morgen bei Sonnenaufgang, als die Männer begannen, ihre Arbeit aufzunehmen, grub einer der Wasserträger abseits der offiziellen Grabungsfläche. Das tat der Junge häufig, wenn er ein paar Minuten Pause hatte. Heute Morgen stieß er mit seinem Stöckchen auf etwas Hartes im Sand. Fieberhaft grub er weiter und legte eine Steinstufe frei. Offenbar führt eine Treppe nach unten.«

»Der Eingang zum Grab?«, fragte Cleo atemlos.

Arthur Callender zuckte mit den Schultern. »Auf jeden Fall eine Kammer, die an dieser Stelle niemand vermutet hatte. Der Tag wird zeigen, ob es eine wichtige Entdeckung ist.«

Cleo und Angwin traten an die Stelle, an der zwei Arbeiter inzwischen eine zweite Stufe freigelegt hatten. Angespannt beobachtete Howard Carter jeden Spatenstich. Er hoffte inständig, den Eingang zu einem unversehrten Grab gefunden zu haben. Auf keinen Fall konnte Cleo den Archäologen jetzt mit dem Überfall stören. Carter hätte sie gar nicht angehört.

Obwohl mit dem Fortschreiten des Vormittags die Sonne erbarmungslos auf sie niederbrannte, konnte sich Cleo nicht von der Stelle lösen. Ein Träger brachte ihr Wasser, Hunger hatte sie indes keinen. Jemand hatte Carter seinen Hut gebracht, und Cleo vermutete, seine krebsrote Gesichtsfarbe rührte nicht allein von der Hitze her.

»Vorsichtig!«, rief er bei jedem Spatenstich. »Beeilt euch, zerstört aber nichts!«

Immer mehr Stufen wurde freigelegt. Sie führten fast senkrecht in den Felsen hinein. Cleo wusste: Nur in der 18. Dynastie wurden die Zugänge zu Gräbern so angelegt, in der 19. und 20. lagen die Eingänge waagrecht.

Carter murmelte: »Die Öffnung ist sehr klein, viel zu klein für einen Pharao.« Nervös öffneten und schlossen sich seine Finger.

Angwin raunte Cleo zu: »Es kann das Grab einer hochgestellten Person des Hofes aus der 18. Dynastie sein.«

Cleo schüttelte den Kopf und erwiderte: »Das ist ausgeschlossen. Gräber für Nichtmitglieder der königlichen Familien gab es erst ab der 19. Dynastie.«

Bei Sonnenuntergang waren zwölf Stufen freigelegt worden. Im letzten Licht stieg Howard Carter hinab. Was danach geschah, erfuhr Cleo erst später am Abend, als sie, Angwin, der Ingenieur Callender, Jason Dillon und drei weitere Männer mit Carter zusammensaßen. Gegenüber Cleo verhielt sich Jason freundlich, aber zurückhaltend. Sie war ihm dankbar und vermutete, er wollte vor den anderen, besonders vor Angwin, nicht zeigen, was in der Nacht noch geschehen war. Sie durfte nicht den Fehler begehen, in den flüchtigen Kuss zu viel hineinzuinterpretieren. Jason hatte sie aus einer gefahrvollen Situation gerettet, sein Verhalten war vermutlich nur eine logische Konsequenz aus seiner Sorge um sie gewesen.

Cleo hatte keine Zeit, länger über den Amerikaner nachzudenken, denn Howard Carter berichtete: »Die Stufen enden vor einer mit Mörtel bestrichenen und versiegelten Tür. Kein Königsname verrät, wer hinter dieser Tür begraben lag. Die Siegel zeigten alle nur den Schakalgott Anubis mit neun Gefangenen – das Zeichen der Königstotenstadt. An der oberen Ecke der Tür war etwas Mörtel abgebröckelt, dahinter erkannte ich einen hölzernen Balken. Ich bohrte ein Loch hinein, gerade groß genug, um eine Taschenlampe durchzuschieben.« Er brach ab und trank einen kräftigen Schluck Brandy. Es war das erste Mal, dass Cleo den Archäologen Alkohol trinken sah.

»Was haben Sie gesehen?«, flüsterte Cleo gespannt.

»Nur einen Haufen Schutt«, antwortete Carter. »Wenn es sich um das Grab eines Pharaos handelt, wurde der Vorraum mit Geröll aufgefüllt, um möglichen Grabräubern die Arbeit zu erschweren. Damit leider auch uns.«

Aufgeregt rief Cleo dazwischen: »Das bedeutet gleichzeitig, dass das Grab bisher nicht geöffnet wurde.«

Wohlwollend sah Carter sie an. »Wenn es das ist, was ich glaube zu finden, wird meine Entdeckung alle meine Hoffnung übertreffen.«

Angwin fragte: »Wie werden Sie weiter vorgehen, Mr Carter?«

»Wir werden die Stufen wieder mit Sand bedecken, damit niemand anders die Stelle findet«, antwortete er zum Erstaunen aller.

»Aus welchen Grund?«, fragte Cleo.

»Wenn es das Grab von Tutanchamun ist, und ich verwette alles, was ich besitze, dass dem so ist, gebührt das erste Betreten der Stätte dem Earl of Carnarvon. Morgen früh schicke ich einen Boten nach Luxor, er wird an Carnarvon kabeln, dass er auf dem schnellsten Weg herkommen muss.«

Cleo runzelte die Stirn. Sie verstand Carters Entscheidung, erinnerte sich aber an den schlechten Gesundheitszustand des Earls. Es könnte Wochen dauern, bis der Adlige im Tal der Könige eintraf, wenn er überhaupt in der Lage war, die lange Reise anzutreten.

Zum ersten Mal sprach Jason: »Bald werden Sie ein reicher Mann sein, Mr Carter. Was haben Sie mit dem Schatz vor?«

Carter musterte Dillon abschätzig und antwortete: »An dem Gold bin ich nicht interessiert. Bereits vor Jahren schlossen die ägyptische Regierung und ich ein Abkommen, wie die Verteilung der Grabschätze zu erfolgen hat. Der größte Teil wird im Land verbleiben, um ihn der Öffentlichkeit zugänglich zu machen, und Lord Carnarvon gehört der Rest. Es ist seine Entscheidung, welche Stücke wir nach England bringen und dem Britischen Museum zur Verfügung stellen.«

»Welche Verschwendung«, raunte Jason, laut genug, damit ihn alle hören konnten. »Wenn es das Grab von Tutanchamun und ungeöffnet ist, wird sein Inhalt Millionen wert sein.«

»Auf dieser Welt gibt es Menschen, für die Geld und Gold nicht an erster Stelle stehen«, sagte Carter missbilligend und stand auf. »Zeit, um schlafen zu gehen, meine Herren«, er sah zu Cleo, »meine Dame. Ich weiß, wie sehr Sie alle meine Aufregung teilen, die ich an dieser Stelle nicht verhehlen möchte. Ich habe so lange gewartet, so viele Jahre vergeblich gehofft, nun kommt es auf ein paar Wochen nicht mehr an. Damit niemand Verdacht schöpft, werde ich eine Handvoll Arbeiter an der ursprünglichen Stelle weitergraben lassen. Sie, Mrs Millian und Tredennick, können nach Luxor zurückkehren. Sie werden erfahren, wenn Carnarvon in Ägypten eintrifft.« Eindringlich sah er jeden Einzelnen an. »Ich wäre dankbar, wenn die Neuigkeit vorerst nicht an fremde Ohren dringt.«

Cleo wusste, dass Carters Entschluss unumstößlich war. Wie der junge Wasserträger hätte sie am liebsten mit eigenen Händen weitergegraben und höchstpersönlich die Tür geöffnet. Sie sah aber ein, dass sie und Angwin hier nichts mehr ausrichten konnten.

20

Am folgenden Morgen fuhren Cleo und Angwin nach Luxor, auch Jason Dillon verließ das Tal der Könige. Einige ausgewählte Männer sollten den neuen Fundort bewachen, während fünf Arbeiter weiter in der Nähe des Grabes K9 gruben. Cleo vermutete, Carter setzte die Arbeiten nicht nur fort, um von der neuen Fundstelle abzulenken, sondern auch weil nach wie vor die Möglichkeit bestand, auch in der Nähe des Grabes von Ramses fündig zu werden. Noch konnte Carter nicht mit Bestimmtheit sagen, dass wirklich die letzte Ruhestätte von Tutanchamun gefunden worden war. Es konnte Wochen dauern, bis der Earl of Carnarvon in Ägypten eintreffen, das Grab öffnen und Carter Sicherheit haben würde.

Von Stephen und Daphne Marshall wurden sie mit gespannter Erwartung begrüßt. Cleo blieb nicht verborgen, wie Daphnes Augen bei Angwins Anblick aufleuchteten. Auch er zeigte sich erfreut über das Wiedersehen und hielt Daphnes Hand länger als nötig in seiner. In allen Einzelheiten wollten die Geschwister die Ereignisse erfahren, von denen – trotz aller Vorsichtsmaßnahmen Carters – bereits Gerüchte nach Luxor gedrungen waren.

Abwechselnd berichteten Cleo und Angwin, den Überfall auf Cleo erwähnte sie jedoch nicht, und Cleo schloss mit den Worten: »Howard Carter möchte noch niemanden informieren, bevor die Grabkammer nicht geöffnet wurde und es eindeutig feststeht, dass seine jahrelange Suche ihr Ende gefunden hat.«

Daphne legte einen Finger auf den Mund und sagte: »Unsere Lippen sind versiegelt. Glaubst du, wir können zusehen, wenn im Beisein von Carnarvon das Grab geöffnet wird?«

Schmunzelnd antwortete Cleo: »Am besten fragt ihr ihn selbst, ihr seid schließlich mit dem Earl verwandt.«

Daphne nickte. »Wir werden es versuchen, wenngleich Porchie wohl keine Ahnung hat, dass mein Bruder und ich überhaupt existieren. Auf seinem Schloss waren wir noch niemals eingeladen.«

»Highclere Castle ist wundervoll«, erinnerte sich Cleo. »Sehr weitläufig, die Ausstattung prunkvoll, und es liegt inmitten eines zauberhaften Landschaftsparks.«

»Kein Vergleich zu meinem bescheidenen Tredennick Manor«, warf Angwin mit einem Seitenblick auf Daphne ein.

»Es ist nicht die Größe und Pracht eines Hauses, das es liebenswert macht.« Daphne sah Angwin direkt in die Augen. »Es sind die Bewohner, die ein Haus zu einem Heim machen.«

Stephen meinte: »Wir werden Porchie auf jeden Fall fragen, denn um nichts in der Welt möchte ich mir diesen Augenblick entgehen lassen.«

Ich auch nicht, dachte Cleo und wusste, dass ihre Geduld auf eine schwere Probe gestellt werden würde.

Am zweiten Tag in Luxor schlug Angwin vor, einen Ausflug zum Roten Meer zu unternehmen.

»Nach dem Staub und der Hitze wäre die Seeluft eine willkommene Abwechslung«, erklärte er. »Ich habe mich informiert: In al-Qusair gibt es ein ordentlich geführtes Hotel. Die kleine

Stadt bietet einige interessante Sehenswürdigkeiten, unter anderem ein Fort aus dem 16. Jahrhundert und Reste eines alten Tempels. Wir können ein paar Tage bleiben und sind rechtzeitig zum Eintreffen von Carnarvon wieder zurück.«

Während Stephen und Daphne den Vorschlag begeistert annahmen, lehnte Cleo zur allgemeinen Verwunderung ab.

»Ich möchte in der Stadt bleiben«, erklärte sie. »Bisher hatte ich noch keine Gelegenheit, die Tempelanlagen von Karnak zu besuchen.« Lächelnd sah sie in die Runde. »Fahrt ihr ruhig und genießt das Meer. Ich werde mir die Zeit hier schon vertreiben.«

»Bist du sicher, Cleo?«, fragte Angwin zweifelnd.

»Vollkommen sicher«, antwortete sie und lehnte sich entspannt zurück. »Im Moment möchte ich nicht wieder meine Sachen packen und reisen.«

»Wir können auch Mr Dillon fragen, ob er uns begleiten möchte«, schlug Angwin vor. Cleo wusste, was dieser Vorschlag für ihn bedeutete.

»Das ist wirklich nicht notwendig«, erwiderte sie lächelnd. »Ich werde die Tage in aller Ruhe genießen.«

Die Freunde brachen gleich am Vormittag mit Angwins angemietetem Wagen auf. Ohne Wehmut sah Cleo ihnen nach. An der Rezeption hatte sie sich bereits erkundigt: Am nächsten Tag fuhr ein Autobus nach Karnak, und sie hatte sich für die Fahrt angemeldet. Außerdem war es gut, wenn Angwin und Daphne ein wenig Zeit für sich hatten, denn Stephen würde die beiden sicher auch mal allein lassen.

Nachdem Cleo Jason Dillon den ganzen Tag über nicht gesehen hatte und er am Abend auch nicht zum Dinner erschienen war, ging Cleo zu seinem Zimmer. Sie wollte ihn fragen, ob er Lust hatte, sie nach Karnak zu begleiten. Bestimmt wusste er eine Menge über die große Tempelanlage zu erzählen.

Sie klopfte an seine Tür und rief: »Jason, bist du da?«

Es blieb alles ruhig. Später konnte Cleo nicht mehr sagen, warum sie den Knauf drehte. Die Tür sprang auf. Erneut sagte sie laut seinen Namen und spähte in das dunkle Zimmer. Sie wollte gerade wieder gehen, da fiel ihr Blick auf die Jacke, die er in der Nacht des Überfalls getragen hatte und deren Ärmel mit dem Messer beschädigt worden war. Jason hatte sie über eine Stuhllehne gelegt. Kurzentschlossen trat sie ins Zimmer, nahm die Jacke und betrachtete im schwachen Licht, das vom Korridor hereinfiel, den Schnitt im Stoff. Jason hatte auch nicht versucht, das Blut auszuwaschen. Sie schmunzelte. Er hatte so viel für sie getan, es würde ein kleiner Dank sein, wenn sie versuchte, seine Jacke wieder in Ordnung zu bringen. Sie war aus einem festen, guten Baumwollstoff gearbeitet und wirkte kaum getragen. Zurück in ihrem Zimmer schüttelte Cleo die Jacke aus, da fiel etwas aus der Innentasche auf den Dielenboden. Sie bückte sich, um es aufzuheben, und erstarrte mitten in der Bewegung.

Handliche, in dunkelblaues Leder gebundene Notizbücher gab es zuhauf, sicher wurden sie auch auf den Basaren in Luxor verkauft. Dieses Buch hingegen …

Cleos Hände zitterten, als sie das Buch aufhob und die erste Seite aufschlug. Fassungslos starrte sie auf Victors geschwungene Schrift. Sie hielt das Notizbuch ihres toten Ehemanns in Händen, von dem sie angenommen hatte, es sei zusammen mit ihm im Nil versunken. Sie blätterte durch die Seiten. Wie vermutet, hatte Victor seine Reisen in Stichworten festgehalten. Sie kam zu der Stelle, an der Victor schilderte, wie er Alexander

Vanson gefunden und mit ihm gesprochen hatte. Es war so, wie er es ihr erzählt hatte. Dann las sie: *Vanson glaubt, Grab von Sesostris dem Jüngeren zu finden. Wenn richtig, unendlich viel Gold. Vanson fehlt noch ein Hinweis. Konnte nicht mehr aus ihm herausbekommen, nur Stelle nördlich des Tals der Könige. Vanson will dorthin, hat Führer engagiert.*

Cleo runzelte die Stirn. Victor hatte den Namen Sesostris und dessen angebliche Geschichte nie erwähnt. Sie selbst hatte von der Legende erst in Luxor erfahren, nachdem Dillon den Führer Mahmoud aufgetan hatte. Sie blätterte weiter. Auf einer Doppelseite hatte Victor eine Skizze angefertigt, auf der Cleo den Fundort ihres toten Vaters erkannte. Am Rand hatte Victor die grobe Wegbeschreibung von Luxor aus vermerkt. Geräuschvoll stieß Cleo die Luft aus. War es Zufall, dass Victor offenbar die Stelle gekannt hatte, an der ihr Vater gestorben war? Warum hatte er geschwiegen? Es gab noch eine andere Erklärung: Cleos Vater hatte Victor das Tal beschrieben, in dem er meinte, eine große Entdeckung zu machen, und ihr Ehemann hatte es skizziert. In Luxor angekommen hätte Victor bestimmt Mahmoud aufsuchen wollen und sich mit ihr und Angwin auf die Suche nach Alexander Vanson machen wollen, bevor er Cleo in unnötige Sorge versetzt hätte. Victor war immer sehr um sie besorgt gewesen, und Cleo dachte mit einem warmen Gefühl an ihren toten Ehemann. Alles war jedoch anders gekommen …

Cleos Knie gaben nach. Mit dem kleinen Buch in den Händen sank sie zu Boden. In ihrem Kopf war ein einziges Chaos. Wie kam Jason Dillon in den Besitz von Victors Notizbuch? Wenn Victor es an Bord verloren hatte, hätte Jason es ihr längst wiedergeben können. Er hatte es aber nicht einmal erwähnt.

Für Cleo gab es nur eine Erklärung: Victor hatte Hinweise notiert, die für Jason von Wichtigkeit waren, und der Amerikaner hatte gute Gründe, dieses Wissen vor Cleo zu verbergen. Hatte Victor sterben müssen, weil Jason in den Besitz des Buches kommen wollte? Victor hatte Jason vertraut, ihm vielleicht auch mehr erzählt als ihr, seiner Ehefrau. Von Anfang an hatte der Amerikaner womöglich aber nur ein Ziel verfolgt: das Gold zu finden und unermesslich reich zu werden.

Cleos Glieder zitterten unkontrolliert. Als ihr Hotelzimmer durchwühlt worden war, war Jason in der Stadt gewesen. Dann der Überfall im Zeltlager. Hatte er jemanden beauftragt, der sie bedrohen und leicht verletzen sollte und die Armreife stahl, damit er, Dillon, sie retten konnte und ihr Vertrauen gewann? Dieser Plan war wunderbar aufgegangen.

»Was war ich dumm!«, murmelte Cleo, das Notizbuch fiel aus ihren Händen.

Sie hatte ihm schlussendlich vertraut und gedacht, er sei ihr Freund, dabei war sie für ihn nur ein Spielstein in seiner Schatzsuche. Deswegen seine Aufforderung an Howard Carter, sie nach Ägypten zu locken, um in den Besitz der Reife zu gelangen. Bestimmt hatte er auch Kontakt zu ihrem Vater gehabt und von ihm erfahren, dass Cleo im Besitz des zweiten Reifs war. Vor Scham wurden Cleos Wangen heiß, als sie an seinen Kuss dachte und sie es nicht nur zugelassen, sondern sich gewünscht hatte, er würde es wieder tun. Sie konnte sich denken, warum Jason Dillon seit ihrer Ankunft in Luxor verschwunden war. Er war auf dem Weg in das einsame Seitental, in dem sie die sterblichen Überreste ihres Vaters gefunden hatten. Mit dem zweiten Armreif hatte er endlich den Hinweis, wo das geheimnisvolle Grab zu finden war. Auch wenn die Inschrift verschlagen war – ein Mann mit Jasons Kenntnissen hatte sie sicher längst entziffert.

Erschöpft, als hätte sie schwere körperliche Arbeit verrichtet, stand Cleo auf. Sie kramte die Landkarte aus ihrer Tasche. An der Stelle, wo ihr Vater begraben lag, hatte sie sich ein Kreuz gemacht. Sie verglich die Karte mit der Skizze in Victors Notizbuch. Damals hatten sie mit den Dromedaren zwei Tage und eine Nacht bis zu der Stelle gebraucht, weil der Untergrund mit kniehohem Sand bedeckt gewesen war. Seit Wochen hatte es in der Gegend aber keine Stürme mehr gegeben, so hegte Cleo die Hoffnung, dass der Weg inzwischen wieder befahrbar sei. Cleo erinnerte sich gut daran, dass der Untergrund sandig gewesen war, darunter aber aus festem Fels bestand.

Sie ging hinunter und fand die Rezeption verwaist vor. Sie schlug auf die metallene Klingel auf dem Tresen. Aus dem Hinterzimmer trat ein Einheimischer. Er hatte wohl gerade ein Nickerchen gemacht, denn er gähnte unverhohlen.

»Ich möchte ein Automobil mieten«, sagte Cleo.

»Wann?«

»Morgen bei Sonnenaufgang.«

Der Mann nickte, notierte ihren Namen und die Zimmernummer und sagte: »Sie können den Pritschenwagen haben, Mrs Millian, alle anderen sind bereits vermietet. Morgen früh steht er vor dem Haus bereit.«

Cleo dankte und kehrte in ihr Zimmer zurück. Der Mann hatte sie nicht nach einer Fahrerlaubnis gefragt, und plötzlich wurde es ihr mulmig zumute. Sie schloss die Augen und rief sich Angwins Erklärungen in Erinnerung. Auf der asphaltierten Zufahrt von Tredennick Manor hatte sie sein Automobil zwar gut beherrscht, hier aber herrschten schwierigere Straßenbedingungen, und auch der Wagen war größer und schwerfälliger. Sie konnte und wollte nicht warten, bis Angwin zurückkehrte, dann wäre Jason Dillon längst über alle Berge. Die Wut auf den Amerikaner überdeckte ihre Zweifel oder den Anflug von Angst vor dem, was sie vorhatte. Die Polizei einzuschalten hatte wenig Sinn. Sie besaß nur Vermutungen, keine Beweise, und hier in Luxor gab es keine britische Vertretung. Abgesehen von Sprachproblemen bezweifelte Cleo, dass man eine Frau überhaupt ernst nehmen würde. Sonst konnte sie niemanden ins Vertrauen ziehen. Außerdem musste sie die Sache zwischen ihr und Jason Dillon allein zu Ende bringen.

Cleo drehte den Schlüssel und brauchte drei Anläufe, bis der Motor ansprang, dann gab sie Gas. Der Wagen machte einen Satz nach vorn, gurgelte, und der Motor erstarb. Sie startete erneut.

»Kupplung kommen lassen, mit Gefühl Gas geben«, erinnerte sie sich an Angwins Worte. Der Wagen setzte sich in Bewegung, zuerst langsam, dann schaltete Cleo in den nächsten Gang. Irgendetwas knirschte mit einem unangenehmen Geräusch. Cleo fuhr auf die Hauptstraße, auf der zu der frühen Morgenstunde nur wenig Verkehr herrschte. Vor einer Kurve bremste sie ab, gab dann zu wenig Gas, denn der Motor ging wieder aus. Hinter ihr schimpfte ein Einheimischer, der auf einem dreirädrigen Gefährt unterwegs war und beinahe auf den Pritschenwagen aufgefahren wäre. Sie startete ein weiteres Mal den Motor. Ihr Fuß fand jetzt den richtigen Druckpunkt auf dem Pedal, damit das Automobil langsam und beständig rollte. Wenige Minuten später überquerte sie über die einzige Brücke den Nil in Richtung Westen. Nach etwa zwei Meilen ging der

Fahrweg in eine Sandpiste über. Die derben Reifen des Pritschenwagens rollten gleichmäßig und sicher durch den ein paar Handbreit hohen Sand, trotzdem hielt Cleo das Lenkrad so fest, dass ihre Fingerknöchel weiß hervortraten. Schon bald erkannte sie bestimmte Felsformationen wieder, und die Berge kamen immer näher. Sie war drei Stunden ununterbrochen unterwegs – zum ersten Mal kam Cleo der Gedanke, ob das Benzin auch für den Rückweg ausreichen würde –, als sie den Einschnitt zu dem Tal erreichte, von dem aus sie, Angwin und Jason zu Fuß weitergegangen waren. Ihre Vermutung bestätigte sich: Hier stand ein zweisitziges, schwarzes Automobil, von seinem Fahrer aber keine Spur. Jason war tags zuvor in die Wüste aufgebrochen, um keine Zeit zu verlieren. Sie hielt an und nahm einen großen Schluck aus der Wasserflasche. Vor ihrer Abfahrt hatte sie sich im Hotel ausreichend Wasser, Brot und Ziegenkäse geben lassen. Hunger verspürte sie keinen. Sie packte Trinken und Essen in die große Schultertasche, in der ebenfalls eine Taschenlampe und ein Messer waren. Cleo wusste nicht, ob sie fähig war, im Ernstfall das Messer gegen einen Menschen zu richten, und hoffte, dass es nicht notwendig wurde. Trotz allem glaubte sie nicht, dass Jason ihr etwas antun würde. Sollte er das Grab doch öffnen und mit den Schätzen verschwinden! Sie hatte kein Interesse an dem Gold, wofür ihr Vater gestorben war. Sie wollte nur endlich Klarheit haben.

Cleo straffte die Schultern, zog den Hut tief in die Stirn und ging los. Auf der kleinen Lichtung zwischen den Felsen war von der Stelle, an der sie den Vater beerdigt hatten, nichts mehr zu erkennen. Die Sandstürme der letzten Monate hatten alle Spuren beseitigt.

Cleo zwängte sich durch den nächsten Spalt in den Felsen.

An manchen Stellen war er so eng, dass ihre Schultern das Gestein streiften. Dann weitete sich auch dieser Einschnitt, vor ihr lag eine weite Sandfläche mit einzeln verstreuten Felsbrocken. Cleo legte eine Handkante an die Stirn, um im grellen Sonnenlicht besser sehen zu können. Etwa eine Meile westlich ragte der Ausläufer eines Berges wie der Kopf eines Esels in den Himmel. Entschlossen folgte sie den Fußspuren, die sich deutlich im Sand abzeichneten und von Männerstiefeln herrührten. In ihr war so viel Wut und Enttäuschung über Jason Dillon, dass sie keinen Moment Angst verspürte. Sie war etwa eine Stunde in der brütenden Sonne gelaufen, als sie bei dem Berg, direkt unter dem Kopf des Esels, einen etwa zwei Meter hohen Schutthügel erreichte. Ein Spaten und eine Hacke lagen auf dem Boden, ein Loch führte ins Erdreich. Cleo erkannte Treppenstufen, ähnlich denen im Tal der Könige. Diese hier waren aber nicht steil, sondern führten in einem flachen Winkel in die Tiefe. Cleo ging die Stufen hinunter, sie endeten vor einem niedrigen Durchgang. Das Herz klopfte ihr bis zum Hals. Aus der Tasche nahm sie die Stablampe und schaltete sie an. Im Lichtkreis erkannte sie an den Wänden bunte Zeichnungen: Anubis in vielfältiger Gestalt, Horusaugen, die sie direkt anzustarren schienen, Schlangen, Fantasiewesen mit Tierköpfen und Hieroglyphen, die sie nicht entziffern konnte. Ihre Finger strichen über ein Symbol aus zwei gekreuzten Stäben, einer mit einem runden Knauf mit einer Art Perle am Ende, der andere mit einer verschlungenen Schleife versehen. Cleo wusste nicht, was das Symbol bedeutete oder wem es zuzuordnen war – eines wusste sie aber mit Bestimmtheit: Das gleiche Symbol hatte sie zuvor nur ein einziges Mal irgendwo gesehen, und zwar in dem Armreif, den sie als Kind von ihrem Vater erhalten hatte. War das der Beweis, dass sie im Zugang zu dem Grab von Sesostris dem Jüngeren stand?

Nach wenigen Schritten weitete sich der Gang in eine kleine Kammer mit bemalten Wänden. An den Seiten standen fünf Kanopen, in der Mitte ein einfach gearbeiteter Sarkophag. Sein schmuckloser Deckel war zu einem Drittel zur Seite geschoben. Cleo nahm ihren ganzen Mut zusammen und leuchtete in den steinernen Sarg. Er war leer. Leer wie die ganze Kammer.

»Das Grab wurde geplündert. Wahrscheinlich schon vor Tausenden von Jahren«, sagte eine Stimme hinter ihr.

Cleo wirbelte herum. Der Lichtkegel ihrer Taschenlampe fiel auf das Gesicht eines Mannes, der ihr den Ausgang aus der Kammer versperrte. Alles Blut wich aus Cleos Kopf, sackte in ihre Beine, und ihre Knie zitterten unkontrolliert. Halt suchend umklammerte sie den Rand des Sarkophags.

»Ich wusste, dass du kommen wirst«, sagte er lächelnd. »Kein noch so furchtbarer Fluch hält dich davon ab, ein Geheimnis zu lüften.« Er sprach so unbeschwert, als säßen sie in einem eleganten Salon beim Tee beisammen und plauderten über das Wetter. »Ich frage mich nur, wie du die richtige Stelle gefunden hast.«

»Wie? Was? Ich dachte, du seist tot …«, stammelte Cleo.

Er lachte schallend, trat näher und kniff sie fest in den Oberarm. »Wie du siehst, bin ich quicklebendig. Oder können Geister kneifen?«

»Aber auf dem Nildampfer … Du bist über Bord gegangen, und niemand konnte dich finden. Angwin hat dich für tot erklärt. Warum hast du dich nicht gemeldet?«

»Ach, meine liebe Cleo.« Er winkte ab. »Ich hatte nie vorgehabt, euch ins Tal der Könige zu begleiten, denn ich verfolgte andere Absichten. Pläne, bei denen es besser war, wenn alle glaubten, ich hätte den Fluss ins Reich der Toten überquert, wie es unsere ägyptischen Freunde ausdrücken. Mein Verschwinden von Bord war zuvor genau geplant. Ein Ruderboot erwartete mich und brachte mich ans Ufer. Es tut mir leid, wenn ich dir Sorgen und Schmerzen zugefügt habe, Cleo, denn ich hatte dich wirklich gern. Mit keinem Wort hast du je erwähnt, dass du den zweiten Armreif hast. Wenn ich das gewusst hätte, wäre die ganze Sache wesentlich einfacher und kürzer verlaufen.«

»Mein Vater sandte ihn mir vor vielen Jahren nach Cornwall«, antwortete Cleo unwillkürlich. Sie begann immer mehr zu verstehen. »Von Anfang an wolltest du das Grab von Sesostris dem Jüngeren finden, nicht wahr?«

Er nickte. »Nachdem ich deinen Vater gefunden hatte – so, wie ich es dir erzählt habe –, bestätigte sich, dass er von dem angeblichen Königssohn und der Legende, die sich um seinen Tod rankt, wusste. Er zeigte mir einen Armreif und meinte, er habe ihn in der Grabstätte einer alten Arbeitersiedlung gefunden und, da er wenig Wert darstellt, behalten dürfen. Das Schmuckstück war um das Handgelenk einer Frau gelegt.«

»Die Geliebte des Pharaonensohns!«, warf Cleo ein. Ein Mosaiksteinchen setzte sich ans andere, und so ergab sich ein immer deutlicheres Bild der Geschehnisse. »War meinem Vater bewusst, dass er das Pendant in Händen gehalten und mir geschickt hatte?«

Victor zuckte mit den Schultern. »Mit keinem Wort erwähnte Vanson die Existenz eines zweiten Reifs. Er zeigte mir die Inschrift, die leicht zu entziffern war: *Wir werden uns finden, wenn die Sonne aufgeht. An der Großen Kreuzung, bei dem …*

Tja, der Hinweis, wo sich diese Große Kreuzung befinden soll, fehlte allerdings.«

»Nun, du hast es erfahren, nachdem du mich überfallen und den anderen Reif gestohlen hast«, rief Cleo aufgebracht. »Ich nehme an, zuvor hast du mein Zimmer durchwühlt. Wie gelang es dir, die Inschrift zu entziffern?«

»Es war nicht einfach«, gab Victor zu, »aber ich erkannte das Symbol von Sesostris, und zwei der Hieroglyphen zeigen einen Esel und einen Berg. In der 12. Dynastie führten zwei Handelsstraßen durch dieses Tal. Eine von Luxor in den Norden bis zu der heutigen Stadt Qina, die andere nach Charga, einer Oase für die Händler, die die libysche Wüste durchquerten. Ebenso wie dein Vater vermutete auch ich, dass sich die genannte Große Kreuzung beim Schnittpunkt dieser beiden Straßen befinden musste. Dann habe mich unter den alten Einheimischen umgehört. Jeder reagierte entsetzt, einige regelrecht verstört, und faselten von dem Fluch des Sesostris. Damit war für mich die Sache klar. Das Gebiet ist aber weitläufig, erst der Hinweis auf den Eselsberg machte die Suche einfacher.«

»Mein Vater war also auf der richtigen Spur, er war nicht verrückt. Er hätte dieses Grab entdeckt, wäre er nicht von dir daran gehindert worden.«

»Du vergisst, dass er den ersten Armreif nicht mehr besaß«, erinnerte Victor sie. »Als er ihn kaufte und dir nach England schickte, wusste Vanson nichts von seiner Bedeutung. Es ist anzunehmen, dass ihm der Zusammenhang erst bewusst geworden ist, nachdem er den zweiten gefunden und von der Legende erfahren hatte. Ohne die vollständige Ortsangabe kam er nur bis in das vordere Seitental, danach wusste er nicht, in welche Richtung er sich wenden sollte.«

Verständnislos schüttelte Cleo den Kopf und fragte: »Warum hast du nie etwas gesagt, Victor? Weder zu mir noch zu Angwin. Wir hätten gemeinsam nach dem Grab suchen können.«

»Und teilen müssen«, vollendete er ihren Satz. »Eure Einstellung zum Umgang mit den Funden kenne ich nur zu gut, Cleo. Ihr hättet den angeblichen Goldschatz der Regierung überlassen und euch mit Almosen abspeisen lassen.«

»Doch jetzt ist das Grab leer«, stellte Cleo bitter fest.

»Verdammt!« Erregt hieb er mit der Faust gegen die Wand. »So lange habe ich gesucht und verfolgte jeden Hinweis. Vor vielen Jahren, bei meinem ersten Besuch in Luxor, erhielt ich den Tipp, ein junger Engländer hätte eine Spur. Den Reif erstand er zufällig auf einem Basar. Ich beobachtete ihn. Er ließ die Inschrift entziffern, erfuhr von der Legende um Sesostris' Sohn und versuchte, kundige Männer zu gewinnen, um nach dem Grab zu suchen. Es gelang ihm jedoch nicht, da alle schreckliche Furcht vor dem Fluch hatten. Ich erschlich sein Vertrauen, dann jedoch forderte er für weitere Informationen Geld, viel Geld. Er hat es mit seinem Leben bezahlt.«

Cleo erinnerte sich an die Bemerkung des Kellners Fikret, ihr Vater sei vor langer Zeit zu einem Mordfall befragt worden. Bitter sagte sie: »Du hast den Mann umgebracht.«

»Es kam zu einem Handgemenge, und er zog ein Messer aus seinem Stiefel. Ich hatte keine andere Wahl, es war Notwehr.«

Diese Meinung teilte Cleo nicht. Sie sagte: »Den Reif hatte er zwischenzeitlich an meinen Vater verkauft. Welch Pech für dich.«

Victor zuckte mit den Schultern und sagte lapidar: »Zu diesem Zeitpunkt wusste ich das nicht. Ich nehme an, der junge Mann erkannte, dass die Inschrift ihm nicht weiterhelfen würde, vielleicht hatte er auch Angst vor dem angeblichen Fluch.«

Cleo fragte: »Was hast du vor, Victor? Wieder zum Leben erwachen? Wie willst du allen erklären, dass du nicht in den Fluten des Nils gestorben bist?«

»Gar nicht, meine Liebe.« Sein Lächeln bekam etwas Diabolisches. »Es gibt nur zwei Menschen, die von meiner Existenz wissen: du und ich. *Ich* werde das Land verlassen, und *du* wirst keine Gelegenheit mehr haben, jemandem von unserer Begegnung zu erzählen.«

War Cleo bisher überrascht und wütend über Victors Betrug gewesen, bekam sie jetzt Angst vor dem Mann, den sie einst geheiratet hatte. Mehr oder weniger hatte er ihr eben gestanden, einen Menschen ermordet zu haben.

»Du willst nun auch mich töten?«, fragte sie mit belegter Stimme und überlegte, ob es ihr gelingen könnte, das Messer aus der Umhängetasche zu ziehen, ohne dass er es bemerkte. »Was ändert das? Es gibt keinen Schatz. Du kannst gehen, wohin du willst, und ein neues Leben beginnen.«

»Ach, Cleo, Cleo ...« Victor sah sie tadelnd an. »Miranda hatte recht: Manchmal bist du wirklich noch ein naives Kind. Wer, glaubst du, hat deinen Vater in dieses Tal verfolgt? Leider ist er nicht weitergekommen.«

»Du hast immer gewusst, wo mein Vater starb?«

Victor schien keinen Grund zu sehen, jetzt noch irgendetwas zu beschönigen oder gar zu verschweigen. Offen erklärte er: »In einem Punkt sagte ich dir die Wahrheit: Vansons Geist hatte sich verwirrt. Er brachte Ort und Zeit durcheinander. Er zeigte mir den Armreif aus dem Arbeitergrab und meinte, die Beschreibung der Großen Kreuzung sei unvollständig. Er wollte es trotzdem in diesem Gebiet versuchen.«

Cleo dachte an den letzten Brief des Vaters, in dem er schrieb, sie sei im Besitz des entscheidenden Hinweises. Dass er einen nahezu identischen Reif zu ihr nach Cornwall geschickt hatte, ließ er Victor gegenüber unerwähnt. Hatte er es vergessen, oder hatte er Victor bereits damals durchschaut und ihm misstraut? Auf diese Fragen würde Cleo nie eine Antwort erhalten.

»Warum hast du ihn allein gelassen?«, fragte Cleo.

Victor zuckte mit den Schultern. »Er war mir nicht mehr von Nutzen. Ich wusste, meine Suche würde auf dieser Lichtung enden, zumindest so lange, bis ich weitere Informationen hätte. So musste ich dafür sorgen, dass Vanson niemand anderen ins Vertrauen zog.«

»Du hast ihn umgebracht!« Cleo stürmte auf Victor zu, hob den Arm und verpasste ihm eine kräftige Ohrfeige. Mit einer Hand packte er ihr Handgelenk und drehte den Arm auf ihren Rücken. Wieder lachte er.

»Du hast ja richtig Temperament! Während unserer Ehe hast du dich wie eine zugeknöpfte Gouvernante verhalten.«

»Ich hatte dich wirklich gern, Victor«, murmelte Cleo. »Lass mich jetzt gehen.«

»Das kann ich nicht riskieren, du weißt zu viel von mir und was ich getan habe.« Aus der Hosentasche zog er eine Schnur und fesselte Cleos Handgelenke auf dem Rücken.

»Ich muss dich jetzt verlassen, meine liebe *Ehefrau*.« Heftig schubste er sie, sie prallte mit dem Rücken gegen den Sarkophag. Der Schmerz raubte ihr für einen Moment den Atem. Als sie wieder Luft bekam, rief sie: »Ich bin nicht allein gekommen. Vor dem Taleinschnitt warten Angwin und ein kräftiger Führer. Sie werden mich suchen, wenn ich bis Sonnenuntergang nicht zurück bin.«

»Du konntest noch nie lügen, Cleo. Angwin ist ans Meer

gefahren, und diesen unsäglichen Yankee habe ich ausgeschaltet.«

»Was hast du mit Jason gemacht?«, stieß Cleo hervor. »Ihn auch getötet?«

»Davon gehe ich aus«, antwortete Victor. »Der Einheimische, der mir das Gift verkaufte, versicherte, dass eine Dosis ein ausgewachsenes Kamel umbringt. Sicherheitshalber verabreichte ich Dillon die doppelte Menge.«

»Dromedar«, murmelte Cleo.

»Was?«

»Es ist nicht wichtig.« Nichts war mehr wichtig, wenn Jason tot war.

»Was kümmert dich Jason Dillon?«, fragte Victor, erwartete aber keine Antwort und fuhr fort: »Ein wenig bedauere ich, dass es so zwischen uns enden muss, aber sehe es positiv, Cleo. Dein Grab war das eines ägyptischen Prinzen. Was könntest du dir mehr wünschen, als an einer solch heiligen Stätte zu ruhen? Vielleicht kommen in tausend Jahren oder mehr wieder Menschen hierher und öffnen das Grab. Die Überreste deiner Gebeine werden sie dann als die einer altägyptischen Prinzessin einschätzen.«

Er nahm Cleos Tasche und schüttete den Inhalt aus. Neben zwei Wasserflaschen, dem Beutel mit dem Essen und dem Messer, das er mit einem spöttischen Lächeln betrachtete, nahm er den Wagenschlüssel an sich.

»Es überrascht mich nicht, dass du inzwischen das Fahren gelernt hast. Das erklärt, wie du es geschafft hast, ohne Begleitung so weit in die Wüste zu gelangen. Ich nehme an, der Wagen steht vor dem ersten engen Felsspalt. Nun, den muss ich natürlich auch noch loswerden.«

Er nahm sie hoch, als wiege sie nicht mehr als eine Feder, und warf sie in den Sarkophag. Cleo prallte mit dem Rücken auf den harten Stein. Sie ignorierte den Schmerz und versuchte, Victors Körper mit ihren Füßen zu treffen, hatte aber gegen seine Kraft, mit der er sie auf den Boden des Sargs drückte, keine Chance. Ein Säckchen mit harten Gegenständen fiel auf ihre Brust.

Victor lachte. »Beinahe hätte ich vergessen, dir dein Eigentum zurückzugeben. Die Armreife werden jetzt wieder einen sehr langen Schlaf finden.«

Cleo bäumte sich erneut auf, aber mit einem knirschenden Geräusch schloss sich der Deckel über ihr. Völlige Dunkelheit umschloss sie. In Gedanken tat sie Abbitte an Jason Dillon und fragte sich, wie lange es dauerte, bis sie in dem viertausend Jahre alten Sarkophag starb. Würde sie ersticken oder warten müssen, bis sie verdurstete? Bis Angwin von der Küste zurückkehrte und von ihrem Verschwinden erfuhr, würde es so oder so zu spät sein. Warum hatte sie im Hotel ihr Ziel nicht hinterlassen? Angwin würde nie erfahren, wohin sie verschwunden war. Die auf dem Rücken gebundenen Arme wurden taub, es gelang Cleo aber nicht, die Fessel zu lösen. Mit den Knien drückte sie immer wieder gegen den Deckel, zerriss sich die Hosenbeine und schürfte sich die Haut auf. Der schwere Steindeckel wich keinen Millimeter aus seiner Position.

Dumpfe Geräusche drangen an ihre Ohren. Sie vermutete, Victor schaufelte das Geröll in den Gang, damit die Grabstelle von außen nicht mehr zu erkennen war. Es war ohnehin nahezu ausgeschlossen, dass sich jemand zufällig an diese verfluchte Stelle verirrte. Jetzt hörte Cleo ein dumpfes Rumpeln, gefolgt von einem verhaltenen Schrei und dann einer zweiten Stimme. Worte konnte sie keine verstehen.

»Hilfe! Ich bin hier drinnen!«, schrie sie aus voller Brust und versuchte erneut, die Fesseln abzustreifen und mit den Beinen und dem Oberkörper den Deckel anzuheben. Wer immer da draußen noch war – sie musste ihn auf sich aufmerksam machen! Cleo wusste nicht, wie viel Zeit vergangen war, es schien eine Ewigkeit zu sein, als es knirschte und helles Licht ihre Augen blendete.

»Cleo, bist du in Ordnung?«

Sie keuchte, nie war ihr eine Stimme willkommener gewesen.

»Jason …« Er senkte die Taschenlampe. Sie drehte sich auf die Seite. »Meine Hände …«

Jason zog ein Messer aus seinem Stiefel und durchtrennte den Strick. Wie zuvor Victor nahm er sie jetzt auf die Arme und hob sie ohne Anstrengung aus dem Sarkophag. Als sie auf den Füßen stand, schwankte sie. Er fing sie auf und drückte sie an seine Brust.

»Geht es dir gut?«

»Ich denke schon. Wo ist Victor? Er sagte, er habe dich vergiftet.«

»Unterschätze niemals einen Jason Dillon. Später erkläre ich dir alles. Deinen *Ehemann*«, eine seiner Augenbrauen schoss nach oben, »habe ich niedergeschlagen. Wir müssen uns um ihn kümmern, bevor er aufwacht und sich aus dem Staub macht. Kannst du gehen?« Er sah auf ihre blutigen Knie.

Sie nickte und klammerte sich an Jasons Arm. »Ich will hier raus!«

Das grelle Sonnenlicht blendete sie, und sie atmete tief durch. Cleo hatte gedacht, die Sonne niemals wiederzusehen. Victor lag auf dem Bauch, den rechten Arm unter dem Körper, und rührte sich nicht.

»Ist er tot?« Unwillkürlich flüsterte sie.

»Ich fürchte, nein, obwohl ich es nicht bedauern würde«, antwortete Jason grimmig.

»Victor behauptete, er habe dich getötet«, sagte Cleo. Ihre Finger krallten sich in Jasons Jacke, als wollte sie sich überzeugen, dass er leibhaftig vor ihr stand.

»Er versuchte es, aber bis eben wusste ich nicht, wer dahintersteckt«, erklärte er. »Letzte Nacht fand ich eine Flasche Whiskey in meinem Zimmer vor. Zuerst dachte ich, sie sei eine Aufmerksamkeit des Hotels, und schenkte mir ein Glas ein. Der Alkohol hatte aber einen seltsamen Geruch. Mit Whiskey kenne ich mich nämlich bestens aus. Ich probierte eine Fingerspitze und spie das Zeug sofort wieder aus. Jemand musste in mein Zimmer eingedrungen sein, da auch meine Jacke verschwunden war …« Scharf sog Cleo die Luft ein. Er runzelte die Stirn und sah sie an. »Was ist?«

»Die Jacke habe ich genommen«, gestand sie. »Ich wollte sie waschen und den Riss nähen. Dabei fiel Victors Notizbuch heraus. Jason, woher hast du das Buch?«

»In der Nacht, als Victor von Bord verschwand, fand ich es an Deck.«

»Warum hast du es nicht mir ausgehändigt?«, fragte Cleo. Auch wenn Jason ihr gerade das Leben gerettet hatte, dieser Aspekt ließ sie immer noch an seiner Aufrichtigkeit zweifeln.

Etwas verlegen erwiderte er: »Die Eintragungen machten mich misstrauisch. Wiesen sie doch darauf hin, dass Victor mehr über das Grab wusste, das dein Vater zu finden hoffte, als er uns sagte. Ich wollte dich nicht unnötig beunruhigen, dass du dich in deinem Mann eventuell getäuscht hast. Nachdem wir alle glaubten, Victor sei tot, hielt ich die Sache für erledigt.« Er seufzte und fuhr sich mit dem Handrücken über die Stirn. »Es war ein Fehler, der mir sehr leidtut.«

»Warum bist du heute ausgerechnet hierhergekommen?«, stellte Cleo die nächste Frage. »Woher wusstest du, wohin ich gefahren bin?«

»Von dem Mann an der Rezeption erfuhr ich, dass du einen Wagen gemietet hast und sehr früh weggefahren bist. Es war nicht mehr als eine vage Vermutung. Erst als ich den Pritschenwagen am Eingang des Tales sah, wusste ich, dass du versuchst, im Alleingang das sagenhafte Grab zu finden. Mit allem habe ich gerechnet, nicht jedoch, Victor Millian hier anzutreffen.« Ernst sah er Cleo an. »Ich habe alles mitangehört und schritt nicht früher ein, weil ich ihn überraschen und dann überwältigen wollte. Für den Mord an deinem Vater und dem jungen Engländer gibt es außer Victors Aussage keine Beweise. Er versuchte jedoch, dich zu töten. Dafür wird er hängen. Hilf mir, ihn zu fesseln. Gemeinsam wird es uns gelingen, ihn aus dem Tal zum Wagen zu schleppen.«

Er beugte sich zu dem bewegungslosen Körper hinunter. In diesem Moment rollte sich Victor auf den Rücken, den Lauf einer Pistole direkt auf Jasons Gesicht gerichtet.

»Das war's dann wohl, Yankee!«

Ohne eine Sekunde zu zögern, warf sich Cleo in Victors Arm. Sie hörte ein unangenehmes Knirschen, ein Schuss löste sich, und Victor schrie auf. Mit einer schnellen Bewegung entwendete ihm Jason die Waffe, zog das Magazin durch und zielte nun seinerseits auf den am Boden Liegenden.

»Steh auf«, sagte Jason. »Ganz langsam und keine falsche Bewegung!«

Victor rappelte sich auf die Knie. Mit der linken Hand tastete er nach seinem rechten Oberarm. Ein Stück eines weißen, spitzen Knochens ragte aus dem Ärmel, und Blut lief aus der Wunde. Er starrte Cleo an. »Du hast mir den Arm gebrochen! Ich hätte dich gleich erschießen sollen. Miranda hatte mich gewarnt, wir dürften dich nicht unterschätzen.«

»Miranda?« Cleo runzelte die Stirn. »Was hat Miranda mit all dem zu tun?«

Trotz seiner Schmerzen lachte Victor höhnisch. »Wir waren ein Liebespaar. All die Zeit über, bereits in Cornwall. Nachdem ich vom Dampfer verschwand, kehrte ich nach Kairo zurück. Ich mietete eine kleine Wohnung in einem Viertel der Stadt, in der nicht zu befürchten war, dass sich jemand von euch dorthin verirrt. Miranda besuchte mich regelmäßig. Es machte ihr Spaß, euch derart hinters Licht zu führen.«

»Nachdem ich wieder in Kairo war, hast du mich beobachtet«, stellte Cleo fest, froh, sich nicht eingebildet zu haben, verfolgt zu werden. »Warum wollte Miranda, dass ich nicht mit Angwin nach Hause fahre? Wenn deine Behauptung stimmt, war ich euch doch nur im Weg.«

»Wer hat jemals verstanden, was Miranda wirklich wollte?«, erwiderte Victor mit verächtlich heruntergezogenen Mundwinkeln. »Leider machte ich den Fehler, sie schlussendlich in meine Pläne einzuweihen. Ich dachte, wenn wir den Goldschatz gefunden haben, wird sie mit mir fortgehen. Nach Amerika, wo Standesunterschiede keine Rolle spielen und wir uns ein neues Leben aufbauen können. Sie lachte mir aber ins Gesicht. Ich sei recht unterhaltsam und hätte durchaus Qualitäten im Bett, sonst sei ich nicht ihr Format. Format!« Im hohen Bogen spuckte er aus. »Miranda hatte nie vor, mich zu heiraten. Sie benutzte mich, wie sie alles benutzte und dann wegwarf, wenn es langweilig wurde. In Kairo hatte sie neue Freunde gefunden, ich nehme an, auch einen neuen Liebhaber. Sie beendete unsere Beziehung und wollte dir, Cleo, und ihrem feinen Bruder die Wahrheit über mich erzählen. In einer schwachen Stunde war ich leider so dumm, Miranda von dem jungen Engländer und Vanson zu erzählen. Sie war entsetzt und wollte zur Polizei gehen. Ich hatte keine andere Wahl, als sie zum Schweigen zu bringen.«

»Miranda hast du also auch umgebracht.« Cleo war überrascht, dass es ihr gelang, emotionslos zu sprechen. Die erschreckende Wahrheit war noch nicht richtig in ihr Bewusstsein gedrungen.

»Du bist ein Schwein, Millian«, sagte Jason kalt. »Ein Platz in der Hölle ist dir gewiss, nachdem man dich aufgeknüpft hat.«

Victor stand nun ganz auf. Seine Augenlider flackerten, ein Zeichen der Schmerzen des gebrochenen Arms. Trotzdem sagte er gelassen: »Ich werde nicht mit euch gehen. Was willst du machen, Dillon? Mich abknallen wie einen räudigen Hund?«

Jason hob die Waffe, der Lauf zielte auf Victors Kopf. »Ich gebe zu, dass ich nicht minder Lust dazu habe.«

Victor drehte ihnen den Rücken zu, ging ein paar Schritte und rief: »Schieß ruhig. Es wird schwer sein zu erklären, warum du einem verletzten, unbewaffneten Mann in den Rücken geschossen hast.«

»Jason, bitte nicht«, sagte Cleo leise. »Er ist es nicht wert, dass du dein Leben ruinierst.«

Langsam setzte Victor einen Fuß vor den anderen. Beim Gerangel hatte er seinen Hut verloren, und er hatte keine Wasserflaschen bei sich.

Zögernd senkte Jason die Pistole. »Mit dem gebrochenen

Arm kommt er nicht weit. Bis zur nächsten Oase sind es fast hundert Meilen, dazwischen gibt es nichts. Keine menschliche Siedlung, keine Wasserstelle.«

»Du willst ihn in der Wüste umkommen lassen?«

Er sah sie fragend an. »Hast du Mitleid mit ihm, obwohl er dich töten wollte? Immerhin warst du mit ihm verheiratet.«

»Ich bin es immer noch«, erwiderte Cleo ernst. »Victor hat schlimme Dinge getan, trotzdem ist er ein Mensch. Er gehört vor ein ordentliches Gericht gestellt.«

»Ach, Cleo.« Jason seufzte. »Wir müssen ihn nach Kairo bringen, wenn nicht sogar nach England, damit ein Richter über seine Taten urteilen kann. Lass ihn gehen, Cleo. Victor weiß, dass sein Spiel zu Ende ist, und wird sich bald vor einer höheren Gerichtsbarkeit als der weltlichen verantworten müssen.«

Cleo zögerte. Jason hatte recht, die Vorstellung, dass Victor elendig in der Wüste zu Tode kommen sollte, behagte ihr trotzdem nicht. Ihr Ehemann verschwand jetzt hinter dem Berg mit dem Eselskopf.

»Vielleicht ist es besser so«, murmelte sie. »Vor Monaten wurde Victor für tot erklärt. Selbst wenn er hängt, bringt das die Menschen, die er ermordet hat, nicht zurück. Ich fürchte, ich stehe das kein zweites Mal durch.«

Jason nahm sie in die Arme. »Du bist die tapferste Frau, der ich jemals begegnet bin.« Sanft küsste er ihren Scheitel. »Es ist vorbei, Cleo, endgültig vorbei.«

Cleo machte sich frei und ging zum Eingang des Grabes.

»Was hast du vor?«, fragte Jason.

»Ich möchte die Armreife holen«, antwortete Cleo. »Victor warf sie in den Sarkophag, sie sollten mit mir begraben werden. Die Schmuckstücke mit den blauen Skarabäen sind für niemanden mehr von Wert, als Andenken an meinen Vater bedeuten sie mir jedoch alles.«

»Warte.« Jason hielt sie am Arm fest. »Ich werde sie holen, danach schaufeln wir den Eingang zu. Nach dem nächsten Sandsturm wird hier niemand mehr ein Grab vermuten, wobei sich ohnehin keiner in diese Gegend verirrt. Der Fluch des Sesostris ist allgegenwärtig.«

Cleo nickte. »Lass uns danach schnell in die Stadt fahren. Ich habe das dringende Bedürfnis nach einem langen, warmen Schaumbad.«

21

Am 23. November 1922 lagen die ganze Treppe und die Tür des neu gefundenen Grabes im Tal der Könige frei. Sechzehn Stufen führten in die Tiefe. Carters Zweifel der letzten zwei Wochen schwanden und wichen triumphaler Freude, denn auf dem unteren Teil der Tür prangten die Siegelabdrücke des Pharaos Tutanchamun. Tags darauf änderte sich seine Stimmungslage drastisch. Jetzt war er überzeugt, gar kein Grab, sondern lediglich ein Versteck gefunden zu haben. Vielleicht angefüllt mit Schätzen, aber keinesfalls die letzte Ruhestätte des Kindkönigs. Für ein Pharaonengrab schien die Anlage viel zu klein zu sein.

Am selben Tag trafen der Earl of Carnarvon und seine Tochter Lady Evelyn in Luxor ein. Die gute Nachricht hatte einen positiven Einfluss auf den Earl. Er war zwar immer noch blass und stützte sich beim Gehen auf den Arm seiner Tochter, wirkte aber längst nicht mehr so kränklich, wie ihn Cleo in Erinnerung hatte.

Zwei Tage später brachen sie zur Grabstelle auf – begleitet von Dutzenden von Fotografen, Reportern und Schaulustigen. Die Anwesenheit von Carters Geldgeber ließ keine Zweifel aufkommen: Nach vielen Jahren harter Arbeit, Hoffen und Bangen, war der Archäologe endlich fündig geworden.

Auch die Geschwister Marshall begleiteten Cleo, Angwin und Jason Dillon. Die Reise ans Meer hatte Angwin und Daphne gutgetan. Erfreut bemerkte Cleo, wie vertraut sie miteinander umgingen und dass Angwin seine Augen kaum noch von der aparten Daphne abwenden konnte.

Von den Vorfällen im Seitental hatten Cleo und Jason nur Angwin erzählt und ihn gebeten, Stillschweigen zu bewahren.

»Du weißt, wie kompliziert das Gesetz in diesem Land im Umgang mit Ausländern ist«, hatte Cleo gesagt. »Drei Menschen mussten wegen Victors Habgier sterben. Das Geheimnis des blauen Skarabäus ist gelüftet, es gibt keinen Grabschatz, und Victor Millian werden wir hoffentlich niemals wiedersehen.«

Angwin teilte ihre Meinung und reichte Jason die Hand.

»Danke, dass Sie Cleos Leben gerettet haben, Mr Dillon. Sie haben sich wie ein Gentleman verhalten.«

Grinsend erwiderte Jason: »Ich bin mir nicht sicher, ob das ein Kompliment oder eine Beleidigung ist, alter Junge.«

Am 29. November, dem Tag der offiziellen Öffnung des Grabes, drängten sich neugierige Zuschauer hinter dem Seil, das die Fundstelle abschirmte. Für die Damen waren Klappstühle aufgestellt worden, Wasserträger und Jungen mit frisch aufgeschnittenem Obst liefen durch die Reihen und verkauften ihre Erfrischungen. Ihre dunklen Augen strahlten angesichts des guten Geschäftes. Cleo, Angwin und Jason war es erlaubt, sich in unmittelbarer Nähe des Eingangs aufzuhalten. Als Howard Carter, gefolgt von Lady Evelyn, ihrem Vater und dem Ingenieur Callender die Stufen hinunterschritt, hielt es Cleo vor Spannung kaum noch aus. Sie bedauerte, die vier nicht begleiten und die Öffnung der Kammer miterleben zu können.

Später erfuhr sie, was unter der Erde geschehen war: Aus der inzwischen freigelegten zweiten Tür brach Carter mit einer Eisenstange ein Loch heraus. Die Stange war das Erste, was nach über dreitausend Jahren in die dahinterliegende Kammer eindrang. Carter streckte seine Hand mit einer Kerze durch das Loch. Er konnte noch nichts sehen, die Flamme erlosch aber nicht. Es musste also genügend Sauerstoff vorhanden sein. Carter erweiterte die Öffnung so weit, dass er neben der Hand mit der Kerze auch seinen Kopf durchschieben konnte.

Der Earl von Carnarvon drängte sich neben Carter und fragte: »Können Sie etwas sehen?«

»Ja, wunderbare Dinge!«, antwortete Howard Carter.

Er und Arthur Callender erweiterten die Öffnung erneut und führten eine elektrische Lampe ein.

Später berichtete Howard Carter: »Nachdem sich meine Augen an das Licht gewöhnt hatten, tauchten immer mehr Einzelheiten im Inneren der Kammer auf. Seltsame Tiere, Statuen und Gold! Überall glänzendes und schimmerndes Gold! Über dreitausend Jahre lagen die unermesslichen Kostbarkeiten unberührt gar nicht so tief unter der Erde, über die Tausende von Füßen gegangen waren. Für einen Augenblick war ich vor Verwunderung stumm, den anderen, die hinter mir standen, musste es wie eine Ewigkeit erschienen sein.«

Noch war der Sarkophag mit der Mumie von Tutanchamun nicht gefunden worden, aber niemand zweifelte länger daran, dass dieser unermessliche Goldschatz zu niemand anderem gehören konnte.

Am Abend kehrten alle nach Luxor zurück, und am nächsten Tag widmete die *New York Times* mit der Schlagzeile: *Ein ägyptischer Schatz! Großer Fund in Theben: Lord Carnarvons lange Suche!* dem Grab des Tutanchamun eine Doppelseite.

Cleo wusste, es würde Monate, wenn nicht Jahre dauern, bis alle Kammern und Gänge freigelegt und der gesamte Schatz geborgen und katalogisiert sein würden. Sie freute sich aufrichtig für Howard Carter, der von Reportern belagert wurde. Bereitwillig gab er Auskünfte, von dem grimmigen, zurückhaltenden Mann war nichts mehr zu erkennen.

»Wir werden jetzt wohl nach England zurückkehren«, sagte Angwin am Abend, als sie wieder in Luxor waren. Er und Cleo saßen am Tisch im Speisesaal, Hunger verspürte aber keiner von ihnen. Er räusperte sich und fuhr fort: »Cleo, Daphne Marshall wird uns begleiten. Sie hat zugestimmt, mich zu heiraten. Wir wollen keine Zeit verlieren, auch damit meine Mutter ihre Schwiegertochter kennenlernen kann.«

»Wie wunderbar!« Die anderen Gäste im Speisesaal hielten Cleo davon ab, Angwin um den Hals zu fallen und ihn freundschaftlich auf die Wange zu küssen.

»Cleo …« Er sah sie bekümmert an. »Hältst du es für befremdlich, dass ich so schnell heiraten möchte, nachdem ich doch erst von wenigen Monaten dich fragte … Also, ich meine, ich habe dich wirklich gern …«

»Aber ich bin nicht die Frau, mit der du glücklich wirst«, half Cleo ihm aus der Verlegenheit. »Du bist ein wichtiger Teil meines Lebens, Angwin Tredennick. Ich gestehe, früher verehrte ich dich mit den Gefühlen eines schwärmerischen jungen Mädchens. Heute ist meine Liebe zu dir wie die einer Schwester zu ihrem Bruder. Ich hoffe, wir bleiben gute Freunde.«

»So lange wir leben«, erwiderte er erleichtert. »Daphne wünscht sich, dass du ihre Brautjungfer wirst.«

»Das würde ich sehr gern«, erwiderte Cleo. »Ich bin aber nicht sicher, ob ich mit euch nach Cornwall fahre. Vielleicht kann ich nun tatsächlich einer Anstellung im Museum in Kairo nachgehen.«

»Du willst in Ägypten bleiben? Ganz allein?« Die Erinnerung an Mirandas Tod stand Angwin ins Gesicht geschrieben.

Sie griff nach seiner Hand. »Keine Sorge, Angwin, ich weiß auf mich aufzupassen.«

»Ein Narr, der dem widersprechen würde«, murmelte Angwin.

Daphne und Stephen betraten den Speisesaal. Cleo eilte ihnen entgegen. Daphne konnte sie unbesorgt vor allen um den Hals fallen. An ihrem Ohr raunte Cleo: »Angwin hat es mir gerade gesagt. Herzlichen Glückwunsch!«

Zum ersten Mal wirkte Daphne verlegen. »Es geht zwar sehr schnell, aber bereits bei unserer ersten Begegnung wusste ich, dass Angwin der Richtige ist.«

»Das will ich hoffen«, warf Stephen trocken ein, »sonst bekommt er es mit mir zu tun.«

Angwin winkte einem der Kellner. Fikret, der Mann, der schon Cleos Vater bedient hatte, näherte sich.

»Bringen Sie bitte eine Flasche Ihres besten Champagners. Wir haben etwas zu feiern.«

Cleo lachte und scherzte, doch tief in ihrem Herzen schien ein Loch zu sein. Eine leere Stelle, von der sie nicht wusste, wie sie diese füllen sollte.

Am nächsten Morgen beendete Cleo gerade das Frühstück und wollte endlich zu den Tempelanlagen in Karnak aufbrechen. Es konnte nicht angehen, dass sie bereits zum zweiten Mal in Luxor war und diese berühmte Kultstätte immer noch nicht besichtigt hatte. In der Hotelhalle kam ihr Jason entgegen.

»Gehen wir in den Garten«, schlug er vor.

»Ich wollte gerade nach Karnak ...«

»Das können wir später noch, zuerst muss ich mit dir sprechen.«

Bei der schmalen Bank und dem gusseisernen Tischchen blieben sie stehen. Da Jason nichts sagte, fragte Cleo: »Was wirst du jetzt machen? In Ägypten bleiben? Nach dem sensationellen Fund ist zu erwarten, dass viele Leute aus allen Teilen der Welt kommen werden. Sie werden wohl den Rest des Tales umgraben und auf weitere Goldschätze hoffen.«

»Glücksritter, wie ich einer bin?« Jason zwinkerte ihr zu.

»Ich nenne es lieber Abenteurer und muss zugegeben, dass dein *Beruf*«, nun zwinkerte Cleo, »durchaus ein aufregendes Potenzial hat.«

»Was wirst du machen?«, fragte Jason. »Wieder für den Lord arbeiten?«

»Nein, das wäre nicht gut, wenn eine neue Herrin auf Tredennick Manor einzieht. Er und Miss Daphne haben sich nämlich verlobt.« Jason zog vielsagend eine Augenbraue hoch. Cleo lachte. »Keine Sorge, Jason, meine Schwärmerei für Angwin habe ich längst überwunden. Unsere Freundschaft ist aber so eng, dass es im ländlichen Cornwall leicht zu Gerede kommen könnte. Ich werde versuchen, im ägyptischen Museum in Kairo eine Anstellung zu bekommen, oder, wenn das nicht klappt, kann ich als Sekretärin für einen Archäologen arbeiten.«

»Beides hört sich für mich langweilig an«, erwiderte Jason. »Um deine vorherige Frage zu beantworten: Ich werde Ägypten verlassen und nach Mexiko gehen.«

»Mexiko?«

Er nickte. »Auch die Azteken verstanden sich auf die Kunst des Baus von Stufenpyramiden. Sie sind nicht so alt wie die Bauwerke in Ägypten, aber nicht minder sehenswert. Die Pyramide von Kukulcán auf der Halbinsel Yucatán soll im kommenden Jahr restauriert werden. Es könnte lohnenswert sein, denn nicht selten findet man bei Restaurationsarbeiten unentdeckte Kunstschätze.« Aus der Jacke zog er eine Landkarte und entfaltete sie auf dem Tisch. Cleo sah die Umrisse von Mittelamerika. Jason tippte auf einen Punkt. »In der Nähe dieser Stadt befindet sich die Pyramide.«

Mexiko! Das klang nach einer völlig anderen Welt als die, die Cleo kannte. »Das ist sehr weit weg«, murmelte sie bedrückt. Entgegen ihren vorherigen Worten würde sie lieber wieder selbst an den Grabungs- und Fundstellen tätig sein, aber für eine Frau war eine Anstellung im Museum bereits ein großer Schritt. Mehr konnte sie wohl nicht erwarten.

Jason faltete die Karte wieder zusammen und sagte beiläufig: »Mit dem Schiff sind es etwa drei Wochen über den Atlantik. Warum kommst du nicht mit?«

»Mit dir?« Cleos Herz tat einen Sprung.

Er nickte. »In Gesellschaft zu reisen ist angenehmer, und wer weiß: Vielleicht finden wir einen Aztekenschatz? Wenn nicht in Mexiko, ziehen wir weiter nach Peru. Die Inkas hatten ebenfalls ein Faible für Gold und Juwelen. Darüber hinaus«, er senkte seinen Kopf, bis sich ihre Nasen beinahe berührten, »will ich nicht, dass wir uns trennen.«

»Soll das ein Heiratsantrag sein, Jason Dillon?«, fragte Cleo scherzend, obwohl das Blut schneller durch ihre Adern rauschte. »Ich werde nicht wieder heiraten, um einen Mann auf Reisen zu begleiten.«

»Heiraten?« Er lächelte. »Mein Eindruck von dir ist, dass du eine Frau bist, die nicht zwingend einen Trauschein braucht, um glücklich zu sein. Dafür bist du viel zu modern und deiner

Zeit voraus. Pass auf, irgendwann wird es völlig normal sein, wenn ein Paar unverheiratet zusammenlebt.«

Das konnte sich Cleo nun doch nicht vorstellen. Sie erwiderte: »Ich weiß nicht, ob es gut wäre, wenn ich dich begleite.« *Obwohl ich nichts lieber tun würde*, fügte sie in Gedanken hinzu.

»Cleo, du kennst mich. Ich bin kein Mensch romantischer Worte, und ich werde vor dir auch nicht auf die Knie fallen und dich anflehen, mit mir zu gehen.« Er umfasste ihre Schultern und blickte ihr intensiv in die Augen. »Sag mir, dass du mich nicht liebst und nicht bei mir bleiben willst. Dann werde ich dich verlassen, und wir werden uns niemals wiedersehen.«

Cleo schluckte mehrmals, bevor sie antworten konnte: »Wenn es Liebe ist, dass ich mir nicht vorstellen mag, dass du ohne mich auf der anderen Seite der Welt bist – ja, dann muss ich dich wohl lieben. Aber …«

Er verschloss ihren Mund mit einem Kuss, und Cleo wusste, dass Jason Dillon ihre Bestimmung war. Als er sich von ihr löste, sagte sie: »Auch du kennst mich und weißt, dass ich eine praktisch denkende Frau bin. Wovon sollen wir die Passage nach Mexiko bezahlen, wovon leben? Hier in Ägypten gab es für dich ja nichts zu verdienen.«

Mit einer kecken Bewegung schob er seinen Hut in den Nacken und antwortete: »Heißt das, du begleitest mich? Du und ich – wir werden die Welt bereisen, neue Abenteuer erleben, vielleicht den einen oder anderen Schatz finden und unser Leben miteinander teilen!«

»Ob verheiratet oder nicht«, lachend winkte Cleo ab, »was spielt das für eine Rolle? Ich gehe überallhin, wenn es sein muss auch auf den Mond, Hauptsache, du bist bei mir.«.

Jason setzte sich auf den Stuhl und zog Cleo auf seinen Schoß. »Du kennst dich doch mit Automobilen aus.«

Cleo zögerte. »Auskennen würde ich nicht sagen, bisher bin ich nur ein paar Mal gefahren, aber ich würde meine Kenntnisse gern vertiefen.«

»Auf jeden Fall benötigen die Wagen Benzin«, fuhr Jason fort. »Dieses wird aus Erdöl hergestellt, das auch in Texas gefördert wird. Weltweit werden immer mehr Automobile gebaut, das bedeutet einen stetig steigenden Bedarf an Öl.«

»Ich verstehe nicht, was Benzin mit unserer Beziehung zu tun hat, Jason.«

»Du hast mich nie nach meiner Familie gefragt, Cleopatra Vanson«, erwiderte er, ohne Cleos Einwand zu beachten. »Meinem Vater gehört das größte Erdölbohrfeld in Texas. Glücklicherweise habe ich einen Bruder, der in das Geschäft einsteigen wird, denn diese Arbeit ist nichts für mich. Ich kann dir versichern, dass meine Familie gut situiert ist, wie ihr Engländer es auszudrücken pflegt. Jetzt kann ich dir auch die Frage beantworten, warum sich Howard Carter dafür einsetzte, dich nach Ägypten zurückzubringen.«

»Und deine Antwort lautet?«, fragte Cleo. Über die Ereignisse der letzten Tage hatte sie diesen Aspekt nahezu vergessen.

»Tja, bevor Carter nach England reiste, um Carnarvon zu bitten, eine weitere Grabungssaison zu finanzieren, war es um seine Finanzen schlecht bestellt. Hätte der Earl den Geldhahn zugedreht, hätte Carter seinen Traum vom Grab des Tutanchamuns wohl aufgeben müssen.«

Cleo warf ein: »Carter sagte, er würde die Suche auf eigene Kosten fortsetzen.«

»Da ist er nicht ganz bei der Wahrheit geblieben. Im Namen

meiner Familie bot ich ihm an, die Kosten zu tragen. Auch mein Vater ist von dem Alten Ägypten fasziniert, und in meinem Elternhaus in Texas befinden sich viele Exponate aus vergangenen Zeiten.«

»Ich weiß nicht, was ich sagen soll …« Die Nachricht überraschte Cleo enorm, und Jason fuhr fort:

»Mit diesem kleinen Druckmittel war es kein Problem, dass Carter dem Earl von euch berichtete und sich dich wenigstens mal ansah. Da ich wusste, dass du ohne Angwin nicht reisen wirst – und ich den Knaben inzwischen auch recht gern mag –, war alles Weitere kein Problem. Okay, letztendlich übernahm Carnarvon die Kosten, Carter hielt sich dieses Hintertürchen aber besser offen. Die neue Grabung hätte auch in einem weiteren Misserfolg enden können, dann wäre ihm das Geld meiner Familie nicht ungelegen gekommen.«

»Du hast es also überhaupt nicht nötig, auf der Suche nach Schätzen durch die Welt zu reisen!«, rief Cleo empört, gleichzeitig zuckten ihre Mundwinkel amüsiert.

»Was ist schon Geld?« Jason winkte ab. »Mich treiben das Abenteuer und der Wunsch an, fremde Kulturen und Menschen kennenzulernen. In diesem Punkt sind wir gleich.« Er sah sie fragend an. »Also, Cleopatra Vanson: Wann brechen wir auf?«

»Mit dem nächsten Schiff, das Ägypten in Richtung Mexiko verlässt«, antwortete Cleo.

»Darf ich dich jetzt küssen?«

»Stell keine dummen Fragen, Yankee. Tu's einfach!«

NACHWORT UND DANKSAGUNG

Das Geheimnis des blauen Skarabäus ist ein historischer Roman, der – obwohl einige historische Persönlichkeiten und Ereignisse in der Handlung eine wesentliche Rolle spielen – auch als Roman gelesen werden soll. Nach bestem Wissen und Gewissen habe ich mich bemüht, mich an die historischen Fakten zu halten und um diese herum meine fiktive Geschichte aufzubauen. Als in meinem Kopf die erste Idee zu diesem Roman entstand, hatte ich natürlich ein Grundwissen über die Handlungszeit, die altägyptischen Pharaonen und Pharaoninnen, die Grab- und Tempelanlagen, die altägyptischen Kunstschätze ebenso wie über Howard Carter, die Grabungen im Tal der Könige unter den Briten und die Lebensumstände zu Beginn des 20. Jahrhunderts in England sowie in Ägypten. Doch erst bei meinen intensiven Recherchen bemerkte ich, wie interessant diese Zeit und ihre Personen wirklich waren, und ich versuchte, aus den vielfältig gesammelten Informationen einen stimmigen Roman zu schreiben.

Die Figuren Cleopatra Vanson, Angwin und Miranda Tredennick, Victor Millian und Jason Dillon und der Großteil der Nebenfiguren sind von mir frei erfunden. Ihre Erlebnisse und Abenteuer habe ich eng an die realen historischen Ereignisse und die Umstände der damaligen Zeit angelehnt.

Besonders in Großbritannien blieb die alte Ordnung von »Oben« – die Herrschaften – und »Unten« – das Dienstpersonal – auch noch Jahre nach dem **Großen Krieg** (wie der 1. Weltkrieg damals allgemein genannt wurde) bestehen. Nur langsam lockerten sich die Standesunterschiede, ganz verschwunden sind sie bis heute nicht. Die »bessere« Gesellschaftsschicht blieb lieber unter sich und lehnte die lockeren Umgangsformen, die gerade amerikanische Staatsbürger an den Tag legten, ab.

Die Kleidermode der Damen änderte sich nur langsam. Die ersten Frauen, die auf Korsetts verzichteten und deren Kleider- und Rocksäume gerade noch die Knie bedeckten, stießen besonders in ländlichen Gegenden auf Unverständnis, die neuen Kurzhaarfrisuren waren verpönt.

Wer in diesem Roman vielleicht den Tanz **Charleston** vermisst, der zum Inbegriff der **Goldenen Zwanziger** geworden ist: Die Musik und die dazugehörenden tänzerischen Bewegungen entstanden im Jahr 1923 in den Vereinigten Staaten von Amerika, nach Europa kam der Charleston erst 1925, also später als die Handlungszeit dieses Romans. Deswegen habe ich Cleo und Jason den **Shimmy** tanzen lassen, der 1920 aus den USA nach Europa kam, sich hier aber nie richtig durchsetzen konnte. Der Tanz war mit seinen zuckenden, schüttelnden Bewegungen anrüchig bis hin zu skandalös.

Als **Skarabäus** werden Abbildungen des Käfers bezeichnet, der in Ägypten auch unter der Bezeichnung **Heiliger Pillendreher** bekannt ist. In der Regel waren es kleine Amulette aus Stein, manchmal auch größere Abbildungen in und an Tempelanlagen. Bereits in der Antike galt er für die Ägypter als Glückskäfer.

Einen Skarabäus aus Lapislazuli mit einem Armreif zu kombinieren war in der Antike eher selten (obwohl die Verwendung von Lapislazuli für Schmuckstücke bereits 5000 vor Christus nachgewiesen ist), daher sind die in der Geschichte beschriebenen Reife von so großer Bedeutung, und es bleibt lange ungeklärt, ob sie nicht in jüngerer Zeit als Talismane für ausländische Besucher angefertigt wurden.

Im ausgehenden 19. und beginnenden 20. Jahrhundert galt es als »chic«, nach Ägypten zu reisen – für die Leute, die es sich leisten konnten. England hat sozusagen den Pauschalurlaub erfunden, Vorreiter war die Thomas-Cook-Gruppe. Schiff, Zug, Nilkreuzfahrt, Hotelübernachtung mit Mahlzeiten – alles konnte zusammen gebucht werden. Zuerst verpönt, dann immer beliebter und schließlich die Regel, reisten auch Frauen mit ihren Kindern in das Land am Nil. In der Nähe der historischen Stätten entstanden Hotelbauten, die ausschließlich britischem Publikum vorbehalten und mit allem Komfort ausgestattet waren, den die höhere Gesellschaft erwartete. Mit Ausnahme der Wärme und des Sandes fühlte man sich in so manchem Hotel entlang des Nils wie in einer exklusiven Unterkunft in London, auch die Mahlzeiten waren auf die Gaumen der Besucher eingestellt. Bereits entdeckte Tempelanlagen und Pharaonengräber wurden für die Touristen geöffnet, die Eintrittspreise waren hoch, und nahezu im Stundentakt erfolgten Führungen.

In keinem angesehenen englischen Haushalt durften Artefakte aus den Königsgräbern fehlen. Zwischen Großbritannien und Ägypten gab es zwar ein Abkommen, welcher Anteil der Schätze ausgeführt werden durfte und welcher Anteil (ein deutlich größerer) im eigenen Land belassen werden musste, um das Andenken der Pharaonen zu ehren. Zahlreiche Briten hielten sich jedoch nicht daran, der Schmuggel mit Artefakten boomte, in England wurden selbst für eine Tonscherbe aus einem Königsgrab zum Teil horrende Preise bezahlt.

Mumien waren eines der bevorzugten Artefakte. In britischen Haushalten wurden sogenannte »Mumien-Auswickel-Partys« veranstaltet. Man lud Freunde und Bekannte ein, und unter der Aufsicht von Ärzten und mehr oder weniger kompetenten Wissenschaftlern wurden die Mumien »entwickelt« und die Überreste der Toten ausgiebig begutachtet.

Natürlich gab es auch zahlreiche Männer und Frauen, die ein aufrichtiges historisches Interesse an der untergegangenen Kultur zeigten, professionell und auch unter Wahrung der ethischen Gesetze Forschungen betrieben. Sie waren bemüht, die Gefühle der Ägypter zu respektieren und nicht zu verletzen. Diese Menschen trugen maßgeblich dazu bei, dass heute eine Vielzahl der Artefakte in Museen der Öffentlichkeit zugänglich ist. Niemand weiß jedoch, wie viele Sarkophage, Mumien, Schmuck, Gold und Kanopen sich noch heute im Privatbesitz befinden und auf irgendwelchen Dachböden oder Kellern verborgen sind.

Seit meiner Jugend interessiere ich mich sehr für das Alte Ägypten und dessen Geheimnisse, von denen noch heute viele unter dem immerwährenden Sand der Wüste begraben liegen. Einige Zeit stellte ich mir, wie Cleo, vor, **Archäologie** zu studieren und selbst längst vergessene Gräber und Schätze unter der heißen Sonne zu finden. Wie Alexander Vanson seiner Tochter sagte: Die Arbeit von Archäologen ist keine Aneinanderreihung spannender Abenteuer und Entdeckungen kostbarer Schätze, sondern sie erfordert sehr viel Geduld, Hoffnung und auch Glück.

Durch meine Liebe zu Großbritannien und britischer Geschichte stieß ich bald auf **Howard Carter** (1874–1939), der sozusagen der Vorreiter der Archäologie in Ägypten war, und war von seiner Biografie fasziniert. Übereinstimmend wird berichtet, dass er kein einfacher Mensch gewesen sein soll, nicht gerade versiert im Umgang mit anderen, oft schroff und unfreundlich, aber kein anderer britischer Archäologe fand so viele Gräber und Grabschätze wie Howard Carter. Als Erster schloss er das genannte Abkommen zwischen Großbritannien und der ägyptischen Regierung über den Umgang und die Ausfuhr altägyptischer Artefakte, und es war Carter, der die bereits entdeckten Gräber im Tal der Könige mit elektrischem Licht ausstatten ließ, um sie Besuchern zugänglich zu machen.

Den Großteil seines Lebens verbrachte Howard Carter mit der Suche nach dem Grab von **Tutanchamun**, einem Pharao, der angeblich im Kindesalter den ägyptischen Thron bestieg, von dem aber weder sein Todesdatum noch seine letzte Ruhestätte bekannt waren. Die meisten Leute glaubten nicht einmal an seine Existenz. Trotz zahlreicher Rückschläge und obwohl er wegen seines »Wahns« von seinen Kollegen belächelt wurde, glaubte Howard Carter fest daran, nicht nur das Grab von Tutanchamun zu finden, sondern dass es auch ungeöffnet und damit mit unermesslichen Schätzen gefüllt sei.

Der historischen Wahrheit entspricht, dass **George Herbert, der 5. Earl of Carnarvon**, im Sommer 1922 letztmalig bereit war, die Arbeiten von Howard Carter zu finanzieren. Der Earl hatte Carters Vorhaben seit 1908 unterstützt, glaubte dann aber nicht länger an ein angebliches Grab von Tutanchamun. Carter gelang es jedoch, seinen Geldgeber ein weiteres Mal zu überzeugen. Nach der Entdeckung des Grabes dauerte es rund zehn Jahre, bis es vollständig geleert und alle Schätze katalogisiert wurden. Seine Lebensaufgabe und die Nacharbeiten erschöpften Howard Carter geistig und körperlich sehr, er beteiligte sich nie wieder an einer weiteren Ausgrabung in Ägypten. Bis zu seinem Tod fühlte sich Carter von anderen Ägyptologen nicht ausreichend geschätzt, seine Arbeit zu wenig beachtet, auch die fehlende öffentliche Anerkennung seiner Arbeit trug zur raschen Verschlechterung seines Gesundheitszustandes bei. Erst in jüngerer Zeit wurde Howard Carter die Anerkennung zuteil, die er – auch meiner Ansicht nach – verdient hat.

Übrigens: Der Familienstammsitz der Carnarvons ist bis heute das stattliche und prächtige Schloss **Highclere Castle** in der Grafschaft Hampshire – dem Drehort von Innen- und Außenaufnahmen der britischen Erfolgsserie **Downton Abbey**.

Mein herzlicher Dank gilt folgenden Personen:

… Meiner Agentin Diana Itterheim, die von dem Romanprojekt begeistert war.

… Karoline Adler vom dtv, die deren Begeisterung teilte und sich zusammen mit der Lektorin Nadine Jendrusch sehr ins Zeug legte, während und nach der Schreibphase immer ein offenes Ohr für mich hatte und mitgeholfen hat, die Geschichte stimmig, rund und zu einem wunderbaren Roman zu machen.

… Meiner Freundin Sabine Gerth (wir kennen und mögen uns seit über fünfzig Jahren!), die ihre Liebe und ihre Erfahrungen zu und über Ägypten stets mit mir teilt und eine große Inspirationsquelle für mich war.

Zu guter Letzt hoffe ich, Ihnen, liebe Leserinnen und Leser, mit diesem Roman interessante Lesestunden bereitet zu haben, und möchte natürlich nicht versäumen, auch Ihnen zu danken: für

Ihre Zeit, die Sie damit verbracht haben, Cleo bei ihren Erlebnissen und Abenteuern zu begleiten, ebenso für Ihre zahlreichen positiven Kommentare und Zuschriften zu meinen bisherigen Romanen.

Ihre Meinungen sind mir Freude und Motivation, noch viele schöne Geschichten zu Papier zu bringen.

Herzlichst
Ihre
Rebecca Michéle